George Tenner

Monet und der Tod auf der Insel

Erstdruck – Originalausgabe

George Tenner

Monet und der Tod auf der Insel

Usedom-Krimi

Ein Fall für Lasse Larsson

Schardt Verlag

Bibliografische Information der Deutschen Bibliothek:

Die Deutsche Bibliothek verzeichnet diese Publikation in *Der Deutschen Nationalbibliografie*; detaillierte bibliografische Daten sind im Internet über *www.d-nb.de* abrufbar.

Besuchen Sie Lasse Larsson im Internet:
www.lasse-larsson.de

Titelbild: Rainer Griese, Troisdorf

1. Auflage 2014

Schardt Verlag
Metzer Str. 10 A
26121 Oldenburg
Tel.: 0441-21 77 92 87
Fax: 0441-21 77 92 86
Email: kontakt@schardtverlag.de
www.schardtverlag.de
Herstellung: TOTEM, Poland

ISBN 978-3-89841-743-3

Zum Buch

Jeder meiner Insel-Kriminalromane besteht grundsätzlich aus zwei Handlungssträngen, in denen fiktive und tatsächliche Vorkommnisse beschrieben werden. Zusammen ergeben sie ein homogenes Abbild unserer Gesellschaft, des Bürgertums, aber auch der Gutmenschen, Betrüger und Mörder.

Real in diesem 6. Fall der Ermittlergruppe um Kriminalhauptkommissar Lasse Larsson sind leider der Tod eines Kindes am Strand von Bansin und das tagelange Suchen nach seinen sterblichen Überresten. Auch die hier genannten Institutionen wie der russische Geheimdienst FSB, der Schweizer Dienst DAP, die NSA der USA und der deutsche Inlandgeheimdienst BKA sind existent. Ihr Kampf gegen die organisierte Kriminalität, den Handel mit gestohlener oder gefälschter Kunst, ist Realität.

Ähnlichkeiten mit lebenden Personen sind weder zufällig noch unbeabsichtigt, sondern zwingend notwendig.

Jährlich werden 2,5 Milliarden Euro auf dem illegalen Kunstmarkt allein in Deutschland umgesetzt. Da lohnt sich das Ermitteln. Baden-Württemberg nimmt eine Vorreiterrolle bei der Bekämpfung von Kunstkriminalität ein und besitzt seit den 1990er Jahren eine Lehrmittelsammlung aus 1300 gefälschten Objekten. Auch Bilder des Bodensee-Fälschers Rüdiger Faller, der als Spezialist der Bilder von Otto Dix und anderen bekannten Expressionisten gilt, sind unter den bekanntesten deutschen Fälschungen gelistet. Die Palette der Fälscher-Techniken ist dabei so breit wie die der Farben, welche die Maler auf ihren Bildern verwenden.

Irreal hingegen ist das Engagement vorgenannter Geheimdienste in Bezug auf den hier geschilderten Fall eines versuchten Raubes des Bildes »Frau im Garten« des Impressionisten Claude Monet, das aus der Eremitage in St. Petersburg gestohlen werden soll; somit sind auch die Namen der hier für diese Aktion genann-

ten Mitarbeiter der Dienste der Eingebung des Autors entsprungen.

Danksagung

Danken für die Fach-Unterstützung bei der Erstellung des Romans möchte ich dem Maler ***Rüdiger Faller*** *aus Öhningen am Bodensee, der mir ein Interview gegeben hat, das als Nachwort zu lesen ist, und das Foto einer Kopie eines seiner Otto-Dix-Gemälde, das die Rückseite des Buchumschlags ziert und jetzt beim LKA Baden-Württemberg liegt;*

meinem langjährigen Freund und Kollegen ***Gerhard Herr****, Bodensee-Actuell, aus Singen am Hohentwiel, der verschiedene Fotos beigetragen hat;*

ebenso meinem langjährigen Freund ***Dieter Hangarter*** *aus Weiterdingen, der für mich die Verbindung zu Rüdiger Faller herstellen konnte;*

ferner ***Gaby Probst-Baldesberger*** *aus Bremgarten im Schweizerischen Aargau, welche die Schwiezerdütschübersetzungen im für deutsche Normalbürger verständlichen Stile Emil Steinbergers gemacht hat.*

Pauschal möchte ich all jenen danken, die sich darüber hinaus an der Erstellung des Romans beteiligt haben. Ihre Namensnennung würde den Rahmen sprengen.

G.T.

Prolog

Mittwoch, 9. August 2006

Obwohl seit Tagen die Sonne schien, blies an diesem Tag ein heftiger ablandiger Wind in Richtung Nordwest, der starke Dünungswellen verursachte.

Maria Halmer war am frühen Nachmittag mit ihren zwei Kindern gekommen und hatte mit ihnen eine kleine Sandburg gebaut, in der sie zeitweise lagen und sich sonnten. Später spielten sie mit einer Sandburgnachbarin und deren neunjährigem Jungen Ball. Sie aßen die Brote, die Maria Halmer am Morgen vorbereitet hatte, und tranken die warm gewordene Orangenlimonade.

Gemeinsam waren sie mehrmals ins Wasser gegangen. Freilich hatten sie sich dicht am Strand aufgehalten, denn die Strömung war Maria schon aufgefallen. Nicht aufgefallen aber war ihr, dass die Querströmungen mit Zunahme des ablandigen Windes stärker geworden waren.

Als sich die andere Frau verabschiedete, die von ihrem Mann abgeholt wurde, schickte sich auch die junge Mutter an, ihre Kinder zum Aufbruch zu drängen. Sie schaute zur Uhr.

»Es ist schon halb sieben, Kinder«, sagte sie. »Es ist höchste Zeit, dass wir zurückfahren.«

»Och, noch ein bisschen«, bettelte Magnus.

»Mama, ich muss mal«, sagte die fünfjährige Laura.

»Hältst du es noch aus, bis wir im Quartier sind?«

Laura schüttelte den Kopf. »Ich muss ganz dringend.« Sie machte den Anschein, dass sie gleich weinen würde.

»Komm schnell hinter die Düne«, sagte ihre Mutter. Dann drehte sie sich zu ihrem Sohn. »Du wartest hier, Magnus, bis wir zurück sind.«

»Ich kann doch noch ins Wasser gehen«, maulte er. »Es ist auch das letzte mal, versprochen.«

»Du wartest hier, bis wir zurück sind. Dann gehen wir gemeinsam noch einmal ins Wasser«, sagte Maria Halmer. Sie nahm ihre Tochter an die Hand und ging zum Anfang der Düne.

In der Zwischenzeit war Magnus bis an den Rand des Wassers gegangen und schaute fasziniert auf die darin planschenden und juchzenden Menschen. Dann vergaß er, was seine Mutter ihm aufgetragen hatte. Langsam ging er ins Wasser hinein.

1. Kapitel

Der Anruf des Kriminaldauerdienstes erreichte Lasse Larsson auf dem Heimweg von der Polizeidirektion in Anklam. Gerade war er von der B110 auf die B111 eingebogen, und das Eingangsschild des kleinen Ortes Neppermin tauchte auf, als sein Telefon klingelte. Er schaute auf das Display.

Dass die einen nicht einmal einen Abend in Ruhe lassen können!

»Larsson.«

»Kriminaldauerdienst, Greiner. Es hat in Bansin möglicherweise einen Badeunfall gegeben. Ein siebenjähriger Junge ist spurlos verschwunden.«

Larsson verringerte sein Tempo. Vor ihm tauchte die Abzweigung nach Benz auf. »Wo in Bansin?«

»Direkt unterhalb der Hotels Atlantik.«

»Ich kümmere mich darum.« Larsson bog rechts ab. Er setzte das Blaulicht aufs Dach, um allzu eilige Sandflüchter rechtzeitig in die Schranken zu weisen. Rechtsseitig tauchte die Schweinezuchtfreianlage auf. Dicht neben dem Zaun lag eine einsame, große Muttersau. Er sah es an dem stark geröteten, geschwollenen Gesäuge. Hinter einem trennenden Drahtzaun tobte ein Rudel Ferkel herum, die ihm allerdings schon zu groß schienen, um zu der Muttersau zu gehören. Dann war er an der Anlage vorbei und nahm die nächste leichte Rechtskurve. Wenig später fuhr er durch Benz. Wegen des Blaulichts und der erhöhten Geschwindigkeit wurden ihm neugierige Blicke nachgeworfen.

Larsson wählte die Nummer seines Büros in der Kriminalaußenstelle Heringsdorf. Als das Telefon nach mehrfachem Klingeln automatisch zur Zentrale des Hauses gestellt wurde und sich der diensthabende Beamte meldete, war sich Larsson bewusst, dass seine Truppe bereits den verdienten Feierabend genoss. Er wählte die Nummer seines Mitarbeiters, Kriminalkommissar Karl Simons, und bat ihn, zur Unterstützung nach Bansin zu kommen.

Am Ort angekommen, querte er auf der Seestraße die Promenade und stellte seinen Wagen direkt neben dem Übergang zum Strand ab. Die Fahrer zweier Funkwagen hatten ebenfalls diesen Platz gewählt. Eine beträchtliche Menschenmenge hatte sich gebildet.

Wo etwas nach Tod riecht, haben die Menschen viel Zeit. Die Voyeure sterben nie aus. Nichts ist faszinierender als der Tod, solange es nicht der eigene ist.

Er sah die Polizisten unweit an einer Sandburg stehen. Auch hier standen Neugierige herum und schauten ungeniert auf die Frau, die aufgeregt mit den Polizisten redete.

Das Donnern eines Hubschraubers riss ihn aus seinen Gedanken. Offensichtlich hatte die Einsatzzentrale die Maschine für die Suche geordert. Es war ein EC 135 P1, der von seiner Basis Rostock-Laage gekommen und mit Spezialgerät zum Aufspüren von Personen im unwegsamen Gelände – oder wie hier im Wasser – ausgerüstet war.

Larsson verschaffte sich Platz, um näher an das Geschehen heranzukommen.

»Hallo Kollegen«, sagte er. »Ich übernehme mal. Und ihr sorgt bitte dafür, dass wir hier nicht umgerannt werden.« Er zeigte auf die Leute, die ungeniert bis auf wenige Schritte an die Befragung herangekommen waren, um ja kein Wort zu verpassen.

Die vier Polizisten drängten die Menschen zurück, die sich nur unwillig einige Schritte entfernten.

»Kommen Sie«, sagte Larsson zu der am Boden kauernden Frau.

Sie gingen zur Sandburg, die die Frau und die Kinder am Vormittag gebaut hatten. Jetzt sah Larsson, dass ein kleines Mädchen in eine Decke eingewickelt hier offensichtlich ihrer Erschöpfung erlegen und eingeschlafen war.

»Sie hat bitterlich geweint, als ihr Bruder weg war«, erklärte die Frau sichtlich bewegt.

Kurz bevor sie sich in den Sand setzten, schaute Larsson noch einmal über das Wasser. Aus Westen kam das blaue Schnellboot der Wasserschutzpolizei. »Können Sie mir jetzt einige Fragen beantworten?« fragte er.

Die Frau nickte.

»Nennen Sie mir bitte Ihren Namen.«

»Maria Halmer.«

Larsson notierte sich das. Aus dem Augenwinkel sah er, dass kurz vor dem Strand die Besatzung den Anker des Bootes warf, und nur wenige Minuten später dümpelte die *Damerow* in der Dünung quer zum Strand. Er hatte extra ein wenig gewartet, um der Frau Zeit zu geben, sich ein wenig zu beruhigen.

»Sind Sie Badegast, oder wohnen Sie auf der Insel?«

»Ich mache mit meinen Kindern zwei Wochen Urlaub hier.«

»Sind Sie allein gekommen? Ich meine, allein mit den Kindern?«

»Mein Mann hat keinen Urlaub bekommen, er ist zu Hause. Ich habe mir noch nicht getraut, ihn zu verständigen.« Zitternd stand die Frau auf. »Ich sollte noch einmal im Wasser suchen«, sagte sie.

»Das würde jetzt nichts helfen, Frau Halmer. Die Fachleute der Polizei werden das machen. Bitte setzen Sie sich wieder.«

Die *Damerow* hatte ein Beiboot ausgesetzt, mit dem zwei Besatzungsmitglieder zum Strand fuhren. Quer vor dem Land fahrend, fingen sie an, nach dem verschwundenen Kind zu suchen.

Als Larsson hochschaute, sah er Kriminalkommissar Karl Simons kommen. »Mein Kollege wird hier vor Ort bleiben. Wir werden ins Kommissariat fahren, denn hier wird es mit der Zeit zu kalt.« Er deutete auf das Kind.

»Ich kann hier nicht weg!« schrie Maria Halmer auf. Als sie bemerkte, dass sie so laut geworden war, sagte sie leise: »Ich kann doch meinen Sohn nicht allein hier lassen.«

Larsson beobachtete sie. Er recherchierte immer nach allen Richtungen, auch nach ambivalentem Selbstverschulden. Aber nichts im Wesen der Frau verriet ihm, dass sie schuldhaft gehandelt hatte.

Simons war inzwischen dazugekommen.

»Nimm dir einen oder zwei der Kollegen, Karl, und befragt die Menschen in den umliegenden Sandburgen, ob sie etwas gesehen haben. Und Karl ...«

Simons drehte sich noch einmal um.

»Bestell bitte einen Psychologen zur Dienststelle. Und fordere die Tauchergruppe an.«

Simons ging zu den Schutzpolizisten, und Larsson sah, wie er erst kurz telefonierte, dann mit den Polizisten sprach und mit ihnen ausschwärmte.

»In welchem Ort wohnen Sie?«

»Auf der Insel?«

»Ja.«

»Gleich hinter der Promenade. In einer Ferienwohnung in der Villa Barbara, Maxim-Gorki-Straße.«

»Und wo sind Sie zu Hause?«

»In Berlin.«

Larsson fragte nach der Adresse. »Wie lange sind Sie schon hier?«

»Wir sind erst heute Morgen gekommen«, sagte Maria Halmer und brach wieder in Tränen aus.

»Sind Sie gleich mit den Kindern an den Strand gegangen?«

»Nachdem ich das Nötigste ausgepackt hatte. Die Kinder haben mir keine Ruhe gelassen. Sie wollten unbedingt ans Wasser.«

Karl Simons kam zurück und schüttelte den Kopf.

»Gar nichts gesehen?« fragte Larsson.

»Es sind ja nicht mehr alle Burgnachbarn hier. Aber ein Ehepaar hat die Familie baden sehen. Irgendwann am späten Nachmittag. Erst als sie die Frau am Strand später schreien hörten, haben sie ihr suchen geholfen. Dabei wäre beinahe das nächste Unglück geschehen.«

»Wieso?«

Simons deutete mit dem Kopf auf die Frau, die aufgestanden war und zum Wasser hinschaute. »Sie wäre beinahe selbst ...«

Larsson schüttelte den Kopf.

»Ich habe die Adressen, wo wir die Leute finden können.«

Larsson schaute zur Uhr. »Ich glaube nicht, dass ich Sie jetzt einfach nach Hause entlassen kann«, sagte er zu Maria Halmer. »Ich habe Angst, dass Sie es mental nicht allein verkraften.«

»Mein Mann«, stammelte sie. »Was sage ich meinem Mann?«

»Lassen Sie uns zur Dienststelle fahren. Ich werde mit Ihrem Mann telefonieren.«

Sie nahm das Kind hoch. »Komm, Laura. Wir müssen jetzt gehen.«

»Magnus?« fragte das Mädchen schlaftrunken.

Ihre Mutter sagte nichts. In Gedanken legte sie die Decke zusammen.

Auf dem Weg zum Auto rief Lasse Larsson Monika an. Er hatte sie im Vorjahr im schwedischen Ort Mellerud in der historischen Provinz Dalsland in Südschweden, etwa 45 Kilometer nördlich von Vänersborg an der Westseite des Vänern-Sees gelegen, geheiratet. Es war ihr Wunsch gewesen, dort zu heiraten, wo Larssons Wurzeln lagen; Larsson hatte alles heimlich vorbereitet, und auf der Reise hatte er sie überrascht. Auf den Spuren seiner Vorfahren hatten sie dann tatsächlich geheiratet.

»Ich komme später, Monika«, sagte er. »Es hat einen Badeunfall gegeben, den ich jetzt aufnehme.«

»Ja«, sagte Monika nur, »pass auf dich auf.«

Larsson schloss den Wagen auf. »Am besten, setzen Sie sich mit Ihrer Tochter zusammen auf den Rücksitz.«

Während der kurzen Fahrt sprachen sie nicht miteinander.

Larsson dachte: In ihrer Haut möchte ich nicht stecken. Ein solches Unglück, wenn es denn eines war, und daran wollte er in diesem Augenblick glauben, konnte zweifellos verheerende Auswirkungen haben.

»Wir sind da.« Er stellte den Wagen ab, stieg aus und hielt der Frau die Wagentür auf. Das Kind an der Hand, folgte sie Larsson ins Gebäude.

»Wie ist Ihre Ehe?« fragte er, als sie in seinem Zimmer waren. Er schob ihr einen zweiten Stuhl heran, auf den sie das Kind setzen konnte. Ihm war klar, dass er etwas würde entscheiden müssen. Das kleine Mädchen war am Ende seiner Kräfte.

»Muss ich das beantworten?«

»Nein«, stellte Larsson sachlich fest.

»Wie meinen Sie das?«

»So wie ich es gesagt habe. Sie müssen es nicht beantworten, wenn Sie es nicht wollen.«

Als Maria Halmer ihn unschlüssig ansah, fasste er nach. »Führen Sie eine glückliche Ehe? Ich muss Sie das fragen. Wenn Sie nicht darauf antworten, muss ich meine Schlüsse ziehen.«

»Ich habe nichts zu verbergen ... Nicht glücklicher als andere Paare, und auch nicht unglücklicher.«

»Das heißt was?«

»Es gab schon mal Diskussionen, wie sie in jeder Ehe vorkommen.«

»Zum Beispiel?«

»Über einen Krippenplatz, den wir nicht finden konnten. Wir haben das so geregelt, dass ich aufhörte zu arbeiten. Eigentlich wollte ich gerne weiterarbeiten.«

»Haben Sie auch über Geld gestritten?«

»Sicher auch mal über Geld, als wir in eine größere Wohnung umziehen mussten, weil die alte Wohnung für vier Personen zu klein geworden war.«

»Als was arbeitet Ihr Mann?«

»Er ist Versicherungskaufmann, Abteilungsleiter.« Sie nannte ihm eine große, international tätige Versicherung.

Larsson nahm seine Notizen heraus, die er am Strand gemacht hatte, und ergänzte sie durch ihre Daten.

»Zuerst können Sie mir sagen, was Sie noch über den Vorfall wissen, und anschließend werde ich noch einige Fragen stellen.

Ich mache mir zwischendurch Notizen. Lassen Sie sich dadurch nicht irritieren. Zum Abschluss werden wir alles schriftlich protokollierten.« Nun wird sie wissen, was auf sie zukommt, dachte Larsson.

»Wo soll ich da anfangen?«

»Am besten am Anfang.« Larsson lächelte ihr aufmunternd zu.

»Wir sind an den Strand gekommen, haben die Burg zusammen gebaut, aber die Kinder wollten dauernd ins Wasser. Ich hatte Mühe, sie zurückzuhalten. Dann haben wir mit einer Frau und ihrem Sohn Ball gespielt und sind zwischendurch ins Wasser gegangen.«

»Das ist doch schon mal ein Anfang«, sagte Larsson.

»Laura hatte dann genug vom Wasser. Nur Magnus ...« Sie hielt einen Augenblick inne. »Magnus war kaum zu halten. Er liebt das große Wasser. Als die Frau mit ihrem Sohn nach Hause ging, wollte ich auch zurückgehen. Laura musste mal, und Magnus wollte unbedingt wieder ins Wasser. Ein letztes Mal. Ich verbot ihm das. Ich sagte, er solle warten, bis Laura ihr Geschäft gemacht hat ...«

»Aber der Junge hat nicht gewartet«, sagte Larsson.

»Nein.«

Larsson gab der Frau einen Augenblick Zeit, um sich zu sammeln.

»Magnus stand am Wasser. Ich dachte mir nichts dabei und habe Laura nur einen Augenblick geholfen, ihre Hose wieder hochzuziehen. Es war nur ein winziger Augenblick. Als ich meinen Blick hob, war er verschwunden. Zuerst dachte ich, er hätte sich nur geduckt oder sei zurück zur Sandburg gelaufen. Aber ich sah ihn nicht. Ich bin ganz schnell zum Wasser gelaufen, und als ich ihn nicht sah und er auch nicht auf mein Rufen antwortete, versuchte ich selbst dort im Wasser zu suchen, wo ich ihn zuletzt habe stehen sehen.«

»Hatten Sie keine Hilfe?«

»Doch. Einer der Männer aus der Nachbarburg spielte mit seiner Frau Federball. Als er mich so verzweifelt schreien hörte, kam er und suchte mit mir nach meinem Kind. Dann kamen noch einige andere Leute dazu.«

»Sie fanden Magnus nicht.«

»Nein. Er war wie vom Erdboden verschwunden.«

Es klopfte, und die Psychologin vom Dienst, Frau Dr. Endrigkeit, steckte ihren Kopf zum Zimmer herein.

»Augenblick«, sagte Larsson und stand auf. »Bitte warten Sie einen Moment«, sagte er zu Maria Halmer und verließ das Zimmer.

In wenigen Worten schilderte Larsson der Psychologin die Situation.

»Haben Sie etwas, was Sie der Frau zur Beruhigung geben können?«

»Ja.«

»Sie sollte zur Nacht ruhiggestellt werden. Schauen Sie, ob sie suizidgefährdet ist. Wenn ja, müssen wir uns etwas einfallen lassen. Kommen Sie jetzt bitte mit herein«, sagte Larsson.

Sie gingen ins Büro. Larsson sah auf Maria Halmer und das verstörte Kind, das kaum noch die Augen offen halten konnte. Er stellte die Psychologin vor, schob der Frau einen Block zu und legte einen Kugelschreiber daneben. »Würden Sie mir bitte die Telefonnummer Ihres Mannes aufschreiben?«

Die junge Frau tat, was Larsson von ihr verlangte. Als sie fertig war, fragte Larsson: »Hat Ihr Mann ein Handy?«

Sie nickte.

»Bitte schreiben Sie auch diese Nummer dazu, für den Fall, dass ich ihn nicht erreiche.«

Larsson nahm den Block an sich. »Ich gehe mal telefonieren. Unterhalten Sie sich derweilen ein wenig mit Frau Dr. Endrigkeit.«

Er ging ins Zimmer der Kommissare. Für einen Augenblick setzte er sich an Andresens Schreibtisch. Kriminalkommissar Rolf Andresen hatte es gut. Er hatte drei Tage frei, um Überstunden abzubummeln. Mit seinem Drachen, wie er seine Frau immer zu nennen pflegte, war er mit seinem Jollenkreuzer unterwegs. Irgendwo in Polen. Er wollte die Oder hochfahren bis Szczecin.

Larsson griff zum Telefonhörer und wählte.

»Luan Halmer, guten Tag.«

Deine Stimme klingt nicht unsympathisch, dennoch werde ich dir gleich wehtun müssen.

»Lasse Larsson, Kriminalpolizei Heringsdorf.« Er gab sich Mühe, seiner Stimme einen ruhigen Ton zu geben.

»Kriminalpolizei?«

Jetzt klingt deine Stimme gleich aufgeregt.

»Ja ... Es gab einen Unfall.«

»Einen Unfall?«

»Ja. Einen Badeunfall.«

»Einen Badeunfall?« Jetzt überschlug sich die Stimme des Mannes vor Aufregung.

»Ihr Sohn ...«

»Magnus?«

»Ja.«

»Ist er ...?«

»Wir haben ihn noch nicht gefunden. Aber es besteht kaum noch Hoffnung.« In diesem Augenblick hasste Larsson seinen Job. *Derartige Nachrichten zu überbringen, ist deprimierend. Wo immer der Tod auftaucht, bringt er Leid.*

Er hörte, wie der Mann aufschrie.

»Es tut mir sehr leid.« Larsson wartete einen Augenblick, bis der Mann sich ein wenig gefangen hatte. »Haben Sie die Möglichkeit, zu Ihrer Frau zukommen? Sie ist mit ihren Nerven völlig fertig, und gemeinsam ist es immer ein wenig leichter, eine so schwere Zeit zu überstehen.«

»Gleich?«

»Vielleicht sollten Sie in diesem aufgeregten Zustand nicht in ein Auto steigen. Außerdem fährt es sich im Hellen sicherer.«

»Ja, da haben Sie recht. Ich muss außerdem erst die Weichen in der Firma stellen. Da kann man nicht einfach verschwinden.«

Das ist gut so. Das lenkt den Mann ab.

»Haben Sie Freunde, bei denen Sie heute übernachten können?« fragte Larsson.

»Meine Schwiegereltern wohnen in Mariendorf. Ich weiß aber nicht, ob ich es ihnen schon sagen kann.«

»Und sonst? Haben Sie sonst noch jemanden, mit dem Sie reden könnten?«

»Ja, natürlich.«

Larsson gab ihm seine Telefonnummer und sagte, dass er die ganze Nacht anrufen könne, wenn er nicht zurechtkäme.

Als er die Tür zu seinem Büro öffnete, sah er, dass die Psychologin Maria Halmer beruhigt hatte. Sie weinte nicht mehr, während Dr. Endrigkeit mit ihr sprach und ihre Hand streichelte, und sie antwortete leise und unaufgeregt.

Wie hat sie das nur fertiggebracht? Frauen unter sich ...

»Ich habe mit Ihrem Mann gesprochen«, sagte Larsson. »Er wird voraussichtlich morgen gegen Mittag kommen.«

»Oh Gott«, entfuhr es ihr.

Larsson sah sie fragend an.

»Davor fürchte ich mich. Er wird mich umbringen.«

»Ist Ihr Mann gewalttätig?« fragte Larsson.

Maria Halmer schien zu überlegen, war sich nicht schlüssig, was sie antworten sollte. »Nein. Aber beim Verlust seines Sohnes kann ich nicht einschätzen, wie er reagieren wird. Er wird in jedem Fall mir die Schuld geben. Wie er dann reagiert ... Ich weiß es nicht.«

Larsson gab ihr seine Visitenkarte. »Speichern Sie die Nummer als Kurzwahl in Ihr Handy ein. Wenn Sie Angst bekommen, rufen Sie mich an. Wollen Sie das so?« Sie nickte. »Können Sie die Nummer speichern, so dass sie mit einem einzigen Druck auf das Zahlenfeld die Verbindung herstellt?«

»Ja.«

»Gut. Dann werden Sie jetzt in Ihr Quartier gehen und versuchen, die Nacht zu schlafen.«

Die Frau lachte hysterisch auf. Nicht laut, aber der Ton war alamierend genug, dass Dr. Endrigkeit den Kopf leicht schüttelte.

Larsson schaute sie fragend an.

»Ich werde Sie jetzt nach Hause begleiten und Ihnen etwas zur Beruhigung geben«, sagte die Psychologin. »Sie können dann schlafen und wieder Kraft schöpfen. Die werden Sie dringend brauchen.«

In diesem Augenblick machte sich mit einer Musik aus der »West Side Story« das Smartphone von Frau Halmer bemerkbar. Mit zitternden Händen nahm sie es hoch.

»Versuchen Sie ganz ruhig zu bleiben«, sagte Larsson. »Können Sie es laut stellen?« Dann nickte er der Frau zu.

»Ja, Luan.« Ihre Stimme war kaum zu hören.

»Die Polizei hat mich angerufen.«

»Ich weiß.«

»Magnus ist tot?«

»Sie haben ihn noch nicht gefunden.« Sie schluchzte auf.

»Du konntest es nicht verhindern?«

»Ich habe mich nur fünf Sekunden von ihm abgewendet, um Laura beim Anziehen ihrer Hose zu helfen«, sagte sie kleinlaut.

»Du weißt schon, was das bedeutet?«

»Wir haben eins unserer Kinder verloren, Luan, und das ist furchtbar.«

»*Du* hast eins unserer Kinder verloren. Unsere Familie ist damit zerstört.«

Wieder schluchzte die Frau auf. »Ich weiß.«

»Ich werde versuchen, morgen Mittag auf der Insel zu sein. Dann werden wir über die Angelegenheit reden.«

»Ja, ich weiß das, Luan«, wiederholte sich die Frau.

Sie wollte noch etwas sagen, aber die Leitung war tot.

Was für ein lausiger Armleuchter, dachte Larsson. »Ihr Mann ist aufgeregt«, sagte er. »Das muss man verstehen. Morgen sieht es bestimmt schon wieder ganz anders aus.«

»Sie kennen meinen Mann nicht. Der Junge war alles für ihn.«

Die Psychologin schaute Larsson fragend an.

»Er wird sich wieder beruhigen müssen«, stelle Larsson fest. »Manche Tatsachen, die das Leben schreibt, sind unumstößlich.«

»Der Tod gehört dazu«, sagte Maria Halmer leise.

Larsson widersprach nicht.

Am Donnerstag, dem 10. August, kurz vor zwei am Nachmittag, kam Familie Halmer ins Kommissariat in die Seestraße in Heringsdorf. Auf ihrem Weg wurden sie wieder von dem großen Hubschrauber überflogen, der schon am Tag zuvor mehrfach beim Anflug in der Luft über den Kaiserbädern zu sehen war.

Kriminalkommissar Karl Simons wurde über das Kommen der Halmers verständigt und ging, um sie aus der Wache abzuholen.

»Ist das der Kommissar?« fragte Luan Halmer seine Frau.

»Nein.«

Luan Halmer drehte sich zu Simons herum. »Wo ist der Kommissar von gestern, der mit meiner Frau gesprochen und mich angerufen hat?«

Das ist der Ton, den Machtmenschen anschlagen, wenn ihnen etwas gegen Strich geht, dachte Simons. »Kriminalhauptkommissar Larsson ist außer Haus. Ihre Frau und ich kennen uns schon seit gestern. Bitte kommen Sie mit in unser Büro«, sagte er in ruhigem Ton. »Kriminalhauptkommissar Larsson wird jeden Augenblick da sein. Wir haben vor einer Viertelstunde telefoniert. Da war er auf der Rückfahrt von Wolgast«, fuhr er fort, während sie die Treppe hinaufstiegen.

Sie gingen ins Büro der Kommissare. Simons bot ihnen Stühle an. Maria Halmer nahm ihre Tochter auf den Schoß.

»Ich habe gerade den Hubschrauber gesehen«, stellte Luan Halmer fest. »Hat sich an der Situation etwas geändert?«

»Nein, nichts.«

»Wie kann es sein, dass die Polizei das Kind nicht findet?«

»Das haben wir uns auch gefragt. Deshalb hat ja auch eine Besprechung bei der Wasserschutzpolizei in Wolgast stattgefunden. Aber ich kenne die Antwort auf unsere Fragen schon ...«

»So? Dann sind Sie der Einzige, der die Antworten schon kennt.«

»Ich bin hier aufgewachsen. Es sind besonders gefährliche Querströmungen, die sich bei ablandigem Wind bilden. Die Wellen, die sich dann am Strand brechen, sind relativ klein, und der Sog verursacht diese ungeheuer tückischen Strömungen, die sehr gefährlich sind.«

»Warum kann man davor nicht rechtzeitig warnen?« bohrte Halmer nach.

»Weil sie punktuell auftreten, also niemals gleichmäßig, und schon deshalb nicht zu kontrollieren sind.«

»Ich muss mal«, quengelte die Kleine.

»Komm«, sagte Maria Halmer zu ihrer Tochter und stellte sie auf die Beine, »steh ein wenig auf.«

»Geh mit ihr! Du kennst das Ergebnis, wenn du es nicht tust.«

Es war ein Befehl, kein Hinweis.

Simons hatte Mühe, sich zu beherrschen. Aber er tat es, wenngleich mit Widerwillen. »Auf dem Gang, die zweite Tür links«, sagte er.

Sein Telefon klingelte.

»Gibt es etwas Neues?« fragte Larsson. »Ich würde noch schnell ins Brauhaus essen gehen.«

»Die Familie Halmer ist da.«

»Schön, dann komme ich gleich.« Larsson tat etwas, das ihm als Feinschmecker eigentlich zuwider war. Er hielt an einem Stand und kaufte sich eine Bockwurst. Wenig später fuhr er auf den Parkplatz seiner Dienststelle.

Maria Halmer kam mit dem Kind von der Toilette zurück und nahm ihren Platz wieder ein.

Als er ins Büro der Kommissare kam, spürte Larsson die Spannung zwischen Luan Halmer und Simons sofort. »Kann ich irgendetwas helfen?« fragte er in leichtem Ton.

»Ich habe erwartet, Sie hier zu treffen, nachdem Sie gestern mit mir telefoniert haben«, sagte Luan Halmer vorwurfsvoll.

»Die Polizei, Herr Halmer, hat nicht nur eine Baustelle. Aber um zur Beruhigung beizutragen, will ich Ihnen sagen, dass ich auch am Vormittag ausschließlich damit beschäftigt war, die Hintergründe zu dem Unfall Ihres Sohnes abzuklären. Und auch gestern Abend haben wir unser Möglichstes getan. Die groß angelegte Suchaktion musste am Abend gegen zehn Uhr wegen der hereinbrechenden Dunkelheit zunächst unterbrochen werden. Heute ist die Tauchergruppe der Polizei da und beteiligt sich seit dem frühem Morgen intensiv an der Suche.«

»Ohne Erfolg, nehme ich an.«

»Bisher leider ohne Erfolg.«

»Sie sind also sicher, dass es ein Unfall war?«

»Ja.« Larsson zog sich einen Stuhl heran, der vor dem Schreibtisch Rolf Andresens stand, stellte ihn seitlich an den Schreibtisch Simons' und setzte sich. Von hier konnte er auf kürzeste Distanz Halmer in die Augen schauen. »Es gibt keinen Grund für eine Annahme, dass Ihr Sohn anders zu Tode gekommen sei als durch einen Unfall.«

»Wie können Sie das so bestimmt sagen, obwohl Sie noch nicht einmal seine Leiche gefunden haben?«

»Es ist die Essenz dessen, was wir durch die Befragungen sowohl Ihrer Frau als auch der Helfer vor Ort herausgefunden haben. Aber wenn wir Ihren Sohn finden, wird selbstverständlich die Beurteilung der Rechtsmedizin eine abschließende Rolle spielen.«

Larsson dachte an einen Fall, der sich Mitte der neunziger Jahre in Berlin zugetragen hatte. Eines Morgens wurde er verständigt, dass ein junges Mädchen am Müggelsee aufgefunden worden war. Sie hatte einen Schlag auf den Hinterkopf bekommen, und die Ermittler waren sich sicher, dass eine natürliche

Todesursache ausschied. Doch dann kam die Wendung durch die Rechtsmedizin. Der leitende Rechtsmediziner konnte nachweisen, dass die Verletzungen nicht durch einen Schlag, sondern aller Wahrscheinlichkeit nach durch die Drehung einer langsam laufenden Schiffsschraube hervorgerufen worden war.

»Werden Sie meinen Magnus überhaupt finden?« fragte Luan Halmer.

»Das weiß ich nicht. Niemand kann das mit letzter Sicherheit wissen. Wir haben aber vereinbart, dass wir bis zum Sonnabend weitersuchen lassen. Dann allerdings ...« Larsson beendete den Satz nicht.

»Da die Chance so gering ist, werden wir heute hier unsere Zelte abbrechen und nach Berlin zurückgefahren«, sagte Halmer.

Larsson antwortete mit einer Verzögerung. »Es ist sicher gut, wenn Sie einen Abstand zwischen sich und den Unglücksort bringen. Ich werde Sie in jedem Fall davon verständigen, wenn sich eine Änderung in unseren Ermittlungen ergibt.«

»Haben Sie noch Fragen an meine Frau oder an mich?«

»Im Augenblick nicht.«

Luan Halmer stand auf und machte seiner Frau mit einer Kopfbewegung klar, dass sie mitzukommen habe.

Als die Halmers das Büro verlassen hatten, sagte Simons: »Ein unangenehmer Mensch, dieser Halmer.«

»Du solltest nicht so hart urteilen, Karl. Er hat seinen Sohn verloren, also befindet er sich in einer Ausnahmesituation.«

Zwei Tage später passierte etwas Ungeheuerliches. Die inzwischen angereiste und bei der Suche eingesetzte Tauchergruppe fand anstatt des ertrunkenen Kindes einen Mann, der mit einer Harpune regelrecht an eine der Spanten linksseitig des Kiels des Fischerbootes *Seefalke* angenagelt worden war. Das Boot war über Nacht nicht an Land gezogen worden, weil der alte Belarus-Traktor, der diese Aufgabe zu übernehmen hatte, nicht ansprang. Deshalb lag der *Seefalke* nur etwa hundert Meter vom Strand entfernt auf Reede.

Die Aufregung war verständlicherweise groß.

Noch während die Männer der Spurensicherung und der Tauchergruppe das Opfer von allen Seiten fotografierten, wurde Larsson durch den Kriminal-Dauerdienst zur Fundstelle geschickt.

Larsson begrüßte seinen Kollegen, den Leiter der Tauchergruppe Kurt Salomon. »Ich habe nicht gedacht, dass wir uns so schnell wiedersehen werden.«

Sie gaben sich die Hand.

»Vielleicht sollten wir hier eine Dependance einrichten«, frotzelte Salomon mit einem Augenzwinkern. Er öffnete das Fahrerhaus des Taucher-Basisfahrzeuges, das bis an den Ermittlungsort herangefahren war. Neugierige Urlauber standen herum und mussten immer wieder auf Distanz gebracht werden.

Hauptkommissar Salomon klappte den Laptop auf, der im Führerhaus auf dem Sitz lag. »Ich zeige Ihnen, was meine Leute vorgefunden haben.« Nacheinander rief er einige Bilder ab.

»Das ist eine inszenierte Hinrichtung«, sagte er.

»Hast du das Gesicht in einer Großaufnahme?«

Wieder klickte der Hauptkommissar einige Bilder an und vergrößerte dann das Bild, das das Gesicht des Toten optimal zeigte.

»Wow!« sagte Larsson. »Das Gesicht kenne ich.«

Larsson wählte die Handynummer von Kriminalkommissar Rolf Andresen.

»Andresen, guten Tag.« Natürlich musste er es auf dem Display längst gesehen haben, wer ihn zu erreichen versuchte.

»Es ist etwas eingetreten, was mich veranlasst, dich zu bitten, schnellstmöglich zurückzukommen.«

»Nichts ist so wichtig, dass es mich von meinem wohlverdienten Kurzurlaub abhalten könnte«, sagte Andresen, und Larsson konnte unschwer heraushören, dass seinem Mitarbeiter die Störung absolut nicht passte.

»Du erinnerst dich an Smirnov?«

»Der Kerl, der an einem Puff in Greifswald beteiligt ist?«

»Kein Puff, an einem Escort-Service.«

»Das ist doch dasselbe.«

»Beinahe.«

»Du kannst nicht verwinden, Lasse, dass du den Fall nicht aufgeklärt hast«, maulte Andresen. »Wie hieß sie gleich, die Kleine, mit der wir ihn in Verbindung gebracht hatten?«

»Anastasija Saizew«, las Larsson den Namen vom Bildschirm seines Computers.

»Anastasija Saizew«, Andresen ließ den Vornamen der ermordeten Frau langsam auf der Zunge zergehen. »Das war mal ein verdammt hübsches Frauenzimmer«, sagte er.

»Deine Frau scheint nicht in der Nähe zu sein«, sagte Larsson.

»Sie feilscht vor dem Boot um einen Fisch, den wir zu Abend machen wollen.«

»Smirnov ist tot.«

»Ermordet«, stellte Andresen sachlich fest, als wüsste er bereits über den Fund Bescheid.

»Mit einem Pfeil aus einer Harpune aufgespießt an die Planken eines Fischerbootes.«

»Huuiiiiii«, entfuhr es Andresen.

»So ähnlich habe ich auch reagiert. Wo bist du eigentlich?«

»In Polen.«

»Witzbold.«

»Du willst mich nicht etwa fragen, wann ich in Heringsdorf sein kann?«

»Genau das möchte ich. Ich brauche jetzt jeden Mann, und ganz besonders deine Mitarbeit. Du warst ganz dicht an dem Mann dran.«

Einen Augenblick blieb es still.

»Bist du noch da?« fragte Larsson.

»Ja, ich überlege gerade, wie ich am schnellsten im Kommissariat sein kann ... Ich bin in Gmina Wolin. Bis Heringsdorf sind es ungefähr 40 Kilometer. Schneller als mit dem Boot geht es mit dem Auto«, antwortete Andresen.

»Dann nimm dir bitte ein Taxi auf Staatskosten.«

»Und das Boot?« widersprach Andresen.

»Ja, das Boot. Es hat doch einen Motor.«

»Natürlich hat es das. Avinrude – Außenbordmotor, sechs PS. Schließlich ist ein Jollenkreuzer ein Segelboot«, sagte Andresen dozierend.

»Dann kann doch deine Frau ...«

»Vergiss es. Sie hat keinen Bootsführerschein. Aber mir wird schon etwas einfallen.«

Es ist der Zeitpunkt, der darüber entscheidet, ob ich deine Beförderung vorantreibe, dachte Larsson, der Punkt aufs i!

Andresen wiederum dachte einen Augenblick darüber nach, wie er seinen mit dem erstandenen Fisch auf den Jollenkreuzer kommenden Drachen zu einem Abbruch der kleinen Reise bewegen könnte.

»Ich muss jetzt auflegen, komme aber so schnell, wie ich irgend kann.«

»Hast du gesehen, wie ich den Polen abgehandelt habe?« fragte seine Frau triumphierend, als sie wieder an Bord war. »Den ganzen Kerl habe ich für sieben Euro gekauft.« Stolz zeigte sie einen großen Dorsch, der in braunes Packpapier eingewickelt war.

»Ist er frisch?«

»Schau auf die roten Kiemen und die Augen!« Seine Frau lächelte kurz. Dann hatte sie bereits spitzgekriegt, dass irgendetwas nicht stimmte. »Was ist los?«

Andresen schaute zum Steg. Der polnische Fischer stand nun da und handelte mit einem anderen Kunden, der ebenfalls an einem seiner Fische interessiert war und mit seinem Boot ganz am Ende des Steges lag. »Was soll schon sein?«

»Du brauchst dich nicht zu verstellen, Rolf. Ich kenne dich zu genau, um nicht zu wissen, dass etwas faul im Staate Dänemark ist.«

Obwohl Andresen seine Frau liebte, hasste er es, so schnell durchschaut zu werden. »Ich muss zurück ins Kommissariat.«

»Larsson pfeift, und mein Mann kuscht«, stellte sie lakonisch fest. »Wie stellst du dir das vor? Willst du mich hier allein sitzen lassen? Mit dem Boot? Du weißt, dass ich mich allein fürchte.«

Sie kokettiert wieder mit ihrer Furcht, dachte er. Und dann in diesem Ton? Als wenn das noch zöge.

»Larsson braucht jeden Mann, und ich bin derjenige, der das Opfer am besten kannte.« Er dachte an die Bootsnachbarn, mit denen sie seit einigen Jahren befreundet waren und mit denen sie sich trafen, wann immer ihnen das möglich war. »Lass uns Karol fragen, ob ihm etwas einfällt, wie unser Boot nach Neppermin kommen könnte.«

Kurz nachdem Larsson die Leitung zu Andresen unterbrochen hatte, kam Simons in sein Büro.

»Was mir überhaupt nicht schmeckt, Lasse«, begann er das Gespräch, »ist der Ton, den dieser Luan Halmer angeschlagen hat. Vor allem gegenüber seiner Frau war das mehr als nur unangebracht.«

»Wir haben jetzt andere Sorgen«, sagte Larsson. »Ich finde das auch nicht richtig, aber ...«

»Luan ... Luan ... Ich habe mal gegoogelt. Ein Boxer heißt so. Luan Krasniqi, ein Kosovo-Albaner.«

»Karl«, mahnte Larsson.

»Ein Boxer ist genauso aggressiv wie es Halmer war, und umgedreht.«

»Karl!« Larsson begann allmählich die Geduld zu verlieren. »Krasniqi ist ein Muster an Fairness.«

»Woher weißt du das?«

»Weil ich mir hin und wieder sonnabends Boxen im TV ansehe.«

»Du?« fragte Simons entgeistert.

»Vor etwa vier Jahren gewann Krasniqi den Europameistertitel im Schwergewicht durch einen knappen Punktsieg über den deutschen Rechtsausleger René Monse.«

»Du wirst mir immer ein Rätsel bleiben, Lasse.«

»Und das ist wirklich gut so, Karl.«

»Ich habe gegoogelt«, bohrte Simons nach.

»Krasniqi, ich weiß es jetzt.«

Simons schüttelte den Kopf. »Luan ... Luan Halmer ... er war irgendwann einmal bei Facebook. Aber eigentlich war er nur dort, um Werbung für die Versicherung zu machen, bei der er angestellt ist. Dann fand ich ihn aber bei Yasni.«

»Und?«

»Dort steht im Eintrag *Versicherungsagent*«, stellte Simons fest.

»Ist er das nicht?«

»Ich denke eher nicht. Eine Versicherungsagentur ist ein selbständiges Unternehmen, das für eine Mutterversicherung arbeitet. Er aber ist Angestellter, also Versicherungsangestellter.«

Larsson dachte einen Augenblick nach. »Ja, da ist etwas dran. Aber was besagt das schon? Vielleicht war er ja mal selbständiger Versicherungsagent.«

»War er nicht.«

Beinahe hätte Larsson die Geduld verloren, aber irgendetwas warnte ihn, dass Simons mit seinem Misstrauen recht haben könnte. »Na schön, Karl, schau halt, ob etwas im Computer über ihn steht.«

»Das habe ich schon gemacht. Es gibt einige Einträge über evidente Geschwindigkeitsübertretungen mit dem Auto. Mit den Eintragungen in Flensburg ist er dicht an der Grenze, seinen Führerschein zu verlieren. Außerdem war er an einer Schlägerei beteiligt. Es wurde gegen ihn geklagt, aber die Anklage wurde niedergeschlagen. Das heißt, dass er in seiner Explosionskraft gewissermaßen ein kleiner Krasniqi ist.«

Larsson nickte. »Das kann durchaus sein. Dennoch ist für uns der Fall abgeschlossen, sobald die Suche nach dem Leichnam des Kindes beendet wird und der Abschlussbericht vorliegt.«

Karl Simons wollte noch etwas sagen, doch Larsson unterbrach mit einer Handbewegung. »Abgeschlossen, Karl, ist abgeschlossen.«

Verstimmt verließ Simons das Büro seines Chefs.

Larsson holte sich wieder das Piktogramm vom Ermittlungsvorgang des Frühjahrs. Man hatte Anastasija Saizew gefunden, eine Russin, die für einen Begleitservice gearbeitet hatte. Parallel holte sich Larsson ein Foto der Frau auf den Bildschirm. Andresen hatte recht. Sie war ausgesprochen schön mit braunen Augen und dunklen Haaren.

Bei einer Drückjagd wurde sie gefunden. Es war kalt im Winter 2005 und in den ersten Monaten des Jahres 2006 gewesen. Schnee hatte gelegen und die Frau, die möglicherweise bis zu drei Wochen unter der Schneedecke begraben war, zugedeckt.

2.Kapitel

7. Januar 2006

Die russische Weihnacht ist etwas ganz Besonderes.

Erst kamen Weihnachtlieder aus den Boxen, intoniert vom Moskauer Kathedralchor. Anschließend russische Weihnachtsmusik von Alfred Reed, gespielt von der SHW-Bergkapelle unter der Leitung von Philip Walford. Es war eine Live-Übertragung aus dem Dreikönigskonzert in der Stadthalle Aalen.

»Ich habe etwas aus Petersburg für dich mitgebracht, Anastasija«, sagte Fedor Artjomowitsch Smirnov. Er beugte sich zu ihr herunter und küsste sie flüchtig auf den Mund. »Eine Belohnung für deinen unermüdlichen Einsatz fürs Vaterland.«

Anastasija gab ihre Liegestellung auf und setzte sich. Smirnov ließ sich neben sie auf die Couch fallen. Er zog ein kleines Kästchen aus der Tasche und öffnete es.

»Oh ... Was für ein schönes Stück!«

»Es gefällt dir?«

»Was für eine Frage. Der Ring ist wunderschön.«

Smirnov nahm den Ring aus dem Kästchen. »Er wird noch viel schöner, wenn er erst an deinem Finger steckt. Juwelen aus der Fabergé-Werkstatt waren über alle Jahre beliebte Sammlerobjekte.«

»Er ist von Fabergé?« fragte Anastasija entgeistert. Sie schaute auf den geschliffenen Rubin, der von kleinen Brillanten eingefasst war. Die Farbe des roten Steines passte ausgezeichnet zu ihrem Lippenstift.

»Keines von den wundervollen Eiern, die bis 1916 entstanden sind. Aber er datiert aus dem Jahr 1916 – schau mal auf den Innenrand.«

»Мой Anastasjia до 16 день рождения – meiner Anastasija zum 16. Geburtstag«, sagte Anastasija leise. Sie war kreidebleich geworden.

»Es war zwei Jahre vor der Ermordung der Zarenfamilie«, stellte Smirnov fest, und er ist wie für dich gemacht.«

Sie wollte den Ring zurücklegen, doch Smirnov zog die Hand mit dem Kästchen weg.

»Mashka und Alyosha hat man ermordet. Aber von Anastasija fehlt jede Spur. Und da steht dein Name. Also nimm ihn, und bewahre ihn in Ehren auf«, sagte er.

Anastasija Saizews Augen wurden nass.

Grade habe ich das Gefühl, alles auf einmal stürzt auf mich ein. Versuche abzuschalten, mich abzulenken, aber mein Kopf ist nur noch am Arbeiten, wenn ich es schaffe, das Thema Geldverdienen wegzuschieben, dann kommt gleich das nächste, wie löse ich mich von diesem Mann? Er ist mein Untergang. Es steht einfach zu viel auf dem Spiel. Doch Fedor Artjomowitsch wird mich vernichten, wenn ich ihn hängenlasse. Die vielen Reize bei der Betreuung zahlungsbereiter Kunden, gegen die ich mich immer schwerer abgrenzen kann, beschaffen mir ein gutes Auskommen, machen mich aber zur Edel-Hure. Ich habe keine Kraft mehr dazu, obwohl ich wieder im Funktionsmodus bin, wo ich doch nie mehr sein wollte, aber ich weiß mir einfach nicht mehr zu helfen ...

»Du musst nicht gleich weinen. Oder sehe ich da Freudentränen? Übrigens, dazu gibt es noch ein wunderschönes Armband und ein Collier. Beides ist für dich reserviert.«

»Ich kann das nicht«, sagte Anastasija.

»Was kannst du nicht?« fragte Smirnov eine Spur zu scharf.

»Der Ring gehört doch zum Zarenschatz, und dieser ist Eigentum unseres russischen Vaterlandes. Es wäre Diebstahl.«

Smirnov lachte auf. »Wir kaufen deutsche Expressionisten an und verkaufen sie mit großem Gewinn an die Oligarchen, die sich damit schmücken. Unsere Galerie macht Gewinn. Und du profitierst angemessen von diesem Gewinn.« Er legte das Foto eines Ölbildes auf den Couchtisch.

»Was ist das?«

»Ein Monet von 1867. ›Frau im Garten‹. Öl auf Leinwand.«

»Und?«

»Es hängt in der Eremitage in Sankt Petersburg. Wir haben einen Sammler aus Tokyo, der sich überaus für dieses Bild interessiert.«

»Und nun suchst du einen Kopisten, der *das* fertigbringt?«

»Ja.«

»Wenn der Japaner ein Sammler ist, wird er sicher schon ein oder zwei Werke das Malers besitzen.«

»Ja. So sagte er.«

»Und du glaubst, du könntest ihm eine Fälschung unterjubeln?« Jetzt war Anastasija Saizew nicht mehr das kleine, verletzliche Wesen, das sie eben noch zu sein schien.

»Genau das glaube ich nicht. Er will das Original, und das wird er bekommen.«

»Aus der Eremitage?« fragte sie entsetzt. »Das wird nie im Leben klappen.«

»Dein Ring hat doch auch geklappt, oder?«

»Er ist klein. Und das Bild?«

»82 x 100 Zentimeter ... Man wird es vorsichtig rollen. Dann kommt es mit einer Diplomatenmaschine nach Köln oder Berlin. Und dort holen wir es ab. Doch zuerst brauchen wir die Kopie. Sie muss nach Sankt Petersburg. Dort erfolgt der Austausch durch einen leitenden Mitarbeiter des Museums.«

»Du bist verrückt. Dieser Größenwahn kann verdammt teuer werden«, stellte Anastasija fest.

»Wer nicht wagt, der nicht gewinnt, mein Täubchen.«

Die Übertragung der russischen Weihnachtsmusik aus der Stadthalle Aalen war zu Ende gegangen. Wenig später erklang die Overtüre zu Wagners Rienzi. Smirnov hatte die Disc eingelegt. Er liebte Wagner. Die Musik Wagners vermittelte etwas Heldenhaftes. Und exakt das war es, was ihn aufbaute, so zu sein, wie er war – erfolgreich.

»Denk an das Collier ...«, sagte er wie beiläufig. Er kannte Anastasijas erlesenen Geschmack und nutzte das bei jeder Gelegenheit aus.

»Woran hast du gedacht?«

»Unser Mann am Bodensee macht hervorragende Kopien. Sie sind besser, als ich sie je von einem asiatischen Meister gesehen habe. Weißt du warum? Den Asiaten fehlt der Sinn für europäische Historie. Du kannst dafür nicht einfach eine Leinwand und Farben aus einer modernen chinesischen Herstellung verwenden.«

»Aber?«

»Unser Mann am Bodensee malt Expressionisten, die vor Ort gelebt haben. Zumindest zeitweise wie Otto Dix. Was wir brauchen, ist ein Mann, der Impressionisten perfekt kopiert, und zwar so, als wäre das Bild tatsächlich rund 140 Jahre alt.«

»Dafür wirst du kaum jemanden finden«, widersprach Anastasija.

Smirnov lachte auf. »Sei nicht so voreilig.«

»Du hast schon jemanden im Auge?«

»Du kennst doch mein Organisationstalent!« Smirnov hustete. Es klang nicht gut, und Anastasija dachte, dass er sich wohl sehr erkältet haben musste.

Er stand auf und ging zum Fenster. Draußen war es bereits stockdunkel. Sie ist tüchtig, dachte er. Aber ihm wurde auch schlagartig bewusst, dass er sich mit seiner Offenbarung über den Petersburg-Deal gefährlich in ihre Hände begeben hatte. Leute wie er, das wusste er nur zu gut, schwebten ständig in Gefahr. Sie drohte von allen Seiten. Der deutsche Staat konnte seine Tätigkeiten entdecken. Oder schlimmer, die russische Staatsmacht, auch einer der betrogenen russischen Oligarchen. Einer der Kopisten konnte ihn erpressen, und selbst seine derzeitige Geliebte Anastasija war letztlich eine große Gefahr.

»Es gibt einen Mann, der das perfekt kann.«

»So ...«

»Ich habe eine Telefonnummer«, sagte Smirnov. »Ich kann einen Termin für ein Gespräch vereinbaren.«

Es klang wie eine Frage, nicht wie eine Feststellung.

»Aber?«

»Die Crux ist, dass er verdammt vorsichtig ist.«

»Ist das nicht jeder, der sich auf so etwas einlässt?«

Aus der Ferne klang das Bellen eines Hundes aus der Nachbarschaft an ihr Ohr.

»Was ist das für ein Bellen?«

»Der Wind trägt die Geräusche heran«, stellte Smirnov fest. »Es ist der große Köter des Bauern am Wald. Ich kenne seine Stimme.«

Mit einem Mal war das Geräusch des Hundes weg.

»Sie haben ihn sicher reingenommen. Was soll die Kreatur auch bei dieser Kälte draußen.« Smirnov schob sich vom Fenster ab und ging zu der kleinen Bar. Er goss sich einen Malt Whisky ein und hob das Glas hoch, so dass sie es sehen konnte. Er meinte es gut mit sich. »Du auch einen?« fragte er.

»Nein. Ich wette, dafür hast du auch schon eine Lösung«, sagte Anastasija.

»Wofür?« fragte Smirnov. Es war eigentlich nicht sein Art, unaufmerksam zu sein. Einen Augenblick hatte er sich von dem Gebell des Köters ablenken lassen. Er tauchte vor ihm wie aus dem Nichts auf. Groß, grau-schwarz wie ein Wolf und sehr gefährlich. Sobald er einen Fremden sah, fletschte er seine Zähne. Man tat gut daran, ihn nicht zu provozieren.

»Die Überwindung der Crux«, sagte sie ruhig. »Wie?«

»Er liebt *junge* Frauen.«

Anastasija Saizew lachte auf. »Ist dein Held nicht verheiratet?«

»Doch. Der erste Kontakt kam auch über die Frau. Sie hält dort wohl die Fäden in der Hand. Geschäftlich, meine ich.«

Anastasija dachte kurz nach. »Da würde ich an deiner Stelle eher vorsichtig sein. Wenn sie verärgert wird, lässt sie jede mögliche Verbindung zu dir sausen. Und nichts verärgert eine Frau mehr, als wenn ihr Mann fremdgeht und dabei auch noch von möglichen Geschäftspartnern gefördert wird.«

Smirnov nahm einen Schluck Whisky. Er spürte, wie er langsam, fast ölig, seine Speiseröhre hinunterlief. Der Alkohol belebte ihn.

»Die Nummer, die ich von ihm habe, gehört einem Handy, das er allein betreibt. Wenn du anrufst, sprichst du auf eine Box, die er ausschließlich selbst abhört. Du schickst ihm ein Bild von dir und fragst, wann er dich treffen will.«

»Du willst nicht sagen, dass er einfach so weg kann?«

Smirnov hob die Schultern. »Wenn sie für einige Zeit ins Krankenhaus muss, wird er Zeit genug haben.«

»Du bist ein Ekel. Ich gebe aber zu, ein gut planendes. Aber ein Ekel.«

»Es wird ihr nichts Ernstes geschehen. Wir brauchen auch nicht allzu viel Zeit, um den Mann von der Notwendigkeit einer Mitarbeit zu überzeugen.« Er nahm sein Smartphone aus der Tasche. »Schau mal.«

Anastasija sah eine Frau um die vierzig. Sie hatte schulterlanges, dunkelblondes Haar, das über den Augen zu einem Pony geschnitten war, und die hohen Wangenknochen der Audrey Hepburn, wenngleich ihr Gesicht nicht ganz so schmal war. Ihre Augen besaßen dieses Stahlblau; das, würde die Frau gereizt werden, sie sicher zu einer eiskalten Maske verwandeln konnte, die jedes Blut in den Adern gefrieren ließ.

»Es malt Bilder im Stile bekannter Maler wie Édouard Manet, Pierre-Auguste Renoir, Alfred Sisley und ...«

»Claude Monet.«

Smirnov nickte.

»Du willst, dass ich mit ihm schlafe«, sagte sie unvermittelt.

Er hob die Schultern. »Das hat aber nichts mit uns zu tun. Wir verfolgen gemeinsam ein Ziel. Und mach dich vom Gedanken frei, eine Vagina sei wie eine Seife, die sich abnutzt. Und Bilder der Impressionisten machen Sammler gefügig.«

»Schwein«, sagte Anastasija.

Smirnov spürte, wie er sauer wurde. Dennoch unterdrückte er erst einmal seine Wut. »Der Mann fälscht so genial, dass sogar die Aufkleber verschiedener Sammler und Kunsthäuser auf der Rückseite des Bildes echt aussehen, weil es sie gibt oder zumindest gab, wie den jüdischen Sammler Samuel Shapiro aus New York.«

Alles, was Smirnov sagte, schien ihr verständlich. Sie glaubte, dass er sie liebte, und in gewisser Weise tat er das auch. »Dann stelle den Kontakt her«, hörte sich Anastasija sagen.

»Ich wusste, dass du ein vernünftiges Mädchen bist«, sagte Smirnov. Er kam zur Couch und versuchte sie zu küssen.

»Lass das. Mach ein Foto, und schicke es ihm.«

»Jetzt?«

»Ja, jetzt.« Anastasija zog die beiden Kämmchen aus ihrem Haar, so dass ihr schulterlanges Haar ihre Schönheit noch unterstrich, und zog die Lippen mit dem Kanebo-SENSAI Nr.15 Murasaki nach. Sie wusste, dass man mit der richtigen feuchten Farbe auf den Lippen noch jünger und lasziver aussehen konnte. Wenn ich das nicht ändere, dachte sie, geht die Geschichte ewig so weiter, oder ich gehe zugrunde.

Smirnov machte zwei Fotos von verschiedenen Posen Anastasijas, die er anwies, prüfte sie, befand sie beide für gut und zog sich in die Kaminecke zurück, um einen kurzen, prägnanten Text zu formulieren und diesen abzuschicken.

Unterdessen ging Anastasija in die Küche, um ein Abendbrot vorzubereiten. Kaltes Fleisch von einem Truthahn, der auf einem Bauernhof aufgezogen und gemästet wurde, und Brot.

Am Abend zuvor, dem 6. Januar, dem russischen Heiligen Abend, endete die von strenggläubigen russischen Christen nach wie vor praktizierte vierzig Tage lange Fastenzeit. Wunschgemäß hatte sie Smirnov an diesem Abend Kutya nach dem Rezept ihrer Großmutter zubereitet, einen Brei aus Getreide mit Honig. Smirnov hatte für sich die alten Gebräuche und die orthodoxe Kirche wiederentdeckt. Sie hatte nichts dagegen, an ihre Kindheit erinnert zu werden, die sie weitgehend bei ihrer Großmutter in Geroyskaya, einem Ort unweit Sankt Petersburg an der Neva gelegen, verlebt hatte. Das Getreide des Breis stand für Hoffnung und Unsterblichkeit, der Honig für Glück, Erfolg und Zufriedenheit. Beides konnte sie gut gebrauchen. Kutya wird gemeinsam aus einer Schüssel gegessen, um Einheit zwischen den Feiernden zu symbolisieren.

Darauf allerdings hatten sie verzichtet.

Als Anastasija mit dem Tablett, dem kalten Truthahnfleisch und dem frischen Brot ins Zimmer kam, goss sich Smirnov gerade seinen zweiten Whisky ein.

»Die SMS ist rausgegangen«, sagte er sichtlich vergnügt in Vorfreude auf das verlockende Geschäft. »Nun schauen wir, wie es weitergeht.« Er kam an den Tisch. »Endlich nicht mehr diesen süßen Brei.«

»Kutya war *dein* Wunsch, Fedor Artjomowitsch«, sagte sie.

»Was tut man nicht alles, um Gott zu gefallen!«

Smirnovs Smartphone läutete. Es gab die Glocken der Smolny-Kathedrale in Sankt Petersburg wieder. Smirnov schaute auf das Display. »Da muss ich rangehen«, sagte er mit einem Schulterzucken. »Es ist unser Petersburger Verbindungsmann.« Er stand auf und ging ins Schafzimmer. Anastasija hörte ihn telefonieren.

»Ich muss noch einmal wegfahren«, sagte er. »Es wird nicht allzu lange dauern. Wir treffen uns an der Tankstelle in Usedom-Stadt. In spätestens zwei Stunden bin ich wieder hier.«

»Heute ist Weihnachten«, protestierte Anastasija.

Sie hörte, wie er kurze Zeit später das Haus verließ. Draußen startete der schwere amerikanische Geländewagen, der ihnen bei diesem Wetter eine sichere Fahrt bot.

Anastasija stand auf und ging zum Fenster.

Plötzlich drang wieder das Gebell des großen Hundes vom Bauern des Nachbarhofes an ihr Ohr.

Дед Мороз, dachte sie, Deduschka Moros – Großväterchen Frost ... und seine Enkelin Snegurotschka, das Schneeflöckchen, das ihn begleitet. Selbst für diesen Wagen ist das ein wenig zu viel Schnee. Das Väterchen hätte seine Enkelin zurückpfeifen können. Als Smirnov abgefahren war, begann sie, das Essen zurück in die Küche zu bringen.

Von einem knirschenden Geräusch in ihrem Rücken aus ihren Gedanken gerissen, drehte sie sich um.

3. Kapitel

Moskau/Sankt Petersburg
im Spätherbst 2005

»Es ist eine Nachricht für uns eingegangen«, sagte Major Semjenow. Er reichte Oberst Novikov eine Mail, die aus der unmittelbaren Umgebung Smirnovs kam. Sie war von Anastasija Saizew, die der Geheimdienst auf den Mann angesetzt hatte.

»Sie erfüllt nicht, was wir ihr aufgetragen haben«, stellte der Oberst prägnant fest. »Wir müssen sie unbedingt im Auge behalten, Jegor Antonowitsch. Ich kann keine Niederlage in dieser Angelegenheit gebrauchen.«

Der Oberst steckte sich umständlich eine Papyrossa an.

Diese stinkende Papyrossa. Eine Scheißgewohnheit. Früher sind die Komsomolzen damit im Ural auf dem Waldklo gesessen. Das war ungeheuer entspannend um die untere Lendenseite. Nichts mit Kaukasischer Fliege, dachte Semjonow. Aber heute? Wer so etwas raucht, der steckt auch Häuser an und schläft in fremden Betten.

Oberst Novikov hielt ihm grinsend die Schachtel hin. »Auch eine?«

Semjonow schüttelte den Kopf. »Danke, Sie wissen doch, dass ich nicht rauche. Das Zeug würde mich umbringen.«

»Ein Rachenputzer.« Er kniff ein Auge zu. »Für harte Männer.«

»Der Krebs reitet immer mit, mit jedem Zug«, protestierte Semjonow.

»Paparlapapp, Jegor Antonowitsch. Einen Tod kann man nur sterben. Das neumodische Zeug ist parfümiert und auch nicht besser. Was gibt es sonst noch?«

»Einen Bericht über das Verschwinden eines sehr wertvollen Schmucks in der Eremitage.«

Oberst Novikov ließ sich den Bericht geben, der von einem Verbindungsmann angefertigt wurde, den man für das FSB verpflichtet hatte. Der Mann war nicht der einzige Informant aus der Eremitage, aber der einzige in unmittelbarer Nähe des Leiters der Abteilung mittel- und westeuropäische Kunst, Prof. Boris Iwanowitsch Wolkow.

»Wolkow ist verantwortlich für diese Sauerei?«

»Ich denke, ja. Man müsste ihn jetzt glatt verhaften, sofort.«

Oberst Novikov schwieg eine Weile. Die Papyrossa war zu Ende geraucht, und er schnippte sie lässig in den Aschenbecher, bevor er antwortete: »Wir überprüfen ihn noch einmal. Finanzen, seine ganzen Kontakte et cetera. Wenn wir ihn jetzt festnehmen, warnen wir den, den wir tatsächlich haben wollen. Und außerdem gefährden wir unsere Einkäufe deutscher Impressionisten, mit denen wir gute Geschäfte machen.«

Major Semjonow wusste nur zu gut, dass Oberst Novikov keine Einwände würde gelten lassen, und schwieg. Es war ein Glück, dass im Zuge der Geheimdienstreform 2003 die Föderale Agentur für Regierungsfernmeldewesen und Information FAPSI auf Erlass des russischen Präsidenten Putin aufgelöst wurde. Die FAPSI-Abteilungen des Bereichs Informationsgewinnung wurden in den Inlandsgeheimdienst FSB integriert, das Regierungsfernmeldewesen unter dem Abteilungsnamen Служба специальной связи и информации, Спецсвязь России, kurz SSSI, dem Nachrichtendienst des Präsidenten FSO zugeordnet. Der SSSI – das Äquivalent zur amerikanischen NSA – hat nahezu unbegrenzte Vollmachten zum Abhören der Internet-Kommunikation. Mit dem System SORM hat der Dienst auch direkten Zugriff auf die Server der russischen ISPs. Mehrfach wurden abgeschnorchelte E-Mails und Telefonate der regierungstreuen Presse zugespielt, um Oppositionelle zu verunglimpfen. www.Vkontakte.ru, das bedeutendste soziale Netzwerk in Russland mit 200 Millionen Mitgliedern, kooperiert mit dem FSB und leitet Daten von Oppositionellen reibungslos an den Geheimdienst weiter. Und über diesen Kanal kamen nun auch alle Kontakte an, welche die Beteiligten der von seiner Abteilung geführten Operation EXPRESSION im In- und Ausland über diese Kommunikationsmöglichkeiten loswurden.

»Dann gebe ich das jetzt an die zuständige Abteilung in Sankt Petersburg weiter«, sagte Major Semjonow leise.

Novikov hielt beim zweiten Lesen des Berichts inne und starrte einen Augenblick nachdenklich vor sich hin. Als er sich gefangen hatte, sagte er: »Sie fliegen nach Sankt Petersburg, Semjonow, und lösen das vor Ort.«

4. Kapitel

24. Januar 2006

Die Headline der Tageszeitung am Kiosk des alten Lewin stach Fedor Artjomowitsch Smirnov in die Augen, als er auf dem Karl-Liebknecht-Ring kommend kurz vor elf vor dem Haus der Escort-Agentur Les belles de Nuit in Greifswald eintraf.

»Russische Kälte«: Deutschland friert

Die niedrigste Temperatur im Flachland des Januars 2006 wurde am gestrigen Montag, dem 23. Januar 2006, mit -23,6°C in Ueckermünde gemessen.

Der Januar 2006 wurde der 20. kälteste Januar seit 1901. Die eisige Kälte hat erste Todesopfer gefordert. In Wolfen in Sachsen-Anhalt starb am Sonntagabend eine 74 Jahre alte Frau an Unterkühlung, wie die Polizei Dessau am Montag mitteilte. Die gehbehinderte Frau war auf dem Weg zum Briefkasten im Vorgarten ihres Hauses gestürzt und konnte ohne fremde Hilfe nicht mehr aufstehen.

Auch auf Usedom wurde die Leiche einer jungen Frau gefunden.

[Weiter auf Seite 4]

Dass es für mitteleuropäische Breitengrade sehr kalt war, hatte er schon gemerkt, als er zur Tiefgarage ging. Der globale Markt für Luxusmarkenware boomte. Also trug er einen hamsterfellgefütterten Mantel, den er in Zürich für knapp zweitausend Stutz erstanden hatte, und einen Laco-Wendeschal für 175 Euro. Er fühlte sich wohl bei dem Gedanken, auf der Seite derer zu stehen, die auf eine Goldader gestoßen waren.

Es hatte wieder angefangen, in kleinen Flocken zu schneien. Als er den Wagen abgestellt hatte, ging er zurück bis zu dem Kiosk und erwarb die Zeitung, so, wie er es an jedem Tag zu machen pflegte, wenn er *hier* ins Büro ging. Lewin hatte Handschuhe an und fror in seinem kleinen Kiosk. Smirnov sah die rot gefrorene Nase des Mannes und machte einen Scherz. »Hättest zu Haus bleiben sollen bei dem Wetter. Jetzt kann ich Väterchen Frost zu dir sagen, Lewin.«

Als er die Zeitung schließlich aufschlug, erstarrte er. Auf der linken Innenseite war das Gesicht Anastasijas abgebildet.

Der relativ kurze Einspalter trug die Überschrift:

Wer kennt diese Frau?

Am 23. Januar fand eine Jagdgesellschaft in den staatlichen Forsten zwischen Ahlbeck und Świnoujście die Leiche dieser Frau. Wer kennt die Frau, kann Angaben zu ihrer Herkunft und ihrem Wohnort machen?

Angaben oder Hinweise nimmt jede Polizeidienststelle entgegen.

Smirnov war blass geworden, faltete schnell die Zeitung zusammen, nickte dem Alten noch einmal zu und ging nachdenklich die wenigen Meter zum Hauseingang. Er fuhr mit dem Lift in den zweiten Stock. Nur ein unscheinbares, kleines Messingschild an der Tür, »Agentur Les belles de Nuit« ließ darauf schließen, dass es eine lukrative Einrichtung war. Sex der Extraklasse ließ sich, wie in allen Teilen der Welt, gut verkaufen. In Deutschland besonders gut.

Smirnov empfahl allen Freunden und Geschäftspartnern bei ihrem Besuch in Deutschland die exzellenten Frauen aus diesem Etablissement. Seinem deutschen Partner Lionel Wohlfahrt hatte er den Laden nur finanziert, um seine Einkünfte gegenüber dem deutschen Finanzamt belegen zu können. Und so überließ er auch weitgehend das Dirigat der Agentur seinem Kompagnon, der als alleiniger Geschäftsführer 61 Prozent der Stammeinlagen hielt. Aus gutem Grund hielt sich der Russe, mit Ausnahme seiner heimatlichen Kontaktvermittlungen, diskret zurück.

Im Hauptraum der Wohnung gab es drei Zimmer und eine Küche. Links neben dem Eingang saßen zwei junge Frauen, die den Telefondienst verrichteten, die Einsätze der Mädchen koordinierten und den Kaffee für Wohlfahrt und Smirnov kochten. Im zweiten Raum hielt sich eine etwas ältere Frau mit großem Geschick für Abrechnung und Buchhaltung auf. Im dritten Raum residierten Wohlfahrt und, wenn er denn da war, Smirnov.

Smirnov grüßte flüchtig die beiden jungen Frauen, die sich gerade über private Angelegenheiten unterhielten und Kaffee tranken. Aber so war das. Manchmal ging das Telefon den ganzen Tag, und ein anderes Mal waren die Mädels nicht ausgelastet. Heute war so ein Tag. Als wäre die Kälte schuld an der Misere, stand das Telefon still.

»Dass du bei dem Wetter überhaupt kommst«, stellte Wohlfahrt fest, als Smirnov eintrat, seinen Mantel ablegte und ihn sorgfältig in den Schrank hängte.

Er ging zurück und schloss die Tür. »Scheinbar sind die Telefonleitungen eingefroren. Die Mädels langweilen sich«, sagte er vorwurfsvoll.

Wohlfahrt zuckte mit den Schultern. »Was soll ich machen? Wir haben gestern sehr schöne Buchungen reinbekommen. Es sieht also gar nicht so mies aus in diesem Monat.«

»Gestern war seit vielen Jahren der kälteste Tag in Deutschland. Das macht sich heute bei den Buchungen bemerkbar. Und hier gibt es noch eine schlechte Nachricht«, sagte Smirnov und faltete die Zeitung auseinander.

Wohlfahrt starrte auf das Bild. »Anastasija?« fragte er gedehnt.

»Ja.«

»Ich habe mich schon gewundert, wo sie so lange blieb.«

»Sie hatte mit ihrer Psyche zu kämpfen«, erklärte Smirnov. »Deshalb wollte sie auch nicht mehr für die Agentur arbeiten.«

»Und du hast dich um sie gekümmert«, stellte Wohlfahrt fest.

»Bis zum 7. Januar, Lionel. Seitdem habe ich sie nicht mehr gesehen, denn ich bin noch in der Nacht zum 8. für knapp drei

Wochen ab Berlin nach Moskau und Sankt Petersburg geflogen. Und meine Anrufe bei ihr blieben ohne Erfolg.«

Wohlfahrt sah noch einmal auf das Bild in der Zeitung. »Es ist schon eigenartig, eine Freundin plötzlich tot zu wissen.«

»Ja.«

»Du hast sie wirklich nicht gesehen?«

»Nein.«

»Aber du weißt schon, dass es eine Frage der Zeit ist, wann die Polizei hier auftaucht.«

»Denen kann ich auch nichts anderes sagen.«

»Ich besorge uns erst einmal einen Kaffee.« Wohlfahrt stand auf und ging hinaus.

Smirnov nahm sein Handy aus der Tasche, nahm den Chip heraus und legte einen anderen ein, der nicht zu ihm zurückzuverfolgen war. Dann drückte er die Kurzwahltaste.

»Здравствуйте Борис ... Анастасия была найдена мертвой в лесу – hallo Boris ... Anastasija ist in einem Waldstück tot gefunden worden«, begann Smirnov die kurze Unterhaltung. »Was hast du damit zu tun?«

»Я ничего не сделал – ich, gar nichts!«

»Warum hast du mir nichts gesagt, als wir uns getroffen haben?«

»Weil man es mir verboten hatte.«

»Ich traue dir nicht mehr, Boris Iwanowitsch Wolkow. Du bist ein Wolf, wie dein Name schon sagt. Я абонент снова позже – ich rufe später noch einmal zurück!« Smirnov unterbrach ärgerlich die Leitung, weil Wohlfahrt zurückkam.

Wohlfahrt bugsierte ein Tablett mit zwei Tassen Kaffee. Mit dem Fuß schob er die Türe zu. »Wir bekommen gleich noch eine ganze Kanne.« Er sah, wie sein Kompagnon den Chip aus seinem Handy nahm und in die Jackentasche steckte.

»Du weißt von nichts«, sagte Smirnov. »Nur dass ich im Urlaub zu Hause war.«

5. Kapitel

Sonntag, 22.Januar 2006

In dem kleinen Haus Loddin wurde es wieder kalt.

»Die Heizung ist schon wieder ausgefallen«, sagte Larsson ärgerlich. »Versuch noch einmal, den Notdienst anzurufen, Monika.« Er stand auf und ging in den Heizungsraum. Dort stellte er fest, dass die Düse abermals verstopft war. Er machte sie zum zweiten Mal sauber, und wenig später arbeitete der Kessel wieder. Aber wie lange?

»Ich habe nur die Frau erreicht«, sagte Monika, als Larsson wieder ins Wohnzimmer kam. »Sie sagte, ihr Mann sei schon seit dem frühen Morgen unterwegs, um defekte Anlagen wieder in Gang zu bringen. Ganz schlimm hätte es eins der großen Hotels in den Kaiserbädern getroffen.«

»Das Einzige, was mich interessiert, ist, dass es bei uns warm ist«, maulte Larsson.

Monika Larsson deckte den Tisch. Dieses Mal hatte sie ein Ossobuco mit Rosinen gemacht. Es war ein Rezept, das sie von einer Freundin übernommen hatte, die es von einer Romreise mitgebracht hatte.

»Nun komm schon, mein großer Held«, sagte sie, »sonst wird das Essen noch kalt.«

»Wie das riecht! Da läuft mir schon das Wasser im Munde zusammen.« Larsson setzte sich, Monika legte vor und stellte den Teller vor ihm auf den Tisch. »Guten Appetit!«

»Habe du auch einen guten Appetit!« Larsson führte die erste Gabel mit einem der Fleischstücke in den Mund, die sich wunderbar leicht von dem Knochen ablösten. »Wundervoll«, schwärmte er.

Das Telefon läutete im Flur.

»Lass es läuten. Wir essen erst einmal.«

Als das Telefon keine Ruhe gab, schob Larsson den Stuhl zurück und ging hinaus in den Flur.

Es klang nicht übermäßig begeistert, als er zurückkam und sagte: »Der Kriminaldauerdienst ... ich soll nach Ahlbeck fahren. Man hat eine tote Frau im Landesforst gefunden. Die Spurensicherung ist schon unterwegs.« Er setzte sich und aß schnell seinen Teller leer. Noch während des Essens telefonierte er mit Andresen, der versprach, sofort zu kommen. Simons konnte er nicht erreichen.

Wenig später machte er sich auf den Weg.

Der Staatsforst von Ahlbeck reicht bis unmittelbar an die Grenze zu Polen. Im Norden Wald, der nach weniger als 950 Metern an die Ostsee grenzt, rechts ebenfalls dichter Wald, der etwa zweieinhalb Kilometer südwestlich den Wolgastsee an der Grenze zu Polen umgeht, um dann, bis auf die Höhe der kleinen Gemeinde Garz, hin und wieder von leichter Sumpflandschaft durchzogen zu werden. Es ist ein Gebiet, das von Schwarzwild sehr geliebt wird.

Larsson suchte die letzte Einfahrt rechts vor der Grenze nach Świnoujście, die in den Landesforst führte und für den Individualverkehr gesperrt war.

In den letzten zwei Wochen hatte es so oft und viel gescheit, dass man manchmal meinte, die Luft selbst würde aus kleinen Eiskristallen bestehen. Die Menge des Schnees war so ungeheuer, der Schnee so schwer, dass selbst Äste großer Bäume abbrachen, auch Telegrafendrähte und Überlandstromverbindungen dem Gewicht nicht mehr standhielten.

An diesem Tag parkten eine Menge Autos auf der Waldstrecke; von diesem Weg machten normalerweise nur zwei Gruppen Gebrauch – die Forstleute und der private Jäger, der die Bejagung des Waldes angepachtet hatte und Waidgruppen aus ganz Deutschland an das bejagbare Wild heranführte. Zu diesem Zweck legte er tagelang kleine Futterstrecken an, die dann vom Schwarz- oder Rehwild genutzt wurden, so dass sie den Jägern vor die Flinte liefen. Manchmal veranstaltete er auch Drückjagden, so wie in diesem Winter. Da das mit anderen Jagdpächtern in deren Revieren ebenso gehandhabt wurde, waren an diesem Jagdtag auch Jäger aus der Region Usedom mit von der Partie.

Langsam schob sich der Dienst-Passat Larssons in den Wald hinein. Er folgte den Reifenspuren, die reichlich vorhanden waren. Kurz hinter einer leichten Biegung fand Larsson eine weitere große Ansammlung von Fahrzeugen, Geländewagen meist, die zwar die Schneise befahrbar gemacht hatten, an denen er sich aber nur mühsam vorbeidrücken konnte. Am Ende, in der Mitte des Weges, stand auch der alte T4 der Spurensicherung.

Linksseitig hatten die Jäger einige geschossene Tiere aufgereiht. In den Mäulern sah Larsson abgebrochene Zweige, als Zeichen der Ehrung für die getöteten Tiere. Um die Tiere standen eine Gruppe von Männern und eine Frau, die sich lebhaft unterhielten. An verschiedenen Bäumen waren Jagdhunde angebunden. Eine große, graue-braune Hündin stand neben ihrem Herrn, einem großen Mann um die sechzig. Die Strecke bestand aus sieben Stück Rehwild, zwei Stück Rotwild, darunter ein Hirsch, und 14 Schweinen mit einem kapitalen Keiler. Ganz am Ende der Strecke lag ein Fuchs.

Larsson stieg aus dem Wagen und ging an die Gruppe heran. »Das hat sich ja richtig gelohnt«, sagte er mit dem Blick auf die Jagdstrecke. Er erkannte zwei Hoteliers aus den Kaiserbädern. Auch einen Kleinunternehmer, der mehr oder weniger erfolgreich in der Logistikbranche tätig war, und den Larsson in einer anderen Sache befragt hatte, konnte er unter der Gruppe erkennen, und zwei, drei andere bekannte Gesichter.

Die Leute hatten in einer kleinen Mulde ein Feuer gemacht, an dem sie sich wärmten, und einen Grill aufgebaut, auf dem Fleisch zubereitet wurde. Der Geruch stieg Larsson in die Nase. Aus einem Thermokessel wurde ein heißes Getränk ausgeschenkt.

Die Männer der Spurensicherung waren noch dabei, ihre Ausrüstungen aus dem T4 auszuladen.

»Hallo«, sagte Larsson aufgeräumt. »Ist der Kollege Maier heute mit von der Partie?«

»Der Chef ist mit dem Kollegen Andresen und drei der Jäger schon vorausgegangen, um sich den Fundort anzusehen«, sagte Oberkommissar Bremer. Er deutete auf einen alleinstehenden Mann, der zwischen dem Nachfolgewagen des T4 und einem schweren Isuzu-Bighorn stand und sie beobachtete. »Der Mann wird uns hinbringen.«

Larsson ging zurück zu dem Jäger, der sie in den Wald bringen sollte. »Hallo«, sagte er. »Mein Name ist Larsson von der Kriminalpolizei Heringsdorf. Ist der Fundort weit von hier?«

»Gut zweihundert Meter ins Moorgebiet rein. Der Boden ist zwar gefroren, die Schneise dahin dennoch zu eng, um mit den Fahrzeugen hinzukommen.«

Larsson fiel die Streckenführung des Waldlehrpfades nahe Pudagla ein, den er mit Monika im Herbst bewandert hatte. Dort waren die seltenen Baumarten wie Riesenlebensbaum, Bankskiefer, Weymouthskiefer, Sitkafichte oder Weißtanne mit zum Teil starken Umfängen immer wieder beeindruckend für sie gewesen. Hier gab es nur einen Teil davon.

»Die Herren von der Spurensicherung sind gleich fertig. Aber wenn Sie mir die Richtung sagen ...«

Der Mann zeigte auf einen engen Schlauch, der in den Wald hineinführte. »Es gibt aber viele Spuren dort, die wir hinterlassen haben. Es ist eben eine Drückjagd, da gehen überall Spuren hin.«

Vom T4 rief Bremer: »Wir sind gleich so weit!«

»Na dann«, sagte Larsson. »Vertrauen wir darauf, dass Sie uns gut hinbringen.«

Zum ersten Mal zeigte der Mann, der um die fünfzig zu sein schien, ein Lächeln. Dann stapften sie los.

Nach gut hundert Metern verließen sie die Schneise und gingen in den Waldschlag hinein. Trotz der Wintervegetation des Gestrüpps wurde der Weg beschwerlich, als sie eine Lichtung überqueren mussten.

»Hier ist es im Sommer verdammt sumpfig«, sagte der Begleiter. »Wir bewegen uns zu dieser Zeit dann nur sehr ungern hier, obwohl es ein gutes Gebiet für die Wildschweine ist. Die fühlen sich wohl, wenn sie eine Suhle haben.«

Die Jäger standen um Hauptkommissar Paul Maier und diskutierten eifrig mit ihm, als die Gruppe um Larsson auf sie stieß. Andresen kniete neben der Leiche.

»Ich weiß nicht, was wir hier noch finden sollen«, maulte Maier grußlos. »Es gibt kaum noch Spuren, weil hier eine Gruppenbesichtigung der Leiche stattgefunden hat.«

Larsson trat näher heran, sah, dass man etwas Schnee hatte beseitigen müssen, um die Leiche der Frau ganz freizulegen. »Ist sie bewegt worden?« fragte er Andresen.

»Bestimmt nicht«, sagte einer der Jäger.

»Sicher?« fragte Andresen.

Der Mann nickte, ohne etwas zu sagen.

Maier begann Fotos zu machen. »Können wir sie etwas umdrehen?«

Die Frau war ordentlich bekleidet, trug einen sehr auffälligen Chinchilla-Mantel, der an der Innenkante ein Etikett in kyrillischer Schrift eingenäht hatte.

»Krylow«, sagte Andresen. »14 – Krasnopresnenskaya naberezhnaya – Moscow.«

»Da werden wir eine Anfrage an die Moskauer Kollegen mit dem Foto der Frau und des Mantels starten. Vielleicht kann man sie ja identifizieren.«

»Glaubst du?« fragte Andresen.

Larsson verdrehte die Augen. »In einem Überwachungsstaat wie Russland muss sie nur irgendwo auffällig geworden sein. Schon existiert eine Zuordnungsmöglichkeit.«

»Es wäre gut, wenn das BKA über eine solche totale Möglichkeit verfügen würde«, stellte Andresen nüchtern fest.

»Da stellen sich verschiedene Parteien quer«, erwiderte Larsson. »Kannst du dir vorstellen, dass die FDP dem zustimmen würde? Oder die Grünen? Und doch bin ich manchmal überrascht.«

»Wovon?« Andresen grinste Larsson herausfordernd an.

»Von der Möglichkeit so mancher Überwachung, die genutzt wird.«

Andresen ging mit der Kamera ganz dicht an das Gesicht der Toten heran. »Die einen würden fürchten, dass einer der Ihren ermittelt würde, der erfolgreich durch die Lappen geschlüpft ist, die anderen wiederum, dass ein roter Teppich für einen Islamisten wieder zusammengerollt werden müsste, bevor der tätig werden konnte.«

Das Gesicht der Toten ist sehr bleich, dachte Larsson. Aber das ist es bei nahezu allen Toten. »Mach auch Bilder von der Borte des Kleids«, sagte er, ohne auf Andresens Feststellung einzugehen. »Vielleicht bringt uns das auf ihre Spur. Ist denn keiner bereit, die Augen der Toten zu schließen?«

Paul Maier hatte sich Latexhandschuhe übergezogen und kam nun der Aufforderung Larssons nach.

Andresen machte erst ein Bild von der Vorderseite des Kleides, dann kniete er sich hin und fotografierte explizit die golddurchbrochene Borte.

»Kommt die Rechtsmedizinerin?« fragte Larsson.

»Negativ.«

»Sie friert wahrscheinlich zu sehr«, frotzelte Maier, »unsere Rechtsmedizinerin.«

»Sie meint, wenn die Frau schon länger liege und steifgefroren sei, könne sie hier ohnehin nichts mehr ausrichten. Sie braucht die Leiche auf dem Tisch! Aufgetaut«, sagte Andresen und machte nun noch einige Aufnahmen des steifgefrorenen Leichnams von allen Seiten auch von dem Mantel-Etikett. Plötzlich hielt er inne. »Sie ist nicht hier getötet, sondern nur abgelegt worden. Schau hier«, er zeigte auf ein kleines rundes Loch. Als er den Mantel beiseiteschob, sahen sie das nur leicht blutverkrustete Einschussloch. »Kaum Blut.«

»Es ist nicht durch den Mantel geschossen worden«, stellte Larsson fest. »Man hat ihr möglicherweise den Mantel angezogen, als sie schon tot war.«

»So könnte es sein.«

»Aber wie soll sie jemand *hier* hergebracht haben?« fragte Larsson.

Andresen versuchte, sie noch weiter zu drehen. Einer seiner Mitarbeiter half ihm dabei. »Was mich wundert, ist, dass es keinen Wildfraß gab. Die Wildschweine habe doch immer Hunger.«

Maier nahm den Satz auf. »Schaut euch mal um, ob ihr Schwarzwildspuren hier in der Nähe seht, Kollegen.«

Es würde nicht mehr allzu lange dauern, da würde die Dunkelheit über das Land hereinfallen. Dann könnte man aller Wahrscheinlichkeit nach keine drei Meter mehr ohne Zusatzbeleuchtung sehen.

»Ich weiß nicht«, sagte einer der Jäger, »warum die Schweine gerade diesen Teil des Waldes gemieden haben. Aber wir haben auch keine Spuren von ihnen hier in der Nähe gefunden.«

»Weil sie sich näher an der Futterstelle eingerichtet hatten«, sagte ein anderer der Jäger.

»Das wäre eine Möglichkeit. Immer zu solchen Anlässen wird besonders gut gefüttert.«

»Wildschweine fressen alles, also auch Fleisch. Sie sind aber keine Raubtiere, sondern Aasfresser. Dass heißt, sie würden auf Futtersuche niemals einen Menschen anfallen. Liegt allerdings eine Leiche im Wald, kann es schon sein, dass Wildschweine sie anknabbern«, antwortete wieder ein anderer Jäger.

Nun haben sie gleich alle ihren Senf dazugegeben, dachte Larsson. »Hast du einen Leichenwagen bestellt?« fragte er Andresen.

Dieser nickte. Er schaute zur Uhr. »Erst zwei und schon wird es leicht dunkel.«

Larsson lächelte. Das waren nur Sekunden vorher seine Überlegungen gewesen. »Geht jemand von Ihnen zurück zu dem Platz, an dem die Strecke liegt?«

»Wenn Sie allein zurechtkommen, werden wir alle zurückgehen«, sagte ein massiger Mann aus der kleinen Gruppe der Jäger.

»Ein Leichenwagen wird kommen. Vielleicht ist er schon da, wenn Sie zurückkommen. Es wäre sehr nett, wenn Sie die Männer hier herführen könnten. Sie sollen mit einer Trage kommen. Wir brauchen noch ein Protokoll. Wer hat eigentlich den Fund gemacht?«

»Mein Freund Hellmann – er ist einer der Durchgehschützen, der auch Hundeführer einer wundervollen, sehr talentierten Hündin ist, außerdem der Veranstalter der Jagd – und ich«, sagte einer der Männer. »Die Hündin war die eigentliche Finderin. Sie hat uns erst aufmerksam gemacht.« Er reichte Larsson eine Visitenkarte eines Jagdvereins.

»Wir brauchen Ihre Aussage schriftlich«, sagte Larsson. Er erinnerte sich an den großen grau-braunen Hund, der als Einziger nicht angebunden war, als er an der Strecke angekommen war.

»Wir sind durchgefroren und haben lange auf Sie gewartet«, protestierte der Mann.

»Herr Hellmann möchte bitte morgen um zehn zu uns ins Kommissariat nach Heringsdorf kommen.«

»Ich sage es ihm.«

»Seestraße zwölf.«

»Er kennt das Polizeirevier.«

»Wir brauchen eine Liste aller Teilnehmer«, bohrte Larsson noch einmal nach.

»Ich werde Hellmann sagen, er soll Ihnen eine mitbringen.«

Die Männer gingen, sich laut unterhaltend, zu ihrem Lager zurück. Larsson sah das mit einer gewissen Befriedigung.

6. Kapitel

Wie an jedem Tag, an dem etwas Besonderes zu erledigen war, hatte Larsson auch an diesem Montag, dem 23. Januar, vor fünf Uhr das Haus verlassen. Es war noch immer sehr kalt. Außer ein wenig Schneegriesel, der sich über den Splitt gelegt hatte und ihn stellenweise nahezu einschloss, hatte sich an den Wetterverhältnissen nichts zum Vortage geändert.

Er hatte schlecht geschlafen. Immer wieder befassten sich seine Gedanken mit der rätselhaften Leiche im Ahlbecker Landesforst. Um ein Schleudern zu verhindern, ließ er den Wagen langsam auf die B111 gleiten. Aus dem Lautsprecher des Autoradios kam der 2. Satz Antonin Dvořáks »Aus der neuen Welt« und umhüllte das Gesicht der Toten.

Larssons offizieller Dienstbeginn wäre um acht Uhr. Er begann aber bereits um kurz vor sechs mit seiner Arbeit. Als erste Aufgabe machte er einen kleinen Bericht für die Presseabteilung. Wenn Hauptkommissar Berg sein Büro betrat, wollte er sofort in der Lage sein, eine Notiz für die Printmedien herauszugeben.

Larsson stellte das kleine Transistorradio an. Im NDR lief Mendelssohn-Bartholdys Violinkonzert in e-Moll. Larsson liebte es und ließ deshalb einen Augenblick seine Gedanken abgleiten. An jedem Tag könnte meine Arbeit mit solcher Musik beginnen, dachte er. Das hilft beim Nachdenken.

Er legte ein Piktogramm an, in dessen Mittelpunkt er die nicht identifizierte weibliche Leiche mittels eines kleinen Frauenkopfes und der Ziffer 1 sowie eines Kreuzes darstellte. Es war ein Bild aus einer Ansammlung von Bildern eines Dresdner Males, die er sich für diese Darstellungen eingescannt hatte und je nach Bedarf benutzte. Er fügte einen schwarzen Sensenmann mit einem Fragezeichen dazu. Dann begann er, einen Fragenkatalog nach dem bewährten Muster *wer, wie, was, wo, wann, warum* und *mit wem* vorzubereiten.

Wer ist diese Frau? Kürschner abtelefonieren, nach dem Etikett befragen. Wenn kein Ergebnis, Obermeister der Kürschner MVP kontaktieren. Den letzten Satz strich er durch und schrieb: Zurückstellen!!!

Wie kommt die Leiche in den Wald? Das ist eine zentrale Frage zur Aufklärung, denn diese Fundstelle einer abgelegten Leiche ist so außergewöhnlich, weil schwierig zu erreichen. Dazu der verbotene Weg in den Wald – Forstarbeiter, vor allem den Jagdpächter befragen. Hätte er etwas bemerken müssen? War er doch täglich anwesend, um die Futterköder für die Waldtiere zu bringen.

Was hat die Frau gearbeitet? Wenn wir das beantworten können, werden wir auch den ersten Teil der nächsten Frage beantworten können.

Mit was für einer Waffe wurde die Frau umgebracht?

Wo kommt die Frau her? Derzeit – früher?

Wann trat der Tod ein? Rechtsmedizin anrufen.

Mit wem verkehrte die Frau?

Wenn wir das wissen, kommen wir dem Mörder sicher schon sehr nahe, denn diese Tat muss gewissenhaft vorbereitet worden sein.

Warum wurde sie umgebracht?

Larsson sah sich immer wieder das Bild der Frau an. Sie ist fast aristokratisch schön! Eine solch attraktive Frau verschwindet nicht einfach spurlos von der Bildfläche.

Gegen acht Uhr hörte er, wie Andresen mit Simons über den Flur ging und sprach. Deshalb stellte er das Transistorradio ab, bevor Mendelssohn-Bartholdys Violinkonzert zu Ende war. Er stand auf und ging über den Flur ins Büro der Kommissare.

Für eine solch brisante Ermittlungsarbeit brauchte ich wenigstens zehn bis zwölf Beamte, eher mehr! dachte er. Was ich an Personal habe, reicht nicht einmal, um die paar läppischen Diebstähle aufzudecken.

»Guten Morgen, Kollegen. Kannst du mir gleich die Fotos der Leiche einstellen?« fragte er Andresen.

Andresen deutete auf den bereits laufenden Computer. »Das ist gerade geschehen.«

»Ich habe Berg einen kleinen Bericht geschickt. Schick ihm bitte ein, zwei Bilder nach.« Er drehte sich Simons zu. »Wir haben uns gestern im Wald amüsieren können.«

Warum bin ich so stinkig. Karl kann nichts dafür, dass er nicht dabei war.

»Er kennt die Geschichte«, sagte Andresen leise, der den Ton Larssons richtig erfasst hatte.

»Gut, dann können wir ja gleich ein paar Aufgaben verteilen. Wir haben das Etikett aus dem Mantel der Frau. Karl, du versuchst herauszubekommen, wo dieser Mantel gekauft wurde. Ruf die Kürschner durch, befrage sie. Vielleicht fängst du bei der IHK in Rostock an und lässt dir die Nummer des Obermeisters geben. Der weiß möglicherweise, welcher seiner Schützlinge ein solch teures Exemplar im Angebot hat. Ein solch qualitativer Chinchilla-Mantel wird nicht jede Minute verkauft.« Larsson war seitlich hinter Andresen getreten und sah nun wieder die tote Frau. Es war die Aufnahme, die sie in ihrem wundervollen Mantel zeigte.

Der Mantel nützt dir jetzt nichts mehr!

»Es stellt sich die Frage, Rolf, wie kommt die Frau an diesen außergewöhnlich schwer zugänglichen Ort?«

»Vielleicht mit einem Schlitten«, sagte Simons.

»Der hätte aber fliegen müssen, denn am Fundort gab es keine Spuren«, gab Andresen zu bedenken.

Larsson schaute Simons an, als warte er darauf, dass der Dienstjüngste von ihnen erzählte, wie es gegangen wäre.

»Wenn wir die Zeit ihres Todes wissen, können wir feststellen, wann es in den letzten Tagen hier geschneit hat. Vielleicht ist doch eine kleine Schlittenspur einfach zugeweht.«

Das hat etwas.

»Aus dir wird in der Kriminalistik noch mal etwas richtig Großes, Karl«, lobte Larsson, um seine vorherige Schroffheit zu mildern. »Du prüfst bitte die Zeiten, in denen ab Weihnachten hier Schnee gefallen ist.«

Larsson nahm den Hörer von Andresens Telefon auf. »Gib mir bitte eine Verbindung zur Spurensicherung.«

Andresen drückte die Kurzwahltaste. Aber nach einigen Klingelzeichen meldete sich der Kriminaldauerdienst. Dorthin ging der Ruf zurück, wenn die Räume der Spusi nicht besetzt waren. Die Spurensicherung sei unterwegs, beschied man Larsson.

Larsson zuckte mit den Schultern. Er nahm sein Handy. Wenige Sekunden später meldete sich Paul Maier. Im Hintergrund hörte Larsson den Motor des alten T4 arbeiten.

»Wir fahren gerade noch einmal hinaus nach Ahlbeck. Es war gestern einfach schon zu dunkel, um allen Spuren nachzugehen«, sagte Maier.

»Guten Morgen, Paul. Schaut doch bitte etwas weiter in der Umgebung, ob es irgendwelche ältere Fahrzeug- oder Schlittenspuren gibt.«

»Schlittenspuren?«

»Irgendetwas Ungewöhnliches.«

»Zum Beispiel?«

»Etwas, womit wir vielleicht gar nicht rechnen.«

»Da gibt es praktisch nur noch eine Möglichkeit.«

»So?«

»Sie ist direkt im Wald umgebracht worden, und wir werden den Hinrichtungsort einfach nicht finden, weil es wegen der Größe des Gebietes unmöglich ist, gezielt danach zu suchen. Ich rufe dich an, Lasse, sobald wir etwas haben.«

Simons hatte jemanden in der IHK in Rostock erreicht und brachte sein Anliegen vor.

Larsson hörte mit halbem Ohr hin.

»Wir müssen den Jagdpächter befragen. Wenn einer etwas gesehen hat, dann der. Und wir sollten beim Forstamt nachhören, ob in dem Waldstück in den letzten Tagen gearbeitet wurde. Um zehn Uhr kommt ein Mann namens Hellmann. Es ist der Veranstalter der Jagd. Den werden wir erst einmal ausquetschen. Vielleicht weiß er etwas, ohne zu ahnen, dass er es weiß.«

Andresens Telefon klingelte. Er meldete sich und winkte Larsson zu. »Ja, er ist hier, einen Augenblick.«

So aufgeregt wie Rolf winkt, kann es nur der neue Chef, Polizeioberrat Mälzer, sein.

»Larsson.«

»Ich habe einen Bericht des Kriminaldauerdienstes vorliegen. Es hat gestern eine weibliche Leiche im Landesforst nahe Ahlbeck gegeben? Gibt es da schon Erkenntnisse, die wir ans LKA weitermelden können?«

»Die Spurensicherung ist gerade noch einmal unterwegs zum Fundort. Was wir haben, ist eine junge Frau um die dreißig, keinerlei Papiere. Einziger Hinweis ist ein sehr teurer Mantel. Wir machen erst einmal die Routineuntersuchungen. Vielleicht finden wir sie ja, Herr Polizeioberrat.«

»Halten Sie mich unbedingt auf dem Laufenden.«

»Herr Polizeioberrat, wir sind nur zu dritt. Da dauert alles ein wenig länger.«

»Sie haben recht. Ihre Planstelle ist dafür eigentlich nicht ausgelegt. Vielleicht kann ich Ihnen ja einige Beamte aus Ahlbeck zuordnen. Haben Sie einen Vorschlag?«

»Kriminalhauptkommissarin Mohaupt aus Anklam hat uns immer verstärkt, wenn es eng wurde.«

»Ich werde sehen, was sich tun lässt.«

»Und hier brauche ich dringend jemanden fürs Büro, damit wir die Ermittlungsarbeiten unterwegs erledigen können.«

»Wie haben Sie das vor meiner Zeit gelöst?«

»Da hatten wir Unterstützung von der Polizeiobermeisterin Monika Landris von den Polizeikräften im Haus.«

»Dann machen Sie das eben wieder genauso.«

»Da gibt es nur eine Schwierigkeit. Die Polizeiobermeisterin Monika Landris heißt jetzt Monika Larsson.«

»Ich regle das.«

Pünktlich um zehn Uhr meldete der Beamte der Wache am Eingang, dass Jochen Hellmann den Kriminalhauptkommissar Larsson zu sprechen wünsche. Er habe einen Termin.

Andresen, der den Anruf entgegengenommen hatte, stand auf und ging, um Hellmann abzuholen.

»Inzwischen habe ich mit dem Obermeister telefonieren können«, sagte Simons.

»Und?«

»Er weiß nicht, ob irgendein Kürschner diese Marke vertreiben würde. Ihm jedenfalls sei nichts bekannt. Aber er gab mir die Adresse des größten deutschen Pelzversandhauses, das sich in Kiel befindet.«

»Was?« fragte Larsson erstaunt.

Simons nickte. »Ich soll's bei Paustian Pelze, Kiel, Sophienblatt 63 versuchen.« Er nannte zwei Telefonnummern. »Bei meinem Anruf hat man gesagt, ich möge eine E-Mail an info@paustian-pelze.de stellen.«

Andresen kam mit Hellmann im Schlepp.

»Wir gehen zu mir rüber«, sagte Larsson. »Wenn du die Anfrage gestellt hast, Karl, ruf bitte beim Landesforstamt Pudagla an, und durchforste anschließend den Polizeicomputer, ob irgendwo nach Weihnachten der Abgang einer jungen Frau gemeldet ist.«

Sie gingen über den Flur in sein Büro, und Larsson bot Hellmann Platz vor seinem Schreibtisch, Andresen setzte sich links neben seinen Chef.

»Ich hatte gestern mit einem anderen Mann gesprochen«, stellte Larsson fest.

»Das ist richtig. Ich hatte zwar die Leiche gefunden, gehörte aber nicht zu der Gruppe, die bei der Leiche stand, als Sie kamen.«

»Sie waren der Mann mit dem großen grau-braunen Hund, der an der Strecke stand?«

Hellmann nickte. »Ich habe Ihnen die gewünschte Liste mitgebracht.«

»Es war ein gemütliches Beisammensein beim Grillen an der Jagdstrecke«, sagte Larsson. »Gibt es eigentlich Gruppenfotos davon? Das wäre doch eine angenehme Erinnerung.«

»Sicher werden einige Leute fotografiert haben.«

»Sie auch?«

»Nein. Meine Frau aber ganz bestimmt.«

Larsson sah die nummerierte Liste mit den Namen. Es waren 62 Namen, computermäßig erfasst und fein säuberlich aufgeführt. Er sah einige bekannte adlige Namen, die aus Hamburg, Boizenburg, aus der Nähe von Rostock-Laage und der weiteren Republik eigens für diese Jagd angereist waren.

»Sie ist nicht alphabetisch geordnet, sondern nach dem Eingang der Anmeldung«, sagte Hellmann.

»Ihre Frau hat fotografiert? Ich hätte gern einen Blick auf die Fotos geworfen.«

»Das wird kein Problem sein.«

»Eine beachtliche Zahl von Leuten, die sich zu so einer Jagd zusammenfinden«, sagte Larsson, mit Blick auf die Teilnehmerliste.

Was, in Gottes Namen, machen die eigentlich sonst?

»Fast das ganze Jahr hindurch gibt es irgendwelche Jagdereignisse, je nach Schonzeit in den einzelnen Bundesländern«, sagte Hellmann.

»Wann reisen die Herrschaften in der Regel an?«

»Ein, zwei Tage vor Beginn der Jagd.«

»Am Freitag oder Sonnabend?«

»Ja.«

»Keiner davon, der länger da ist?«

»Das Ehepaar Kerner. Die Leute machen hier ein paar Tage Urlaub.«

»Wissen Sie, wo die Kerners wohnen?«

»Im ›Oasis‹ in Heringsdorf.«

Larsson notierte sich das.

»Sie wohnen immer dort«, setzte Hellmann nach, um die Bedeutung der Kerners hervorzuheben.

Larsson schaute auf und sah das spöttische Lächeln Andresens.

»Ein Fünf-Sterne-Haus«, stellte Andresen fest.

»Die Leute machen ihr Geld mit Öl.«

»Mit Öl?« fragte Andresen interessiert.

»Termingeschäfte mit Öl aus den Golfstaaten. Mehr weiß ich auch nicht.«

»Irgendwas machen wir falsch«, stellte Andresen fest. »Ich hätte studieren und Richter werden sollen – in Bayern.« Er zwinkerte Larsson zu.

»Zurück zu den Jagdgästen. Sind sie noch vor Ort?« fragte Larsson.

»Nur zum Teil. Eine große Gruppe ist heute Morgen abgereist, andere haben vor, im Laufe des Tages die Insel zu verlassen.«

»Sie sind der Jagdpächter?«

Hellmann bestätigte das.

»Wie oft in der Woche sind Sie in Ihrem Pachtgebiet?« fragte Larsson weiter.

»Oft ... drei, viermal die Woche. Vor den großen Jagden aber täglich, um das Wild ordentlich anzufüttern.«

»In der letzten Zeit also täglich ... Seit wann?«

»Das kann ich genau sagen, seit dem 4. Januar, einem Mittwoch. Das weiß ich ganz genau.« Hellmann strahlte.

Larsson schaute auf seinen Kalender. »Das sind ja ... zwei Wochen und vier Tage.«

Hellmann lachte. »Je intensiver Sie in der Zeit das Wild anfüttern, und je weniger Störungen es in dieser Zeit für die Tiere gibt, umso erfolgreicher wird die Jagd.«

»Und diese Jagd war erfolgreich«, stellte Andresen fest.

»Ausgesprochen erfolgreich. Alle sind's zufrieden.«

»Wie weit entfernen Sie sich beim Anfüttern denn von dem Platz, an dem die Strecke aufgereiht war?« fragte Larsson.

»Unterschiedlich. Zuerst fange ich weiter im Innern des Waldes an und verstecke Eicheln, Kastanien und auch Äpfel wegen des intensiven Geruchs unter Baumenden oder umgebrochenen Bäumen, Gebüschen und lege eine dünne Spur bis zu dem Ort, den Sie gerade angefragt haben.«

»Was war mit Fremdspuren in dieser Zeit?« fragte Larsson.

»Außer Wildspuren?«

Larsson nickte.

»Keine.«

»Ist es nicht manchmal unheimlich, allein im Wald?«

»Wieso?«

»Nehmen wir einmal an, Sie haben einen Schwächeanfall und liegen dann allein im Wald. Was dann?«

Hellmann brauchte eine Sekunde, um zu formulieren. »Erstens wird meine Frau Hölle und Teufel in Bewegung setzen, um mich zu finden, wenn ich zur ausgemachten Zeit nicht wieder zu Hause bin.«

Ein Mystiker, der die Hölle und den Teufel bemüht.

»Und zweitens?« fasste Andresen ungeduldig nach, als Hellmann schwieg.

»Wenn ich mich nicht melde, kann meine Frau auf ihrem Computer sehen, wo ich mich befinde und Rettung schicken.«

»Und wenn das nichts bringt?«

»Wenn das nichts bringt, ist es Gottes Wille und meine Zeit auf dieser Welt abgelaufen.«

»Gottes Wille«, sagte Larsson gedehnt.

Eben hat er noch den Teufel bemüht. Aber ist nicht Gott auch irgendwo der Teufel? Durch die Wälder durch die Auen zog ich leichten Sinns dahin, alles, was ich konnt´ erschauen war des sichern Rohrs Gewinn ...

»Meine Hündin würde so lange bei mir bleiben, bis ich gefunden wäre und würde mich gegen Gott und alle Welt verteidigen«, sagte Hellmann voller Stolz.

Doch mich umgarnen finst're Mächte – mich fasst Verzweiflung, foltert Spott. O, dringt kein Strahl durch diese Nächte? Herrscht blind das Schicksal? Lebt kein Gott?

»Die Fundstelle ... Diesen Teil des Waldes haben Sie für die Fährtenlegung nicht einbezogen?« Larsson versuchte sich wieder auf die Fragen zu konzentrieren.

»Nein.«

»Warum nicht?«

»Weil ich gezielt nach Laufspuren der Tiere gesucht und danach meine Anfütterungsstrecke angelegt habe. Es gibt eingelaufene Wildwechsel, die in der Regel von den Tieren benutzt werden. Dort habe ich natürlich angesetzt.«

»Und der Fundort der Leiche? Hatten Sie den denn zum Füttern einbezogen?«

Larsson schaute zu Fenster. Einige Spatzen machten sich lauthals an einem Futterkolben aus Sonnenblumenkernen und Fett zu schaffen. Dabei fingen sie an, sich um den Futterplatz zu streiten, der den Himmel versprach.

»Nein.«

»Kann das der Grund sein, weshalb die Schweine die Leiche nicht gefunden haben?«

»Kann, ja, aber genau ist das nicht zu sagen.«

»Und niemand, auch niemand, den Sie kennen, ist Ihnen in zweieinhalb Wochen begegnet?«

»Nein.«

Larsson beendete die Befragung. Er war sicher, dass aus dem Mann nichts mehr herauszuholen war. Hellmann ging in der Überzeugung, seinen Auskunftspflichten gegenüber der Polizei über die Maßen gut nachgekommen zu sein.

»Du magst diesen Hellmann nichts sonderlich«, sagte Andresen, als sie wieder allein waren.

Die Antwort war ausweichend. »Wie kommst du darauf?«

»Glaubst du wirklich, dass er in dieser langen Zeit niemandem begegnet ist?«

»Das weiß nur er allein. Aber warum sollte er lügen?« fragte Larsson. Er suchte sich die Telefonnummer des »Oasis« heraus und wählte die Nummer. Er meldete sich mit Namen und Dienststelle und erfuhr, dass die Kerners noch bis zum kommenden Tag gebucht haben.

»Wir fahren jetzt ins ›Oasis‹.« Er stand auf. In dem kleinen Hochschrank hatte er seinen Mantel hängen, den er jetzt herausnahm und anzog.

Sie gingen über den Flur. Larsson schaute noch einmal zu Simons ins Büro der Kommissare. »Hast du schon mit dem Forstamt telefoniert?«

»Ja. Negativ. Zwischen den Jahren wird gar nicht gearbeitet, und erst am Montag, dem 9. Januar, haben sie wieder angefangen«, erklärte Simons. »Aber nicht im Forsten zu Ahlbeck. Da haben sie bei Pudagla angefangen, um Baumbruch zu beseitigen.«

»Wir sind kurz außer Haus«, sagte Larsson.

Zwölf Minuten später parkten sie den Dienstwagen am Hintereingang des »Oasis«. In der Einfahrt standen einige Fahrzeuge der gehobenen Oberklasse. Sie gingen um das Haus den Verbindungsweg zur Promenade entlang.

Vor ihnen lag der Park, in dem die große weiße Villa und das Gästehaus lagen. Die wechselvolle Geschichte des »Oasis« begann einige Jahre, nachdem der Oberforstmeister von Bülow 1820 die kleine Fischersiedlung Heringsdorf gründete, König Friedrich Wilhelm III. die Insel für sich und seine Familie entdeckte und der einsetzende Bäderbetrieb in Swinemünde 1824 v. Bülow veranlasste, eine Badeanstalt zu eröffnen. Der Geheimrat Hugo Delbrück gründete danach die Aktiengesellschaft Seebad Heringsdorf, und die finanzkräftigen Familien aus Berlin ließen nicht lange auf sich warten. Denn nach dem Bau des Hotel Kaiserhof Atlantic, des Kurplatzes und 1893 der Seebrücke wurde entlang der Promenade zwischen Swinemünde und Bansin begonnen, je nach Geldbeutel zum Teil sehr großzügige Grundstücke zu vergeben, auf denen sich dann die Industrie-,

Kunst- und Politikprominenz der Reichshauptstadt prachtvolle Villen baute.

Andresen senkte instinktiv die Stimme, als sie den Park betraten und auf das Haus zugingen. »Ich möchte nicht wissen, was allein die Pflege des Parks monatlich verschlingt. Ein Vermögen.«

»Im Sommer blühen die großen Hortensien und verwandeln den Garten in ein rot-gelb-grünes Meer der Erholung für die Seelen«, antwortete Larsson.

Sie betraten den Eingang. »Mein Name ist Larsson, Kripo Heringsdorf. Das ist mein Kollege Andresen. Wir haben vor kurzem miteinander telefoniert«, sagte Larsson zu der freundlichen Frau an der Rezeption.

»Sie fragten nach dem Ehepaar Kerner.«

»Ja.«

»Sie sind gerade ins ›Rossini‹ gegangen«, sagte die Frau und deutete mit dem Kopf zum Eingang des Restaurants hin. »Ich würde es bevorzugen, wenn Sie die Gäste dort nicht stören würden.«

»Das ist kein Problem. Vielleicht melden Sie uns an?«

Die Frau machte sich auf den Weg ins Restaurant, das nur zwei Türen von ihnen entfernt war, von denen eine offen stand, so dass Larsson die edle Einrichtung des Restaurants für Sekunden zu sehen bekam.

Larsson nahm sich einen der Hausprospekte.

Das hat Stil. Fünf Sterne sind fünf Sterne. Vielleicht nicht überall, hier aber bestimmt.

»Sie haben nach mir gefragt?«

Ein Schweizer!

Larsson drehte sich um.

»Rino Kerner.«

Ganz egal, welchen Maßstab man anlegt, so sieht Schweizer Geldadel aus. Als Hommage an Benvenuto Cellini, den Bildhauer und Goldschmied der Päpste und Könige der Renaissance, hat Rolex eine Uhrenkollektion entworfen, die den Namen des Meis-

ters trägt. Kerner trug solch eine 18 Karat Everose-Gold-Uhr mit einem schwarz-roséfarbenen Zifferblatt Rayon Flammé de la Gloire und einem schwarzen Lederband mit Schmetterlingsfaltschließe, ebenfalls in 18 Karat Gold.

Larsson kannte sich aus, hatte er doch vor einiger Zeit einen Hoteldieb dingfest machen können und dabei Gelegenheit gehabt, sich mit der Rolex-Kollektion vertraut zu machen.

»Es ist freundlich, dass Sie sich für uns ein paar Minuten Zeit nehmen. Es geht um die Jagd.«

»Um die Jagd von gestern?«

»Ja.«

»Kommen Sie. Es ist Mittagszeit, da ist die Bibliothek leer.«

Larsson bedeutete Andresen, der etwas abseits gestanden hatte, dass er mitkommen möge.

Die kleine Bibliothek war mehr ein Aufenthaltsraum. Ein grüner Bauernschrank, in dem vier Reihen Bücher untergebracht waren, stand über eine der Ecken neben dem Eingang. Ein Holztisch mit einer Glasplatte stand vor den schwarzen Ledersesseln italienischer Herkunft. Der große Perser war farbig gut auf das im Zweifach-Fischgrätmuster verlegte Parkett und die zarte, durch mediterranes Ocker abgesetzte Farbe der Wand abgestimmt. Obwohl es nicht ganz dunkel war, erhellten Wandlampen den Raum.

Larsson kratzte sich am Kopf, als sie sich auf die andere Seite des Raumes in die schwarzen Lederfauteuils gleiten ließen. »Was wissen Sie über den Fund der Frauenleiche?« fragte er.

Kerner zuckte mit den Schultern und machte ein fragendes Gesicht. »Das, was alle wissen. Der Gastgeber hat sie gefunden. Daraufhin hat er die Jagd abgebrochen.«

»Ich habe die erlegten Tiere gesehen ... Bei einem der Rehe habe ich mehrere Einschusslöcher gezählt«, stellte Larsson fest.

»Eine Trefferquote von 4:1 ist während der Drückjagdsaison ein durchaus normales Trefferverhältnis«, antwortete der Schweizer.

»Das heißt, dass bei Bewegungsjagden nur 25-30 % des Wildes durch Blattschuss erlegt werden?« schaltete sich Andresen ein.

»In etwa.«

»Im Umkehrschluss heißt das, dass über 70 % der Tiere auf Bewegungsjagden durch Anschüsse lediglich verletzt werden.«

»Ja.«

»Können Sie sich vorstellen, welche Qualen ein Tier erleidet, das vielleicht erst mit dem vierten, fünften oder sechsten Schuss getötet wird?« Andresens Stimme klang vorwurfsvoll.

»Als Nachsuchenführer kotzt mich dieses Verhältnis auch an«, sagte Kerner. »Bei den meisten Schüssen auf Drückjagden werden Äser-, Gebrech- und Keulenschüsse einfach in Kauf genommen. Gerade bei Leuten, die am Jägerstammtisch vor Waidgerechtigkeit triefen, habe ich die größten Schlumpschützen erlebt. Bei den heute üblichen Bezahljagden in den Forsten erlebt man die übelsten Aasjäger.«

»So gefühllos wie mancher Mensch ist kaum ein Tier. Im Göttlichkeitswahn und im Glauben, er sei ›so viel mehr‹, ward der Mensch gegen Natur und Kreatur zum Monster auf dieser Erde hier«, warf Andresen bitter ein.

»Jeder neigt dazu, Tugend zu predigen, die Allerwenigsten praktizieren sie auch«, konterte Kerner.

»Sie waren gestern Nachsuchenführer?« fragte Larsson, ohne auf den Disput der beiden Männer einzugehen.

»Nein. In der Schweiz. Aber ich war bei der Gruppe der Nachsucher dabei.«

»Haben Sie auch in dem Quadrat gesucht, in dem die Leiche gefunden wurde?«

»Ja.«

Larsson überlegte kurz. »Haben Sie irgendwelche noch so geartete Spuren gesehen?«

»Natürlich. Es heißt ja Nachsuche. Also sind wir auf Spuren von den Drückern und auch tatsächlich auf Schweißspuren gestoßen.«

»Schweißspuren von angeschossenem Wild?«

»Leider ja. Wir haben ein Reh, das einen Bauchschuss hatte, erlösen können.«

Larsson präzisierte seine Frage. »Haben Sie irgendwelche Spuren gesehen, die nicht von Wild herrühren können?«

»Nein«, sagte Kerner.

»Diese Drückjagd im Landesforsten Ahlbeck, habe ich mir sagen lassen, findet alljährlich statt. Waren Sie schon öfters dabei?«

»Das zweite Mal.«

»Wie kommt es, dass ein Schweizer Kaufmann aus ...«

»Zürich.«

»... aus Zürich, an einer Jagd teilnimmt, die rund elfhundert Kilometer von seinem Wohnsitz entfernt ist?« fragte Larsson in einem eher freundschaftlichen, vertrauensvollen Ton.

»Ich traf den Veranstalter an einem Stand für Bilder der Moderne auf der Art Basel Mitte 2004. Wir machten uns bekannt und kamen über ein Jagdbild des Malers Gorski, ›Wölfe jagen Troika‹, das von einem Greifswalder Galeristen angeboten wurde, ins Gespräch.«

»Manchmal hält das Leben eigenartige Konstellationen bereit«, warf Andresen ein.

»Kauften Sie das Bild?« fragte Larsson.

»Es war ein sehr schönes Bild, aber ich bin Sammler. Mir war es letztlich nicht wertvoll genug«, entgegnete der Schweizer.

Ich muss wissen, was in Basel noch zustande gekommen ist. »Von einer Greifswalder Galerie?«

Kerner nickte.

»In Basel? Das habe ich gar nicht vermutet.«

Kerner lachte. »Herr Hellmann und der Galerist, ein Russe, sind wohl mehr oder weniger befreundet. Oh, meine Frau ...«

Larsson taxierte die Frau, die plötzlich im Raum stand.

»Ich han nur wellä säge, mir chönd ässe, s Filet wird chalt Rino ...«

»Ich bi do grad fertig, Hélène. Goh scho mol is ›Rossini‹ abä ...«

So schnell sie aufgetaucht war, so schnell war sie auch wieder gegangen.

»Die Frauen«, sagte Kerner. »Was tut man nicht alles, um sie ruhigzustellen.«

»Eine letzte Frage.«

Kerner war bereits aufgestanden, und die beiden Kriminalisten schlossen sich ihm an.

»Können Sie sich an den Namen des Galeristen entsinnen?«

Rino Kerner kniff die Augen zusammen, legte die Stirn in Falten und stieß die Luft aus. »Nicht wirklich. Es war in jedem Fall ein russischer Name ... Tut mir leid.«

Beim Verlassen der Bibliothek fiel Larssons Blick auf den roten Teppich, der die hölzerne Winkeltreppe optisch dem roten Teppich vor, und dem in der gleichen Art im Eingang des Rossinis befindlichen anglich.

Was für ein ausgesuchter Geschmack.

Kerner nickte den beiden Beamten noch einmal zu, bevor er durch die geöffnete Doppeltür ins »Rossini« verschwand und sie ihren Weg in die Kälte des Winters fortsetzten.

7. Kapitel

Lasse Larsson hörte die Stimmen von Menschen, die die Treppe hochgekommen waren, ohne sie jedoch einordnen zu können, weil er so intensiv über die bisher dünnen Ermittlungsergebnisse nachgedacht hatte und sie mit dem Piktogramm verglich. Schlagartig trat Ruhe ein. Er warf einen Blick auf seine Armbanduhr: 8.10 Uhr. Er ging über den Flur ins Büro der Kommissare.

Als er die Tür öffnete, bemerkte er die Überraschung, die man ihm machte; die Stimmen hatten offensichtlich sowohl seiner Frau Monika als auch Inge Mohaupt gehört, die sich beide im Büro des Kriminalkommissariats in Heringsdorf eingefunden hatten.

Mälzer hat Wort gehalten. Er lässt tatsächlich zu, dass Monika bei mir in der Abteilung arbeitet.

»Seit wann weißt du, dass du bei uns eingesetzt bist?« fragte Larsson.

Ein Mann, der die Stimme seiner Frau nicht identifizieren kann?

Monika telefonierte, antwortete nicht.

»Guten Morgen, Lasse«, begrüßte ihn Inge Mohaupt. Schlagartig wurde ihm bewusst, dass es ihre Stimme gewesen sein musste, die in sein Unterbewusstsein vorgedrungen war.

»Schön, dich im Team zu haben, Inge. Wenn die männlichen Kollegen schon da wären, könnten wir endlich anfangen.«

Als die beiden Männer schließlich kamen, berichteten sie von einem Auffahrunfall, in den sie hineingekommen waren und dessentwegen sie verspätet im Büro ankamen.

»Gut«, sagte Larsson, »machen wir uns an die Arbeit.«

Monika war aufgestanden, um Kaffee für alle zu holen, der inzwischen durch den Filter gelaufen war.

»Also, das, was wir bis jetzt haben, ist mehr als dürftig. Karl, was hast du?«

»Die Antwort von Paustan-Pelze ... Negativ, der Mantel kommt nicht von dem Händler aus Kiel.«

Larsson unterdrückte einen Fluch. *Dann ist er direkt in Moskau gekauft.* »Die Frage ist nun, wo *genau* kommt diese Frau her? Aus Russland? Russland ist groß.«

Andresen zeigte auf eines der Fotos der Toten, die auf dem Tisch ausgebreitet waren. Dann schaute er Larsson an. »So stellen wir beide uns doch durchaus ein frommes Mädchen vor.«

»Soll heißen?« fragte Larsson.

»Vielleicht sollten wir sie in den Bordellen suchen.«

Was für eine naheliegende, aber durchaus nicht wünschenswerte Vorstellung.

»Gut, Rolf. Dann übernimmst du das gleich. Doch wo fängst du an? Und wie weit soll der Suchradius gehen? Um ehrlich zu sein, bundesweit würde das eine ganze Armada von Mitarbeitern für einige Wochen beschäftigen.«

»Ich fange an der Küste an. Rostock, Stralsund, Greifswald ... bis Neubrandenburg.«

»Gut. Für dich, Karl, habe ich eine andere Aufgabe. Du untersuchst Kunstgalerien in Greifswald. Ich möchte wissen, wo ein Russe das Zepter führt. Und anschließend nimmst du die Liste der Teilnehmer an der Jagd und prüfst jeden Einzelnen. Lass dir dabei von Monika helfen.«

»Ich brauche einen Namen für die Galerien«, warf Simons ein.

»Wenn ich den hätte, Karl, wären wir schon weiter.« Larsson schaute Inge Mohaupt an. Bevor er ihr etwas sagen konnte, ging das Telefon.

Andresen ging zu seinem Schreibtisch an den Apparat und schnalzte nach einigen Sekunden mit den Fingern, damit die Crew wusste, dass er die Mithöranlage einschalten würde. »Sagen Sie das bitte noch einmal, ich konnte es nicht verstehen.«

»Die Frau auf dem Foto in der Zeitung ...«

»Die Frau ...«

»... die man im Wald gefunden hat.«

Larsson war an Andresens Tisch getreten. Er machte Monika ein Zeichen, mitzuschreiben.

»Kennen Sie sie?« fragte Andresen.

»Ja.«

»Sagen Sie mir bitte den Namen der Frau.« Andresen versuchte, Ruhe auf die Frau auszustrahlen, deren Stimme Aufgeregtheit signalisierte.

»Ana...«

»Anna?« bohrte Andresen nach.

»Anastasija ...«

»Anastasija wie?«

Larsson war vom Jagdfieber gepackt.

»Ich gebe Ihnen meine Handynummer. Sie können mich dann immer erreichen, Tag und Nacht ... Wollen Sie mir Ihren Namen verraten?« fragte Andresen, nachdem die Frau am anderen Ende ruhig blieb.

Es knackte in der Leitung. Sie hatte aufgelegt.

»Verdammt!« entfuhr es Andresen.

Damit muss man immer rechnen, dachte Larsson. »Ist der Anruf über die Zentrale gekommen?«

»Ja.«

»Frag nach, ob die Frau einen Namen genannt hat.«

Andresen telefonierte mit der Zentrale, schüttelte aber den Kopf, als er aufgelegt hatte. »Sie hat gesagt, sie wolle mit dem Kommissar verbunden werden, der dafür zuständig ist. Das war alles.«

Larsson kniff die Augen zusammen.

Sie hat wahrscheinlich von selbst angerufen. Warum immer sie aufgelegt hat, sie wird wieder anrufen, denn sie wollte etwas loswerden, etwas aufgeklärt wissen.

»Weshalb in drei Teufels Namen hat sie aufgelegt?« fragte Andresen.

»Vielleicht ist sie von jemandem unterbrochen worden«, gab Simons zu bedenken.

»Das wäre eine Möglichkeit«, sagte Andresen.

»Vielleicht ist sie einfach noch nicht so weit.« Inge Mohaupt hatte leise gesprochen.

Die Psyche ist die reinste Mystik. Ist das Unbewusste die mystische Seite des Rationalen?

»Übersetzt heißt das wohl, dass sie weiß, dass sie Hilfe braucht und noch nicht endgültig entschieden hat, ob sie die bei uns finden wird? Ist es das, was du meinst, Inge?«

Inge Mohaupt nickte.

»Dann müssen wir warten. Aber seid gewiss, Hoffnung ist oft ein vergiftetes Geschenk. Inge, schau bitte mal, ob wir über diesen Mann irgendetwas im Polizeicomputer finden können ...« Larsson schrieb den Namen Rino Kerners auf und reichte ihr die Notiz. »Der Mann ist aus Zürich. Er soll irgendetwas mit Öl zu tun haben. Also das ganze Programm einschließlich einer Abfrage beim BKA.«

»Aber das ist ein Schweizer!« protestierte Inge Mohaupt.

»Eben. Deshalb werden wir es wahrscheinlich auch aus eigener Kraft nicht schaffen. Oder warum glaubst du, bringe ich das BKA zur Sprache? Ich bin vorerst in meinem Büro.«

Larsson verließ das Zimmer. Er fuhr das Piktogramm ein. Links oben hatte er das verkleinerte Frauenbild mit dem Namen Anastasija stehen, darunter drei grüne Männchen, diverse Jäger, Hellmann. Mittig im Diagonal hatte er den Kopf der Figur eines Jägers und seinen Namen stehen. Er war der Jäger, der den Mörder zur Strecke bringen musste; rechts ein wenig höher, wieder zwei stilisierte Wingding-Männchen für Simons und Andresen. Links seitlich unter seinem Kopf war Inge Mohaupt stilisiert.

Zwischen ihr und der stilisierten Jägergruppe hatte Larsson Rino Kerner einen Merkpunkt gegeben. Dann verband er die einzelnen Gruppen so weit, wie die Ermittlungen das schon zuließen. Anastasija mit der Jägertruppe, denn die hatte die Leiche der Frau gefunden. Die Jägergruppe und Hellmann mit Rino Kerner.

Es ist eben noch nicht viel, was wir haben. Genau drei Verbindungen zwischen der Leiche und möglichen Kontakten. Das ist schon einmal ein guter Anfang.

Larsson rief die Rechtsmedizinerin an.

»Ich wollte Sie auch gerade anrufen«, sagte Dr. Brigitte Beckert. »Es gibt eine einzige Todesursache, einen aufgesetzten Schuss auf der linken Seite des Brustkorbs. Der Schuss ist direkt zwischen der dritten und vierten Rippe erfolgt. Die Rippenknochen sind nicht beschädigt, was entweder für einen Profi oder für einen Glücksschuss spricht.«

»Abwehrspuren?«

»Nein.«

»Also keine weiteren Verletzungen, dann ist es mit an Wahrscheinlichkeit grenzender Sicherheit keine Beziehungstat.«

»Das sehe ich auch so. Die Patrone gehört zu einer sehr kleinkalibrigen Waffe. Sie hat das Herz und den rechten Lungenflügel durchschlagen und ist letztlich am rechten inneren dritten Rippenbogen hängengeblieben.«

»Vielen Dank, Frau Dr. Beckert. Ich lasse die Kugel bei Ihnen abholen. Könnten Sie mir den Bericht vorab auf meinen Computer legen?«

»Da ist noch etwas ... Die Frau war schwanger.«

»Schwanger?«

»In der sechsten Woche.«

Sie beendeten das Gespräch, nachdem die Rechtsmedizinerin zugesagt hatte, sofort den Bericht mailen zu lassen.

Larsson rief die Bereitschaft der Einsatzleitung in Anklam an und bat darum, die Kugel für die Untersuchung in Greifswald abholen und zum LKA nach Schwerin bringen zu lassen.

Larssons Bauchgefühl in Bezug auf Kerner war richtig gewesen. Inge Mohaupt hatte sich unmittelbar daran gemacht, den Polizeicomputer zu durchforsten, und war fündig geworden.

»Ich habe etwas über Kerner«, sagte sie und trat ein.

Larsson machte eine Handbewegung zum Stuhl vor seinem Schreibtisch, und die Kriminalhauptkommissarin setzte sich.

»Du hast etwas gefunden? Mach's nicht so spannend.« Er spürte ein leises Gefühl der Genugtuung darüber, dass sie ihm zweifelnd widersprochen und er anscheinend Recht behalten hatte.

»Er ist mit weit überhöhter Geschwindigkeit auf der Autobahn bei Finowfurt geblitzt worden, wo nur 120 Kilometer pro Stunde erlaubt sind.«

Larsson lachte auf. »Ich han ghört...en schwiezer ufere dütsche Autobhan? Dä hät sicher dänkt, will d schwiezer Verchehrspolizischte wie d Raubritter vorgöhnd, will er endli mol freii Fahrt für freii Bürger gnüsse, usgrächnet uferä verchehrsberuhigte Strecki.«

»Du kannst Schweizerdeutsch?« fragte Inge Mohaupt und lachte auf.

Larsson zwinkerte ihr zu und zuckte mit den Achseln. »Ich habe ein halbes Jahr im Internat in Luzern verbracht und war in`s Heidi verliebt«, sagte er. »Ein Schweizer auf einer deutschen Autobahn? Der hat wohl gedacht, weil die Schweizer Verkehrspolizisten wie die Raubritter vorgehen, will er endlich mal freie Fahrt für freie Bürger genießen ... Ausgerechnet auf einer verkehrsberuhigten Strecke.«

»Höre ich da Frust heraus, Lasse?«

»Die Huresiecher haben mich mal ganz schön zur Kasse gebeten. Vierhundert Stutz ... Ich habe erst weiterfahren können, als mir das Geld von einem Freund aus Singen am Hohentwiel nach Frauenfeld gebracht wurde.«

»Es kommt noch besser. Er fuhr mit einem in Deutschland zugelassenen Wagen 186 Stundenkilometer.« Inge Mohaupt lächelte Larsson wissend an.

»Und?«

»Es war ein Bentley der Firma ...«, Inge Mohaupt nannte einen großen Mietwagenverleiher mit Niederlassung in Berlin.

Larsson dachte einen Augenblick nach.

Wir haben eine tote Frau mit einem Mantel, der aller Wahrscheinlichkeit nach aus Russland kommt. Kerner kennt einen Russen aus Greifswald, der mit Kunst handelt. Zufall?

Es hat ihm so die Sprache verschlagen, dass er stumm geworden ist. Und das tut mir gut.

»Wir haben keine Handynummer von dem Mann. Ich wüsste allzu gerne, was ein Mann wie Kerner außerhalb der Jagd in Deutschland treibt. Sei so nett und ruf bei dem Mietwagenverleiher an. Sicher gibt man dir die Handynummer.«

Inge Mohaupt war schon an der Tür, als sie die Stimme Larssons einholte. »Und in der Regel sind so hochwertige Fahrzeuge mit einem GPS ausgestattet.«

Sie verließ das Büro, um mit der Mietwagenzentrale zu telefonieren.

Ich könnte im »Oasis« anrufen. Aber wenn die die Handynummer haben, und daran zweifle ich kaum, weiß ich noch immer nicht, wo er sich im Augenblick befindet. Und eine Handyortung ist nicht in fünf Minuten zu bekommen.

Larsson rief im Hotel an und erfuhr tatsächlich die Handynummer. Gleich im Anschluss wählte er die Nummer der Einsatzleitung in Anklam und bekam Otmar Selge an den Apparat.

»Gut, dass du Dienst hast, Otmar«, sagte Larsson. »Ich könnte dringend deine Hilfe gebrauchen.«

»Wie jedes Mal, wenn du bei mir anrufst«, konterte Selge.

In wenigen Worten erklärte Larsson ihm die Ausgangslage der Ermittlungen zum Fall der aufgefundenen Frauenleiche im Ahlbecker Landesforst. »Du weißt, dass das nicht so ohne Weiteres geht?«

»Wenn ich's nicht wüsste, Otmar, würde ich dich kaum um den kleinen Gefallen bitten.«

»Ich schaue mal, was ich tun kann. Aber das ist natürlich unverbindlich.«

»Natürlich.«

»Unverbindlich für mich! Wenn es klappt, bekomme ich von dir wenigstens eine Flasche guten Rotwein.«

Larsson sah Selge förmlich vor sich, grinsend bis über beide Ohren. Als er aufgelegt hatte, dachte er einen Augenblick nach.

Eine knappe Stunde später überschlugen sich die Ereignisse. Selge rief an und nannte ihm die Adresse in Greifswald, wo der Bentley Kerners stehen sollte. Larsson schrieb die Adresse auf, bedankte sich. Als er aufgelegt hatte, machte er zwei Dinge: Er notierte sich, eine gute Flasche Rotwein für Selge zu besorgen; dann ging er ins Büro der Kommissare.

»Bitte, Inge, prüf doch mal übers Meldeamt, wer auf dieser Adresse gemeldet ist. Wenn es kein russischer Name ist, sollen sie den ganzen Straßenzug beiderseitig nach einem solchen durchsuchen.«

»Wir sollten einen Funkwagen hinschicken«, gab Andresen zu bedenken.

»Daran habe ich wohl gedacht, Rolf«, sagte Larsson, als das Telefon Andresens klingelte.

Andresen stellte sofort den Apparat auf Mithören. Im Raum war es mäuschenstill geworden.

Larsson erkannte die Stimme vom Morgen. Es war die Frau, die wusste, wer die Tote im Landesforst war.

»Sind Sie der Mann, mit dem ich heute Morgen gesprochen habe?«

»Ja.«

»Sie wollten wissen, wie die Tote heißt.«

»Ja.«

Warum in Gottes Namen redet sie nicht weiter?

»Wie ist Ihr Name?« fragte die Frau.

Ich hatte ihn doch gerade genannt. Sie ist aufgeregt, hat deshalb darüber weggehört.

»Kriminalkommissar Andresen.«

»Anastasija Saizew ...«

»Anastasija Saizew?«

»Ja.« Die Frau diktierte den Namen, jeden Buchstaben einzeln.

»Saizew«, sagte Andresen. »Habe ich. Wo wohnte sie? Können Sie mir das sagen?«

»Irgendwo in Greifswald.«

»Wissen Sie es nicht?«

»Nicht genau. Vielleicht melde ich mich wieder.«

»Fuck«, entfuhr es Andresen, als es in der Leitung knackte und sie wieder aufgelegt hatte.

»Sie sollen im Meldeamt schauen, ob eine Anastasija Saizew dort gemeldet ist. Das wäre immerhin eine Erklärung, die uns weiterbringen würde.«

Auf dem Schreibtisch, an dem Monika Platz genommen hatte, klingelte das Telefon. Es war Edgar Selge auf der Suche nach Larsson. Sie reichte den Hörer weiter.

»Edgar?«

»Der Wagen bewegt sich weiter. Er ist jetzt an der Auffahrt zur Autobahn. Sollen wir ihn stoppen lassen?«

»Nein, Edgar. Wir hätten keine Handhabe, ihn festzuhalten. Das bringt uns nicht wirklich weiter.«

»Warum wolltest du es dann unbedingt wissen?«

»Weil ich hinter einem Kontakt her bin, den ich hoffentlich mit deiner bisherigen Hilfe finden werde. – Der Funkwagen in Greifswald hat sich erledigt, Rolf«, sagte Larsson zu Andresen. Dann ging er hinüber in sein Büro.

Warum nicht einen Kontakt aktivieren, der eigentlich fast versandet war. Lorenzo Wältin. Der Junge aus reichem Haus zählte während der kurzen gemeinsamen Zeit im Luzerner Internat zu seinen engen Freunden. Als sie noch miteinander redeten, arbeitete er bei der Kriminalpolizei in Zürich. Er suchte die Telefonnummer heraus und wählte die Nummer. Doch dann kam der Schock. Die Telefonnummer war nicht mehr existent.

Wer könnte den Kontakt herstellen? Langsam ließ er die Liste der Freunde vor sich ablaufen. Jürg Aebli ...

Jürg Aebli war Weinhändler im Thurgau geworden. Er hatte den Handel von seinem Vater übernommen. Larsson hatte ihn einmal besucht, als er aus Zürich kommend über Frauenfeld zum

Bodensee fuhr. Die Nummer hatte er nicht eingespeichert, bekam sie aber über das Internet in Sekunden heraus. Es meldete sich eine Frauenstimme, die, nachdem sie seinen Wunsch nach einer Verbindung zu Jürg Aebli vernommen hatte, penetrant fragte, in welcher Angelegenheit er denn Herrn Aebli zu sprechen wünsche. Erst als er ihr klargemacht hatte, mit Aebli befreundet zu sein, schien sie erleichtert, stellte ihn aber nur widerwillig durch.

»Jürg Aebli, mit wem spreche ich? Ich habe den Namen nicht richtig verstanden.«

»Lasse Larsson. Gruezi Jürg!«

»Larsson? Lasse? Internat?« Er lachte erkennend auf.

»Es war schon eine verrückte Zeit in Luzern. Und du hast inzwischen den Laden deines Vaters übernommen ...«

»Das ist der Lauf der Zeit, Lasse. Und was machst du jetzt?«

»Ich bin bei der Kripo.«

»In Deutschland?«

»Ja«, sagte Larsson.

»Hattest du nicht geheiratet?«

»Vor einigen Jahren.«

»Und? Ist es gutgegangen?«

»Ja, eigentlich schon.«

»Eigentlich?«

»Sie wurde krank und starb. Krebs.« Larsson verschwieg, dass sie sich zuvor getrennt hatten und sie längst unter einem anderen Namen gesegelt war. Letzteres erfuhr er vor Jahren von seiner plötzlich aufgetauchten Tochter, von der er zuvor nichts gewusst hatte.

»Das ist bitter.« Aebli stöhnte auf. »Ich habe auch Probleme mit der Ehe, aber die sind ganz anderer Art.«

»Was ist eigentlich aus Lorenzo geworden?« fragte Larsson, seiner Stimme einen nicht allzu interessierten Ausdruck gebend.

»Lorenzo Wältin?«

»Es ist der einzige Lorenzo, den ich kenne.«

»Silvio Bichsel, Lorenzo, du und ich ... Wir waren schon ein eigenartiges Kleeblatt. Vor einigen Monaten haben wir in Zürich zusammengesessen und uns über die alten Zeiten amüsiert. Silvio ist in der Politik in Bern.«

»Und Lorenzo?«

»Lorenzo ist beim DAP gelandet.«

»Trefft ihr euch noch?«

»Das haben wir vor. Im März, wenn es nicht mehr so kalt ist.«

»Dann hast du die Telefonnummer von Lorenzo?« fragte Larsson wie nebenbei.

»Aber sicher. Lorenzo ist aufgestiegen. Er arbeitet inzwischen beim Dienst für Analyse und Prävention an herausragender Stelle. Das ist eine Hauptabteilung des Bundesamtes für Polizei.«

Larsson tat erstaunt. »Donnerwetter. Würdest du mir seine Telefonnummer bitte geben? Ich würde auch gern mal mit ihm telefonieren.«

Aebli gab ihm die Telefonnummer. »Du kannst ja vielleicht an unserem Zusammensein im März teilnehmen?«

»Ja, vielleicht ... Wenn ich es zeitlich schaffe, gerne.«

Als er aufgelegt hatte, wählte Larsson die Telefonnummer Lorenzo Wältins.

»Lorenzo Wältin.«

»Lasse Larsson, guten Tag, Lorenzo.«

»Lasse? Wie geht es dir?«

Jetzt war der Ton so vertraut wie damals – und doch ein wenig distanziert.

»Gut.«

»Das ist aber nicht der Grund, dass du anrufst. Woher hast du die Nummer?«

»Von Jürg.«

Wältin lachte auf. »Alte Zeiten?«

»Auch.«

»Wie geht es deiner Frau?«

»Sie lebt nicht mehr.«

»Oh ... Beileid.«

»Ich wollte dich um einen Gefallen bitten.«

»Was kann ich für dich tun?«

»Ich brauche eine Auskunft.«

»Ja?«

»Über den Schweizer Rino Kerner aus Zürich.«

Die Stille bedeutete nichts Gutes.

»Erinnerst du dich noch an Luzern?« fragte Wältin nach einer Weile.

»Hin und wieder.«

»Wir hatten da ein Spiel.«

»Wir hatten einige Spiele.«

»Ich meine das Geheimnisspiel.«

»Das Geheimnisspiel?«

»Ja, plus fünf. Ich muss leider in eine Besprechung. Hast du etwas zu schreiben? Ich gebe dir meine E-Mailadresse.«

»Ja.«

»Also dantelea@bluewin.ch«, sagte Wältin zweimal langsam. »Hast du?«

»Ja.«

»Und deine Adresse?«

»bergis@t-online.de.«

»Du hörst von mir. Bis ganz bald.«

Als es in der Leitung klickte, blieb Larsson für einen Augenblick regungslos sitzen. Das Geheimnisspiel? Enigma, dachte er. Enigma plus fünf. Enigma war eine wundervolle Musik von Edward Elgar unter dem Titel »Elgar's Enigma Variations«, die sie in der Internatsschule durchnahmen. Aber Enigma war auch der Name der Chiffriermaschine, die das deutsche Militär während des Zweiten Weltkrieges verwendet hatte, um seine Funksprüche zu verschlüsseln. Fortan verschlüsselte das Viererpack – wie Wältin, Aebli, Silvio Bichsel und er in der Schule genannt wurden – seine vertraulichen Abmachungen im Zeichen der Enigma Chiffriermaschine.

Larsson stand auf und ging über den Flur ins Büro der Kommissare. »Gibt's von euch schon etwas Neues?«

»Ich habe mehr als ein Dutzend Bordelle in Rostock durch. Es ist nahezu aussichtslos«, stellte Andresen fest.

Larsson schaute Simons an. »Bei dir?«

»Ich habe bisher mit fünf Galerien gesprochen. Aber leider kein wünschenswertes Ergebnis. Er schob Larsson einen Zettel zu, auf dem er die Namen der Galerien notiert hatte.

Galerie Schwarz
17489 Greifswald
Brüggstr. 13
Tel.: 03834 – 899448

Neue Greifen-Galerie
17462 Greifswald
Langestr. 57
Tel.: 03834 – 898612

Galerie Art & Culture
17373 Ueckermünde
Ueckerstr. 50

Torhaus-Galerie
17429 Benz
Kirchstr. 12A

Kunst-Kabinett Usedom
17429 Benz
Kirchstr. 14a
Tel.: 038 379 20 184

»Nur zwei Galerien in Greifswald? Das kann ich mir gar nicht vorstellen.«

»Ich schaue noch weiter.«

»Gut, Karl.« Er wandte sich zum Gehen. »Monika kannst du bitte mal einen Augenblick kommen?«

As sie draußen waren, erläuterte Larsson, dass er ihre privaten E-Mailadresse einem Freund gegeben hatte, und dass er dringend auf eine Nachricht warte, die diesen Fall betraf. Er bat sie, es für sich zu behalten und ihn sofort zu informieren, wenn die Nachricht eingegangen sei. Dann ging er zurück in sein Büro.

Enigma plus fünf.

Er begann, sich eine Tabelle zu fertigen, so, wie sie es vor vielen Jahren in Luzern gemacht hatten. Unter das in einer Linie aufgeführte komplette Alphabet zog er einen Strich. Darunter schrieb er die Zahlen 1 bis 26. Darunter zog er wieder einen Strich und zählte zu jeder Zahl die Zahl 5 hinzu, so dass er am Anfang mit der Zahl 6 begann und am Ende die Zahl 31 anstatt der ursprünglichen 26 manifestierte.

a	b	c	d	e	f	g	h	i	j
1	**2**	**3**	**4**	**5**	**6**	**7**	**8**	**9**	**10**
6	*7*	*8*	*9*	*10*	*11*	*12*	*13*	*14*	*15*

K	l	m	n	o	p	q	r
11	**12**	**13**	**14**	**15**	**16**	**17**	**18**
16	*17*	*18*	*19*	*29*	*21*	*22*	*23*

s	t	u	v	w	x	y	z
19	**20**	**21**	**22**	**23**	**24**	**25**	**26**
24	*25*	*26*	*27*	*28*	*29*	*30*	*31*

Monika klopfte und kam dann, ohne seine Antwort abzuwarten, ins Zimmer. »Ist schon eigenartig, dein *Freund* Lena.« Sie legte ihm ihr Handy auf den Tisch.

Larsson las und grinste. Dann schrieb er die Zahlenkombinationen zusammen und teilte den jeweiligen Buchstaben zu.

6 19 25 28 – 26 19 – 8 26 19 9 17 – 18 29 12 17 14 – 18 29 23 – 6 7 – 25 10 12 – 31 ...

Versuch geglückt, Handy geht wieder. Oma geht 8:50, kommt 12:20 zum Essen.

Gruß Lena

Die Wörter, die angedeutet waren, ergänzte er. Heraus kam

Antwo = 6 19 25 28 = Antwo *rt*
26 19 = nu *r*
8 26 19 9 17 = münd *lich*
mögli = 18 29 12 17 14 = mögli *ch*
Mor = 18 29 23 = Mor *gen*
Zue = 31 26 10 = Zue *rich*
Ab = 6 7
Teg = 25 10 12 0 8/50
Z = 31 12/20

»Antwort nur mündlich möglich. Morgen ab Tegel 8.50 Uhr, Ankunft Zürich 12.20 Uhr«, sagte Larsson und erklärte Monika den Zusammenhang. »Ich fliege morgen nach Zürich.«

»Dafür bekommst du nie eine Reisefreigabe«, stellte Monika richtig fest.

»Deshalb werde ich einen Tag Urlaub nehmen.«

»Mitten in einer Mordermittlung?«

Monika hatte recht. Das würde nie funktionieren.

»Ich werde heute Nacht eine Magen-Darm-Grippe bekommen. Das ist nicht so ohne Weiteres nachzuprüfen. Sei so freundlich und lass dir drüben noch nichts anmerken. Lass mir bitte das Handy noch da.«

Über Monikas Handy buchte er einen Flug mit der 8.15-Uhr-Maschine am kommenden Tag von Berlin-Tegel nach Zürich. Dann bestätigte er Lena in Zürich den Besuch der Oma.

8. Kapitel

Lasse Larsson stand vor dem Spiegel des Badezimmerschränkchens. Sorgfältig hatte er sich rasiert, was er sehr selten machte. In der Regel zierte ein gepflegter Dreitagebart sein Gesicht. Dieses Gesicht hatte durch das Rasierwasser zu so früher Stunde eine frische Farbe bekommen. Abschließend scheitelte er sein Haar ordentlich.

Aus der Küche vernahm er das Brodeln der Kaffeemaschine. Nur Sekunden später zog der frische Kaffeeduft durch seine Nase. Er streifte sich das maßgefertigte Brummer-Hemd über, stellte den Kragen hoch und griff sich die Krawatte von Yves Saint-Laurent, dunkelblau mit sehr dünnen roten Streifen, und band einen Dreiecksknoten. Der dunkelgraue Maßanzug war ebenfalls bei Brummer in Berlin gefertigt und kleidete ihn ausgesprochen vorteilhaft. Abschließend schaute er in den Spiegel. Ein Lächeln der Zufriedenheit huschte über sein Gesicht. Seit er in Berlin zum Kriminalhauptkommissar befördert worden war, hatte er sich diesen Spleen der maßgeschneiderten Garderobe zugelegt. Dafür besaß er zu dieser Zeit aber kein Reihenhaus und keinen Benz wie Dutzende seiner Kollegen. Erst die unerwartete Erbschaft 2002 des kleinen Hauses, das aber auf einem großen und sehr wertvollen Grundstück in der ersten Reihe an der Heringsdorfer Promenade stand, versetzte ihn in die Lage, sich einen Standard zu erlauben, den er sich bis dato nicht leisten konnte. Er hatte das Grundstück verkauft, besaß nun eine Penthouse-Wohnung in einem komfortablen Neubau, die er für einen Teil des Grundstücksgeldes bekommen und nun vermietet hatte. Mit Monika wohnte er in einem kleinen Haus in Loddin.

Er schaute auf die Uhr. 4.32 Uhr zeigte der Patek Philippe Schleppzeigerchronograph, der mit einem ewigen Kalender ausgerüstet war. Er zeigte Mittwoch, den 25. Januar 2006. Die Uhr trug er nur sehr selten, denn er hatte sie als Geldanlage gekauft. In einer Zeit, in der der Wert des Geldes rapide nachließ, hatte er es sich zur Maxime gemacht, einen Teil seines Geldes in wertbeständige Dinge zu investieren, wie Grundstücke oder eben diese runde, in Gelbgold gefertigte Uhr, die immerhin einen Wert von 115.000 Euro hatte.

Als er in die Küche kam, wartete Monika auf ihn. Sie hatte ihm ein wundervolles Frühstück zubereitet.

»Ich habe dir doch gcsagt, du sollst nicht aufstehen. Der Tag für dich wird lang genug.«

»Aber Lasse«, Monika strahlte wieder dieses Lächeln aus, das er an ihr so liebte. »Ich hätte gar keine Ruhe, wenn ich dich nicht ordentlich versorgt wüsste. Und ich hätte ja auch etwas verpasst. In dem Anzug siehst du richtig gut aus, mein Held.«

Obwohl er sich geschmeichelt fühlte, mochte er nicht, wenn sie so redete. Schwang doch für seine Ohren ein spöttischer Unterton mit.

»Ich muss mich sputen. Wer weiß, wie die Wetterverhältnisse sind.«

»Ich habe im NDR die Vier-Uhr-Nachrichten gehört. Derzeit fällt kein Schnee. Offensichtlich ist es wohl während der Nacht zu kalt gewesen«, sagte Monika.

Larsson aß etwas von dem Rührei mit Räucherlachs und trank zwei Tassen starken Kaffee. Dann küsste er sie noch einmal flüchtig. »Mach es gut, meine Geliebte.«

»Komm gut wieder heim, Lasse.«

Die Maschine setzte ein wenig hart auf, so dass er unsanft geweckt wurde.

Die Fahrt mit dem Auto nach Berlin war relativ gutgegangen. Dennoch hatte er richtig entschieden, um fünf loszufahren. Wegen der Glätte, die doch teilweise zu sehr besonnener Fahrweise ermahnte, hatte er die Zeit bis auf siebzehn Minuten gebraucht.

Etwa auf halber Strecke war er dann während des Fluges in einen traumlosen Schlaf verfallen. Als die Maschine ausgerollt war, versuchten die Fluggäste möglichst schnell die Maschine zu verlassen. Da er in der zweiten Reihe saß und kein Gepäck mit sich führte, war er schnell aus dem Flugzeug herausgekommen. Er eilte dem Gate zu, das ihn noch innerhalb der geschlossenen Ankunftshalle hielt. Aber der Zoll war kein Problem für einen Mann, der ohne Gepäck aus Deutschland eingereist war. Kaum war er durch das Gate hindurch, hörte er seinen Namen.

»... Lasse Larsson, Herr Lasse Larsson, gerade mit der Maschine aus Berlin gelandet, bitte melden Sie sich am Counter der Lufthansa ... Herr Lasse Larsson bitte am Counter der Lufthansa melden ...«

Larsson ging durch die Rundung am Airside-Center vorbei, aus dem gepflegte Pianomusik zu ihm herüber kam, bis zum Lufthansa-Counter.

»Larsson, Sie haben mich gerade ausgerufen«, sagte er zu der freundlichen Brünetten, die ihn neugierig musterte.

»Ich habe hier eine Tüte für Sie. Können Sie sich freundlicherweise ausweisen?«

Larsson gab ihr seinen Personalausweis, sie ihm im Austausch eine kleine braune Tüte.

»Bitte.«

Larsson bedankte sich, nahm das kleine Päckchen und ging dem Ausgang zu. Er befreite ein Handy aus dem Päckchen und warf die Verpackung in einen der Papierkörbe, die für Sauberkeit sorgten. Die eisige Kälte, die ihm entgegenschlug, veranlasste ihn, den Mantel zu schließen. In dem Augenblick machte sich ein Klingelton bemerkbar.

»Grüezi Lasse, ich sehe, du bist gut gelandet.«

Das Handy ans Ohr gedrückt, blickte er sich suchend um.

»Wo bist du, Lorenzo?«

»Vor dem Hauptausgang stehen Taxen. Geh einfach dort hin, und bleib ganz am Ende der Wagenreihe stehen.«

Larsson tat, was ihm Lorenzo gesagt hatte. Kaum stand er da, kam ein Taxi, das kurz anhielt. Die Wagentür wurde geöffnet. »Lasse!«

Larsson erkannte Lorenzo. Er sah nahezu genauso jugendlich aus, wie er ihn in Erinnerung hatte. Er stieg in den Wagen, der sofort losfuhr.

»Willkommen in Zürich«, sagte Wältin und gab ihm die Hand. »Wann fliegst du zurück?«

Larssons Handy klingelte. Es war Andresen.

»Wir haben jetzt den Namen des Russen, den Kerner in Greifswald getroffen hat«, sagte er langsam. »Smirnov. Fedor Artjomowitsch Smirnov.«

»Sicher?«

»Drei Quellen. Er scheint Kunsthändler zu sein und ist an einem Begleitservice beteiligt.«

»Gut.«

»Sollen wir ihn holen?«

»Nein, wartet noch, bis ich da bin. Ich kläre erst noch etwas.« Larsson unterbrach die Leitung und wandte sich Wältin zu. »Wenn wir besprochen haben, was zu besprechen ist. Ich denke nicht, dass du die Geheimniskrämerei aus dem Luzerner Internat ohne Grund bemüht hast.«

Wältin lachte auf. »Also mit der Abendmaschine. Ich werde dir einen Flug buchen lassen.«

Nach rund vierzig Minuten, in denen einige private Artigkeiten ausgetauscht wurden, hielt der Wagen vor einer Villa in Kilchberg. Es war keine gewöhnliche Villa, sondern ein konspirativer Ort, wo der Schweizer Geheimdienst Kontakte betreute, die in der Öffentlichkeit nicht wahrgenommen werden sollten. Das Treffen mit Larsson war ein solcher Kontakt. Schon im Eingang begegneten ihnen zwei Wachmänner.

Aus dem großen Zimmer hatten sie einen wundervollen Blick auf den zugefrorenen Zürichsee.

»Du hast nach einem gewissen Rino Kerner gefragt, Lasse. Wir ermitteln seit mehr als zwei Jahren gegen den Mann.«

»Es heißt, er ist im Ölgeschäft mit den Saudis«, warf Larsson ein.

»Termingeschäfte mit Öl aus den Golfstaaten. Nur dass das Öl nicht aus den Golfstaaten kommt, sondern vom Wirtschaftsriesen Gazprom in Russland. Die Ölgeschäfte mit den Saudis liegen in der Schweiz eher in den Händen der Marc Rich & Co AG mit Sitz in Zug.«

»Ihr haltet die Behauptung Kerners, er handle mit Öl, für getürkt?« fragte Larsson.

»Ja.«

»Und deshalb ermittelt ihr?«

»Wir haben noch andere Erkenntnisse, die uns zu diesen Ermittlungen veranlassen.«

»Welche?«

»Auch wenn ich dich schon lange kenne, Lasse, ich darf dir nicht alles sagen. Aber ich würde dich bitten, derzeit nicht weiter gegen Kerner zu ermitteln und mir zu sagen, was du über ihn weißt.«

»Das nenne ich Vertrauen gegen Vertrauen«, maulte Larsson.

»Es gibt am Freitag ein Treffen zwischen dem DAP und eurem BKA in Wiesbaden. Da wird dann eine Übereinkunft getroffen, die uns freie Hand gibt, Kerner zu überführen. Aber dazu brauchen wir noch eine geraume Zeit. Ich hätte dir das alles nicht sagen müssen. So weit zu Vertrauen gegen Vertrauen.«

Aus dem Nebenraum, der durch eine schwere eichene Doppeltür getrennt war, konnte Larsson Geräusche wahrnehmen. Wenig später wurde geklopft. Die Tür öffnete sich. Eine Frau schaute herein. »Es ist angerichtet ...«

»Sässe isch fertig. Es isch agrichtet.«

Der Schweizer Staatsschutz lebt nicht schlecht. Kerner, was haben wir gegen ihn. Noch relativ wenig. Anfangsverdacht, der sogar noch sehr vage ist, weil ...

»Er ist auch Honorarkonsul einer der kleinsten Staaten dieser Welt«, unterbrach Wältin Larssons Gedankengang.

Larsson prustete los. »Und?«

Wältin schaute die Frau an, die ihnen vorlegen wollte.

»Das mached mir sälber.«

Die Frau ging hinaus.

»Ganze 26 Quadratkilometer ist das im Südwesten des Pazifischen Ozeans, nördlich von Neuseeland liegende Tuvalu groß. Der Inselstaat verfügt über ganze acht Kilometer asphaltierte Straßen und hat damit die wenigsten Straßenkilometer dcr Welt.«

»Wahnsinn. Und da hat er diplomatische Immunität?«

»Nicht wirklich. Ein Honorarkonsul bei uns in der Schweiz nur, wenn er Staatsangehöriger des Empfangsstaates ist, und dann genießt er regelmäßig ausschließlich Amtshandlungsimmunität. Die gewährt nur im Zusammenhang mit der Wahrnehmung der konsularischen Aufgaben Immunität vor der Strafverfolgung. Aber wie gesagt, es wird noch geprüft.«

»In Deutschland, soviel ich weiß, hat die Rechtsprechung dem Honorarkonsul teilweise dann Immunität zuerkannt, wenn sich nicht ausschließen ließ, dass er einen Verkehrsverstoß in einem engen sachlichen Zusammenhang mit der Wahrnehmung einer konsularischen Amtshandlung begangen hat. Im Übrigen wurde der Nachweis für den engen sachlichen Zusammenhang mit der Wahrnehmung einer konsularischen Amtshandlung verlangt, um in den Genuss der Immunität zu kommen. Das Auswärtige Amt lehnt Immunität für Honorarkonsule, die Staatsangehörige des Empfangsstaates sind, zum Beispiel bei Verkehrsverstößen grundsätzlich ab.«

»Ja, ja, ihr Deutschen«, lächelte Wältin zweideutig.

Es gab Geschnetzeltes an Pfifferlingen im Reisrand. Die Männer legten sich vor.

»Gut, Lorenzo, ich sage dir, was wir bisher haben. Kerner ist zum zweiten Mal bei einer Jagd auf Usedom gewesen, die jeweils im Januar in der Hauptsache für die Aristokratie und andere Leute der gehobenen Gesellschaft stattfindet. Er ist aber aller Wahrscheinlichkeit nach, zumindest dieses Mal, mit einem Russen zusammengetroffen, den wir wie eine Stecknadel gesucht haben.«

»Smirnov ...«, ergänzte Wältin.

Woher in aller Welt weiß Lorenzo das?

»Ja ... Habt ihr Ermittler, die auf deutschem Boden arbeiten?«

»Nein. Kerner ist mit Smirnov gesehen worden.«

»In der Schweiz?« fragte Larsson. »Oder in Deutschland?«

»In Russland. Es war eher ein Zufall. Er war mit einer jungen Frau zusammen in Moskau. Ein Schweizer Attaché besuchte das Staatliche Historische Museum. Da sah er sie.«

Natürlich rein zufällig.

»Und er kannte beide? Kerner und Smirnov?« fragte Larsson zweifelnd.

»Ich weiß, es klingt eigenartig. Kerners Foto kannte er von einer Fahndung, die gegen ihn lief und die an die Botschaft der Schweiz in Moskau ging.«

»Bleibt Smirnov«, stellte Larsson fest und schöpfte noch etwas von dem ausgezeichnet zubereiteten Geschnetzelten nach.

»Bei Smirnov hatte eben dieser Attaché nach der Erläuterung eines Otto Müller-Bildes mit dem Titel »Zwei badende Mädchen im Dünentümpel« aus der Sammlung Lothar-Günther Buchheims nachgefragt, das Smirnov über das Internet anbot.«

Es war die Nachricht, die Andresens Telefonat bestätigte.

»Und? Hat er gekauft?«

Lorenzo Wältin schüttelte den Kopf. »Wir haben dann die IP-Adresse finden wollen und landeten auf den Cayman Islands ... Weshalb ermittelst du gegen den Mann?«

»Wir haben eine weibliche Leiche. In deren Umfeld tauchte der Name Kerner auf«, stellte Larsson fest. »Natürlich verlief eure Spur zu den Cayman Islands im Sand.«

Wältin hob die Schulter und machte ein nachdenkliches Gesicht. »Aber genau das machte ihn für uns verdächtig.«

Larsson nahm sein Handy. »Entschuldige«, sagte er zu Wältin. Dann wählte er die Handynummer Inge Mohaupts.

»Lasse?« fragte Inge Mohaupt erstaunt. »Wie geht es dir?«

»Es ist alles in Ordnung. Rolf soll mir bitte das Foto vom Gesicht der Toten auf mein Handy legen.«

»Ja. Sonst noch etwas?«

»Von deinem privaten Handy aus, bitte. Beschäftigt euch heute mit den Berichten. Alles andere machen wir morgen zusammen.« Er unterbrach die Verbindung, ohne eine Antwort von Inge Mohaupt abzuwarten.

»Du hast die Ermittlungen gestoppt?« fragte Wältin.

»Weil ich annehme, dass du als Ausgleich dafür etwas schauen lässt.«

Lorenzo Wältin sah Larsson einige Sekunden durchdringend an. »Wir glauben, dass Kerner in internationale Geschäfte verwickelt ist.«

»Welcher Art?«

Sie wurden durch den kurzen Ton unterbrochen, den Larssons Handy immer beim Eingang einer Nachricht machte. Larsson rief die SMS auf. Es war ein kurzer Gruß Inges mit dem Anhang von drei Fotos. Eines zeigte die Leiche im Ganzen mit Blick auf die Bordüre am Kleid, das zweite das Etikett im Mantel und das dritte Foto das Gesicht der Toten.

Wältin schaute sich die Fotos an. »Das ist die Frau, die mit Smirnov in Moskau war.«

Da kann der Russe nur hoffen, ein stichfestes Alibi für die Nachweihnachtszeit zu haben. Hat er keins, haben wir ihn am Arsch, dachte Larsson.

»Du wirst ihn dir holen«, sagte Wältin. »Aber möglicherweise gehen dann die Gesamtkonzeption, die wir erarbeitet haben, und die zwei Jahre Arbeit den Bach runter.«

»Vielleicht können wir ja, angesichts dessen, dass am Freitag eine Entscheidung auf ganz hoher Ebene fällt, zu einem Agreement kommen«, sagte Larsson.

»Ich höre.«

»Du zuerst ... Du wolltest mir sagen, in welcher Angelegenheit Smirnovs Geschäfte sind.«

»Internationaler Kunsthandel in Verbindung mit Fälschungen von Expressionisten.«

»Fälschungen aus Deutschland?«

Wältin nickte. »Betrug in ziemlich großem Stil. Und Geldwäsche. Was uns aber besonders interessiert, ist zu wissen, ob er in illegalen Waffenhandel nach Libyen und Syrien verstrickt ist.«

»Das ist es?«

Wältin nickte. »Vor allem der Waffenhandel.«

»Gut. Ich werde sehen, was die vorgesetzte Behörde sagt, wenn ihr das Treffen hattet.«

»Du wirst ihm nicht auf die Pelle rücken?«

Larsson lachte auf. »Natürlich werde ich das. Aber in einer ganz anderen Angelegenheit. Er ist an einem Begleitservice beteiligt. Ich werde sehen, ob er irgendetwas mit der toten Frau zu tun hat. Vom Rest kein Wort. Übrigens, du hast sicher ein Foto von ihm?«

Wältin stand auf. Er ging zu dem Schreibtisch, an dem seine Aktentasche angelehnt stand. Er entnahm ihr eine Mappe und der Mappe eines der neueren Fotos Smirnovs.

9. Kapitel

Donnerstag, 26. Januar 2006

Larsson war zerschlagen von der Anstrengung des vorhergegangenen Tages. Als die Swiss Air-Maschine zwei Minuten vor acht in Berlin Tegel aufsetzte, hatte sie eine zwanzigminütige Verspätung gehabt. Kurz vor Mitternacht war er schließlich in Loddin angekommen. Monika hatte auf ihn gewartet. Um von dem Stress etwas herunterzukommen, gönnte er sich noch ein Glas Rotwein, beruhigende Musik von Mozart und erzählte seiner Frau noch etwas über seine Internatszeit und die Bekanntschaften, die er damals in Luzern gemacht hatte. Dabei achtete er sorgsam darauf, ihr nicht Details über die eigentlichen Gespräche mit Wältin preiszugeben.

Nach einer traumlosen Nacht hörte er Monika jetzt in der Küche hantieren.

Langsam schälte er sich aus dem Bett.

Smirnov. Wir müssen diesen Kerl unbedingt befragen, Lorenzo hin Lorenzo her, dachte er, während der heiße Wasserstrahl der Dusche über seinen Körper lief.

Als er vor dem Schrank stand und sich die Sachen für den Tag heraussuchte, eine graue Flanellhose, dazu ein passendes Hemd gleicher Farbe und einen schwarzen Cashmere-Pullover, kam Monika ins Schlafzimmer. Sie war schon vollständig angezogen und geschminkt.

Wie in Dreigottesnamen schafft sie das immer, so perfekt zur rechten Zeit fertig zu sein?

»Es ist Zeit. Fahren wir heute zusammen zur Dienststelle?«

»Ja.«

»Du bist *sehr* gesprächig«, stellte sie fest. »Was ist?«

»Nichts, Liebes, ich bin nur noch angeschlagen von der anstrengenden Reise.«

Monika schwieg, obwohl sie wusste, dass ihr Mann irgendetwas mit sich herumtrug, was ihn belastete.

Die Fahrt verlief nahezu schweigend. Monika tolerierte, dass Lasse noch müde von der Reise war. Aber weil sie ihn genau zu kennen glaubte, wusste sie, dass sich sein Gehirn fieberhaft mit dem Mord an der jungen Frau beschäftigte.

Wenig später saßen sie zusammen, um die Ergebnisse zu analysieren und die Arbeit für den Tag vorzubereiten.

Larsson hatte beim »Concerto de Aranjuez«, das der NDR zu so früher Stunde einspielte, in seinem Büro gewartet, bis auch Inge Mohaupt aus Anklam angekommen war. Wie nahezu jeden Tag war sie eine Viertelstunde zu spät im Büro. Er wartete, bis die zehn Minuten, die das Konzert dauerte, zu Ende waren. Dabei wunderte er sich, dass es an einem Januarmorgen bei klirrender Kälte gespielt wurde. Dann ging er hinüber ins Gemeinschaftsbüro der Kommissare.

»Guten Morgen, Kollegen«, sagte Larsson und versuchte, seiner Stimme einen freudigen Klang zu geben. »Wie ich sehe, seid ihr gut ohne mich ausgekommen. Hat jemand gestern nach mir gefragt?«

»Ich hoffe, es geht dir besser«, sagte Inge Mohaupt. »Du solltest doch nicht arbeiten, sondern dich erholen. Und die Bilder hätten auch heute noch Zeit gehabt ...«

Simons hatte Dienst an der Kaffeemaschine und war dabei, für jeden eine Tasse auf den Tisch zu stellen.

Ich werde ihnen nicht sagen, dass ich gestern in der Schweiz war.

»Ich könnte nicht zu Hause sitzen und nichts tun. Lasst uns zusammenfassen, was wir haben.«

»Und dafür musste ich dir die Bilder über mein Handy schicken?« Inge Mohaupts Frage war ein einziger Vorwurf, den Larsson negierte. Er schaute Andresen an.

»Smirnov? Drei unabhängige Quellen?«

»Das Einwohnermeldeamt, bei dem Inge angefragt hat, bestätigte seine Adresse in der Straße, in der der Bentley geparkt hatte«, erläuterte Andresen.

»Fedor Artjomowitsch Smirnov ist praktisch noch nie polizeilich in Erscheinung getreten«, stellte Simons fest. »Ich habe versucht, irgendetwas über ihn zu finden. Nichts ... Bis auf die Meldung im Einwohnermeldeamt ist er gar nicht existent.«

»Damit hätten wir erst eine Quelle«, stellte Larsson fest.

»Am Spätnachmittag hat sich die anonyme Zeugin wieder gemeldet.« Andresen lächelte maliziös, um Larsson auf die Folter zu spannen.

»Du weißt jetzt sicher, wie sie heißt.«

»Na ja ... schon. Aber ich weiß auch, wo sie gearbeitet hat.«

»Lass dir bitte nicht alles aus der Nase ziehen, Rolf.«

»Sie heißt Cilly Silja und hat kurzzeitig für die Agentur Les belles de Nuit in der Greifswalder Makarenkostraße gearbeitet. Sie kennt Smirnov. Ich habe auch ihre Privatadresse.«

»Cilly?« fragte Larsson.

»Cäcilia, abgekürzt Cilly. Sie ist Schwedin aus Göteborg und kennt Smirnov und die Saizew aus der Greifswalder Agentur.«

»Mich fasziniert der moralische und ästhetische Verfall immer wieder, in dem wir uns befinden«, sagte Larsson. »Das war die zweite Quelle.«

»Die dritte Quelle ist nicht ganz so direkt«, mischte sich Simons ein. »Eine Benzer Galerie ließ erkennen, dass eine Galerie Smirnov nicht bekannt sei. Smirnov auch nicht als Angestellter einer der bekannten Galerien. Aber dann sagte mir die Frau, sie habe den Namen erst kürzlich von einem Kunden gehört, der behauptete, Smirnov würde seine Geschäfte gar nicht offiziell, sondern von irgendeiner Etage aus betreiben. Nur übers Internet. Daraufhin habe ich recherchiert, bin aber nicht fündig geworden.«

Wer ist dieser Smirnov? Wältin wusste alles? Alles über Kerner, und er schoss den Namen Smirnov wie aus einer Pistole heraus. Was Lorenzo weiß, weiß der Schweizer Dienst für Analy-

se und Prävention. Und was dieser Dienst wusste, würde spätestens morgen das Bundeskriminalamt wissen.

»Inge, was hast du?«

»Ich habe die Adresse übers Meldeamt recherchiert. Als ich dir die Bilder schickte, sagtest du, wir sollen nicht weiter am Fall arbeiten. Also haben wir uns daran gemacht, die Berichte zu schreiben.«

Larsson versuchte, alle für ihn denkbaren Möglichkeiten zu berücksichtigen. Einerseits musste er jetzt sagen, weshalb er die Ermittlungen seines Teams gestoppt hatte, andrerseits brauchte er den Abstand, der bei der deutschen Kriminalpolizei nicht denkbar, für Geheimdienste aber unablässig war.

»Was ich euch jetzt sage, bleibt in diesem Raum.« Er schaute sich um. Alle Teammitglieder sahen ihn fragend an.

»Ich hatte gestern ein Gespräch, bei dem ich erfuhr, dass wir am Wochenende möglicherweise von diesem Fall vorläufig abgezogen werden. Smirnov darf vorerst nicht angetastet werden.«

Als Andresen aufbegehren wollte, würgte er ihn mit einer energischen Handbewegung ab.

»Da sind die Dienste dran, und wir sind absolut außen vor. Aber was den Tod der Frau betrifft, werden wir weiterermitteln. Vorerst jedenfalls.«

»Ich habe gestern im Internet nach der Firma Krylowin der Krasnopresnenskaya naberezhnaya Nummer 14 in Moskau wegen des Schildes im Mantel der Toten gesucht«, sagte Simons. »Den Laden gibt es wirklich. Wir könnten dort eine Anfrage mit dem Foto der Toten machen.«

Larsson dachte einige Sekunden nach. »Das ist gute Arbeit, Karl. Aber genau das dürfen wir im Augenblick nicht machen. Was wir machen können, ist, Smirnov nach seinem Verhältnis zu Anastasija Saizew zu fragen, wenn er tatsächlich eins hatte.«

»Das können wir bestenfalls von Cäcilia Silja erfahren«, sagte Andresen.

»Wir fahren jetzt ohnehin zusammen nach Greifswald, Rolf.«

»Die Silja wohnt nicht mehr in Greifswald.«

Ich brauche die Auskunft dieser Frau – jetzt, um wenigstens irgendeinen Erfolg zu haben. Mir läuft die Zeit davon. Wenn die Ermittlungen erst einmal gestoppt sind, kann ich nichts mehr tun, um den Tod der Frau aufzuklären.

»Haben wir eine Chance, mit ihr zu sprechen?«

»Wenn wir nach Stralsund fahren und sie bereit ist, sich mit uns zu treffen ... Ich kann sie ja anrufen.«

Während Larsson die anstehende Arbeit an Karl Simons und Inge Mohaupt aufteilte, telefonierte Andresen über eine Handynummer, die er von Cilly Silja bekommen hatte.

10. Kapitel

Sie wohnte in einer Zweizimmerwohnung in der Otto-Voge-Straße in Stralsund, direkt unterm Dach, unweit der Rügendamm-Brücke.

Andresen drückte die Klingel – dreimal lang, zweimal kurz, so wie sie es mit ihm ausgemacht hatte. Als Larsson ihn fragend ansah, zuckte er nur mit den Schultern. Hinter der Tür hörten sie Schritte, dann das Türschloss.

Es ist heller Mittag, und sie hat zweimal hinter sich abgeschlossen. Wovor hat sie Angst?

»Andresen, das ist mein Kollege, Kriminalhauptkommissar Lasse Larsson«, begrüßte Andresen die junge Frau und zeigte seinen Dienstausweis.

Ihre Ausstrahlung passt nicht zu der verängstigten Stimme der Telefonate; die wohlgeformte Gestalt der großgewachsenen Blondine hat die Leuchtkraft, welche die Dietrich in einem ihrer Lieder besang.

In seinen Gedanken hörte Larsson die Dietrich aus dem Blauen Engel singen. Eigentlich fiel ihm nur der Refrain ein, was ihn sekundenlang ärgerte.

Ich bin von Kopf bis Fuß
Auf Liebe eingestellt,
Denn das ist meine Welt.
Und sonst gar nichts.
Das ist, was soll ich machen,
Meine Natur,
Ich kann halt lieben nur
Und sonst gar nichts.

Männer umschwirr'n mich,
Wie Motten um das Licht.

Und wenn sie verbrennen,
Ja dafür kann ich nicht.

»Ich wollte eigentlich nur mit Ihnen sprechen, Herr Andresen«, sagte Cäcilia Silja.

»Er wird mit Ihnen sprechen«, sagte Larsson. »Erlauben Sie, dass ich zuhöre?«

Die junge Frau nickte.

Sie führte die beiden Männer in ein überdurchschnittlich eingerichtetes, sehr sauberes Zimmer, in dem moderne und historische Möbel stilvoll kombiniert waren, und bot ihnen Platz an.

»Woher kennen Sie Anastasija Saizew?« Andresen hatte die Stimme gesenkt, um die Frau nicht zu verunsichern. Diese Taktik erwies sich als richtig.

»Ich habe kurzzeitig für einen Escort-Service gearbeitet. Anastasija war meine Freundin.«

Warum errötet sie? Wer in diesem Gewerbe arbeitet, kann sich eigentlich derartige Gemütsschwankungen gar nicht leisten.

Die Spannung im Raum stieg.

Als sie nicht weiterredete, bohrte Andresen nach. »War es die Escort-Agentur Les belles de Nuit in Greifswald?«

»Ja.«

»Können Sie uns etwas über Ihr Verhältnis zu Anastasija Saizew sagen?«

»Ich hatte vor Anastasija angefangen. Als ich zwei Wochen dort arbeitete, nahm mich einer der Chefs beiseite. Er sagte, ich brauche keine gewöhnlichen Leute mehr begleiten. Er habe spezielle Kunden aus Russland, die sehr spendabel wären.«

»Wie sind die Namen der Chefs?«

»Wohlfahrt und Smirnov.«

»Und wer hat Ihnen das Angebot gemacht?«

Andresen kommt wirklich beachtlich aus sich heraus. Dieses Gespräch tut ihm sichtlich gut. Während er sonst überaus nüchtern ist, taut er mit einem Male auf.

»Smirnov.«

»Fedor Artjomowitsch Smirnov?«

»Ja.«

»Hat er Ihnen besondere Konditionen geboten?«

»Das auch. Sie müssen wissen, wenn eine junge Frau aus einem anderen Land kommt und plötzlich ganz allein für sich verantwortlich ist, das Geld nicht mehr reicht, um sich angemessen durchzubringen, dann sind sie da, die Männer. Und glauben Sie mir, wir Frauen sind immer die Verlierer.«

»Halten Sie es für möglich, dass es Smirnov war, der sie umgebracht hat?«

Die Frau war einen Augenblick nachdenklich. »Er ist sicher ein knallharter Geschäftsmann. Aber Mord? Ich glaube nicht, dass er das drauf hat.«

»Und das glauben Sie genau zu wissen?«

»Ja.«

»Wieso?« fragte Andresen.

»Als ich zwei der russischen Oligarchen ins Wochenende in die Kaiserbäder begleitet hatte und einer mich mit ins Ausland nehmen wollte, zog er die Notbremse. Er fing mit mir ein Verhältnis an. Da hatte ich ein wenig Einblick in seine Seele.«

Was um alles in der Welt ist das nun wieder ... Worauf will sie hinaus?

»Aber ein halbes Jahr später flog er zum wiederholten Male nach Sankt Petersburg und Moskau. Als er zurückkam, brachte er Anastasija mit. Plötzlich hatte er kaum noch Zeit für mich. Und als ich es Anastasija erzählte, deutete sie an, dass er sie mit nach Deutschland genommen hatte, um etwas Besonderes aus ihr zu machen.«

»Hatten Sie Grund zu der Annahme, dass das Besondere in ihrer Arbeit nicht in der Agentur, sondern auf mehr privatem Gebiet lag?« fragte Andresen. Die Frage war mehr als berechtigt.

Sie lachte auf.

Es klingt gekünstelt.

»Das konnte Fedor Artjomowitsch nie auseinanderhalten. Für ihn war privat Geschäft und Geschäft privat.«

»Also hatte er auch mit Anastasija Saizew ein Verhältnis angefangen?« fragte Larsson.

»Ich fragte ihn: ›Was ist los mit dir?‹

Er antwortete: ›Nichts.‹

Also fragte ich anders: ›Schön, was ist los mit *uns?*‹

Er antwortete wieder: ›Nichts. Was soll schon sein.‹

›Hast du etwas mit Anastasija?‹

›Natürlich, geschäftlich.‹«

Im Land der Wahrheit ist selbst der Schatten eine Lüge.

»Sie glaubten ihm nicht«, stellte Andresen fest.

»Nein. Er schlief nicht mehr mit mir, sondern mit Anastasija.«

»Fingen Sie an, Smirnov zu hassen?« schaltete Larsson sich ein.

»Der Schwache kann nicht verzeihen. Verzeihen ist eine Eigenschaft des Starken, so Gandhi«, sagte Cäcilia Silja. »Ich aber bin schwach ... und wehrlos.«

»Haben Sie irgendwo ein Bild von Smirnov?« fragte Andresen.

Sie stand auf und ging zu einer Anrichte. Aus einem Stapel Fotos zog sie eins heraus, das sie und Smirnov zeigte. »Nein, ich hasse ihn nicht. Ich räumte das Feld.«

»Einfach so?«

»Einfach so. Ich hatte etwas gespart, so dass ich mir das kleine Apartment eingerichtet habe, und nun suche ich mir meine Freunde und Begleitungen selbst.«

»Das ist nicht ungefährlich«, stellte Larsson fest.

»Die Arbeit in einer Agentur auch nicht«, widersprach Cäcilia Silja. »Wenn du machst, was die Geldgeber sagen, sind sie großzügig. Aber wehe, wenn du ihnen verweigern willst, was sie begehren.« Sie sprach nicht weiter, und beide Kommissare verzichteten darauf, weiter nachzufragen.

»Weiß Smirnov, wo Sie sich jetzt befinden?« fragte Andresen.

»Ich denke schon.«

»Hat er versucht, mit Ihnen Kontakt aufzunehmen?«

»Nicht er. Anastasija.«

»Weshalb? Ich meine, was war der Grund dafür?«

»Wir wohnten ja kurze Zeit zusammen, bevor sie zu Smirnov zog. Ich hatte mein Nerz-Cape liegengelassen. Sie wollte es mir bringen.«

Wir haben mit einem Male Antworten auf einige unserer Ermittlungsfragen. Wo kommt die Frau her? Derzeit – früher?

»Hat sie es Ihnen gebracht?«

Cäcilia Silja schüttelte den Kopf.

Wir haben Antworten auch auf die Frage: Wer ist diese Frau? Und wissen, dass sie mehr oder weniger als Prostituierte ihren Unterhalt verdiente. Außerdem wissen wir nun, dass sie mit Smirnov ein Verhältnis hatte.

»Sie hat es mit der Post geschickt.«

Aber wir wissen derzeit noch nicht, wer hat die Frau umgebracht und mit was für einer Waffe? Wie kommt die Frau in diesen abgelegenen Teil des Landesforstes auf Usedom?

Andresen schaute Larsson an. »Haben wir noch Fragen?«

»Sie haben uns sehr geholfen, Frau Silja«, sagte Andresen. »Falls wir noch Fragen haben, werden wir uns noch einmal melden.«

Die Frau nickte. Sie war blass geworden. Während sie aufstanden, um zu gehen, sagte sie: »Wenn Sie mich verraten, gebe ich meinem Leben keinen Pfifferling mehr.«

»Sie brauchen keine Angst zu haben. Von uns wird niemand etwas erfahren.«

»Nur eine Frage noch«, sagte Larsson, als sie schon im Gehen waren. »Was wissen Sie über die Geschäfte Smirnovs außerhalb der Agentur?«

»Nicht viel. Er akquirierte immer reiche Kunden aus Russland für das Les belles de Nuit. Das brachte der Agentur, aber auch den Mädchen gutes Geld.«

Larsson kniff ein Auge zusammen. »Aber mit irgendwas muss er doch die reichen Kunden ködern.«

Die junge Frau hob die Schultern, machte ein bedenkliches Gesicht, sagte aber nichts.

»Und Anastasija Saizew?« fasste Larsson nach.

»Ich denke, es war wegen der russischen Sprache. Und dann hat er sich in sie verliebt. So ist das nun mal im Leben.«

»Passen Sie gut auf sich auf«, sagte Larsson und gab ihr die Hand.

Als sie wieder auf der Straße waren, sagte Andresen: »Du glaubst ihr nicht, dass sie von seinen anderen Geschäften nichts weiß.«

Larsson nickte. »Cäcilia Silja weiß sicher von seinen Geschäften. Ich frage mich, warum ausgerechnet sie diesen zwielichtigen Smirnov deckt.«

Sie fuhren zurück nach Greifswald.

11. Kapitel

Gegen zwei klingelten Larsson und Andresen bei Smirnov. Es war ein hübsches Doppelhaus am östlichen Stadtrand Greifswalds. Eine ältere Frau war dabei, den Fußweg abzustreuen, und sah neugierig auf die beiden Männer.

»Suchen Sie jemanden?«

»Herrn Smirnov«, sagte Andresen.

»Der ist nicht da.« Sie war herangekommen, um die beiden Männer genau in Augenschein zu nehmen, und musterte sie ungeniert.

»Wissen Sie, wo wir ihn finden können?«

»Was wollen Sie denn von ihm?«

»Das sagen wir ihm selbst«, sagte Larsson forsch.

Sie wollte protestieren, doch augenblicklich schnellte Larssons Hand mit dem Zeigefinger hoch. Gleichzeitig zog er seinen Dienstausweis.

»Kriminalpolizei. Wie heißen Sie?«

»Elfriede Lange.«

»Wir möchten wissen, wo Herr Smirnov ist. Jetzt.«

»Er ist am Morgen weggefahren. Vielleicht ist er ja zur Agentur gefahren.«

Larsson stellte sich ahnungslos. »Was für eine Agentur?«

»Eine Agentur eben«, sagte sie ausweichend. »Genaues weiß ich auch nicht.«

»Wie heißt die Agentur?«

Sie zuckte mit den Schultern. »Es ist eine Vermittlungsagentur.«

»Wofür?« Larsson verließ langsam die Geduld.

»Wenn es Ihnen nicht einfällt, nehmen wir Sie mit ins Präsidium«, sagte Andresen. »Wollen Sie sich bitte etwas anderes anziehen?«

Larsson konnte sich nicht verkneifen zu lächeln.

»Ich glaube, es ist eine Begleit-Service-Agentur«, sagte die Frau kleinlaut einlenkend.

»Ein Bordell?« fragte Andresen.

»Nicht direkt. Vornehmer.«

Larsson fiel das Bild der Toten ein. »Zeig mal das Foto der Toten, Rolf«, sagte er.

Andresen holte das Bild von Anastasija Saizew aus der Tasche. »Haben Sie diese Frau schon mal gesehen?«

Die Frau erschrak. »Ist sie ...«

Andresen nickte.

»War sie schon mal hier im Haus?« fragte Larsson.

»Ja.«

»Oft?«

Sie hob die Schultern und machte ein bedenkliches Gesicht. »Was heißt schon oft?«

»Einmal, zweimal?« fragte Andresen.

Es war das erste Mal, dass ein bedachtes Lächeln über das Gesicht der Frau huschte. »Oft? Sie hat hier eine Zeitlang gewohnt.«

»Bei Herrn Smirnov.« sagte Larsson mehr als Feststellung.

»Sie war mit ihm liiert.«

»Wie lange war sie hier? Einen Monat, zwei oder drei?«

»Ich denke ein knappes halbes Jahr.«

»Kennen Sie auch die Vorgängerin der Toten?«

»Ja.«

»Auch ihren Namen?« bohrte Larsson.

»Cilly.«

»Cilly? Cilly wie?«

»Cilly Silja. Sie kam aus Göteborg, jung und schlank, wie alle, die Herr Smirnov mit ins Haus brachte. Dazu war sie auch noch blond. Aber ich habe nichts gesagt. Ich will keinen Streit mit meinem Mieter.«

»Wir sind hier fertig«, sagte Larsson. »Vorerst jedenfalls.« Er winkte der Frau lässig zu.

Sie machten sich auf zur Agentur Les belles de Nuit. Larsson dachte an Selge, dem er den Rotwein versprochen hatte. Er bat Andresen, zum Weinhaus am Markt zu fahren.

Vor dem Duden-Institut in der Johann-Sebastian-Bach-Straße fanden sie einen Parkplatz.

Das elegante rote Weinhaus Taufer mit dem weißen Giebel und dem Nasenschild war das Ziel Larssons. Wäre Sommer, würden sie sicher noch einen Kaffee unter einem der Sonnenschirme der Coffee-Shops auf dem Platz genießen. So aber drängten sie sich schnell durch die Tür des wohltemperierten Verkaufsraumes. Er kaufte ein Flasche trockenen Spätburgunder des Jahrganges 2008 aus dem Hause Jean Stodden. Larsson kannte das Cuvée der besten Spätburgundertrauben aus den Steillagenweinbergen in Rech und Dernau, das zu dunklem Fleisch und Lamm – auch mit kräftigen Soßen –, Wild und Wildgeflügel passt. Hauptkommissar Otmar Selge sollte merken, dass seine Hilfe ihm wichtig war. Kleine Geschenke erhalten die Freundschaft, dachte er, und die Hilfsbereitschaft insbesondere.

Andresen fuhr an.

»Das Café Ravic«, sagte Larsson, als Andresen erst wenige Meter gefahren war. »Lass uns etwas Warmes trinken und eine Kleinigkeit essen.«

Andresen stellte den Wagen ab. »Hat sich gar nicht gelohnt, für diese kurze Strecke den Motor zu starten«, maulte er.

Sie gingen in das Café, und Larsson bestellte für beide eine Ochsenschwanzsuppe.

»Smirnov. Schauen wir einmal, was für ein Mann das ist«, stellte Larsson zwischen zwei Löffeln Suppe fest. »Schlürf nicht so.« Er zwinkerte. »Wir fallen schon auf.«

»Verdammt heiß.«

»Und scharf ... Das belebt die Geister. Also, wie gehen wir bei dem Russen vor? Ich frage dich deshalb, weil ich von dir wissen will, ob dir klar ist, dass, was auch immer wir erfahren, derzeit keine Verhaftung möglich ist.«

»Und wenn herauskommt, dass er der Mörder von Anastasija Saizew ist?«

»Auch dann nicht«, sagte Larsson bestimmt.

»Das musst du mir schon erklären«, beharrte Andresen.

»Smirnov und Kerner ... Gegen beide läuft eine groß angelegte, länderübergreifende Aktion, die alles in den Schatten stellt.«

»Sagt wer?«

Larsson schob seine leere Suppentasse weg und senkte die Stimme. »Ich weiß es und kann dir meine Quelle nicht nennen. Morgen wird darüber entschieden, und ich sage dir, spätestens am Montag wird man uns den Maulkorb umlegen.«

Andresen war mit dem Essen inzwischen auch fertig geworden. »Es gibt Dinge, die mir nicht schmecken, und die gegen unser Berufsethos stehen.«

»Glaubst du, dass mir das schmeckt?«

Sie standen auf, und im Hinausgehen zahlte Larsson die beiden Suppen.

Dann fuhren sie zur Agentur. Auf dem Karl-Liebknecht-Ring verlangsamte Andresen die Fahrt, um in die Straße abzubiegen, in der die Escort-Agentur residierte.

Larsson zeigte auf den kleinen Zeitungskiosk, bei dem Smirnov wenige Tage zuvor die Zeitung mit dem Aufruf der toten Anastasija Saizew gekauft hatte. »Lass uns dort mal vorbeigehen«, sagte er und schaute auf das Schild am Eingang.

»Hallo«, sagte er zu dem alten Mann, der ihnen freundlich zunickte. »Sind Sie Herr Lewin?«

»No, wer will das wissen?«

Larsson hörte deutlich den osteuropäischen Dialekt. »Wir sind von der Kriminalpolizei.«

»Das ist gut, denn hier treibt sich manchmal braunes Gesindel herum, das mir Angst macht.«

»Sicher kommen die Leute aus dem Haus auch zu Ihnen, um ihre Zeitung zu kaufen.«

»Manche.«

»Zeig ihm das Foto, Rolf.«

Andresen zog das Bild aus der Tasche, das sie vor kurzem der Hausbesitzerin der Smirnov-Wohnung, Elfriede Lange, gezeigt hatten.

»Haben Sie diese Frau schon einmal gesehen?« fragte Larsson.

Der alte Mann erinnerte sich an den Kunden, der vor zwei Tagen die Zeitung bei ihm kaufte und dabei sonderbar erschrocken gewirkt hatte, als er eben dieses Bild sah.

»Ja.«

»Wann haben Sie sie zum letzten Mal gesehen?«

»In der Vorweihnachtswoche, denke ich.«

»Sie war vor einigen Tagen in der Zeitung. Haben Sie das gesehen?« fragte Larsson.

Lewin hob die Schultern und schüttelte den Kopf. »Bei der Kälte. Ich stehe mit Handschuhen im Laden. Da habe ich andere Sorgen.«

»Wissen Sie, zu welchem Haus sie gehörte?« schaltete sich Andresen ein.

Der alte Lewin deutete mit dem Kopf zu dem Haus, in dem die Agentur saß. »Von dort kam sie.«

»Wissen Sie, was für Leute dort wohnen?« fragte Larsson lapidar.

»Das meiste sind Wohnungen. Unterm Dach, habe ich gehert, ist a Begleitschutz ... No, Sie wissen scho«, sagte er im jiddischen Dialekt und kniff eines der Augen vielsagend zu.

»Begleitschutz?« fragte Larsson.

»No, junge Frauen, die Männer begleit'n und dafir Geld bekommen.«

»Ein Puff«, warf Andresen ein.

Der alte Mann schüttelte den Kopf. »Es soll ibers Telefon lofen. Aber wer wird's schon wissen? Gott, der Gerachte!«

Larsson bedankte sich.

Die beiden Kommissare gingen die wenigen Meter bis zum Hauseingang. Im Treppenhaus suchte Larsson vergeblich nach einem Schild der Agentur. Sie fuhren mit dem Lift in den zweiten Stock.

»Nur ein unscheinbares, kleines Messingschild an der Tür«, stellte Larsson fest. »Das kann sich nur jemand leisten, der sein Geschäft im Stillen macht.«

Andresen betätigte die Klingel und horchte.

Der Lauscher an der Wand, dachte Larsson, als er Andresen so sah, und lächelte.

Die Tür ging unvermittelt auf, und Andresen prallte zurück.

»Ja.«

Dreißig, schlank, aber sicher nicht das, was man unter einer Dame der Extraklasse vermuten würde, dachte Larsson. »Agentur Les belles de Nuit?«

»So steht es hier geschrieben.« Sie zeigte auf das kleine, schlecht polierte Messingschild. Offensichtlich wollte jemand möglichst überhaupt nicht in Erscheinung treten.

»Wir wollen zu Ihrem Chef«, sagte Andresen.

»Zu welchem?«

»Haben Sie denn mehrere?« fragte Larsson scheinheilig.

»Zwei.«

»Da würde ich vorschlagen, Sie nennen einmal beide Namen, damit wir uns entscheiden können«, sagte Andresen und grinste die junge Frau frech an.

»Lionel Wohlfahrt.«

»Da hätten wir wenigstens einen«, sagte Larsson. »Wie wär's mit dem zweiten Namen?«

»Smirnov.«

»Smirnov? Ich glaube, genau zu dem wollen wir.«

»Fedor ist aber nicht im Haus.«

»Da wird uns wohl nichts weiter übrig bleiben, als mit Herrn Wohlfahrt vorlieb zu nehmen.«

»Warten Sie bitte einen Augenblick, ich frage, ob es im Augenblick geht. Wen darf ich melden?«

Larsson zog seinen Dienstausweis. »Die Herren Andresen und Larsson von der Kriminalpolizei. Aber ich denke einmal, wir werden uns gleich selbst anmelden.«

Die junge Frau wollte aufbegehren, aber Andresen drückte ungeniert die Tür auf.

Lionel Wohlfahrt war am Telefonieren und schaute irritiert hoch, als die beiden Polizisten in seiner Tür standen. Hinter ihnen stand die junge Frau und versuchte, ihrem Chef mittels Handzeichen zu verstehen zu geben, dass sie das Eindringen der Männer nicht verhindern konnte. Er ließ den Hörer auf die Gabel fallen.

So sieht ein Zuhälter der edleren Kategorie aus, dachte Larsson. Wo ist da der Unterschied zur Billigkonkurrenz?

»Larsson, Kriminalhauptkommissar, mein Kollege Andresen. Wir wollen von Ihnen wissen, ob Sie diese Frau kennen.« Er zeigte Wohlfahrt seinen Dienstausweis und nickte Andresen zu, der das Bild Anastasija Saizews vor Wohlfahrt auf den Schreibtisch legte.

Jetzt überlegt er, was er sagen soll. Das Schicksal kommt dir näher!

»Ja. Ihr Name ist Anastasija Saizew. Sie hat hier gearbeitet.«

»Als was?« fragte Larsson.

»Wir sind eine Begleitagentur. Da gehen die Damen mit Herren aus, die unsere Stadt besuchen und jemanden brauchen, der ihnen die Stadt zeigt, mit ihnen ins Museum geht oder sie abends in eine Bar begleitet. Anastasija hat das gemacht.«

»Was hat sie noch gemacht?« bohrte Andresen.

»Ich weiß nicht, worauf Sie hinauswollen. Aber was die Damen in ihrer Freizeit machen, geht uns nichts an, wenn Sie *das* meinen.«

»Nein, *das* meinte ich nicht. Das setze ich einfach mal voraus. Uns interessiert also *das* nicht im Geringsten.«

»Wann haben Sie sie das letzte Mal gesehen?« fragte Larsson.

»Irgendwann vor Weihnachten ...« Wohlfahrt blätterte in seiner Agenda. »Ja, am 14. Dezember. Ich bin vom 15. bis zum 22. in einer Klinik gewesen. Donnerstag bis Donnerstag. Also war sie am Mittwoch hier. Wir haben auf das bevorstehende Weihnachtsfest angestoßen. In der Zeit ist es immer ganz ruhig hier. Den Telefondienst kann dann eine der Damen übernehmen, die Sie ja schon gesehen haben.«

Er hat uns erwartet und sich auf unser Erscheinen gut vorbereitet. Die Antworten kommen zu schnell – wie aus einer Pistole geschossen.

»In einer Klinik?« fragte Andresen.

»Spezialklinik für Rückenleiden in Berlin.« Wohlfahrt reichte Andresen eine Visitenkarte des Krankenhauses – Avicenna Klinik, Paulsborner Straße 2, 10709 Berlin. »Sie können das gerne nachprüfen.«

»Das werden wir. Wo war Herr Smirnov, als Sie im Krankenhaus waren?« fragte Andresen.

»Hier im Laden. Anfang Januar ist er dann in seine Heimat geflogen.«

Andresen steckte die Karte zusammen mit dem Foto der Toten wieder ein.

»Darf ich Ihnen einen Kaffee anbieten? Bei der Kälte kann man etwas Warmes gebrauchen«, ließ sich Wohlfahrt wieder vernehmen.

Larsson lehnte ab. »Wir brauchen die letzten Kundenkontakte von Frau Saizew.«

»Selbstverständlich.« Wohlfahrt machte sich an seinem Computer zu schaffen. »Vom 25. bis zum 27. November, es war ein langes Wochenende, hatte sie ein Gast aus Sankt Petersburg gebucht.«

»Name?« fragte Andresen.

»Boris Iwanowitsch Wolkow.«

»Und danach?«

»Danach hat sie nicht mehr gearbeitet.«

»Warum nicht?« fragte Andresen.

Wohlfahrt zuckte mit den Schultern.

»Weil sie eine feste Beziehung hatte?« Obwohl es eine Frage Larssons war, klang es eher wie eine Feststellung.

»Ja. Wahrscheinlich.«

»Mit wem?« Larssons Blick ging einige Sekunden zum Fenster. Kleine Schneeflocken wirbelten am Rand der Scheibe entlang.

»Ich war nicht ihr Aufpasser«, sagte Wohlfahrt.

»Smirnov?« fragte Larsson lapidar.

Wohlfahrt nickte.

»Na also«, mischte sich Andresen wieder ein. »Das hätten Sie auch gleich sagen können.«

»Wo ist er?« Larsson lächelte Wohlfahrt herausfordernd an.

»Ich weiß es nicht. Er war heute Morgen kurz da. Er pflegt sich nicht abzumelden. Genauer gesagt, – ich manage den Laden, und er besorgt zahlungskräftige Kunden aus dem Ausland.«

»Wir wollen ihn sprechen, jetzt.« Larssons Ton ließ keinen Widerspruch zu.

Wohlfahrt nahm sein Handy und betätigte eine Kurzwahltaste.

»Du hast Besuch, Fedor ... Die Kriminalpolizei wegen Anastasija ...« Er hielt den Hörer ein wenig weg und sagte: »Herr Smirnov ist zum Einkauf russischer Spezialitäten bei Babajan.«

»Dann wünschen wir ihm einen guten Einkauf«, sagte Larsson, und gab Andresen ein Zeichen zum Aufbruch. »Sie haben mich mit seinem Alibi überzeugt. Wer in Moskau weilt, kann nicht gleichzeitig auf Usedom sein.«

Wohlfahrt drückte den Hörer wieder an sein Ohr. »Es hat sich erledigt, Fedor. Ich habe ihnen gesagt, wo du warst, als Anastasija zu Tode gekommen ist.«

Larsson ließ sich die Handynummer Smirnovs geben.

Schweigend fuhren sie mit dem Aufzug ins Parterre.

»Du willst das Schwein laufen lassen?« fragte Andresen außer sich, als sie wieder im Freien waren.

»Wer sagt denn das?«

Andresen schaute ihn entgeistert an. »Ich verstehe dich bald gar nicht mehr.«

Der Schneegriesel hatte sich auf Scheibe und Dach des Wagens gelegt. Andresen betätigte den Wischer und startete den Motor. Der Schneegriesel wurde weggefegt. Den Rest würde der Fahrtwind nach den ersten gefahrenen Metern vom Dach gepustet haben.

Larsson nahm sein Handy und rief Monika an. »Ich brauche die Adresse eines russischen Spezialitätenhändlers. Der Laden heißt Babajan ... ich warte.« Er schaute Andresen an und kniff ein Auge zu. »Ich wiederhole ... Lomonossowallee 58. Danke, Monika. Bis später.«

»Lomonossowallee? Lomonossowallee? Das muss ganz zentral sein«, sagte Andresen und gab die Adresse ins Navigationsgerät ein. Dann fing er an zu lachen. »Schau, es ist nur einige Straßenzüge weiter ... zweieinhalb Kilometer.«

»Lass uns keine Zeit verlieren, damit wir den Vogel auch noch antreffen.«

Kurze Zeit später standen sie vor dem großem Gebäude, in dem verschiedenen Geschäfte untergebracht waren; das »Barbarino«, das DER-Reisebüro, die Stadtbäckerei Junge, der Angelspezi und andere mehr. Wegen der Kälte war der Parkplatz vor dem Gebäude nur mäßig besetzt. Einige Autos waren ihnen entgegen gekommen, darunter auch ein anthrazitfarbenen Dodge Nitro.

Sie gingen in die Geschäftsräume der Firma Babajan. Sie schauten sich suchend um.

Andresen lachte. »Das hört sich blöd an, aber ich glaube, der Mann war schneller weg, als wir uns das dachten. Hast du einen Plan B, Lasse?«

Larsson zuckte mit der Schulter. »Wo würdest du bei dieser Kälte hinfahren, wenn du einkaufen gewesen wärest?«

»Ins Warme.«

Larsson lachte auf. »Wo ist es warm?«

»In der Agentur«, sagte Andresen.

»Auch, aber da wird er wohl nicht hinfahren, wenn er gerade erfahren hat, dass wir dort sind.«

»Vielleicht ist er in seine Wohnung gefahren oder zu einem Mädel, mit dem er die Spezialitäten zubereitet.«

»Das sind zumindest zwei der vielen Möglichkeiten. Wir werden es zuerst in seiner Wohnung versuchen.«

Als das Haus in Sichtweite kam, in dem Smirnov wohnte, sah Larsson den Geländewagen stehen, der ihnen auf dem Parklatz des Einkaufszentrums entgegen gekommen war.

»Bingo. Siehst du den Dodge? Der ist uns vorhin am Babajan entgegengekommen.«

Andresen parkte den Dienstwagen neben dem Dodge. Als sie auf das Haus zugingen, sah Larsson das Gesicht der Frau, die am Vormittag Schnee gefegt hatte.

»Wir werden beobachtet, Rolf. Du bist sicher ihr Typ.«

Andresen schaute zum Haus und sah gerade noch, wie sich die Gardine bewegte. »Die alte Vettel kann's nicht lassen. Neugier ist ihr zweiter Vorname.«

Auf zweimaliges Klingeln wurde die Tür geöffnet. Der Mann war groß gewachsen, relativ schlank und sah gut aus. Larsson schätze ihn auf Ende vierzig.

»Herr Smirnov?«

»Sie sind von der Polizei. Sie waren vorhin in der Agentur«, stelle Smirnov fest, ohne auf Larssons Frage zu antworten.

»Dürfen wir reinkommen?« fragte Andresen.

Smirnov ließ sie eintreten und brachte sie ins Wohnzimmer.

Ein aalglatter Kerl, ein Karrierist einer ganz besonderen Sorte Geschäft. Er trägt meilenweit den Geruch der Russen-Mafia vor sich her.

»Wir wollen wissen, wo Sie die ersten zwanzig Tage im Januar zugebracht haben«, begann Larsson mit nahezu gleichgültiger Stimme. Er schaute sich um. Ein garantiert historischer Samowar stand neben einigen Matrjoschkas, die ihn in konischer Verkleinerung umgaben. Sie konkurrierten mit einer satirischen Persiflage, die von Jelzin über Gorbatschow, Chrustschow, Stalin, Lenin und die Zaren den Wandel der Zeiten in Russland darstellte.

»Ich hatte das so verstanden, dass mein Kompagnon Ihnen das schon angesagt hat. Reicht das nicht?«

»Wir wollen es von Ihnen hören«, sagte Andresen.

»Uns reicht das nicht. Unser Job ist es, den Mörder Ihrer Partnerin zu finden«, sagte Larsson.

»Sie tun ja so, als hätte ich einen Grund gehabt, eine Mitarbeiterin zu töten«, warf Smirnov ärgerlich ein.

»Zumindest hätten Sie ein Motiv gehabt«, stellte Andresen fest.

»Ein Motiv? Ich? Welches?«

»Ein Doppelleben bringt immer Situationen hervor, die etwas mit Untreue zu tun haben«, sagte Larsson kalt.

»Was für ein Doppelleben?« Smirnov wurde ärgerlich. Das blieb den beiden Polizisten nicht verborgen. »Sie sind reich, reich an Fantasie.«

»Nur der ist reich, der über seine eigene Zeit herrscht. Dazu bin ich leider nicht in der Lage.« Larsson lächelte Smirnov herausfordernd an. »Ich bin nur ein einfacher Diener unseres Staates und die sind, wie Sie wissen, unterbezahlt, wenn man sich die vielen Überstunden ansieht.«

»Was wollen Sie?«

»Anastasija Saizew. Sie war eine Mitarbeiterin von Ihnen und Ihre Geliebte«, stellte Andresen fest.

»Wer gibt Ihnen das Recht ...«, brauste Smirnov auf, versuchte aber, sich schnell wieder zu beruhigen.

»Die Mordermittlung gibt uns das Recht«, sagte Larsson. Sein Blick blieb an einem Gemälde hängen, das Saporosher Kosaken zeigte, die dem türkischen Sultan einen Brief schreiben.

Smirnov sah das Interesse des Kommissars. »Es ist ein Bild Ilja Repins, eines russischen Malers aus der Ukraine. Repin gilt als der bedeutendste Vertreter der russischen Realisten«, sagte er.

»Wenn es echt ist, ist es sicher ein kleines Vermögen wert.«

»Ein etwas größeres«, wandte Smirnov ein.

»Sie handeln mit Bildern?« setzte Larsson nach.

»Nein. Ich kaufe hin und wieder ein Bild, um mein Kapital sicher anzulegen.«

Larsson war versucht, Smirnov eine Falle zu stellen. In Erinnerung an die Operation des Schweizer Geheimdienstes, im Zusammenhang mit Rino Kerner, verzichtete er darauf. »Es ist ein schönes Gemälde.«

»Das ist es wirklich.«

»Kommen wir zurück zu Anastasija Saizew. Sie waren mit ihr zusammen.«

»Ja.«

»Wann haben Sie sie das letzte Mal lebend gesehen?«

»Zum Jahreswechsel. Wir waren zusammen in meinem Landhaus im Wald, nahe des Wockninsees auf Usedom.«

»Wockninsee?« fragte Larsson und schaute Andresen an.

»In der Nähe von Ückeritz. Wald, Sumpf und etwas Landwirtschaft«, sagte Smirnov. »Ich liebe die Ruhe dort.«

»Rinder«, sagte Andresen erklärend. »Ein Landwirt hält dort eine Kreuzung von Rindern, die bereits als ausgestorben galt. Eine Handvoll nur, ich erinnere mich. Es stand in der Zeitung.«

»Wann, sagten Sie, wären Sie nach Moskau geflogen?«

»Sonntagmorgen, am 8. Januar, 00.30 Uhr ab Berlin Tegel – Ankunft 5.05 Uhr Moskau Scheremetjewo.« Smirnov stand auf und ging zu dem Ecksekretär. Er legte einige Papiere beiseite und kam mit den beiden Tickets für Hin- und Rückflug zurück.

Draußen war die Dämmerung hereingebrochen.

»Sie sind derzeit im Mordfall Anastasija Saizew unser Hauptverdächtiger«, sagte Larsson. »Das rechtfertigt nach § 102 unserer Strafprozessordnung die Durchsuchung Ihrer Wohnung und Ihres Arbeitsplatzes in der Agentur.« Neben dem Sekretär stand ein kleiner Schreibtisch. Er sah einen Monitor, dessen Kabel an der Seite hinuntergeführt waren, was ihn zu der Annahme veranlasste, dass dort ein Computer stand. Aber oben auf dem Tisch stand in der linken Ecke ein Laptop.

»Wir werden Sie mitnehmen, bis wir aus der Rechtsmedizin die genaue Todeszeit der Anastasija Saizew bekommen haben. In der Zwischenzeit wird unsere Spurensicherung zuerst Ihr Landhaus, dann diese Wohnung untersuchen.« Larsson stand auf und ging zu dem Schreibtisch. Irgendetwas veranlasste ihn, sich den Tisch genauer anzusehen. Nichts. Er drehte sich um, um zu der Sitzgruppe zurückzugehen. »Hatte Anastasija Saizew ein Handy?«

»Ja«, sagte Smirnov. »Ein Smartphone.«

»Wo ist es?«

Smirnov zuckte mit der Schulter. »Woher soll ich das wissen.«

»Hatte sie es in Ihrem Landhaus noch?«

»Ich glaube schon.«

»Sie glauben?«

Larsson wartete die Antwort nicht ab. »Den Computer nehmen wir mit und den Laptop ebenfalls.«

»Das können Sie nicht so ohne Weiteres machen«, protestierte Smirnov.

Larsson war bewusst, dass, wenn der Abbruch durch das BKA erfolgen würde, die beiden Geräte sofort zurückgegeben werden müssten.

»Doch, doch, ich kann das machen. Sie bekommen jetzt eine Quittung und in spätestens zwei Tagen die Geräte wieder ... wenn sich Ihre Unschuld erweisen wird. Wenn nicht ...« Er vollendete den Satz nicht.

Ich fürchte, wir werden dich selbst dann gehen lassen müssen, wenn wir dir irgendetwas nachweisen können.

Larsson rief die Einsatzzentrale an. Er nannte die Adresse des Landhauses in Ückeritz, orderte die Spurensicherung und bestellte gleichzeitig einen Funkwagen zur Beförderung Smirnovs. Dann rief er bei der Spurensicherung direkt an.

»Paul, ihr bekommt gleich über die Einsatzleitung einen Auftrag für eine Adresse in der Nähe von Ückeritz. Wir hätten den Hauptwohnsitz in Greifswald. Kannst du das auch noch übernehmen? Es ist die gleiche Person ...«

»Du weißt schon, dass ich mir hätte überlegen sollen, ob wir uns duzen! Ich finde, du nutzt das aus, Lasse.«

»Kommst du selbst nach Ückeritz?«

»Ja.«

»Dann lass uns dort darüber reden.«

Draußen wurden die Lichter eines Fahrzeuges sichtbar, das vor dem Haus hielt.

»Der Funkwagen ist da«, sagte Andresen. »Die Computer?«

»Ich helfe dir gleich dabei.« Larsson ging zur Tür und ließ die Männer des Funkwagens herein. »Guten Tag, Kollegen. Wir fahren gemeinsam nach Ückeritz. Sie haben einen Passagier.« Er deutete auf Smirnov. Dann rief er die diensthabende Bereitschaftsdezernentin der Staatsanwaltschaft an, die eine Festnahme absegnete.

»Ich brauche den Schlüssel von Ihrem Dodge«, sagte Larsson zu dem Russen.

Smirnov zog den Schlüssel aus der Hosentasche und warf ihn lässig auf den Tisch.

Larsson nahm den Schlüssel an sich. »Unsere Kriminaltechnik wird sich den Wagen ansehen. Ist er sauber, bekommen Sie morgen den Schlüssel zurück.«

»Kommen Sie jetzt, bitte«, sagte einer der beiden Beamten des Funkwagens.

Andresen war dabei, die Verbindungsstecker aus dem Hauptcomputer zu ziehen, und entdeckte eine kleine externe Festplatte. »Was haben wir denn hier?«

»Nimm sie mit«, Larsson klemmte den Laptop unter den Arm. »Wir wollen die Wohnung versiegeln.«

Sie gingen zum Wagen und packten die Computer auf den Rücksitz. Andresen ging zurück, um die Wohnung abzuschließen und zu versiegeln. Dann setzten sich die Wagen in Bewegung.

Für die 65 Kilometer benötigten die Fahrzeuge, die wegen der Glätte langsam vorankamen, mehr als eine Stunde und zwanzig Minuten. Die letzte Straße am Ziel war für den Durchgangsverkehr gesperrt. Obwohl der Geländewagen Smirnovs und die vor ihnen eingetroffene Spurensicherung Spurrinnen in den Schnee gefahren hatten, wäre der Dienstwagen der beiden Kommissare beinahe steckengeblieben.

Die Männer der Spurensicherung waren gerade dabei, ihren Strahler aufzubauen, um wenigstens den Teil vor dem Haus ausleuchten zu können.

Paul Maier kam auf Larsson zu. »Du pickst dir immer die besten Zeiten für solche Aktionen heraus, Lasse. Ich werde wieder auf der Couch schlafen müssen.«

Larsson nickte. »Freundschaft muss sich auf Vertrauen gründen, Paul. Und ich habe Vertrauen, dass du mich nicht hängenlässt.« Er gab dem Chef der Spurensicherung die Wohnungsschlüssel von Smirnovs Greifswalder Wohnung und den des Dodge. »Der Wagen muss auch untersucht werden.«

Er schaute sich um. Es war die typische Einrichtung eines Wochenendhauses im leicht gehobenen Stil.

Da hätte ich aber mehr erwartet!

Smirnov schien seine Gedanken zu erraten. »Die Möbel ... na ja, bei dem abgelegenen Grundstück muss man schon damit rechnen, dass irgendwann einmal eingebrochen wird. Man ist zu selten hier, um dem begegnen zu können.«

Im Hintergrund arbeiteten die Männer der Spurensicherung. Larsson beobachtete das aus den Augenwinkeln heraus.

Sie finden nichts ...

»Schildern Sie mir das letzte Zusammensein mit Frau Saizew in diesem Haus. Sind sie zusammen angekommen?«

»Ja. Kurz nach dem europäischen Weihnachtsfest. Wir waren einige Tage hier.«

»Und wann beendeten Sie das Treffen?«

»Es war am 7. Januar.«

»Das wissen Sie genau?« fragte Andresen.

»Es der Tag, an dem das russische Weihnachtsfest stattfindet, in jedem Jahr ... so etwas vergisst man nicht.«

»Nein«, stellte Larsson kurz fest.

Jetzt denkt er nach, was er uns auftischen kann.

»Wir hörten den Moskauer Kathedralchor mit den herrlichen Weihnachtsliedern der Heimat. Anschließend, als die beendet waren, russische Weihnachtsmusik von Alfred Reed, gespielt von irgendeiner Bergkapelle. Fragen Sie mich nicht, wie die hieß.«

»Das sollen wir Ihnen abnehmen?« fragte Andresen und lächelte Smirnov provozierend an.

Übertreib's nicht!

»Herr Smirnov wird sich erinnern, Rolf.«

»Es war eine Live-Übertragung von dem Dreikönigskonzert in der Stadthalle Aalen. Mehr weiß ich nicht mehr.«

Andresen notierte sich das. »Wir werden es nachprüfen.«

»Und dann?« fragte Larsson.

»Ich hatte ein Geschenk für Anastasija«, sagte Smirnov. Er erinnerte sich, wie er sich zu ihr herunterbeugt und geküsst hatte. Und wie sie sagte: »Oh ... Was für ein schönes Stück«, als er das Ringetui öffnete.

»Was schenkten Sie ihr?«

»Einen Ring.«

Larsson schaute Andresen an. »Haben wir einen Ring bei der Toten gefunden?«

Andresen schüttelte den Kopf. »Nicht dass ich es wüsste.«

»Was war das für ein Ring? Ein Verlobungsring? Oder ein Ring mit einem Stein?« ergänzte Larsson seine Frage.

»Rotgold mit einem Rubin und kleinen Brillanten.«

»Teuer«, stellte Andresen nüchtern fest.

Smirnov hob die Schultern, sagte aber nichts. Er dachte an die Ziselierung *Мой Anastasjia до 16 день рождения* – meiner Anastasija zum 16. Geburtstag.

»Und dann?« fordert Larsson Smirnov auf, weiterzusprechen.

»Wir trennten uns schon gegen acht, denn ich musste nach Berlin. Sie wissen ja, ich flog in dieser Nacht nach Moskau.«

»Und Frau Saizew?«

»Blieb noch hier und fuhr wohl am Morgen zurück nach Greifswald.«

Was denkt sich der Kerl? Er fährt mit dem einzigen Auto weg und lässt die Frau in dieser Wildnis allein zurück? Am russischen Weihnachtstag?

»Wie ist Frau Saizew nach Greifswald zurückgekommen?«

Smirnov machte ein nachdenkliches Gesicht. »Mit einem Taxi, denke ich. Jedenfalls hatte ich ihr das nahegelegt und ihr auch Geld dafür dagelassen.«

»Gut«, sagte Larsson leise. »Sie fuhr also zurück in Ihre Wohnung.«

»Nicht in meine Wohnung. Wir waren schon vor Weihnachten übereingekommen, uns für eine Weile zu trennen«, widersprach Smirnov.

»Und dann feierten Sie dennoch Weihnachten zusammen?« fragte Andresen.

Paul Maier kam. »Kann ich dich einen Augenblick sprechen, Lasse?«

Sie gingen beide hinaus in den Flur.

»Es gibt kein Blut hier und kein Anzeichen für irgendeine Gewalttat.«

Larsson war enttäuscht, hatte das aber erwartet.

Irgendetwas stinkt hier gewaltig.

»Spuren draußen im Schnee? Hast du irgendetwas festmachen können?«

»Nach dieser langen Zeit? Nee, wirklich nicht!«

»Es ist gut, Paul ... Und danke.«

»Soll ich morgen früh gleich in Greifswald beginnen?«

»Es wäre wichtig, Paul. Und schau dir den Wagen an, ob die Leiche damit befördert wurde.« Larsson verschwieg, dass die ganze Angelegenheit mehr als fragwürdig war. Aber den morgigen Tag hätten sie wahrscheinlich noch, wenn das Treffen zwischen dem Schweizer Dienst für Analyse und Prävention und dem BKA tatsächlich an diesem Tage stattfinden würde. Der Amtsschimmel brauchte in diesem Falle hoffentlich seine Zeit.

Wie gerufen tauchte einer der beiden Beamten der Funkstreife auf. »Werden wir noch gebraucht?«

Mit einem Blick auf die Uhr beschloss Larsson, die Vernehmung am kommenden Vormittag in Anklam fortzusetzen.

»In fünf Minuten, Kollegen.«

Er ging in den Wohnraum zurück und bereitete Smirnov darauf vor, dass er die Nacht in einer Zelle in der Friedländer Straße in Anklam verbringen würde. »Aber auf die Frage meines Kollegen von vorhin zurückzukommen: Sie hatten sich getrennt und feierten dennoch Weihnachten zusammen?«

»Vorübergehend getrennt. Jeder sollte überprüfen, ob er weiter mit dem anderen zusammenbleiben wollte«, sagte Smirnov.

Dann brachte Larsson, zusammen mit den beiden Polizisten, die in der Tür zum Wohnzimmer standen, Smirnov zu deren Auto.

Was wir brauchen, sind Informationen über Smirnovs Handel mit Kunst! Vielleicht gibt es da irgendeine brauchbare Verbindung.

»Hast du von Tor in Verbindung mit Mozilla gehört?« fragte Larsson Andresen, als sie auf der Heimfahrt waren.

»Das Portal, das mehr offenlegt als andere jemals zuvor, und das man nicht zurückverfolgen kann?«

»Genau das.«

»Gehört, Lasse, aber das ist auch alles.«

»Du hattest also noch nie eine Verbindung über diesen Server gemacht?«

»Nein.«

»Ich auch nicht. Karl?«

»Ich weiß es nicht. Aber wenn einer das fertigbringt, dann ist Karl der richtige Mann dafür.«

12. Kapitel

Am Freitag, dem 27. Januar, fanden sich die Mitarbeiter der Ermittlungsgruppe um Lasse Larsson schon kurz nach sieben im Kommissariat in Heringsdorf ein.

Inge Mohaupt war wetterbedingt in Anklam geblieben. Sie hatte sich noch am Abend bei Larsson abgemeldet. Larsson hatte widerspruchslos akzeptiert.

»Guten Morgen, Kollegen. Wir werden diese Besprechung so kurz wie möglich halten, um den Freitag noch angemessen nutzen zu können. Carpe diem«, begann Larsson. »Inge hat sich für heute ausgeklinkt. Wir müssen also ein wenig improvisieren. Rolf und ich haben gestern diesen Smirnov festgenommen, den wir heute verhören werden. Bleibt Monika, die eigentlich heute frei gehabt hätte und den Telefondienst übernimmt. Darüber hinaus, Monika, würde ich dich bitten, Karl bei seinen Aufgaben zu unterstützen.« Er schaute Simons fragend an. »Karl?«

»Ich habe gestern die Fotos von Frau Hellmann geholt, die sie während der Jagd gemacht hat, ausgefahren und sortiert.« Simons zeigte auf die Tafel, an der er die Bilder befestigt hatte. »Ich habe sie soweit es geht der Namensliste zugeordnet, die wir von Hellmann bekommen haben.«

»Gute Arbeit, Karl ... Rolf und ich waren gestern bei Smirnov und einer Vorgängerin unserer Toten. Cäcilia Silja war sehr ängstlich, fürchtet sogar um ihr Leben, wenn Smirnov erfährt, dass wir mit ihr gesprochen haben. Andererseits traut sie ihm aber einen Mord nicht zu.«

»Wer wird schon einem solchen Mann trauen?« warf Monika empört ein.

Larsson wiegelte ab. »Ja, ja. Die Silja war angeblich in Smirnov verliebt und trennte sich, als dieser Anastasija Saizew aus Russland mitbrachte.«

»Zickenkrieg?« fragte Simons.

»Wenn du so willst. Für dich habe ich ganz besondere Aufgaben. Kennst du Tor?

»Tor?«

»Ja, Tor. In Verbindung mit Mozilla.«

Simons begann zu begreifen. »Du willst dir also einen sicheren Internetzugang schaffen.«

»Unsinn. Ich brauche so etwas nicht«, sagte Larsson. »Aber ich möchte, dass wir versuchen, irgendetwas über diesen Smirnov in Verbindung mit seinen Bildern herauszubekommen.«

»Das geht aber nicht über den Polizeicomputer«, stellte Simons fest.

»Ich weiß.«

»Hast du eine Idee?« Simons grinste herausfordernd.

»Du?«

»Ich habe einen Laptop zu Hause, der ist leistungsfähig genug und ...« Simons machte eine kleine Pause, um die Spannung zu erhöhen.

»Rede schon weiter, wir haben nicht den ganzen Tag Zeit.«

»Ich hatte mir vor einem Vierteljahr Tor installiert, gebrauche es aber kaum.«

»Sieh da, was für eine Überraschung«, lästerte Andresen. »Fischst wohl auf gewissen Kinderpornoseiten und willst nicht, dass man das zurückverfolgen kann.«

Simons warf einen Bleistift nach Andresen.

»Das war unnötig«, rügte Larsson Andresen. Dann drehte er sich Simons zu. »Dann schau bitte einmal nach, ob du Smirnov dort als Anbieter von Gemälden findest. Suche auch nach dem Otto-Müller-Bild mit dem Titel ›Zwei badende Mädchen im Dünentümpel‹ aus der Sammlung Lothar-Günther Buchheims. Das soll er übers Netz angeboten haben.«

Simons notierte sich das.

»Doch zuvor bitte ich dich, diese TrekStor-Platte auszulesen und die Daten zu sichern. In meinem Büro habe ich noch den Laptop von Anastasija Saizew und den Computer Smirnovs stehen, den wir gestern aus seiner Wohnung mitgenommen haben. Auch diese Daten brauche ich komplett.«

»Das wäre Arbeit für drei Leute, Lasse«, stellte Simons fest.

»Monika wird dir helfen. Sag ihr, was sie tun muss.«

»Du weißt schon, dass wir uns damit auf dünnem Eis bewegen«, warf Andresen ein.

»Besser auf dünnem Eis als gar nicht. Ich habe meine Gründe dafür. Außerdem sind wir, der innere Zirkel, allein, und ich verlasse mich darauf, dass das hier im Raum bleibt.«

Andresen kannte das schon aus den letzten Ermittlungen. Larsson ging immer bis an die Grenze des Erlaubten und auch ohne zu zögern darüber hinaus.

»Rolf und ich werden jetzt nach Anklam fahren, um das Verhör durchzuführen. Machen wir uns an die Arbeit.« Er stand auf, um in sein Büro zu gehen. »Karl, komm bitte die Computer holen.«

Larsson und Simons gingen in Larssons Büro, während sich Andresen wieder winterlich anzog.

»Mach bitte zuerst die Updates von den Computern und der externen Festplatte. Die Nachforschungen bezüglich Smirnovs Aktivitäten kannst du am Wochenende zu Hause machen.«

Kurz nach zehn trafen die beiden Polizisten in der Polizeidirektion in der Friedländer Straße in Anklam ein, wo auch die zentralen Dienste angesiedelt waren.

Andresen ging absprachegemäß, um Smirnov in den Verhörraum bringen zu lassen, während Larsson mit einer Tüte in der Hand der Einsatzleitung zustrebte.

Dass Selge Dienst hatte, wurde ihm bei einem Anruf aus Heringsdorf bereits bestätigt. Er freute sich auf das Gesicht, das

Hauptkommissar Otmar Selge machen würde, wenn er den Spätburgunder des Jahrganges 2008 zu sehen bekäme.

»Ah, mein Albtraum«, wurde Larsson von Selge lächelnd begrüßt. »Hast du wieder einen Sonderwunsch, der über das Maß einer normalen Polizeiarbeit hinausgeht?«

»Natürlich. Brauchte ich eine normale Auskunft, Otmar, würde ich kaum zu dir kommen«, konterte Larsson und reichte ihm die Tüte.

»Glaubst du, dass ihr den Fall lösen werdet?« fragte Selge.

Larsson zuckte mit den Schultern. »Ich glaube schon. Man muss nur daran glauben, sonst ...«

Selge öffnete die Tüte. »Hmmmm, ein Spätburgunder.«

»Jahrgang 2008 aus dem Hause Jean Stodden«, sagte Larsson. »Ich kenne das Cuvée dieser Spätburgundertrauben aus den Steillagenweinbergen in Rech und Dernau. Es ist ein wirklich guter Tropfen für einen sehr kompetenten Beamten.«

»Ein Ahrwein«, schwärmte Selge. »Danke dir, Lasse. Aber trag, was mich betrifft, nicht so dick auf.«

Diese zur Schau gestellte falsche Bescheidenheit, dachte Larsson und machte sich auf den Weg zum Verhörraum. Unterwegs rief ihn Simons an.

»Ich habe einige Mails von Anastasija Saizew gefunden.«

»Und?« Larsson überlegte, das Gespräch abzubrechen, entschloss sich aber, Simons ein wenig vorlesen zu lassen. Vielleicht, dachte er, lässt sich etwas davon beim Verhör gebrauchen.

»Es gibt Mails in russischer Sprache und einige auf Deutsch«, sagte Simons.

»Die russischen vernachlässigen wir erst einmal. Die lassen wir übersetzen, wenn es notwendig wird.«

»Ich zitiere mal: *Hilfe! Hiiiiiilfeeee! Ich hab solche Angst, den Brief abzuschicken. Und genauso große Angst vor den möglichen Konsequenzen, wenn ich ihn viel zu spät abzuschicke. Eigentlich ist es schon viel zu spät. Fedor wird mich bestrafen. Und wenn nicht er, dann die anderen. Ich hasse diesen bekloppten Angsthasen in mir. Er versaut mir alles, nicht nur die Stimmung, sondern einfach alles, auch die Freude am Leben selbst, denn er ist in schlimme Dinge verwickelt.«*

»An wen ist die Mail gegangen?«

»An eine Irina Saizew«, stellte Simons fest.

»Wann?«

»12. Oktober 2005.«

»Im Oktober«, sagte Larsson nachdenklich. »Verwunderlich. Vielleicht an die Mutter.«

»Oder an die Schwester.«

»Oder auch das. Was hast du noch?«

»Ich wollt heut mal zur Abwechslung früher ins Bett. Stattdessen lese ich Sachen von ihm, die mir gar nicht guttun. Ich bin so blöd, so megablöd und selbst schuld, dass es mir jetzt so schlecht geht! Ich habe einfach genug davon, schlechte Gefühle zu haben. Das will ich nicht auch noch mit Selbsthass übertrumpfen. Es ist halt dumm gelaufen. Es ist halt passiert, und nun lenke ich meine Aufmerksamkeit auf was ganz Anderes. Wehe mir!

Wie geht es Dir, Irina?«

»Hast du noch mehr?«

»Zwei oder drei. Der Rest ist in russischer Sprache«, antwortete Simons.

»Schau, ob ich eine davon noch für die Vernehmung gebrauchen kann. Wenn ja ... schick sie mir aufs Handy. Nein, schick sie alle.«

Larsson ging in den Verhörraum. Es waren drei Personen anwesend. Smirnov, Andresen und ein Beamter aus dem Haus, den er schon bei früheren Vernehmungen dabei hatte.

Andresen hatte mit der Aufnahme der Personalien gerade abgeschlossen. Er schaute hoch. »Den Raum betritt Kriminalhauptkommissar Lasse Larsson ...«

»Sie wissen, weshalb Sie hier sind?« fragte Larsson.

Smirnov nickte. »Sie sind auf der falschen Fährte, Kriminalhauptkommissar. Ich habe Anastasija Saizew nicht umgebracht. Zu der Zeit war ich in Russland.«

»Sie haben Tickets, die das beweisen sollen.«

»Und nun?«

»Wir kennen den genauen Todeszeitpunkt noch nicht. Es ist möglich, dass er vor dem 8. Januar liegt, und dann sind Sie dran.«

Larssons Handy klingelte. Es waren die ersten Mails der Anastasija Saizew, die sie kurz vor ihrem Tod abgeschickt hatte.

Larsson las das laut. »*Irina, glaub mir, ich will nicht wieder untergehen. Meine ganze Kraft muss ich mal wieder dafür opfern, um nicht wieder ganz tief zu fallen. Immer diese Scheißängste. Der Mann bringt mich noch um. Und wenn nicht er, dann ganz bestimmt die anderen. Heute hab ich wenigstens geschafft, aufzustehen und nicht ewig liegen zu bleiben wie gestern. Doch wenn ich wach bin, muss ich ständig diese Angstgedanken an diesen Mann aushalten. Es strengt so an, dagegen anzukämpfen. Vielleicht sollte ich mich mal nach langer Zeit so richtig schön ausheulen ... sogar davor hab ich Angst, überschwemmt zu werden von all den Gefühlen ... vermutlich würde das eh nicht klappen. Ich bin total frustriert. Es müsste ein Wunder geschehen, jetzt!*«

Larsson schaute Smirnov an. »Mit dem Mann sind Sie gemeint«, stellte er sachlich fest.

Smirnov lächelte breit, aber Larsson fand durchaus nichts Lächerliches an seiner Frage.

»Wie haben Sie Anastasija Saizew kennengelernt? Erzählen Sie mir von ihr.«

»Sie tauchte eines Tages bei einer Vernissage in Moskau auf, die ich besuchte.«

»In welcher?«

»Alla Bulyanskaya Gallery. Ausgestellt wurde ein Namensvetter von mir – Andrei Smirnov –, und da tauchte sie plötzlich auf. Anastasija kannte diesen Andrei. Ich hatte mich kurz vorher mit ihm bekanntgemacht. Obwohl mich die Bilder des Mannes interessierten, hatte ich plötzlich nur noch Augen für diese schöne junge Frau. Es stellte sich heraus, dass sie Kunstgeschichte studierte, mit Schwerpunkt Expressionismus, und da ganz besonders von August Macke und seinem Bild ›Abschied‹ schwärmte. Sie versuchte mir klarzumachen, dass im Expressionismus der Künstler versucht, eine emotionale Erfahrung in seiner zwingendsten Form zu präsentieren. Der Maler beschäftigt sich nicht mit der Wirklichkeit, wie sie erscheint, sondern mit seiner inneren Natur und mit den durch das Thema geweckten Gefühlen. Um dies zu erreichen, wird das Thema oft karikiert, übertrieben, verzerrt oder sonstwie verändert, um die emotionale Erfahrung in seiner intensivsten und konzentrierten Form zu betonen. Sie sprach auch von bedeutenden Vertretern des Expressionismus wie Ernst Ludwig Kirchner, Franz Marc, August Macke und Emil Nolde, Otto Mueller. Wir hatten uns in eine kleine Bar zurückgezogen, und sie philosophierte bis zum frühen Morgen mit schier unerklärlicher Intensität.«

»Der Sie schließlich erlegen waren«, stellte Larsson fest.

Smirnov nickte. »Und als der Tag anbrach, hatte sie mein Interesse so geweckt, dass ich verliebt war.«

»Gut ... Waren Sie glücklich?«

»Wir sprachen darüber, dass ich sie mit nach Deutschland nehmen würde. Sie war sich nicht schlüssig. Mal sagte sie ja, mal nein. So ging es hin und her. Ich merkte, sie wollte nicht allein sein. Als ich ihr sagte, dass sie nie mehr allein sein müsste, wenn sie mich begleitete, stimmte sie schließlich zu.«

»Hat sie irgendwann einmal angedeutet, Sie wieder zu verlassen?«

Smirnov lächelte. »Sie hatte einen eigenen Kopf, wenn Sie das meinen.«

»Ja, das meine ich.«

»Aber sie hat mich geliebt. Sie hätte mich nie verlassen.«

»War es rein privates Interesse? Oder lagen Ihre Interessen mehr auf geschäftlichem Gebiet?« fragte Larsson.

»Wie meinen Sie das?«

»Wie ich es sage. Ich denke an Ihre Teilhaberschaft an dem Les belles de Nuit. Eine solche Agentur lebt von schönen Frauen.«

»Ja«, sagte Smirnov. »Aber deshalb habe ich sie nicht mit nach Deutschland genommen. Ich mochte sie vom ersten Augenblick an.«

»Dennoch setzten Sie Frau Saizew aber im Les belles de Nuit ein«, ließ Andresen sich vernehmen.

Smirnovs nervöses Lächeln gefror.

»Hat Sie die Frage so getroffen?« bohrte Larsson nach. »Hat es Ihnen nichts ausgemacht, sie mit anderen Männern zu teilen?«

»Es gab eine einvernehmliche Absprache zwischen uns.«

»Dass Saizew für Sie anschaffen geht?« fragte Andresen.

»Unsere Escort-Agentur ist kein Bordell«, sagte Smirnov mit Nachdruck.

»Es gibt etwas, das Sie wissen sollten. Bei der Autopsie wurde festgestellt, dass Frau Saizew schwanger war.«

»Was?«

»In der sechsten Woche.«

»Da bin ich der Vater«, sagte Smirnov.

»Vermutlich.« Larsson spürte seinen Ärger, aber auch eine gewisse Unsicherheit darüber, wie wenig sie tatsächlich über diesen Mann wussten. »Ich hatte Sie schon einmal gefragt, ob Sie mit Bildern handeln.«

»Und ich hatte Ihnen geantwortet, dass ich nicht damit handle, sondern versuche, mein Geld sinnvoll anzulegen, bevor der nächste Finanzcrash kommt.«

»Was wollte Anastasija Saizew von Ihnen?« Larssons Stimme klang eisig.

»Sicher das, was alle Frauen irgendwo wollen – geheiratet werden. Und jetzt, wo sie ein Kind erwartet, wahrscheinlich dringlicher als je zuvor.«

Larsson konnte sich nicht verkneifen aufzulachen, und Andresen stimmte kurz mit ein.

Als Larssons Handy zum wiederholten Mal klingelte, schaute er auf das Display.

»Ich bin traurig darüber, dass ich Fedor Artjomowitsch einfach nicht loslassen kann und Beleidigungen und Verletzungen

weiterhin in Kauf nehme, obwohl ich ganz genau weiß, wie schwachsinnig das ist«, las Larsson vor. »Fedor ... das ist doch Ihr Name?«

»Ja.«

Als Larsson sich gerade die nächste Frage überlegte, fuhr Smirnov fort: »Sie sehen es ja selbst, Anastasija konnte nicht von mir lassen. Sie wollte um jeden Preis geheiratet werden.«

»Und Sie wollten das nicht. Also trennten Sie sich von ihr – auf Ihre Weise.«

Smirnov stöhnte auf. »Nein. Ich habe sie geliebt. Wir brauchten eine kurze Auszeit.«

»Sie hat Ihnen nicht erzählt, dass sie schwanger war?«

»Nein. Aber ich hatte eine Veränderung bei ihr bemerkt. Sie war ... sagen wir ... anhänglicher.«

Larsson ärgerte sich über Smirnovs Überheblichkeit. »Na ja, so weit kann es nicht her gewesen sein, dass Frau Saizew nicht von Ihnen lassen konnte. Hören Sie mal, was sie da noch geschrieben hat! *An solchen Tagen wie heute finde ich es gar nicht gut, dass mein Hirn so viel Fantasie hat. Habe heute so viel Mist geträumt, dass es für die nächsten zwei Wochen reicht. Mit dem Mann ist es ein Krimi nach dem anderen. Zum Glück kann ich mich langsam immer mehr von ihm distanzieren. Außerdem bin ich zu stolz, um mich von ihm verheizen zu lassen.«*

»Schreibt sie das wirklich? An wen?«

»Das können Sie gar nicht glauben, was?«

Smirnov hob die Schulter und verzog das Gesicht.

»An eine Verwandte, mit der sie einen laufenden Austausch hatte.«

»So, an ihre Verwandte. Was Frauen so alles schreiben, ist nicht wirklich repräsentativ.«

Larssons Handy klingelte erneut. Es war Simons. Larsson dachte, er wolle die Mails interpretieren. Aber das war es nicht.

»Es kommt nur eine sehr kleinkalibrige Waffe infrage, sagt die Ballistik.«

»Warte einen Augenblick.« Larsson stand auf und ging vor die Tür. »Jetzt.«

»Du wirst es nicht raten«, sagte Simons. »Heckler & Koch P48. Die Pistole, die man nicht sieht, bis es zu spät ist. Sie ist kleiner als eine Handfläche. Mit 6 Schuss .22 – hülsenlose Munition. Vollautomatisch. Dank des ausgeklügelten Verschlussmechanismus sind sogar kurze Feuerstöße möglich.«

»Ist das sicher?«

»Ich sagte, du wirst es nicht raten.«

»Ich habe keine Zeit für Spielchen, Karl.« Larsson klang ärgerlich.

»Keine Heckler & Koch. Es ist eine PSM, Pistolet Samosarjadnyj Malogabaritnyj, was auf Deutsch ›kleine Selbstladepistole‹ heißt und eine russische Taschenpistole ist.«

»Wow ... Was für ein Glück für uns. Aber das ist doch wohl sicher?« fragte Larsson.

»Ja. In Anklam festgestellt und beim LKA bestätigt«, sagte Simons.

»Warte, ich will mir den Namen aufschreiben.« Larsson nahm einen Taschenkalender aus der Jacke und einen Stift und ließ sich den Namen noch einmal langsam ansagen. Dann bedankte er sich und ging zurück in den Vernehmungsraum.

Smirnov war aufgestanden. »Sie haben nichts, aber auch gar nichts gegen mich in der Hand. Ich werde jetzt gehen.«

»Haben Sie nicht schon gefrühstückt?« fragte Andresen ruhig.

Smirnov war verunsichert. »Ja.«

»Sie können jetzt nicht gehen«, sagte Larsson. »Wir sind mit unseren Fragen noch nicht am Ende.«

Andresen lächelte grimmig. »Setzen Sie sich wieder hin, Smirnov. Das ist hier kein Hotel, wo jeder einfach kommen und gehen kann, wie er will.«

Warum reagiert Andresen so boshaft? Man könnte glauben, er befinde sich auf einem privaten Rachefeldzug.

»Was sagt Ihnen der Name Pistolet Samosarjadnyj Malogabaritnyj?« Larsson beobachtete Smirnov genau, stellte aber fest, dass dieser absolut unbelastet von diesem Namen blieb.

»Ein russischer Name für kleine Selbstladepistole«, sagte Smirnov.

»Besitzen Sie so eine Waffe? Warum reden Sie nicht mit uns? Schließlich sind wir dabei, den Mord an Ihrer Partnerin aufzuklären.«

Ein Lächeln umspielte Smirnovs Gesicht. »Bedaure, ich kann Ihnen nicht dienen.«

»Besitzen Sie eine PSM oder nicht?« fragte nun Andresen mit Nachdruck.

»Nein.«

Als Larssons Handy abermals klingelte, wurde er ärgerlich. »Wer immer es auch sein mag, ich bin sehr in Eile.«

»Dein Schweizer Freund fragt per Mail an, ob er dich heute besuchen und über Nacht bei dir bleiben kann«, sagte Monika leise.

»Warte einen Augenblick.«

Er machte Andresen ein Zeichen, dass er abermals hinausgehen würde.

Was will Lorenzo Wältin von mir? Nicht Lorenzo, das DAP ...

»Lorenzo?« fragte Larsson, als er im Gang war, um Zeit zu gewinnen.

»Ja. Du sollst ihn anrufen. Hast du etwas zum Schreiben bei der Hand?«

»Ich höre.«

Monika nannte ihm eine zwölfstellige Zahl.

»Hat er den gleichen Absender gehabt, den er beim ersten Mal angegeben hatte?«

»Was meinst du?«

»Irgendetwas mit @bluewin.ch?«

»Der Absender war unterdrückt.«

Larsson bedankte sich und ging wieder zurück in den Verhörraum. »Kannst du mir mal dein Handy geben, Rolf? Bei meinem ist der Saft alle.« Er nahm Andresens Handy und ging wieder hinaus in den Flur. Er überzeugte sich, dass niemand zu sehen war, der ihm zuhören konnte. Dann wählte er die Nummer.

Das Gespräch dauerte anderthalb Minuten.

»Du hast dir Smirnov gegriffen«, stellte Lorenzo Wältin fest, »und verhörst ihn jetzt.«

Ist er Hellseher? Woher weiß er das? Lorenzo ist zwar ein heller Kopf, aber allemal kein Hellseher.

»Hat es dir die Sprache verschlagen?«

»Wir verhören ihn jetzt in der Mordsache Anastasija Saizew.«

»Können wir zwei uns heute Abend bei einem Glas Wein unterhalten?«

»Ja.«

»Kannst du ihn jetzt laufen lassen? Das wird vom BKA gedeckt werden.«

»Ich habe ihn so gut wie am Arsch«, sagte Larsson, obwohl er wusste, dass das keinesfalls stimmte.

»Ich werde mit einem Hubschrauber auf dem Heringsdorfer Flughafen gegen 17 Uhr landen.«

»Gut. Ich werde dich abholen. Bist du noch da?« fragte Larsson, doch die Leitung war bereits tot.

Wenn er mit einem Helikopter kommt, geht das in Deutschland nicht ohne Deckung von ganz, ganz oben. Was für eine Sauerei wird da wieder ausgeheckt?

Sorgfältig löschte Larsson die Verbindungsdaten aus dem Speicher des Handys. Dann rief er von diesem Handy noch einmal Monika an. »Wir bekommen heute Einquartierung. Sei so freundlich und sorge für ein warmes Essen.«

Am frühen Nachmittag gegen zwei, als sie gerade das Verhör nach dem Mittagessen weiterführen wollten, rief Paul Maier an. Die Spurensicherung hatte sowohl den Wagen als auch die Wohnung Smirnovs gründlich untersucht. Aber beides war ebenso sauber wie das kleine Ferienhaus am Wockninsee.

Als Larsson die Verbindung unterbrochen hatte, sagte er ohne weitere Erklärung: »Sie können jetzt vorerst in Ihre Wohnung zurückkehren, Herr Smirnov.«

Andresen schaute ihn entsetzt an.

»Wir werten allerdings die Fakten noch aus, und es ist Wochenende. Am Montag, denke ich, werden Sie Ihre Computer ebenfalls zurückbekommen.«

»Wie komme ich jetzt nach Greifswald?« Smirnov schien von der plötzlichen Wende nicht sonderlich beeindruckt.

»Wir werden Sie nach Hause bringen lassen. Meine Kollegen vor Ort werden die Schlüssel an Sie aushändigen, nachdem Sie den ordnungsgemäßen Zustand Ihrer Wohnung bestätigt haben.«

Sie waren schon kurz vor der Brücke, die das Festland mit der Insel Usedom verband, als Andresen Larsson das erste Mal auf den plötzlichen Abbruch ansprach.

»Du weißt, dass wir ihn fast hatten.« Andresen schaute wie gebannt auf die Fahrbahn.

»Fast, ja.« Larsson hatte wohl gespürt, dass Andresen nicht mit seiner Entscheidung einverstanden war. Es war typisch für ihn, sich zum Schmollen in sein Schneckenhaus zurückzuziehen.

»Warum lässt du ihn dann laufen? Er ist ein Schwein.«

»Weil die Faktenlage nicht ausreichend ist.«

»Wir haben schon Leute mit bedeutend weniger festgehalten«, widersprach Andresen.

»Keine mit so vielen Verbindungen.«

»Ich wüsste nicht, dass dich das jemals beeindruckt hätte. Nicht in einer Mordermittlung.«

»Ja.«

»Was heißt ja?«

»Das heißt, dass ich das weiß!«

»Dann solltest du anfangen, mir das zu erklären.«

»Das kann ich nicht. Nicht zum jetzigen Zeitpunkt ... Basta!« Larsson hatte in einem Ton gesprochen, den er sonst zu vermeiden suchte. Andresen war gewarnt.

Als sie die Zecheriner Brücke passierten, schaute Larsson über das Eis, das den Peenestrom großflächig bedeckte und in unmittelbarer Nähe die früh eingeschaltete Beleuchtung der Brücke widerspiegelte.

»Den Russen laufen zu lassen passt mir ebenso wenig wie dir, Rolf. Aber er war es nicht.«

»Woher willst du das wissen?«

»Er hat ein Alibi. Er war in Moskau.«

»Haben wir das überprüft?« gab Andresen zu bedenken.

»Von gestern Abend bis heute Morgen?« fragte Larsson.

»Aber unsere Schlussfolgerungen ...«

»Sind bis jetzt reine Spekulationen.«

Andresen schwieg eine Weile.

»Du selbst hast die Tickets in der Hand gehalten«, sagte Larsson. »Hältst du sie für unecht?«

Sie fuhren durch Usedom-Stadt. An der Tankstelle zur Ortseinfahrt war nur mäßiger Betrieb. Die Straßen in der Innenstadt waren jetzt ruhig und fast leer. Die Kälte hielt die Menschen in ihren Wohnungen zurück. An der Bäderstraße kam rechtsseitig der große Parkplatz der Aldi-Filiale in Sicht. Einzig hier war der Parkplatz einigermaßen frequentiert. Am Freitagnachmittag rüsteten die Familien sich für das Wochenende.

»Nein, die Tickets waren in Ordnung«, sagte Andresen. »Aber er muss sie nicht selbst benutzt haben.«

»Das lässt sich am Montag leicht herausfinden.« Wenn wir das am Montag noch brauchen, dachte Larsson.

In Heringsdorf angekommen, stellte Andresen den Wagen auf dem Polizeiparkplatz ab und ging zum Büro der Kommissare, das im ersten Stock lag.

Larsson wurde beim Betreten des Hauses kurz von einem Polizisten der Wache aufgehalten. Eine Frau hatte nach ihm gefragt, war aber nicht bereit gewesen, ihren Namen zu sagen.

Als er im ersten Stockwerk den Flur betrat, sah er Simons vor seinem Büro warten.

»Karl? Sieht aus, als hättest du etwas für mich.«

»Ich habe Smirnov über Tor gefunden«, sagte Simons mit einem gewissen Stolz.

»Komm erst einmal herein.« Sie gingen in Larssons Büro. Larsson zog seinen Mantel aus und hängte ihn an den Aktenschrank. »Also?«

»Nicht unter seinem Namen. Ich habe ›Zwei badende Mädchen im Dünentümpel – Otto Müller‹ eingegeben und dann noch einmal mit dem Zusatz ›aus der Sammlung Lothar-Günther Buchheim‹. Und siehe da – es kam eine Verbindung über eine russische Internetadresse zu einem Iwan Karamazow zustande.«

»Karamazow? Der Kerl hat Geschmack. Er benutzt eine Figur Dostojewskis. So ein Arsch. Das Problem ist nur, er kann es gar nicht gewesen sein, denn er ist erst frühestens jetzt wieder in der Lage, irgendwie ins Netz zu kommen.«

»Na ja«, sagte Simons. »Die Verbindung muss über eine Rückrufnachricht erst hergestellt werden.«

»Smirnov hält sich für clever. Also werden wir morgen diesen Rückruf veranlassen.«

»Morgen ist Sonnabend«, wand Simons ein. »Soll ich das wirklich am Wochenende von zu Hause aus machen?«

»Das hat auch Zeit bis Montag. Und die Updates?«

»Die Updates von beiden Computern sind gesichert. Und die Nachrichten auf der TrekStor-Platte werden gerade heruntergezogen.«

Simons ging ins Büro der Kommissare zurück, und Larsson googelte »Die Brüder Karamazow«, weil ihm die genaue Handlung des Buches entfallen war. Die Handlung kreist um drei Brüder, die zwar äußerlich sehr verschieden, aber alle von tiefer Leidenschaft ergriffen sind. Dmitri, der Älteste, ist Soldat. Iwan, der die Universität besucht hat, verkörpert den atheistischen Intellektuellen. Alexej, genannt Aljoscha schließlich, im Vorwort vom Erzähler zum Protagonisten erklärt, den der Leser die meiste Zeit über begleitet, ist Novize. Sie alle stehen im Konflikt mit ihrem moralisch verkommenen Vater Fjodor. Ein vierter Bruder ist möglicherweise – so wird angedeutet – Smerdjakow, Bediensteter von Fjodor Pawlowitsch Karamazow und Sohn der geistesgestörten Lisaweta Smerdjastschaja, der Stinkenden.

Er stellt sich als Iwan vor. Also will Smirnov damit aussagen, dass er höher gebildet ist als andere Menschen.

Dunkelheit umfing die Insel, als Larsson das Kommissariat schließlich verließ.

13. Kapitel

Diese lausige Finsternis, die den Flugplatz in seiner Gesamtheit umklammert hielt, hatte etwas Gespenstisches.

Larsson schaute zur Uhr. Es war schon siebzehn Minuten über die angegebene Zeit. Kein Grund zur Aufregung. Unruhig machte ihn nur, dass auch der Turm lichtlos war. Während des Sommers gab es hier auch nachts einen Dauerdienst, um etwaig verirrten oder in Not befindlichen Maschinen eine Landemöglichkeit zu geben. Was war im Winter?

Ich werde mich schlau machen, gleich am Montag.

Weil er den Motor des Wagens wegen der Heizung laufen ließ, hatte er die Maschine nicht kommen hören. Nur die zuckenden Begrenzungslichter bemerkte er für einige Augenblicke. Da war der Helikopter schon dicht über dem Tower. Wie von Geisterhand ging am Boden ein kleiner Kreis aus Lichtern an, der der Maschine den Landepunkt anzeigen sollte. Als der Helikopter am Boden stand, gingen die Lichter wieder schlagartig aus. Der Platz und die Maschine verschwanden in der Dunkelheit.

Solche Vorsichtsmaßnahmen kenne ich nur aus meiner Zeit beim Militär. Geheimoperationen wie 1982 im Libanon hatten derartige Vorsichtsmaßnahmen notwendig gemacht.

Eine schwarze Limousine fuhr vor. Larsson sah an dem Wagen eine Diplomatennummer der Schweiz. CD-GE-29*101. Ein Diplomatenkennzeichen aus dem Kanton Genf. Das Bundesamt für Polizei, schoss es ihm durch den Kopf.

Kommen die mit einem Diplomatenfahrzeug?

Für einen Augenblick gingen seine Gedanken zurück zum Bürgerkrieg im Libanon. Um die Stützpunkte der PLO im südlichen Libanon zu zerschlagen, drang Israel 1978 und ein weiteres Mal im Juni 1982 in den Libanon ein. Israels Operation Litani gegen die von den Palästinensern gewählte Strategie des Guerillakriegs und der bewaffneten Diplomatie, diente anfänglich der Sicherung der Nordgrenze vor bewaffneten Attentaten und Übergriffen. Im Libanonkrieg 1982 änderte sich das. Nicht mehr die Sicherung der Grenze, sondern die Zerschlagung der bewaffneten palästinensischen Strukturen war nun Ziel. Dazu wurde auch umfangreiche Hilfe für die christlichen Milizen sowie für die israelfreundliche südlibanesische Armee in Form von Ausbildungs-, Rüstungs- und Finanzhilfen bereitgestellt. Die israelische Armee lieferte sich 1982 heftige Kämpfe mit syrischen Truppen, belagerte danach West-Beirut und zwang die PLO zum Rückzug aus dem Libanon. Der Rückzug der PLO wurde unter Kontrolle der Multinational Force durchgeführt und im August 1982 abgeschlossen. Gleichzeitig wurde der Maronit und Führer der Phalangisten, Bashir Gemayel, zum Präsidenten gewählt, aber schon nach zwei Wochen, am 14. September 1982, ermordet. Daraufhin kam es zu Massakern in den palästinensischen Flüchtlingslagern Sabra und Schatila. 1982 wurde die Multinational Force erneut in Beirut stationiert; es beteiligten sich die USA, Frankreich, Italien und Großbritannien.

Ich gehörte zu einer fünfköpfigen Kontaktgruppe der Deutschen. Es war eine geheime Kommando-Sache des MAD während der Friedensmission 1983 im Libanon, von der noch nicht einmal der Generalstab wusste.

Es ist ein Uhr mittags, als am 18. April 1983 ein dunkler Lieferwagen ungebremst in die Frontfassade der US-Botschaft in Beirut fährt. Eine Explosion reißt das siebenstöckige Gebäude in der Mitte auf. 63 Menschen sterben durch den Bombenanschlag eines Selbstmordattentäters, über hundert werden schwer verletzt. Nur eine Stunde früher waren wir abgereist.

Larsson wurde aus seinen Gedanken gerissen, als es plötzlich an sein Wagenfenster klopfte. Als er das Fenster ein Stück herunterfuhr, fasste er automatisch an seine Waffe.

Er könnte mich jetzt ohne Widerstand töten. Warum habe ich nicht besser aufgepasst? Es gibt drei Sorten von Menschen, hatte Churchill gesagt – solche, die sich zu Tode sorgen, solche, die sich zu Tode arbeiten, und solche, die sich zu Tode langweilen. Mir fällt noch eine ein – solche, die nicht auf sich aufzupassen.

»Was machen Sie hier?«

»Ich hole einen Freund ab.«

»Stellen Sie den Motor ab. Zeigen Sie mir Ihren Ausweis. Aber tun Sie das ganz langsam.«

Larsson sah, dass hinter dem Mann eine zweite schwarze Gestalt mit einer Waffe im Anschlag stand. Es hatte keinen Zweck, den starken Mann zu spielen. Er musste vom Kolben seiner SIG Sauer P225 abrücken, um an seinen Dienstausweis zu kommen. Langsam streckte er seine Hand mit dem Ausweis zum Fenster hinaus.

Er hörte, wie über ein Sprechfunkgerät gerufen wurde.

»Roman zwo – was ist mit dem Fahrzeug?«

Wie haben die mich entdeckt, wo ich sie nicht einmal im Ansatz bemerkt habe?

»Moment.«

Der Mann studierte kurz seinen Dienstausweis.

»Es ist ein Polizist. Hiesige Kriminalpolizei.«

»Name.«

»Larsson, Lasse Larsson.«

»Er soll direkt an den Ausgang des Turmes fahren.«

»Verstanden.«

Larsson konnte erkennen, dass der zweite Mann seine Waffe ins Halfter zurücksteckte.

Der Mann unmittelbar am Wagen gab ihm seinen Dienstausweis zurück.

»Das nächste Mal sollten Sie nicht versuchen, Ihre Waffe zu erreichen, Hauptkommissar. Man könnte es falsch verstehen. Fahren Sie jetzt mit Standlicht an den Turm heran, und warten Sie dort.«

Larsson startete den Motor und ließ den Wagen anziehen. Am Turm wartete er weitere zwei Minuten. Plötzlich öffnete sich die Türe. Lorenzo kam allein heraus und die wenigen Meter auf ihn zu. Er stieg in den Wagen.

»Was geht hier ab?« fragte Larsson anstatt einer richtigen Begrüßung.

Sie gaben sich die Hand.

»Hallo Lasse.« Lorenzo schien müde, lächelte aber wie immer, wenn sie aufeinandertrafen. »Ich erzähle es dir während der Fahrt. Drück drauf, ich muss in spätestens zwei Stunden wieder am Flughafen sein. In einer Viertelstunde sind wir bei dir in Loddin. Ich bin auf deine Frau gespannt.«

»Eine Viertelstunde?«

»Für 26 Kilometer?« fragte Wältin.

Wieso weiß Lorenzo so exakt, wie weit es bis zu meinem Haus ist? Nur wer sich intensiv damit befasst, kann das auf den Meter genau sagen. Was macht mich für die Dienste so interessant, dass man sich mit mir beschäftigt?

»Ich denke, du schläfst bei mir?«

»Hatte ich auch vor. Aber wir haben Weisung, heute noch in die Schweiz zurückzukommen.«

Larsson sah, dass kurz hinter der Südkurve des Flughafens ein Geländewagen zu ihnen stieß, der hinter ihnen herfuhr.

»Du hast Smirnov laufen lassen«, stellte Lorenzo Wältin fest.

Woher in Gottes Namen will er das schon wieder wissen?

»Bei Mord habe ich die Pflicht, einzugreifen. Schließlich bin ich bei der Polizei, nicht bei irgendeinem Geheimdienst.«

»Dennoch hast du ihn vor einigen Stunden laufen lassen.«

Larsson grinste bis über beide Ohren. »Bei dem fängt es bei einer Beziehungstat an und hört wer weiß wo auf.«

»Beziehungstat?« Wältin lachte laut, als hätte Larsson einen guten Witz gemacht. »Wir wussten es, bevor dein Chef in der Polizeidirektion Anklam erfuhr, dass du die Mordermittlung eingestellt hast.«

»Woher?«

»Smirnov hatte nichts Eiligeres zu tun, als mit seinem Teilhaber der Agentur zu telefonieren. Und kurz vor dem Abflug aus Berlin wurde uns das mitgeteilt.«

»Von wem?«

»BKA und DAP«, sagte Wältin wenig überzeugend.

»Das BKA und der DAP hören ab?«

»Auch, aber diese Information kam über die NSA direkt.«

Larsson war versucht, abrupt zu bremsen, beherrschte sich aber im letzten Augenblick.

Sie werden in Amerika noch aufnehmen, wenn du einen Furz lässt. Und sie werden es eher wissen als der Toilettenmann an der Tür.

Sie waren jetzt kurz vor der B110 und wurden von einem einbiegenden Wagen geschnitten, der sich vor sie setzte.

»Jetzt wird es mir aber zu bunt«, maulte Larsson und stellte die Sirene an, um den Wagen zu stoppen.

»Stell das Ding ab, wir können kein Aufsehen gebrauchen«, sagte Wältin eine Spur zu herrisch.

Als sie auf die B110 einbogen, löste sich ein weiterer Geländewagen vom Straßenrand und setzte sich vor Larssons Fahrzeug.

»Scheiße! Gehört der auch zu dir?«

»Fahr einfach hinter ihm her, und kümmere dich um nichts. Ich denke, es ist ein Wagen des BKA.«

Larsson stieß einen weiteren Fluch aus. »Wie der, der uns begleitet?«

Lorenzo Wältin versuchte ihn ruhigzustellen. »Ja. Die Operation ist so hoch angesiedelt, dass sie gut abgesichert werden muss. Ich bin zwar befugt dazu, dir einen Teil davon zu sagen ...«

Als Wältin schwieg, fragte Larsson: »Aber?«

»Aber ich muss dich darauf aufmerksam machen, dass es erhebliche Konsequenzen haben wird, wenn du plauderst.«

Eine Operation, bei der selbst die Gesetze der Bundesrepublik von den Geheimdiensten außer Kraft gesetzt werden? In was für einem Staat leben wir denn?

»Was ist aus Deutschland geworden?« fragte Lasse Larsson. »Ein Land, in dem jeder kleine Strolch seine Geschäfte machen, in dem jede Mafia-Verbindung, gleich welcher Couleur, Fuß fassen kann und der Staat daneben steht, ohne handlungsfähig zu sein.« Er schäumte vor Wut, wurde aber nicht laut.

»Bei der Aufklärung dieses Falles arbeiten CIA und FSB zusammen.«

»Ihr auch?«

»Ja.«

»Mit den Russen?«

»Mit dem russischen Geheimdienst. Die Schweiz ist involviert, weil wir einen ehemaligen russischen Agenten haben, der in unserem Land mit einer Legende lebt und sich selbständig gemacht hat. Zu selbständig.«

»Und da nagelt ihr ihn nicht fest?«

»Inzwischen Schweizer Staatsbürger, da ist das nicht ganz so einfach. Vor allem, wenn er einem lukrativen Gewerbe nachgeht, das nachprüfbar ist.«

Mit überhöhter Geschwindigkeit fuhren die drei Fahrzeuge durch Neppermin, bogen kurz darauf bei der Einmündung der L266 nach links ab und folgten weiter der B111. »So viel zur Schweiz. Und die Bundesrepublik Deutschland wiederum ist durch den Fall involviert, den du bearbeitest.«

Larsson lachte kurz auf. »Smirnov?«

»Ja. Und Anastasija Saizew.«

»Die Saizew ist Opfer«, stellte Larsson fest.

»Vorsicht. Das mag so aussehen. Unseren Erkenntnissen nach ist sie eine Honigfalle, die auf Smirnov angesetzt war.«

»Von wem?«

Wältin lachte. »FSB – wer sonst? Übrigens, ich kann maximal eine Stunde zwanzig Minuten in deinem Haus bleiben. Es ist nicht möglich, den Ablauf der Operation länger aufzuhalten.«

Larsson schaute seinen ehemaligen Schulfreund ungläubig von der Seite an. Dann hatte er begriffen, dass Lorenzo Wältin es ernst meinte. Er griff sein Handy und drückte die Kurzwahltaste.

»Wir sind in zehn Minuten da. Lorenzo kann nur eine Stunde bleiben. Hast du etwas vorbereitet?«

»Natürlich. Dialog von Lachs und Zander an Scampi und Tagliatelle. Zufrieden?«

»Oh ... natürlich. Bis gleich.«

»Was sagt sie?« fragte Wältin.

»Dass sie nicht erwarten kann, dich wieder abfahren zu sehen.«

Sie schauten sich kurz an und mussten herzhaft lachen.

14. Kapitel

Sonnabend, 12. August 2006

Das war schon eine lausig turbulente Woche gewesen. Vor drei Tagen, am Mittwoch, war der kleine Magnus Halmer ertrunken. Seitdem suchte die Polizei mit allen ihr zur Verfügung stehenden Mitteln, mit dem Boot *Damerow* der Wasserschutzpolizei, einem Hubschrauber und der Tauchergruppe das tote Kind. Den Leichnam des Kindes hatten sie bis zum Mittag nicht gefunden. Dafür aber diesen leblosen männlichen Körper, der mit einer Harpune an die Spanten linksseitig des Kiels der *Seefalke* genagelt worden war. In diesem Augenblick war die Turbulenz, die dieser neue Fall auslöste, so groß, dass der Tod des Kindes in den Hintergrund gerückt wurde. Am Mittag würde der Einsatz der Tauchergruppe beendet werden. Das hatte die Einsatzleitung der Kripo nach langen Diskussionen so entschieden. Man ging davon aus, dass der kleine leblose Körper von der Strömung ins Meer hinaus gezogen worden war.

Als Larsson vom Fundort in Bansin wieder zurück an seinem Schreibtisch war, starrte er zum wiederholten Male auf das Piktogramm zur Ermittlung des Todes der Anastasija Saizew, das er im Winter angefertigt hatte, als noch nicht feststand, dass die Ermittlungen zu dem Fall begraben würden. Nun war er froh, dass er es nicht gelöscht hatte.

Rino Kerner, der Schweizer Unternehmer, kam ihm wieder in den Sinn. Hatte der nicht behauptet, er habe den Eindruck gehabt, Hellmann und der Galerist, ein Russe, wären mehr oder weniger befreundet? Larsson trennte die Jägergruppe auf dem Piktogramm, separierte eine der Figuren, die er mit einem roten Kreis kenntlich machte, und schrieb den Namen Hellmann daneben. Dann schob er eine einfache schwarze Figur in ebenfalls einen rot umrandeten Kreis und schieb den Namen Smirnow dazu, vor den er ein Kreuz setzte.

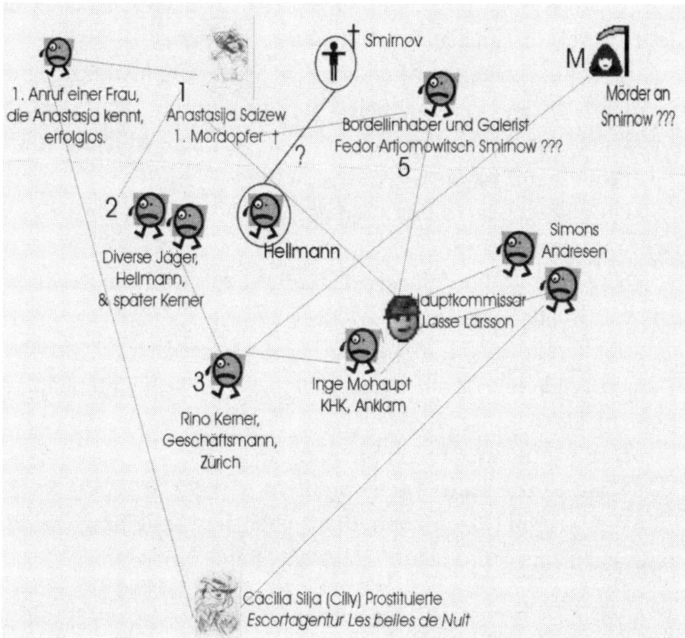

Er vernetzte die beiden Namen in der roten Farbe, wie gehabt. Wenn stimmte, was Kerner von sich gegeben hatte, musste Hellmann gelogen haben. Er fuhr den Computer herunter und ging über den Flur ins Büro der Kommissare.

Unerwartet platzte er in das Zimmer, in dem seine Mitarbeiter gerade mit einer Lachsalve kämpften.

»Darf man mitlachen?«

Die Frage war in einem Ton gestellt worden, der die Lacher sofort zur Ordnung rief.

»Man darf«, sagte Andresen. »Wir haben über dich gelacht!« Er prustete wieder los.

»Aha.«

»Wir haben zwei Dinge festgestellt«, warf Simons ein. »Erstens, du hast noch keinen auf deine Hochzeit ausgegeben. Und deshalb wird die Ehe bestimmt kinderlos bleiben.«

Larsson machte gute Miene zu dem Spiel. »Ihr habt Sorgen.«

»Na ja ... So ein gemütliches Beisammensein wie wir es im Forsthaus Damerow hatten, wäre einmal eine gute Ablenkung.«

»Eins zu null für euch. Und zweitens?«

»Du bist vier Jahre hier, und das ist wahrlich ein Grund zum Feiern«, sagte Simons.

»Und zum dritten Jahresjubiläum hast du dich erfolgreich gedrückt«, ergänzte Andresen.

Jetzt musste auch Larsson lachen. »So schnell vergeht die Zeit ... Na ja, ich kenne da ein ausgezeichnetes Fischrestaurant ganz in meiner Nähe.«

»Heuten Abend?« fragte Simons.

»Nicht ganz«, sagte Andresen.

»Wer schreibt das Endprotokoll über die Einstellung der Ermittlungen zum Fall Magnus Halmer?« fragte Larsson.

»Ich.«

»Recht habt ihr. Aber ich verspreche euch, wenn dieser Fall gelöst ist, lade ich euch zu einem wundervollen Fischessen in den »Waterblick« ein. Es gehört zu den Top-Fischrestaurants in Deutschland.«

»Mann, das ist ein sauteurer Laden in Loddin«, warf Simons ein.

Larsson lachte wieder. »Du musst es ja nicht bezahlen. Außerdem ist es immer ein wenig teurer, einen besonderen Geschmack zu haben. Jetzt wollen wir schnell abklären, was wir heute in unserem neuen Fall machen. Der Bericht den Badeunfall betreffend kann noch warten, Rolf. Wir beide fahren jetzt zu Hellmann.«

»Und ich?« Simons war enttäuscht, dass er im Büro bleiben sollte.

»Monika hat heute ihren freien Tag«, sagte Larsson. »Und wir haben Bereitschaftsdienst. Also muss einer von uns hier bleiben. In diesem Falle ...«

»Ich«, vollendete Simons den Satz.

»Geh bitte noch einmal alle relevanten Fakten zu Kerner und Smirnov durch. Und schau, ob du eine Verbindung zu Hellmann in den Bildern findest, die du von der Jagd von ihm bekommen hast.«

»Wir hatten im Januar auch über verschiedene andere Optionen gesprochen«, gab Simons zu bedenken.

Larsson dachte einen Augenblick nach.

»Ich sollte die TrekStor-Platte auslesen und die Daten sichern.«

»Hast du es damals gemacht?«

Simons nickte. »Ja.«

»Ja? Aber du hast sie nicht mehr?« stellte Larsson fest.

»Manchmal hat Bequemlichkeit auch etwas für sich. Ich habe sie sogar hier.«

Larsson atmete hörbar auf. »Und?«

»Es gibt eine Reihe von interessanten Bewegungen zwischen verschiedenen Leuten. Anastasija Saizew zum Beispiel hat eine Reihe von Mails, die auf ihren inneren Zustand hindeuten.«

»Im Zusammenhang mit Smirnov?«

Simons nickte und las.

»*Liebe Irina, ich bin traurig, weil ich so erschöpft bin, nicht auf mich geachtet hab. Meine Verzweiflung ist schlimmer geworden denn je. Ich kann um Papas Tod nicht trauern und weinen, weil zu viele Verletzungen aus meiner Kinderzeit in mir sind, die nun durch den Todesfall wieder hochkommen. Aber da kommt die Trauer nicht durch, ich atme mit jedem Atemzug gegen aufkommende Panik, und das ist so anstrengend ... Früher war es Papa, jetzt ist es Fedor ... die Männer sind alle gleich grausam.*«

»Weißt du, wie das klingt?« unterbrach Simons und schaute Larsson an.

»Es könnte eine Andeutung sein, dass die Frau von ihrem eigenen Vater missbraucht wurde«, warf Andresen ein.

»Darauf will ich hinaus«, sagte Simons.

»Gibt es noch etwas, was zur Verbindung mir Smirnov etwas aussagt?« unterband Larsson eine längere Missbrauchsdebatte.

»*Die ganze Nacht habe ich geheult. Heute Morgen hat Fedor einen Notarzt gerufen. Warum ist mein Körper nur so anfällig. Ich bin so ein gottverdammter Pechvogel. Seit gestern habe ich extremste Bauchschmerzen. Bewegung und anfassen tut besonders höllisch weh. Abends wurde es etwas besser, und nachts bin ich dann schweißgebadet aufgewacht mit Fieber und auch noch unerträglichen Gliederschmerzen. Hoffentlich lande ich nachher bei einem kompetenten Gynäkologen. Das wird eine Qual dort hinzukommen, kann ja kaum laufen vor Schmerzen und fühle mich total schwach und schwindelig, muss mich dauernd übergeben. Ich glaube, ich bin schwanger, nein, ich weiß es, und ich ertrinke gleich in Selbstmitleid. Dieser Körper macht mich echt fertig*«, las Simons.

»Im Januar hat es im Bericht der Rechtsmedizin gestanden, dass Frau Saizew schwanger ist«, sagte Larsson. »Ich kann mich gut daran erinnern.«

»Ich kann mir das vornehmen«, sagte Simons.

»Wir brauchen den Notarzt und was daraus geworden ist ... Krankenhaus et cetera. Aber das machen wir am Montag.«

Simons nickte.

Larsson ging, um sich an der Maschine einen Kaffee zu holen. »Verdammt«, sagte er ärgerlich. »Ihr habt nicht einmal einen Kaffee gemacht. Einmal ist Monika nicht da, und schon bricht alles zusammen.«

Was ist denn dem für eine Laus über die Leber gelaufen, dachte Andresen.

»*Ich bin traurig, weil ich wieder in ein Loch falle, weil ich keinen Antrieb habe und soooo müde bin, liebste Irina*«, las Simons unbeeindruckt von Larssons Ausbruch weiter. »*Ich bin traurig darüber, dass ich einfach nicht loslassen kann und Belei-*

digungen und Verletzungen weiterhin in Kauf nehme, obwohl ich ganz genau weiß, wie schwachsinnig das ist.«

»Das kenne ich schon«, sagte Larsson unwirsch.

Es klingt nicht so, als wäre sie eine Honigfalle gewesen, wie es Lorenzo behauptet hatte.

»Diese Mail hatte ich dir damals auf dein Handy gesimst, als du Smirnov verhörtest.«

»Ja, gut.«

»Du erinnerst dich, dass ich ermittelt hatte, dass Smirnov tatsächlich das Bild Buchheims über die Badenixen von Otto Müller im Angebot hatte.«

»Ja.«

»Bevor ich aber fertig recherchieren konnte, wurde die Aktion gestoppt. Ich könnte doch jetzt ...«

»Tu das, Karl.« Larsson stand auf. »Dann wollen wir mal, Rolf.«

Sie fuhren auf direktem Weg zum Haus der Hellmanns in Ahlbeck.

Als Andresen klingelte, kam der große graue Hund zum Tor gelaufen, blieb kurz davor stehen und musterte die beiden Männer. Nach dem zweiten Klingelzeichen kam Bewegung ins Haus. Eine Tür wurde zugeschlagen. An der Seite kam eine Frau aus dem Gartenbereich.

»Ja, bitte?«

Der graue Hund bewegte sich erst, als die Frau auf seiner Höhe war, und wich nicht von ihrer Seite.

»Kriminalpolizei«, sagte Andresen und zeigte seinen Ausweis. Er deutete mit dem Kopf zu Larsson. »Kriminalhauptkommissar Larsson. Frau Hellmann?«

»Ja.«

»Wir möchten Ihren Mann sprechen.«

»Jetzt?«

»Ja«, sagte Larsson.

Die Frau schloss das Tor auf. »Kommen Sie bitte herein.«

Als der Hund leise zu knurren anfing, sprach sie beruhigend auf ihn ein. »Lauf zu Herrchen ... los.«

Als hätte das Tier nur darauf gewartet, setzte es sich in Bewegung.

»Kommen Sie ... wir sitzen im Garten.« Sie folgten der Frau, die wieder um das Haus herum ging. Im Garten stand ein kleiner halboffener Pavillon, so dass Neugierige sie nicht beim Sonnen beobachten konnten.

Neben Hellmann, der in einem doppelt großen Strandkorb saß, der vor dem Eingang des Pavillons stand, wartete der Hund auf die Fremden und ließ sich von Hellmann streicheln. Dabei schaute er gespannt auf die Eindringlinge.

»Ah, meine Herren von der Polizei«, sagte Hellmann erkennend. »Was führt Sie zu mir?« Er wandte sich an seine Frau. »Bring sie in den Zwinger, Charlotte.«

Die Frau lockte den Hund und brachte ihn in einen Zwinger, der gut versteckt hinter einer Hecke aufgebaut war.

»Wir wollen Sie noch einmal zu ihren Kontakten zu der Jagdgruppe befragen«, sagt Larsson ruhig.

»Gott, das ist ja ein halbes Jahr her.« Hellmann atmete tief aus und stand auf. »Kommen Sie, gehen wir in mein Büro. Da sind wir ungestört.«

»Soll ich Kaffee bringen?« fragte die Frau.

»Danke, Charlotte. Ich denke, es wird nicht so lange dauern.«

Was für ein arroganter Kerl, dachte Larsson. Wetten, ihm wird das Lachen gleich vergehen?

»Als ich mit Ihnen im Januar über die Teilnehmer an der Jagd sprach«, begann Larsson, während sie sich setzten, »nannten Sie mir einen Namen.«

»Es war selbstverständlich, dass ich der Polizei helfe, so gut ich das eben kann«, fiel Hellmann Larsson ins Wort.

»Sie nannten uns damals den Namen Rino Kerner, der im ›Oasis‹ wohnte.«

»Er war einer der Jagdteilnehmer.«

»Wir haben ihn aufgesucht und mit ihm gesprochen.«

»Das habe ich mir denken können.«

»Sie brachten uns eine Liste von über sechzig Teilnehmern an der Jagd.«

»Ja.«

»Waren das alle?«

»Alle. Es sind auch immer fast die gleichen Teilnehmer wie im Vorjahr. Hin und wieder verstirbt einer oder kann sich das, aus welchen Gründen auch immer, nicht mehr leisten. Dafür kommt mal ein anderer dazu. Das gleicht sich aus. An Nachwuchs fehlt es uns nicht.«

»Wir vermissen einen Namen und können den Mann auch nicht auf den Fotos finden.«

Hellmann zuckte mit den Schultern. »Das ist mir unvorstellbar.«

»Sie gaben uns auch eine ganze Reihe von Fotos, die Ihre Frau gemacht hat.«

»Haben Sie alle identifizieren können?«

»Einer fehlt.« Larsson nahm das Foto des Toten aus der Tasche. »Kennen Sie diesen Mann?«

Hellmann schaute sich das Bild an.

Jetzt haben wir dich in die Enge getrieben. Ich will sehen, wie du dich da rauswindest.

»Ich bin mir nicht sicher. Sie haben ihn auf einem der Bilder gesehen?«

Jetzt zappelt er wie ein Fisch an der Angel.

»Wir haben die Bilder mit. Können Sie ihn uns zeigen?«

»Sicher.«

Andresen legte den Stapel Bilder, die Simons ausgedruckt hatte, vor Hellmann auf den Tisch.

Langsam ließ Hellmann die Fotos durch die Hände gleiten, eins nach dem anderen. Als er das letzte Bild auf den Stapel legte, begann er von vorne. Eines der Fotos legte er beiseite.

So sehr sich die beiden Polizisten auch mühten, der Abstand war zu groß, um Smirnov darauf zu entdecken.

»Das könnte der Mann sein, den Sie suchen.« Hellmann reichte Larsson das Foto, auf dem er eine Reihe von Personen um den Grill stehen sah, den er bei seiner Anfahrt im Januar so vorgefunden hatte. Als er Smirnov nicht erblickte, reichte Larsson das Bild zu Andresen weiter. Der hob die Schultern und machte ein nachdenkliches Gesicht.

»Welcher ist es nun?« fragte Andresen ungeduldig.

»Sehen Sie auf den zweiten Mann rechts neben dem Grill«, warf Hellmann ein.

»Der dreht der Kamera den Rücken zu«, stellte Andresen enttäuscht fest.

»Wer kann schon wissen, dass sich einer gerade umdreht, wenn man auf den Auslöser drückt?« Es war mehr eine Feststellung Hellmanns als eine Frage.

»Wir brauchen den Namen des Mannes«, sagte Larsson.

Andresen warf ein: »Er ist auf dem Foto nicht zu erkennen.«

»Nein, das sehe ich auch«, sagte Hellmann. »Es ist Kerner. Smirnov ist nicht dabei. Mir fällt ein, dass er abgesagt hatte mit der Begründung, er sei zu der Zeit leider im Ausland.«

»Vielleicht kann ich Ihr Erinnerungsvermögen ein wenig auffrischen. Gehen wir zurück zu Rino Kerner, den wir im ›Oasis‹ besuchten. Er sagte, er habe Sie in der Schweiz zur *Art Basel* getroffen. Mitte 2004. Sie machten sich bekannt und kamen über ein Gemälde mit dem Titel ›Wölfe jagen Troika‹ ins Gespräch. Es wurde von einer Greifswalder Galerie angeboten«, sagte Larsson.

»Oh ja, ich erinnere mich. Es handelte sich um ein sehr schönes Ölgemälde, das Kerner zu billig und mir zu teuer war.«

Gleich wissen wir, was sich in Basel tatsächlich zugetragen hat.

»Ich weiß nicht, worauf Sie hinauswollen.«

»Kerner sagte wörtlich: ›Herr Hellmann und der Galerist, ein Russe, sind wohl mehr oder weniger befreundet.‹ Wie gut waren Sie denn befreundet?«

»Befreundet? Was heißt hier befreundet? Er war zwei-, dreimal mit mir auf der Pirsch. Das ist die ganze Chose.«

»Nicht ganz«, stellte Larsson fest. »Smirnov ist tot.« Er konnte beobachten, wie Hellmanns Gesicht die Farbe wechselte. »Was hat Ihre Freundschaft ausgemacht?«

»Die Freude an der Jagd.«

»Und das Treffen in Basel?« ließ Andresen sich vernehmen.

»Das war rein zufällig. Wir standen vor dem Bild dieses Russen Gorski und kamen ins Plaudern. Da er aus Greifswald kam und jagdbegeistert war, lud ich ihn ein.«

»2004 trafen Sie auf Smirnov? Dann war er nicht zwei- oder dreimal, sondern erst einmal zur Jagd bei Ihnen gewesen. Und nun sagen Sie, dass er überhaupt nicht da war?«

Hellmann merkte seinen Fehler und biss sich auf die Lippen. »Ja, das wäre richtig. Smirnov war gar nicht zur Jagd da.«

»Also eine frühere Verbindung«, stellte Larsson fest. »Sollte es eine frühere Verbindung von Ihnen zu Smirnov geben, Herr Hellmann, dann finden wir das heraus.«

»Ich habe keinen Grund, etwas zu verschweigen.«

»Und Kerner?«

»Kerner?«

»Ja, wie kamen Sie an Kerner?« bohrte Larsson.

»Am selben Tag, zur gleichen Stunde. Kerner war mit seiner Frau da. Sie trank Sekt in der VIP-Lounge, während wir uns das Bild ansahen. Deshalb war die Zusammenkunft relativ kurz.«

»War Ihre Frau in Basel dabei?« bohrte Larsson.

»Nein.«

»Wie kurz?« fragte Andresen.

Hellmann zuckte mit den Schultern. »Eine halbe Stunde, vierzig Minuten? Etwa so.«

»Und dann laden Sie die Leute gleich zur Jagd bei Ihnen ein?«

Hellmann ging zur Verbindungstür, die zum Garten ging, und öffnete sie. »Charlotte ...«

Wie aus dem Nichts tauchte die Frau neben der Tür auf.

»Bring uns bitte drei Espressi. Es scheint doch ein wenig länger zu dauern.« Er schloss die Tür wieder und kam zurück zur Sitzgruppe um den aufwendigen schmiedeeisernen Mosaiktisch.

»Kommen wir zurück auf Smirnov«, sagte Hellmann.

Als er einen Augenblick schwieg, sagte Larsson: »Es ist Ihnen doch noch etwas eingefallen?«

»Ich war im Mai 2004 mit Charlotte in Moskau. Wir besuchen immer die Sehenswürdigkeiten einer Stadt. Moskau hat viel zu bieten. An dem Abend waren wir in der Alla Bulyanskaya Gallery. Da sah ich diesen Smirnov mit einem Mann sprechen, der wie ein Künstler aussah. Wenig später, wir kamen gerade aus dem nächsten Raum zurück, flirtete er mit einer wunderschönen Frau.«

»Haben Sie sie in der letzten Zeit mal gesehen?« fragte Larsson.

»Ich glaube, ja. Es könnte die Tote aus der Zeitung gewesen sein.«

»Und da haben Sie sich nicht gleich bei der Polizei gemeldet?«

»Dazu gab es keinen Grund.«

»Wieso gab es keinen Grund?« fragte Andresen.

»Weil ich mir nicht absolut sicher war, ob es die Frau tatsächlich war. Sie hatte zwar eine gewisse Ähnlichkeit, aber das war auch alles. Der Tod verändert.«

»Sind Sie sicher, dass Sie die Frau hier in Deutschland noch nie gesehen haben?«

»Ja.«

»Auch nicht in den Forsten, die Sie zur Jagd angepachtet haben?« ließ Andresen sich vernehmen.

»Da ganz bestimmt nicht.«

»Was mich sehr wundert«, sagte Larsson, »ist, dass Sie die Tote, die Sie am 22. Januar bei der Jagd gefunden haben, nicht als diese Frau erkannt haben wollen.«

»Haben Sie?« setzte Andresen nach, als Hellmann einen Augenblick schwieg.

»Ich war mir nicht sicher. Nur die Ähnlichkeit irritierte mich, denn sie war in Moskau nicht so aufwendig gekleidet gewesen.«

»Sondern wie?«

»Eher wie eine Künstlerin.«

Wie eine Künstlerin? Hatte Lorenzo nicht gesagt, der FSB habe sie als Honigfalle eingesetzt? Das FSB würde immer sorgfältig das richtige Outfit herausfinden, um eine Honigfalle erfolgreich zu positionieren.

Frau Hellmann kam und brachte die Espressi. Als sie die Tassen abgestellt hatte, schaute sie ihren Mann fragend an. »Und?« fragte sie lang gedehnt.

»Erinnerst du dich an die Galerie in Moskau, Charlotte, in der wir russische Maler der Gegenwart angeschaut haben?«

»Ja, natürlich. Du konntest den Blick nicht von der Frau lassen, die bei dem Maler stand und mit ihm scherzte«, sagte sie und lächelte ihren Mann herausfordernd an.

»Sehr witzig«, protestierte Hellmann.

»Geht es darum?« fragte sie.

»Auch«, sagte Larsson. »Wir möchten erst mit Ihrem Mann alleine sprechen, dann mit Ihnen.«

Charlotte Hellmann verstand und ging wieder hinaus. Wenig später sahen die beiden Polizisten, wie sie mit dem Hund im Garten spielte. Sie warf einen Ball, den der Hund immer wieder apportierte.

»Sie können sich daran erinnern, wie anders sie in Moskau aussah, und wollen uns weismachen, dass Sie sie nicht erkannt haben, als sie die Frau fanden?« ließ Andresen sich vernehmen.

Larsson lächelte über Andresens Frage. Es wäre auch seine gewesen. Manchmal tickten nun seine engsten Mitarbeiter so wie er. Und das machte ihn stolz. Es war nicht immer so gewesen, stellte er hin und wieder fest, wenn er über den Anfang der Übernahme seiner Arbeit in Mecklenburg-Vorpommern nachdachte. Zuerst waren sie gegen ihn gewesen, hatten versucht, ihn zu mobben. Er hatte das im Keim erstickt. Karl Simons, der Jüngste, war abwartend gewesen, solange Andresen keinen höheren Rang bekleidete als er selbst; aber Rolf Andresen, der ehemalige Kripobeamte der DDR, fühlte sich bei der Beförderung übergangen. Deshalb war er auch immer zu Widersprüchen gegen Anordnungen Larssons, die ganz dicht an der Grenze zu den Bestimmungen der Polizeibehörde gewesen waren, aufgelegt. Er war derjenige seiner Mitarbeiter, der es wagte, ihn vor den engsten Kollegen zu kritisieren. Vorsichtig zwar und immer so, dass Larsson es mit Einfühlsamkeit, Diplomatie und Überzeugung durch die Erfolge seiner Anordnungen entschärfte. Möglicherweise hätte ein anderer Kollege sich von einem solchen Mitarbeiter getrennt. Larsson hingegen schätzte die scharfen Analysen Andresens und band ihn so ein, dass der wiederum nach und nach über seine Dienstpflicht hinaus zu seinem Vorgesetzten hielt.

»Die Frau hatte Ihre Fantasie von Anfang an beflügelt«, sagte Larsson. »Das ist ganz legitim.«

»Mit ihrem braunen, welligen Haar und den Augen in gleicher Farbe, dazu das frische Lachen, schien sie wie der Inbegriff des Lebens zu sein.« Hellmann fühlte sich verstanden.

Larsson dachte eine Sekunde nach. »Wenn Sie ihre Augenfarbe gesehen haben, müssen Sie ihr sehr nahe gekommen sein. Sind Sie ihr wirklich in Moskau so nahe gekommen?«

Hellmann hob die Schultern.

»Oder haben Sie sie doch hier in Deutschland gesehen?« setzte Andresen scharf nach.

Andresen drängt ihn in die Enge. Wenn jetzt herauskommt, dass Hellmann Anastasija Saizew aus Deutschland kennt, dann ist die Verbindung zu Smirnov von anderer Qualität.

»Ich bin ein Mann«, begann Hellmann.

Jetzt kommt die Leier des unverstandenen Mannes, die uns glauben machen soll, es sei rechtens, dass er die Augenfarbe Anastasija Saizews kannte.

»Unsere Kinder sind erwachsen und aus dem Haus. Die Liebe zueinander nutzt sich nicht ab. Aber ...«

Larsson schaute auf das Spiel der Ehefrau mit dem Hund im Garten, das wieder aufgeflammt war.

Eine Mittfünfzigerin, sehr gepflegt und sicher noch ebenso begehrenswert. Doch für wen? Sie weiß, dass ihr Leben an der Seite ihres Mannes nun nicht mehr den Stellenwert hat, wie es früher einmal war. Zwar hat sie sich gut im Griff; letztlich ist sie wie alle Frauen, die ständig verletzt werden und mit gleicher Münze heimzuzahlen trachten.

»Es gibt Situationen, da wird man schwach«, vollendete Hellmann den Satz.

»Bei dunklen Haaren und gleich dunklen, geheimnisvollen Augen«, stellte Andresen ungerührt fest.

»Beispielsweise.« Hellmann fühlte sich ertappt. Es war ihm sichtlich peinlich.

»Wir haben Sie zweimal gefragt, ob Sie die Frau hier in letzter Zeit gesehen haben. Sie haben es beide Male verneint.« Larsson blieb ruhig. Es passierte allzu oft, dass hartnäckige Leugner sich revidieren mussten. Und jedes Mal war es für diese Menschen nicht gerade angenehm, beim Lügen ertappt zu werden.

»Ich hatte Kontakt zur Escort-Agentur Les belles de Nuit.«

Das ist die Verbindung. Doch wie passt das DAP dazu und wie das FSB?

»Wie sind Sie gerade auf diese Agentur gekommen?«

»Dieser Smirnov hat sich am Stand der Art Basel mit mir zu einem Essen verabredet. Also traf ich ihn in Greifswald.«

»Wo in Greifswald?«

»Im ›Le Croy‹.«

»Wann war das?«

»Im Herbst 2004. Er kam nicht alleine.«

Larsson nickte bedächtig. »Er brachte mit, was Sie gar nicht erwartet hatten.«

»Anastasija Saizew. Die Frau sah umwerfend aus.«

»Lassen Sie mich raten ... Sie fuhren an diesem Abend nicht nach Hause.«

»Nein. Ich rief zu Hause an, dass sich ein Meeting mit der Vereinigung der Unternehmerverbände für Mecklenburg-

Vorpommern länger hinziehen würde, und ich käme erst am Mittag des Folgetages nach Hause.«

»Und Smirnov hatte Ihnen Frau Saizew für eine Nacht überlassen«, stellte Larsson ohne Rücksicht auf irgendwelche Gefühle fest.

Hellmann nickte.

»Das hatte Folgen. Welche?« fragte Andresen.

»Das Zimmer war im ›Radisson Blue‹ in Stralsund reserviert.«

Ein verdammt großer Kasten. Gut zum Abtauchen.

»Wie sie es fertig gebracht haben, weiß ich nicht. Aber es gab eindeutige Fotos.«

»Sie wissen schon, dass Sie das als Hauptverdächtigen im Mordfall Anastasija Saizew präsentiert. Sie hatten ein klassisches Motiv, sich ihrer zu entledigen«, sagte Larsson.

»Deswegen habe ich ja auch nicht zugeben wollen, sie zu kennen.«

»Zumal sie in Ihrem Jagdgebiet gefunden wurde.«

Larsson wusste allzu gut, dass er eigentlich Hellmann mitnehmen müsste. Dennoch war er nicht überzeugt davon, dass der Mann der Mörder war. Die Beweise lagen zu offensichtlich ausgebreitet vor ihm.

»Ich habe mit dem Tod von Anastasija Saizew nichts, aber auch gar nichts zu tun.«

»Auch nicht mit der Ablage der Leiche?«

»Nein.«

»Ich werde jetzt mit Ihrer Frau sprechen«, sagte Larsson.

»Bitte sagen Sie ihr nicht, was ich Ihnen anvertraut habe. Ich werde sie sonst verlieren.«

Andresen lachte auf. »So etwas muss man sich vorher überlegen.«

Larsson bedeutete Andresen mit einem leichten Kopfschütteln, dass er an sich halten sollte. Ihm war klargeworden, dass Hellmann nur ein kleines Rädchen im Getriebe eines großen Gesamtkonzeptes darstellte, das über die Dienste lief, über den

Schweizer Dienst für Analyse und Prävention, den russischen Inlandsgeheimdienst FSB und letztlich das BKA, das in seiner Struktur den deutschen Inlandsgeheimdienst repräsentierte.

»Ich möchte, dass Sie am Montag um neun Uhr bei uns in der Dienststelle sind, um Ihre Aussage zu machen. Habe ich Ihr Wort, dass ich Sie dort pünktlich treffen werde?«

Hellmann nickte.

»Was war eigentlich die Konsequenz von den Aufnahmen?«

Hellmann zuckte mit den Schultern. »Ich weiß es noch nicht. Smirnov gab sie mir und sagte, ich würde für einige kleine Dienste gebraucht.«

Eine faustdicke Lüge.

Larsson dachte an eine Nachricht einer deutschen Zeitung:

Moskau – In tiefer Anonymität leben in der russischen Hauptstadt Kriminelle, die nur darauf warten, jeden Mordauftrag auszuführen. Da gebe es Einzelgänger, aber auch ganze Gruppen, die bis an die Zähne mit neuesten Waffen ausgerüstet sind, erzählte jetzt ein Experte, der sich der »Erforschung des Marktes für Auftragsmorde« gewidmet hat, der Moskauer Tageszeitung Moskowski Komsomolez.

Ist Hellmann Täter? Opfer?

»Im Übrigen sollten Sie möglichst Ihr Haus nicht verlassen und sich so aufhalten, dass Sie von außen nicht unmittelbar zu sehen sind. Haben Sie mich verstanden?«

Hellmann nickte wieder.

»Ziehen Sie die Vorhänge zu.« Larsson stand auf. »Ich werde mich jetzt noch mit Ihrer Frau unterhalten. Mein Kollege Andresen kann Ihnen solange Gesellschaft leisten.«

Als der Hund ihn bemerkte, kam er auf ihn zu. Larsson blieb abrupt stehen. Der Hund setzte sich unvermittelt vor Larsson hin und zog gefährlich knurrend die Lefzen bei seiner kleinsten Bewegung hoch.

Charlotte Hellmann kam näher und beruhigte den Hund. »Sie ist nur auf dem Grundstück so wachsam«, sagte sie. Sie schaute den Hund an. »Komm jetzt, Hexe.«

Folgsam ging der Hund mit ihr zum Zwinger und ließ sich widerstandslos einsperren.

Sie setzten sich genau dort hin, wo Larsson Hellmann angetroffen hatte, als sie gekommen waren – in den großen Doppelstrandkorb.

»Haben Sie einen Wunsch?« fragte Charlotte Hellmann mit freundlichem Lächeln. »Einen grünen Tee vielleicht? Eine selbst gemachte Orangenlimonade oder ein Eis?«

Larsson verneinte. »Ich habe lediglich einige Fragen an Sie. Sie waren im Frühjahr 2004 mit Ihrem Mann in Moskau ...«

»Im Mai. Wir reisen in jedem Frühjahr irgendwo hin, um uns die Schönheiten der Welt anzusehen. Die Basilique Notre-Dame d'Afrique in Algier, Petra in Jordanien, die Pyramiden von Gizeh. Und 2004 in Moskau das Staatliche Historische Museum und Alla Bulyanskaya Gallery und diverse Kirchen.«

»Eine Kostprobe aus der Galerie haben Sie ja schon blicken lassen«, stellte Larsson fest.

»Männer ... Meiner macht da keine Ausnahme. Ein hübscher Rock, der sie anlächelt – und schon ist der Verstand im Eimer.«

»Das war vor zweieinhalb Jahren. Was ich wissen möchte, ist, ob das der erste Ihnen bekannte Kontakt war, den Ihr Mann mit Frau Saizew hatte.«

»Ja.«

»Der Mann im Hintergrund ...?«

»Der Maler? Ich habe den nur einmal gesehen«, sagte Charlotte Hellmann. »Ich kann mich nicht einmal mehr erinnern, wie der aussah.«

»Den meine ich nicht.«

»Smirnov? Meinen Sie den?«

»Ja.«

Charlotte Hellmann dachte eine Sekunde nach. »Ich überlege gerade, wie der zu uns gestoßen ist.«

»Und?«

»Mein Mann sammelt wertvolle Lithographien, Aquarelle und Gouachen vornehmlich der deutschen Expressionisten Erich

Heckel, Otto Dix, Otto Müller. Dieser Smirnov hatte einige sehr schöne Bilder im Angebot.«

»Gab es Zweifel an der Echtheit der Bilder?« fragte Larsson.

»Wenn mein Mann auch nur eine Sekunde daran gedacht hatte, wurden seine Zweifel durch erstklassige, nachvollziehbare deutsche Expertisen zerstreut.«

»Hat er bei Smirnov Blätter gekauft?«

»Zwei, soviel ich weiß. Einen sehr schönen Otto Müller und ein Blatt von August Macke.«

Der Hund ließ ein leises Winseln vernehmen.

»Was ist denn los, meine Liebe?« fragte Charlotte Hellmann den Hund. »Sie ist eifersüchtig, dass ich mich mit Ihnen unterhalte, Kommissar, und mich gar nicht um sie kümmere.«

Der Hund hörte auf ihre Stimme. Er saß da, drehte den Kopf und wedelte mit der kupierten Rute.

»Zwei badende Mädchen im Dünentümpel. War das der Titel des Bildes von Otto Müller?« fragte Larsson.

Die Frau hob den Kopf. »Woher wissen Sie das?«

Larsson lachte. »Wenn wir das gleiche Bild meinen, war es eine Fälschung. Zugegeben eine gute Fälschung, aber eben eine Fälschung eines der Künstler vom Bodensee, die sich darauf spezialisiert haben.«

»Weiß das mein Mann schon?«

Larsson hob die Schultern und machte ein bedenkliches Gesicht. »Ich denke – nein.«

»Wenn er das hört, bricht er zusammen. Das ist das Bild, von dem er am meisten beeindruckt ist.«

So ist es immer im Leben, meine Liebe. Es ist nicht alles das, wonach es aussieht.

»Sind die Bilder im Haus?« fragte Larsson.

Die Frau nickte.

»Sie wissen schon, dass wir die Bilder jetzt mitnehmen müssten?«

»Was wollen Sie damit machen?«

»Die werden zur Kunstfälscherabteilung des BKA geschickt, um zu sehen, ob es tatsächlich Fälschungen sind. Aber ich habe eine andere Idee.«

Sie schaute Larsson verständnislos an.

»Sie sagen nichts davon, dass die Bilder Fälschungen sind. Und ich lasse die Bilder und Ihren Mann erst einmal hier.«

»Wieso meinen Mann?«

»Weil Smirnov ermordet wurde und ich eine Verbindung zu Ihrem Mann zumindest nicht ausschließen kann.«

15. Kapitel

Kaum wieder im Auto, griff Larsson zum Handy und wählte die Nummer Otmar Selges.

»Ich ahne Schlimmes«, sagte Selge. »Jedes Mal, wenn du anrufst, fällt mir bald der Hörer aus der Hand. Wenn's eine Sondernummer ist, kostet's ne Lage.«

»Eine Lage? Ich dachte, du bevorzugst Rotwein.«

»Na ja, ich hab mich schlau gemacht. So viel musst du nicht wieder ausgeben.«

»Ich brauche eine Überwachung für zwei Telefonnummern. Mich interessiert, mit wem der Teilnehmer spricht. Und es muss schnell gehen, denn ich bin dort gerade aus dem Haus.«

»Ich höre.«

Larsson diktierte die Festnetz- und Handynummer und unterbrach die Leitung, sobald Selge die Nummern bestätigt hatte.

»Ich weiß, du verstehst nicht, dass ich Hellmann nicht mitgenommen habe. Richtig?« fragte Larsson.

»Willst es mir nicht endlich erzählen?«

»Wir sind eigentlich schon aus dem Fall raus.«

»Warum?«

»Weil das eine länderübergreifende Geheimoperation verschiedener Dienste ist«, sagte Larsson ruhig.

»Aber?«

»Wir haben einen Auftrag, einen Mörder von einem Mann zu finden, von dem wir offiziell noch gar nicht wissen, wer er ist. Vielleicht führt uns Hellmann direkt zum Täter.«

»Du weißt, dass es eine Operation der Dienste ist?«

»Ja.«

»Spielst du nicht mit deiner Pension?«

Larsson schaute Andresen an und zuckte mit den Schultern.

»Hast du daran wenigstens gedacht?«

»Wenn alle dichthalten, kommen wir damit bis Montag durch. Dann allerdings kann es sein, dass man uns den Fall abnimmt.«

»Wie stellst du dir weitere Maßnahmen vor?« fragte Andresen.

»Wir brauchen eine Überwachung Hellmanns rund um die Uhr.«

»Das organisiere ich«, sagte Andresen. »Aber von der anderen Sache weiß ich nichts.«

»Klar.« Larsson wusste, dass er sich auf Andresen verlassen konnte, wenn es darauf ankam. »Die Verantwortung liegt bei mir. Offiziell wisst ihr ja nicht, wer dieser Mann ist.«

»Aber du«, stellte Andresen fest.

»Ja.«

Sie schwiegen eine Weile und wurden durch Larssons Handy unterbrochen, das klingelte.

Es war Karl Simons.

»Karl?«

»Diese Schwedin aus Stralsund hat angerufen.«

»Cilly Silja?«

»Ja.«

»Sie hat heute jemanden gesehen und befindet sich auf der Flucht.«

»Was? Wiederhol das noch einmal.« Larsson stellte das Handy auf Mithören.

»Sie hat jemanden gesehen und ist nun auf der Flucht, weil sie um ihr Leben fürchtet.«

»Hast du die Nummer parat?«

Simons diktierte die Telefonnummer, während Larsson Andresen bedeutete, er möge kurz halten. Dann schrieb er die Nummer auf. Als er die Verbindung unterbrochen hatte, klärte er Andresen auf und wählte die eben erhaltene Telefonnummer.

»Ja.« Die Stimme kam leise und klang wie die eines sehr jungen, ängstlichen Mädchens.

»Larsson. Sie wissen, wer hier ist?«

»Ja. Ich erkenne Ihre Stimme.«

»Was hat das mit der Flucht auf sich?«

»Ich habe einen Mann gesehen, den ich kenne. Er hat sich im Winter mit Smirnov in der Les belles de Nuit getroffen.«

»Wann im Winter?«

»Es muss kurz vor Weihnachten gewesen sein.«

Larsson stieß einen leisen Fluch aus. »Wo haben Sie diesen Mann gesehen?«

»Vor dem Haus, in dem ich wohne.«

Larsson holte sich das Bild des Hauses, in dem Silja wohnte, wieder ins Gedächtnis. »Ich schicke sofort einen Funkwagen hin.«

»Wozu? Ich bin nicht mehr dort.«

»Wo sind Sie jetzt?«

»Warum fragen Sie das?«

»Weil ich mich mit Ihnen treffen möchte.«

»Ich befinde mich auf dem Weg nach Schweden.«

»Wo genau?«

»Das kann ich Ihnen nicht sagen.«

»Kennen Sie den Namen des Mannes?«

»Nein, aber es ist ein Schweizer.«

»Woher wissen Sie das?«

»Weil ich ihn reden hörte.«

»Weiß irgendjemand, wo Sie jetzt sind und was Sie vorhaben?«

»Nein. Und dabei bleibt es auch.« Es klickte, und die Leitung war tot.

Larsson stieß laut die Luft aus.

»Ich habe einen Verdacht, der sich immer mehr festigt. Wir suchen einen Mann, der ungeniert bei uns mordet. Und sicher nicht nur bei uns.«

»Du tippst auf Kerner«, stellte Andresen fest.

»Ich brauche eine nicht registrierte Speicherkarte für ein Handy«, sagte Larsson leise. »Fahr weiter. Zum Büro.«

Andresen ließ den Wagen anziehen.

»Wo fährst du hin? Wir wollen ins Büro«, sagte Larsson, als er merkte, dass Andresen die Straße verlassen hatte.

»Ich dachte, du brauchst eine Speicherkarte. Nimmst du einfach meine.«

»Rolf. Ich brauche eine nicht registrierte Karte.«

»Das habe ich verstanden. Ich habe ein solches Ding.«

»Woher?«

»Meine Schwester aus Dresden hatte ein Handy gefunden, das relativ alt und völlig wertlos war. Der Akku war absolut leer. Es hatte eine Aldi-Karte, die ich entfernt habe.«

»Warum hast du die Karte entfernt?«

»Aus Neugier. Ich steckte sie kurz in mein Handy, und es zeigte einen Restbetrag von zwölf Euro an. Die wollte ich nicht verfallen lassen.« Andresen grinste Larsson herausfordernd an.

Sie hielten. Andresen ging ins Haus und kam kurz darauf wieder. Er hatte eine kleine Zellophantüte in der Hand, wie sie die Spurensicherung benutzte, und schwenkte diese vor Larssons Nase hin und her.

»Lass das«, sagte Larsson und versuchte, die Tüte zu erhaschen.

Andresen zog ein älteres Handy aus der Tasche. »Wenn schon, denn schon«, sagte er. Er schob den Deckel des Handys zurück und legte die SIM-Karte ein.

Der Kerl beeindruckt mich immer wieder, dachte Larsson.

»Ist es das, was deine Schwester gefunden hatte?«

»Ja.«

Larsson rief von seinem Handy Monika an. »Geht es dir gut, Liebes?« fragte er, als sie sich meldete.

»Ja, warum fragst du?«

»Das sage ich dir, wenn ich zu Hause bin.«

»Gut. Aber das ist nicht der Grund deines Anrufs.«

»Nein. Hast du die zwölfstellige Telefonnummer noch?«

»Von ...«

»Ja«, unterbrach Larsson seine Frau, bevor sie weitersprechen konnte.

»Augenblick ...«

Als Monika die Nummer schließlich durchgegeben hatte, sagte sie: »Ich gehe richtig in der Annahme, dass du noch zu tun hast?«

»Leider. Ich melde mich.«

Larsson drückte die Verbindung weg und wählte auf dem Handy, das er von Andresen hatte, die geheime Nummer Lorenzo Wältins.

Beim zweiten Klingelton war der schon am Apparat. »Was gibt's?«

»Salü Lorenzo, ich brauch ein Foto von Kerner.«

»Aha. Muss ich etwas wissen?« Wältin hatte Larsson sofort an der Stimme erkannt. Er schien nicht überrascht zu sein, dass Larsson ihn anrief.

»Gib mir bis Montag«, sagte Larsson.

»S' isch guat. Schick's dir rüber.«

Was an seiner Stimme ist anders? Lorenzo. Ist es Lorenzo? Ja, allein die Schwingungen seiner Stimme hören sich anders an.

»Auf diese Nummer bitte. Und gib mir eine Auskunft zu seiner Frau.«

Es waren sieben Sätze, die sie gesprochen hatten.

»Achtzehn Sekunden. Das ist das kürzeste Auslandsgespräch, das ich kenne«, stellte Andresen fest.

Larsson zwinkerte ihm zu. »Was mir nur Sorgen macht, unsere polnischen Freunde werden das Gespräch sicher auch abgehört haben.«

»Ist das deine einzige Sorge?«

»Leider nein.«

»Ich sage ja, du spielst mit deiner Pension.«

Larsson nahm die SIM-Karte aus dem Speicher des alten Handys. Nachdem er sein eigenes Handy um die SIM-Karte erleichtert hatte, fummelte er die von Andresen in sein Gerät.

Kurze Zeit später kamen zwei Fotos, eines von Kerner, eines von der Frau, die Larsson und Andresen im »Oasis« gesehen hatten.

Eine Frau mit empfindungslosen, grünen Augen, die relativ tief in den Höhlen saßen. Und einer verhältnismäßig kalten Stimme. Er erinnerte sich an ihre hochmütige Stimme und verglich sie mit einer deutschen TV-Ansagerin. Eins hatten sie gemeinsam – sie waren beide kalt, aber sehr schön.

Sofort tauschte Larsson die SIM-Karten wieder aus.

Als sie wieder im Büro waren, ließ Larsson die Bilder auf den Computer laufen.

»Wir werden jetzt die Hotels in der unmittelbaren Umgebung nach Kerner abklappern, weil Smirnov hier umgebracht wurde.«

»Glaubst du nicht, dass er schnell das Weite gesucht hat, wenn er seinen Auftrag ausgeführt hat?« fragte Andresen.

»Nein. Mein Bauchgefühl sagt mir, dass er hier ist. Noch, jedenfalls.«

»Wieso denkst du das?«

»Weil er im Januar auch seelenruhig im ›Oasis‹ gesessen hat, als Anastasija Saizew umgebracht worden war.«

»Du tust so, als wäre Kerner unser Mann«, sagte Simons.

»Ich glaube, dass er es ist. Und ich bin gespannt, wer von euch eine Wette mit mir eingeht.«

»Wie hoch?« fragte Andresen und grinste.

»Die Rechnung im ›Waterblick‹, wenn wir nach Beendigung des Falles dort einen Abend genießen werden«, konterte Larsson.

Andresens Lächeln gefror. »Verzichte«, sagte er.

Larsson konterte: »Schade.« Er schaute Karl Simons an. »Und du?«

»Ich finde es verdammt unfair. Du weißt genau, dass ich mir eine solche Ausgabe bei meinem Einkommen nicht leisten kann.«

»Eben. Deshalb habe ich das ja auch vorgeschlagen.«

Andresen telefonierte, um die Beschattung Hellmanns zu organisieren.

»Gehen wir einmal davon aus, dass der Auffindeort der Leiche Smirnovs nicht der Mordort ist«, begann Larsson. »Der Mörder liebt kurze Wege. Er wird also irgendwo in der Nähe sein. Irgendwo zwischen dem Wockninsee und dem Auffindeort.«

Andresen hatte nur mit halbem Ohr hingehört, während er telefonierte. Dennoch hatte er Larssons Ausführungen mitbekommen. Jetzt schaute er ihn herausfordernd an. »Stimmt, wenn du recht hast, dass der Schweizer der Täter ist. Noch ist es Spekulation.«

Was irritiert mich an Lorenzos Stimme? Eine Warnung? Oder eine Überbewertung meinerseits?

»Ich frage euch nur, warum ihr nicht mit mir wettet?«

»Wenn du die Wettsumme auf zehn Euro runterschraubst, wette ich gegen dich«, stellte Andresen sachlich fest.

»Ja.« Simons' Interesse war mehr als geweckt. *Wir könnten ihm seine Grenzen aufzeigen.*

»Heißt das, du wettest auch gegen mich, Karl?« fragte Larsson.

Simons nickte.

»Angenommen ... Du auch, Rolf?«

»Natürlich.«

»Gut. Die Wette gilt. Gehen wir an die Arbeit. Telefonieren wir die Hotels durch. Karl fängt in Ahlbeck an. Du Rolf in Ückeritz. »Und denkt daran, wir suchen beide Personen.«

Larsson dachte an Smirnov. Er ging in sein Büro und holte eine Recherche zu Killerkommandos, die der russische Geheimdienst bei speziellen Jagden auf einzelne Menschen einsetzte. Sie arbeiteten meist als Troika. Ein Köder, ein Treiber, ein Schütze.

Rino Kerner, seine Frau Hèléne. Hellmann der dritte Mann? Und wenn ja – wer ist Treiber, wer Köder, wer Schütze? Hellmann ist Schütze, weil Jäger, und Kerner ebenfalls. Die Frau sieht eher aus, als wäre sie der Honig-Köder, unnahbar schön.

Er verwarf den Gedanken erst einmal, machte sich aber eine Notiz, gleich am Montag die Finanzen Hellmanns überprüfen zu lassen. Dann griff er zum Telefon und rief das mitten im Wald auf dem höchsten Punkt zu Bansin gehörende Hotel »Forsthaus

Langenberg« an und sprach mit der Besitzerin. Sie konnte keinen Schweizer in ihrem Haus bestätigen.

»Ich kann die förmlich riechen«, sagte die Frau. »Schließlich bemühen sich diese Leute immer so zu sprechen wie der Kabarettist Emil Steinberger. Man kann sie verstehen und dennoch unverwechselbar der Schweiz zuordnen, wie die Wiener mit ihrem Gemaunze als Österreicher unverkennbar sind.«

Dieses abseits gelegene Hotel wäre eine nahezu perfekte Unterkunft gewesen, mit Fluchtmöglichkeiten durch den dichten Wald.

Larsson bedankte sich.

Der Mann war wohl zu bequem, um sofort das Weite zu suchen.

Er versuchte, sich in den Mann hineinzuversetzen. Was würde ich tun, wenn ich an dessen Stelle wäre?

Vielleicht brauchte Kerner den Nervenkitzel? Oder er liebte es, in einem Großhotel in der Menge abzutauchen.

Instinktiv fuhr er sich eine Hotelübersicht in unmittelbarer Nähe des Auffindeortes der Leiche auf den Bildschirm. Das westlichst gelegene nach dem Forsthaus in Richtung Bansin war das »Travel Charme Strandhotel Bansin«. Larsson wählte die Telefonnummer und ließ sich augenblicklich mit der Direktorin verbinden. Das Telefon gab mehrere Zeichen, bevor sich die Vermittlung wieder meldete. Es dauere einen Augenblick. Die Direktorin sei im Haus unterwegs.

Kerner würde nicht so ein Idiot sein und dort untertauchen; nur ein Schwachkopf würde so etwas tun. Die Antworten, die er im Januar im »Oasis« gegeben hatte, klangen alle glaubhaft und waren absolut souverän vorgetragen, so dass Larsson nicht den geringsten Verdacht geschöpft hatte. Kerner war kein Schwachkopf. Fehlerlos war er aber auch nicht.

Es knackte in der Leitung. »Yvonne Gutzeit, womit kann ich Ihnen helfen?«

Larsson stellte sich vor. »Wir sind auf der Suche nach einem Schweizer Ehepaar, das möglicherweise in einem Bansiner Hotel wohnt.«

»Soviel ich weiß, haben wir derzeit kein Schweizer Ehepaar hier untergebracht. Haben Sie einen Namen?«

»Kerner.«

»Moment bitte. Ich frage sicherheitshalber noch einmal an der Rezeption nach.« Es klickte in der Leitung. Kurze Zeit später meldete die Frau sich wieder. »Wir haben kein Ehepaar, aber seit dem 7. August wohnt ein einzelner Herr hier. Er heißt aber Johannes Glurys und kommt aus Bern. Ich denke, er ist von unserer Überwachungskamera im Eingang erfasst worden.«

»Wenn Sie einverstanden sind, Frau Gutzeit, könnte ich Ihnen ein Foto des Mannes aufs Handy schicken.«

Die Frau gab ihm ihre Handnummer. Larsson schickte ihr unmittelbar das Foto und wartete mit der offenen Verbindung auf Antwort. Wenig später wusste er, dass Kerner zur Mordzeit in unmittelbarer Nähe zum Auffindeort der Leiche war. Er bedanke sich und garantierte Frau Gutzeit, die Angelegenheit in aller Ruhe zu erledigen.

Der Kerl beobachtet doch tatsächlich eiskalt die Polizeiaktionen vor Ort. Dazu gehört mehr als ein wenig Chuzpe.

Larsson ging über den Flur ins Büro der Kommissare.

»Wir haben Kerner. Er wohnt allein im ›Travel Charme Strandhotel Bansin‹. Wir brauchen ein mobiles Einsatzkommando. Es darf dort kein Aufhebens gemacht werden.« Er rief die Einsatzleitung an und orderte ein bewusst kleines MEK. Vier Mann sollten es sein, keinesfalls mehr.

»Kerner arbeitet nicht alleine«, sagte er Andresen. »Das hast du selbst gesagt. Die Russen arbeiten in der Regel als Dreiergespann.«

»Ruf bitte die Kollegen an, Karl, ob sich an Hellmanns Haus etwas getan hat.«

Troika ... Larsson brachte das Wort mit dem Jagdbild des Malers Gorski »Wölfe jagen Troika« auf der Art Basel 2004 in Verbindung. Was, wenn die Troika sich vor dem Bild getroffen hat? Ein geplantes Zusammentreffen des FSB? Doch wie passte Smirnov in diese Konstellation? Schließlich war er zu Tode gekommen.

»Karl, Iwan Karamazow ... Erinnerst du dich?«

»Aber ja doch, Smirnov.«

»Was hat die Verbindung noch offengelegt?«

»Dass er mit Bildern handelt.«

»Was für Bilder?«

»Hochwertige Bilder der Expressionisten. Meinst du das?«

»Auch«, sagte Larsson. »Aber was ist deine Schlussfolgerung?«

Karl Simons machte ein betretenes Gesicht.

»Rolf?«

»Wenn man in Betracht zieht, dass sich vier Leute auf der Art Basel 2004 getroffen haben, dann stimmt das Bild von der Troika nicht ganz«, sagte Andresen ruhig. »Es wären vier Menschen. Kerner und Frau, Smirnov und Hellmann.«

Rolf ist dicht dran, dachte Larsson. Auch das Innenministerium der DDR hatte sehr fähige und gut ausgebildete Kriminalisten. Und das MfS erst recht. War Andresen beim MfS gewesen? Obwohl er die Methoden des MfS hassen gelernt hatte, bewunderte Larsson immer wieder Andresens scharfen analytischen Verstand.

»Smirnow ist tot. Also bleiben drei übrig«, stellte Larsson sachlich fest.

Er fuhr zusammen, als sein Handy klingelte. »Ja?«

»Otmar hier ... es hat gerade eine Verbindung einer der Telefonnummern gegeben, die du mir gegeben hast.«

»Und?« Larssons Anspannung stieg.

»Es war nur ein Anruf ... die Nummer des ›Kaiser Spa Hotels Zur Post‹ in Bansin.«

»Hab vielen Dank, Otmar.«

»Ich habe noch ein Auge darauf.«

Auf Selge kann ich mich verlassen, dachte Larsson. Er bedankte sich und stellte eine weitere Flasche Rotwein in Aussicht.

»Karl, du fährst sofort zum Hotel. Es hat gerade ein Telefonat Hellmanns zu diesem Haus gegeben. Sei vorsichtig, stell nur fest, für wen der Anruf bestimmt war. Ich lasse dir für alle Fälle einen Funkwagen in die Nähe stellen. Mach nichts, ohne mich vorher zu kontaktieren. Haben wir uns verstanden?«

»Keine Alleingänge«, sagte Simons.

»So ist es. Schau, ob du Frau Kerner erkennen kannst. Wenn ja, ist höchste Vorsicht geboten. Sie kann bewaffnet sein.«

»Ich alleine?«

»Ja. Dich kennt sie nicht.«

Simons nickte.

»Also ab. Beeil dich.«

Larsson telefonierte mit dem Büro in Ahlbeck. Er ließ drei Aufbewahrungszellen herrichten und Personal fürs Wochenende bereitstellen. Obwohl er darauf hingewiesen wurde, dass man nicht eingerichtet darauf sei, mitten im Sommer so viele »Gäste« aufzunehmen, bestand er nicht nur darauf. Vielmehr verlangte er, sie so unterzubringen, dass die festgenommenen Personen keinerlei Kontakt zueinander aufnehmen konnten.

Kurz darauf kamen die vier Beamten des MEK. Larsson erklärte die Situation. Er gab jedem der Männer den Ausdruck eines Fotos Kerners. Dann stellte er eine Verbindung zur Hoteldirektion her und den Lautsprecher auf Mithören, damit die Männer wussten, was sie erwartete.

»Es werden jetzt vier Beamte in Zivil kommen«, sagte er. »Es wäre gut, wenn Sie die Männer am Empfang übernehmen könnten. Wir brauchen einen Zimmerlageplan. Der Einsatzleiter wird mit Ihnen das Vorgehen absprechen.«

»Kommen denn Sie nicht mit?« fragte Yvonne Gutzeit.

»Herr Glurys kennt mich. Wir wollen kein Risiko eingehen.«

»Ja, das verstehe ich.«

»Der Beamte, mit dem Sie sprechen müssen, trägt einen Overall einer Installationsfirma. Daran erkennen Sie ihn. Bringen

Sie die Männer einzeln in einem Raum, der dicht am Zimmer Glurys' ist. Den Rest machen wir dann selbst.«

Larsson schaute zur Uhr. 20.32 Uhr.

Andresen war nach Hause gefahren, würde aber später noch einmal wiederkommen. Karl Simons war geblieben, nachdem das MEK auch Hélène Kerner festgenommen und nach Ahlbeck ins Gewahrsam gebracht hatte; teils aus Interesse, wie der Chef mit einem so gefährlichen, mutmaßlichen Mörder umgehen würde, teils, um Larsson zu bekunden, dass er immer für seine Arbeit da war. Es würden bald die Beurteilungen für die möglichen Beförderungen anstehen. Er befand sich in andauernder Konkurrenz zu Rolf Andresen, auch wenn er ihn schätzte.

Larsson erinnerte sich daran, dass seine Frau ihn seit Stunden mit dem Essen erwarten würde. Schließlich war es Wochenende. Deshalb rief er Monika an. »Wir haben bisher zwei Festnahmen. Es kann also dauern.«

»So«, sagte seine Frau nur.

Er wusste, wie schmallippig sie in solchen Situationen wurde.

»Ich habe eine Idee, wie wir unserer Terrasse ein Highlight zufügen können«, sagte er aufmunternd. »Eines, das bestimmt uns beiden gefällt.«

»So?«

»Wir lassen einen Kamin direkt am Haus aufmauern, der von der Überdachung umgrenzt ist. So könnten wir sogar bei einem Gewitter dort sitzen, dem lodernden Feuer zusehen, miteinander reden und uns umarmen.«

Sie lachte auf. Es klang hysterisch genervt. »Wann? Du bist doch nie zu Hause.«

»Sei nicht ungerecht, Monika. Denk an deinen Vater. Wäre er nach Hause gekommen, wenn er einen solchen Fall gehabt hätte?«

Ein Glück, dass sie einen Kriminalisten in der Familie hatte.

»Ich denke vor allem ... an ... unser ... Kind ...«

»Du denkst ...« Er sprach das Wort »Kind« nicht aus.

Es war ein Tiefschlag.

»Ist dir deshalb in den letzten Tagen schlecht gewesen?« Larsson spürte ein einengendes, ungutes Gefühl in der Magengegend. Er hatte nicht mit einem Kind gerechnet. Jedenfalls nicht so schnell. Wie hatte er sich jahrelang vor einer solchen Nachricht gefürchtet. Bei Chiara und allen ihren Vorgängerinnen. Letztere hatte ihn verschont und rechtzeitig das Weite gesucht, weil sie es nicht verkraften konnte, mit einem Mann zusammen zu sein, der mit der Berliner Mordkommission verheiratet war.

»Ihr Männer seid in manchen Dingen zu blöd«, sagte Monika versöhnlicher. »Eine Frau könnte neben euch gebären, ohne dass ihr das merken würdet.«

Warum spürte er nicht die Freude, die andere Männer bei einer solchen Nachricht empfanden?

»Monika ... Du kannst nicht sagen, das Gefühl zu haben, nicht von mir geliebt zu werden.«

»Nein ... Lasse ... ich liebe dich auch.«

Larsson wollte noch etwas sagen, aber in diesem Moment ging die Tür auf, und Kerner wurde von Simons und einem weiteren Beamten gebracht.

»Wir sind so weit«, sagte Simons.

»Wir frühstücken in jedem Falle zusammen«, sagte Larsson ins Telefon. »Ich muss jetzt.« Er hörte noch, wie sie einen Kuss andeutete, und dann klickte es. Sie hatte die Verbindung unterbrochen.

Er machte eine einladende Handbewegung. »Setzen Sie sich, Herr Kerner.« Dann sprach er für die Aufzeichnung: »12. August, 20.08 Uhr, Vernehmung des Rino Kerner wegen Verdachts auf Tötung der Anastasija Saizew im Januar und des Fedor

Artjomowitsch Smirnov, Auffindezeit 12. August 2006. Anwesend sind Kriminalhauptkommissar Lasse Larsson und Kriminalkommissar Karl Simons.« Er schaute Kerner an. »Ich hätte mir gewünscht, Sie unter anderen Umständen wiederzutreffen.« Larsson sah die Benvenuto-Cellini-Rolex-Uhr, die er schon im Januar an Kerner gesehen hatte. »Ich sehe, Sie tragen noch immer die gleiche Uhr.«

»Sie gefällt Ihnen?« fragte Kerner schmallippig.

»Zumindest hat sie einen bleibenden Eindruck hinterlassen.«

»Ein schönes Stück, wirklich. Ich wünschte auch, wir hätten uns unter anderen Umständen wiedergetroffen«, sagte Kerner. »Ich hatte tatsächlich gehofft, Sie erfolgreich abgeschüttelt zu haben, als wir uns im Januar im ›Oasis‹ trafen.«

»Hoffnung ist oft ein vergiftetes Geschenk.« Larsson lächelte Kerner an.

»Glauben Sie wirklich, genügend Beweise zu irgendeinem dieser Vorwürfe zu finden?«

»Steter Tropfen höhlt den Stein.«

»Das reicht nicht. Sie werden sehen, Kommissar, in weniger als einer Woche bin ich auf freiem Fuß.«

Larsson hob die Schultern. »Schauen wir mal ...« Er nickte Simons zu.

»Wann und wie sind Sie in Deutschland eingereist, Herr Kerner? Oder bevorzugen Sie den Namen Glurys?« fragte Simons.

Aufgeschlagen lag der Schweizer Pass mit dem Namen Johannes Glurys auf dem Tisch vor Simons. Er schaute auf das Passbild. Es zeigte einen Mann, der um Jahre jünger sein musste, als Kerner es jetzt war. Er hielt es für eine ausgezeichnete Fälschung.

»Eine gut gemachte Fälschung«, schaltete Larsson sich ein. »Wir haben eine Schnellanfrage an die Schweizer Kriminalpolizei und vorsichtshalber an den Dienst für Analyse und Prävention gemacht. Letzteres ist eine Hauptabteilung des Bundesamtes für Polizei. Ich denke, Sie kennen sich gut damit aus, oder? Spätestens am Montag werden wir wissen, ob dieser Glurys in Bern überhaupt existent, oder ob er ein Phantom ist.«

»Was wollen Sie?« fragte Kerner.

»Die Wahrheit.«

»Welche Wahrheit?«

»Anastasija Saizew. Kannten Sie sie?«

Kerner schien einige Sekunden zu überlegen. »Ich sah sie einmal in Moskau in einem Restaurant. Sie aß mit Geschäftsfreunden von mir dort.«

Als er schwieg, fasste Larsson nach: »Was für Geschäftsfreunde?«

»Es waren Manager von Gazprom. Ich händle manchmal die Angebote von Öl und Gas für die Schweiz und Drittstaaten. Da trifft man sich manchmal zu Gesprächen bei einem Arbeitsessen. Ein solches Arbeitsessen war das.«

»Wann war das?« fragte Simons.

Larsson antwortete schneller, als Kerner imstande dazu war: »Im Frühjahr 2004.«

Kerner nickte.

»Wegen eines verloren gegangenen Nagels ging ein Hufeisen verloren«, sagte Larsson. »Wegen eines verlorenen Hufeisens ging ein Pferd verloren. Wegen eines verlorenen Pferdes aber ging eine wichtige Nachricht verloren. Und wegen der verlorenen Nachricht, Herr Kerner, ging ein Krieg verloren.«

Kerner versuchte ein Lächeln, weil er an Hélène dachte. Anfangs hatte er sich schwer daran getan, mit ihr warm zu werden. Sie hatte eine kühle Ausstrahlung, dennoch oder gerade deshalb war sie irgendwie immer reizvoll für ihn gewesen. In ihrem Zimmer verströmten stets die unterschiedlichsten Blumen einen betörenden Duft. Dennoch war ihr Hang zu gelben Teerosen unverkennbar gewesen. Dieser Duft war es auch, der ihn so betörte, dass er sie an sich zog und sie willig geschehen ließ, was sie letztlich zu doppelten Verbündeten machte. Eine Verbündete mit einem Knick in der Vita.

»Der Krieg ist noch lange nicht verloren«, stellte Kerner fest.

»Nun ... im übertragenen Sinne ... ist Ihre Uhr das Hufeisen, das Sie innerhalb einer Sekunde zweifelsfrei für mich identifizierte. Ihr Treffen mit den Managern von Gazprom, also ihre Bekanntschaft mit Anastasija Saizew, sinngemäß das Pferd, das letztlich verloren gegangen ist. Haben Sie sie umgebracht?«

»Nein, Kommissar, da liegen Sie falsch.«

»Wissen Sie, wer es war?«

Kerner zuckte mit den Schultern.

»Wie soll ich das interpretieren?« fragte Larsson.

»Wie Sie es wollen.«

»Also?« drängte Simons.

»Ja.«

»Wer hat Anastasija Saizew getötet?« fragte Larsson.

»Ich sage es Ihnen nicht.«

»Ihre Frau?«

Kerner bemühte sich sichtlich, einen heiseren Lachanfall unter Kontrolle zu bringen.

»Ihre Frau ist ebenfalls unser Gast«, sagte Larsson ungerührt und schaute Kerner fest an, um jede seiner Regungen aufzusaugen wie ein Schwamm, wenn er ins Wasser getaucht wird.

»Hélène? So ein Unfug.«

»Genevieve Grimaud aus Neuchâtel, hatte im Hotel ›Zur Post‹ in Bansin ihre Unterkunft.«

Obwohl Kerner versuchte, ruhig zu bleiben, stellte Larsson ein leichtes Zittern seiner Hände fest.

»Nun, das Pferd haben wir zwar verloren«, sagte Larsson. »Nicht aber die Nachrichten über Sie, Herr Kerner. Wir stehen mit den Schweizer Behörden in engem Kontakt.«

»Ein billiger Bluff.«

»Die Ölgeschäfte mit den Saudis, mit denen Sie bei Hellmann geglänzt haben, liegen in der Schweiz eher in den Händen der Marc Rich & Co AG mit Sitz in Zug. Da machen Sie kaum einen Stich. Wie Sie schon feststellten – Ihr Öl kommt von Gazprom und erfüllt bestenfalls eine Alibifunktion. Ist das ein Bluff?«

»Nicht wirklich. Richtig aber ist, dass ich auch mit Gazprom Öl verticke.«

»Honorarkonsul eines der kleinsten Staaten dieser Welt sind Sie auch noch«, sagte Larsson.

»Ein wenig Diplomatie kann nicht schaden. Das öffnet oftmals Tür und Tor.«

»Tuvalu, ein Zwergenstaat auf einer Insel im Pazifik. Das ist clever, wirklich, eine Supereinlage.«

»Wenn Sie sonst nichts haben, Commissario ... Sie fangen an, mich zu langweilen."

»Der Kunsthandel mit Fälschungen von Bildern war ein einträgliches Geschäft. Aber der Waffenhandel nach Libyen und Syrien ist auch nicht von schlechten Eltern«, stellte Larsson fest.

Kerner lachte auf. »Und Sie denken wirklich, dafür brauchen die Russen einen Rino Kerner? Ein souveräner Staat wie Russland macht seine Waffengeschäfte selbst.«

»Wenn das so ist, brauchen Sie ja dahingehend keinen Ärger zu fürchten. Umso dringlicher wäre es, endlich mit uns zu kooperieren, denn: Denke immer daran, dass es nur eine allerwichtigste Zeit gibt, nämlich: Sofort! Das ist nicht von mir. Schon Tolstoi wusste, was wichtig ist. Aber schauen wir, was Ihre Frau dazu zu sagen hat.«

»Lassen Sie meine Frau aus dem Spiel.«

»Wenn Sie mir eine brauchbare Erklärung geben können? Aber ich glaube, das wird nichts. Dazu haben Sie die Worte Tolstois nicht begriffen. Ich kann Ihnen nur helfen, wenn Sie kooperieren.«

»Na schön, versuchen wir es einmal damit. Ich bin 1955 in Perm, einem Ort am Ural, geboren. Mein Name damals war Arkadi Danilowitsch Jefimow. Wir Jungen fingen an, uns für das kleine Theater zu interessieren. Wissen Sie, warum?«

Jetzt tischt er eine neue Lüge auf, dachte Larsson.

»Es gab eine Handvoll junger Tänzerinnen, die unser Interesse weckten. Sie waren einfach nur schön anzuschauen. Mehr war damals noch nicht. Doch wir Jüngeren waren immer dabei. Nur die größeren Jungen hatten lüsterne Gedanken. Vor allem, als eine deutsche Choreografin kam, um Prokofjews Stück ›Verlobung im Kloster‹ auf die Bühne zu bringen. Anna Gelinek, ihren Namen werde ich nie vergessen, denn sie war besonders schön. Mein Vater war mehrfach ausgezeichneter Kriegsveteran, später Trinker. Er hatte meine Mutter und mich verlassen, als ich fünf Jahre alt war. Als meine Mutter an den Folgen der Prügel starb, die sie von meinem Vater hatte einstecken müssen, wurde ich in ein Heim gesteckt. Dort hielt ich es eine Weile ganz gut aus. Plötzlich verlief mein Leben in geregelten Bahnen. Ein Jahr später bestimmte man, ich solle zu einer Familie nach Chile reisen. Dort würde ich zukünftig bei sehr freundlichen Leuten weiterhin leben. So flog ich mit einer Aeroflot-Maschine nach Santiago de Chile. Ich fand ein liebevolles Zuhause bei dem Ehepaar Ruth und Rafael Kerner in Macul/Santgo de Chile. Die Kerners waren Schweizer, die ihr Land wegen ihrer politischen Einstellung verlassen hatten. Sie waren Kommunisten. Ich fand das in Ordnung, denn ich war so erzogen worden, zuletzt im Heim. Später erfuhr ich durch Zufall, dass sie als Schläfer für den Geheimdienst installiert worden waren.«

»Wie erfuhren Sie das?« fragte Larsson.

»Ich nahm einen Anruf an, der nicht für mich bestimmt war. Es kam eine monotone Stimme, ich denke einmal, von einem Band. Sie wiederholte mehrfach das Gleiche.«

Larsson schrieb auf einen Zettel, dass Simons unbedingt eine Schreibkraft organisieren und Kaffee für alle mitbringen sollte. Er schob den Zettel über den Tisch. Simons nahm ihn an sich und verließ den Raum.

»Haben Sie verstanden, was die Stimme sagte?«

»Sinngemäß ... Die Schwäne ziehen ins Winterlager nach Westen.«

»Das war alles?«

»Alles. Ich richtete es Papa aus. Wenige Tage später flog er in die Schweiz.«

»Die Kerners standen also in sowjetischen Diensten«, stellte Larsson sachlich fest.

»Ja.«

»Haben Sie etwas mitbekommen, wie der Kontakt zu Ihrer Familie über die Zeit weg gehalten wurde und was man von den Kerners wollte?«

»Nicht wirklich. Jedes Mal, wenn meine Familie einen Auftrag hatte, wurde ich in die Sowjetunion verfrachtet. Ich fand das wahnsinnig spannend, denn ich wurde dort in ein Camp gesteckt, in dem es theoretischen und praktischen Unterricht in Waffenkunde und dem Umgang mit Waffen aller Art gab. Dort lernte ich auch ein Mädchen kennen, das gleich mir eingeflogen wurde, um dort zu trainieren. Aber bei dem Mal, als ich den Anruf entgegennahm, flog Papa Kerner in die Schweiz zu einem Verwandtenbesuch. Später fand ich heraus, das er in der Nähe von Zürich eine kleine Handelsgesellschaft registrieren lassen hatte.«

»Ihre jetzige Firma?« fragte Larsson.

»Ja.«

»Mit welchem Geld hat Ihr Vater die Firma gegründet.«

Kerner lachte. »Das ist mir nicht bekannt. Ich kann da nur raten.«

»Raten Sie, aber raten Sie laut.«

»1985 übernahm ich die Geschäftsführung der Kerner GmbH & Co KG. Ich fragte mich damals, wer die Geschäfte bisher geführt hatte. Es war ein älterer Mann. Marc Schnyder, ein Typ kleiner Angestellter, dem ich nicht zugetraut hätte, den Laden zu schmeißen. Er war aber einer der Komplementäre.«

»Und? Hat er den Laden geführt?«

»Nein, weder mein Vater noch Schnyder. Sie waren Strohmänner, die pünktlich ihr Geld bekamen. Nicht einmal wenig. Im Nachhinein gesehen ist mir schon klar, dass Papa Kerner es für nichts anderes bekam, als mich aufzubauen. Und er konnte weiter in Chile wohnen. Dafür pendelte er jedes Mal, wenn dieser ominöse Anruf kam. Nicht immer in die Schweiz, aber immer sehr weit weg.«

Simons kam mit dem Tablett Kaffee und Tassen zurück.

»Geht es klar?« fragte Larsson.

»Es kommt extra eine Frau aus der Freizeit.«

Larsson schüttelte den Kopf. »Haben wir nicht auch Freizeit?«

Simons goss den Kaffee ein und stellte die erste Tasse vor Kerner hin. »Sie hat es nicht weit, wohnt hier in Ahlbeck.« Er griff in eine rote Tüte Moser-Roth, Privat Chocolatiers, die laut Aufschrift «Hochfeine Pralinés Marc de Champagne« beinhaltete.

Kerner war das nicht verborgen geblieben. »Ein Marc de Champagne in reiner Form ist eine wundervolle Ergänzung zu einem guten Essen.«

Larsson schaute auf die Notizen, die er sich gemacht hatte. »Kommen wir einmal zurück auf das Mädchen, das Sie erwähnten, kennengelernt zu haben, als Sie in der damaligen Sowjetunion weilten.«

»Was ist mit ihr?«

»Wie hieß sie?«

»Jelena Popjenkin.«

»Jelena ...« Larsson ließ den Namen langsam auf der Zunge zergehen. »Das klingt fast wie Hélène ... Ist das Ihre Frau?«

»Sie sagen es, Commissario.«

Strategiewechsel? Was beabsichtigt Kerner?

Andresen war nicht mehr gekommen. Wahrscheinlich hatte sein Drachen ihn nicht mehr weggelassen.

Larsson schaute zur Uhr – 21.30 Uhr. Er schloss das offizielle Verhör, indem er das Ende der Vernehmung auf das Band diktierte. Simons brachte es sofort zum Schreiben.

»Mir müend jetz no en Augeblick überbrücke, bis s Protokoll fertig isch«, sagte Larsson.

Kerner lächelte. »Keis Problem. Es hät ja en Kafi geh, wo eus munter haltet. Sie reded jo Schwiezerdütsch.«

»Es bitzeli. Ich bin es Zietli lang i de Schwiez ines Internat gange, det lern mer das.« Larsson hatte Spaß daran, sich ein wenig in der Landessprache der Schweiz zu parlieren. Das erinnerte ihn an eine kurze, aber schöne Zeit.

»So isch s Läbe ... eimol hät mer Glück, es anders mol Pech. Jetz schient mini Glückssträhne verbie z sie.« Kerner hatte wohl den Ernst der Lage begriffen.

»Das chunt druf ah, was Sie unter Glückssträhne verstönd. Es isch guet so, Sie z stoppe, bevor s morde wieter goht«, sagte Larsson. »Was wüssed Sie scho? Bis jetz gar nüt.« Kerner machte ein nichtssagendes Gesicht.

»Ich han Ihne doch scho gseit, Herr Kerner, das Ross hämmer verlore. Ned aber d Nochrichte über Sie. Mir stönd mit dä Schwiezer Behörde in engem Kontakt. Dä Dienst für Analyse und Prävention lieferet sini Erkentniss über Sie und Ihri Firma.«

»Das isch en billige Bluff. Wer d Schwiezer Behörde kennt, weiß das ganz genau.«

Kurze Zeit später kam Simons mit dem geschriebenen Protokoll. Kerner las es quer und zeichnete jedes Blatt ab. Als die Prozedur beendet war, ließ Larsson Kerner in die Zelle zurückbringen.

Dann fuhren die Männer nach Hause, um wenigstens einige Stunden Schlaf zu bekommen, bevor die Arbeit am Sonntag weitergehen würde.

16. Kapitel

Der Sonntagmorgen begann für Larsson sehr früh. Er wurde wach, weil Monika einen Brechanfall hatte und es gerade noch bis ins Bad schaffte.

Er schaute zur Uhr, kurz vor fünf. Er schälte ich aus dem Bett und ging seiner Frau hinterher. »Kann ich irgendetwas für dich tun?«

Es wird kein zweites Kind geben!

»Geh wieder ins Bett und schlaf noch ne Runde. Ich komme schon zurecht.«

Larsson ging zur Küche und beschickte die Kaffeemaschine. Dann stellte er den Norddeutschen Rundfunk an. Leise kam ein Reigen von Chopin-Nocturnes. Während er den Duft des frischgemahlenen Kaffees einsog, gingen ihm Gedanken zur heutigen Vernehmung durch den Kopf.

Die russische Regierung zahlte gut für ihre Auftragsmörder und heuerte fürs Ausland ausschließlich Profis an. Profis aber gehen unter 100.000 Dollar nicht ans Werk. Für den Mord besonders einflussreicher Leute liegt der Preis zwischen 500.000 und einer Million Dollar.

Was ist das für eine verkommene Welt.

Er hörte, wie Monika die Tür zum Bad schloss.

»Du hättest doch noch schlafen können«, sagte sie.

»Wenn du so unruhig bist, kann ich nicht schlafen.«

»Es wird ein Junge. Nur Jungs machen den Müttern so viel Theater. Schon meine Mutter hat zu mir gesagt, ich solle zusehen, dass es ein Mädchen wird, wenn ich einmal so weit bin.«

»Du solltest dich wieder hinlegen, Monika. Niemand kann dir heute Stress bereiten, nicht einmal ich.« Er drückte sie.

»Ich sollte im Gästezimmer schlafen«, sagte Monika. »Du brauchst deine Nachtruhe.«

»Vergiss es, wenn du aus dem Zimmer ausziehst, ziehe ich aus dem Haus aus.« Er zwinkerte ihr zu, und sie erwiderte es mit einem gequälten Lächeln. »Männer mögen Frauen nicht mit dicken Bäuchen.«

Sag endlich etwas.

»Ohne dicke Bäuche keine Nachkommen. Also vergiss es.«

Inzwischen war der Kaffee durchgelaufen. Larsson goss eine Tasse für sich ein. »Möchtest du auch eine Tasse? Ich würde dir das aber nicht raten. Jedenfalls nicht auf nüchternen Magen, Liebes.«

»Ich gehe wieder ins Bett.«

»Und ich frühstücke und fahre dann gleich zur Vernehmung nach Ahlbeck.«

»Du hast deine Festnahmen nach Ahlbeck bringen lassen?«

»Weil ich zum Wochenende möglichst ungestört meine Arbeit machen möchte. Ich denke, man wird mich am Montag ohnehin stoppen.«

»Hat das etwas mit deinem Freund Lorenzo zu tun?«

Larsson nickte.

»Pass auf dich auf, Lasse, bitte. Ich traue ihm nicht.« Monika schlich sich in ihr Bett zurück.

Larsson frühstückte in aller Ruhe und dachte über die beiden Fälle nach. Er dachte an Anastasija Saizew und an das blutige Ende Smirnovs, der nun ebenfalls in einem der Kaiserbäder gefunden worden war. Letzteres war kein Zufall. Er wertete das als eine Art Warnung. Aber an wen? Von wem? Und wer war der Ausführende? Er ging ins Bad, putzte sich die Zähne und duschte. Danach holte er sich frische Wäsche aus dem Schrank. Monika war wieder eingeschlafen. Sie atmete gleichmäßig.

Kurz vor sieben kam er vor dem Polizeigebäude in der Seestraße in Heringsdorf an. Zu dieser Zeit waren im Freien hauptsächlich Vögel zu hören, Spatzen, die sich um ein Stückchen Brot stritten, das einem der Polizisten heruntergefallen war. Ihr munteres Streitgezwitscher deutete von der Freude am Leben.

Auf der Treppe begegnete ihm der stellvertretende Leiter der Dienststelle. Sie warfen sich einige Worte des Bedauerns zu, an einem Sonntag Dienst zu haben. Larsson machte die Tür seines

Büros hinter sich zu und fuhr den Computer hoch. Nachdem er sich angemeldet hatte, rief er den Vorgang Anastasija Saizew auf. Er holte sich das Piktogramm auf den Bildschirm, das er im Januar angefertigt hatte. Er hatte das schon auf den Vorgang Kerner übertragen und mit den handelnden Personen ergänzt. Sodann rief er die Fragen auf, die zum Vorgang Saizew gehörten.

~~*Wer ist diese Frau?*~~ √ *Anastasija Saizew*
~~*Mit wem verkehrte die Frau?*~~ √ *Smirnov*
~~*Was hat die Frau gearbeitet?*~~ √ *Honigfalle/Prostitution*
~~*Mit was für einer Waffe wurde die Frau umgebracht?*~~ √ SM ~~*Pistolet Samosarjadnyj Malogabaritnyj*, eine *kleine Selbstlade-Taschenpistole.*~~ √
~~*Wo kommt die Frau her? Derzeit / früher?*~~ *AS* √ *Russland*
~~*Wann trat der Tod ein?* Rechtsmedizin anrufen.~~ LL √ *Anf. Januar*
~~*Mit wem verkehrte die Frau*~~*?* √ *Smirnov* <u>*und ???*</u>
<u>*Wer hat die Frau umgebracht?*</u>
<u>*Warum wurde die Frau umgebracht?*</u>
<u>*Wie kommt die Leiche in diesen abgelegenen Teil des Landesforstes auf Usedom??? Offen !!!*</u>
Wer, wie, was, wo, wann, warum?

Larsson unterstrich die offenen Fragen, die er mit Kerner zu klären hoffte, und druckte sich das aus.

Noch während der Drucker lief, klopfte es. Es war Karl Simons.

»Wir wollen sehen, dass wir heute ein großes Stück weiterkommen«, sagte Larsson. »Bitte sag schon einmal den Kollegen in Ahlbeck, dass wir Kerner um halb neun im Vernehmungsraum brauchen, und sieh bitte zu, dass eine Schreibkraft da ist. Ich brauche die Protokolle noch heute.«

Simons ging ins Büro, um zu telefonieren, während sich sein Chef mit den Fragen für Kerner beschäftigte. Kurz nach acht starteten sie zur Kriminalaußenstelle in Ahlbeck. Im Hof stand der Dienstwagen Andresens, den sie vor dem Vernehmungsraum trafen.

»Hat dich dein Drachen gestern nicht mehr weggelassen?« Larssons Stimme triefte vor Zynismus.

»Ich habe versucht, dich zu erreichen. Du hattest dein Handy abgestellt«, sagte Andresen ruhig. »Ich hatte lausige Kopfschmerzen. In dem Zustand hätte ich ohnehin nichts mehr zustande gebracht. Fangen wir jetzt mir Kerner an?«

»Ich fange mit Kerner an. Ihr beiden nehmt euch seine Frau vor. Macht erst einmal die allgemeine Routine, Feststellung der Personalien, konfrontiere sie mit dem Namen Jelena Popjenkin. Schaut, ob sie ihn verheimlichen will. Oder was sie sonst dazu zu sagen hat.« Larsson gab Andresen eine Kopie des Verhörs vom Vortag. In Erinnerung an sein erstes Zusammentreffen mit Hélène Kerner warnte er Andresen. »Die Frau ist eiskalt. Bereite dich ein wenig vor, sie wird dich an deine Grenzen führen.«

Im Gang kamen zwei Beamte der eingesetzten Schutzpolizei, die Sonntagsdienst hatten. In ihrer Mitte führten sie Kerner.

»Also«, sagte Larsson. »Gehen wir an die Arbeit.«

Kerner nickte ihm grüßend zu, und Larsson erwiderte das Nicken. Sie gingen in den Vernehmungsraum und nahmen die Plätze des Vortages ein. Einer der Beamten war mit hereingekommen und hatte sich neben der Tür auf einen Stuhl gesetzt.

Larsson schaltete das Gerät zum Mitschneiden des Verhörs ein. »Sonntag, 13. August 2006, 8.50 Uhr, Verhör des Rino Kerner. Anwesend sind der Kriminalhauptkommissar Lasse Larsson und ...« Er schaute zu dem Beamten.

»Hauptmeister Manfred Lüders«, kam die Stimme von der Tür.

»... und Hauptmeister Manfred Lüders.« Dann schaute er Kerner an. »Haben Sie gut geschlafen?«

»Den Umständen entsprechend.«

»Ein Fünf-Sterne-Hotel ist das hier nicht. Hat man Sie angemessen verpflegt?«

»Danke, ja.«

»Wir hatten gestern festgestellt, dass das von Ihrem Vater und diesem«, Larsson schaute ins Protokoll, »Schnyder gegründete Handelsgeschäft weder von dem einen noch von dem anderen komplementär geführt wurde.«

»So war es.«

»Wer hat es geführt?«

Kerner hob die Schultern. »Es kam jemand von der russischen Botschaft.«

»Jemand?«

»Ich nehme an, es war der Militärattaché.«

»Sie nehmen an?« Als Kerner nicht antwortete, sagte Larsson: »Also der Geheimdienst ... das FSB.« Er lehnte sich zurück.

»Davon gehe ich aus.«

»Wie hieß dieser Jemand?«

»Koslow.«

»Koslow? Einfach nur Koslow?«

»Ich kannte seinen Dienstrang ... Major.«

»Woher kannten Sie den?«

»Ich traf einmal mit ihm in Moskau zusammen. Ich wurde extra hinbestellt, als ich die Firma offiziell übernahm.«

Larsson schüttelte den Kopf. »Dann ist der ganze Landen praktisch ein Unternehmen des russischen Geheimdienstes.«

»Installieren nicht alle Dienste derartige Einrichtungen, die ihnen als Basen für alle möglichen Operationen dienen?« fragte Kerner. »Die CIA hat Dutzende davon, angefangen von der Fluggesellschaft Air America. Oder schauen Sie zu uns in die Schweiz. Die amerikanische Botschaft in Bern wurde zu einer Europa-Zentrale des US-Geheimdienstes CIA ausgebaut. In Bern befand sich nach dem Zweiten Weltkrieg die Europazentrale der CIA-Vorgängerorganisation OSS. In der Zwischenzeit wurde die CIA-Tätigkeit in Europa von Stuttgart aus koordiniert. Und im sogenannten Berner Club treffen sich seit Jahren weiterhin Spione aus aller Welt zum Informationsaustausch.«

»Sie auch?« fragte Larsson, ohne auf den ersten Teil der Ausführungen Kerners einzugehen.

»Meine Beziehungen zum Berner Club sind ... sagen wir ... sehr fragil. Sie finden eher außerhalb des Clubs statt.«

»Aber das ist jetzt nicht wirklich unser Thema«, sagte Larsson. »Jetzt stehen Rino Kerners Aktivitäten mit dem FSB im Zusammenhang mit dem Tod Anastasija Saizews und Smirnovs im Fadenkreuz der Ermittlungen.«

»Ich weiß.«

»Beunruhigt Sie das nicht?«

»Nein.«

»Das verstehe ich nicht«, stellte Larsson fest. »Mich an Ihrer Stelle würde das beunruhigen.«

Kerner lächelte maliziös. »Das ist der Unterschied zwischen uns, Kommissar Larsson. Ich werde nicht lange in Deutschland aufgehalten werden.«

Larsson spielte mit dem Kugelschreiber. Als er sich dabei erwischte, legte er ihn sofort hin. Nur Kerner keine Nervosität zeigen. Er könnte das falsch deuten. Dass Kerner das konnte, war ihm klar. Nach dem, was er am Vortag gehört hatte, verfügte er über eine ausgezeichnete Ausbildung. Geheimdienste pflegten ihren Mitarbeitern die bestmögliche Basis für ein Überleben in feindlicher Umgebung zu geben. Die Russen machten da gar keine Ausnahme. Im Gegenteil.

»Warum glauben Sie das?«

»Weil ich einen mächtigen Schutzengel habe.«

»Glauben Sie, dass Ihnen dieser Schutzengel wirklich helfen wird?«

»Warten wir es ab.«

»Das ist keine Antwort auf meine Frage. Also ... Glauben Sie, dass Ihnen das FSB helfen wird?«

»Wenn das FSB daran beteiligt ist, dann gehe ich davon aus«, sagte Kerner ruhig.

Bei der Aufklärung arbeiten CIA und FSB zusammen und der Schweizer Dienst für Analyse und Prävention mit dem russischen Inlandsgeheimdienst FSB, und letztlich ist das BKA involviert.

»Nehmen wir einmal an, die Russen holen Sie tatsächlich zurück. Was spricht dafür, dass sie Sie leben lassen?«

»Nichts.«

»Gibt Ihnen das nicht zu denken?« fragte Larsson.

»Nein ... Ich fürchte den Tod nicht.«

Larsson schaute zu dem Beamten an der Tür. »Könnten Sie uns einen Kaffee besorgen?«

Der Mann verließ den Raum.

Larsson schaltete das Aufzeichnungsgerät aus. »Der Tod ist das eine. Eine andere Sache ist, ob man sich für etwas opfert, dem man letztlich nicht wirklich nahesteht.«

»Ich bin in Russland geboren, und ich möchte auch irgendwann dort sterben.«

»Vielleicht könnten wir Ihnen helfen, zu überleben.«

Rino Kerner lachte auf.

»Wir könnten Sie in ein Zeugenschutzprogramm aufnehmen, Ihnen eine neue Identität verpassen, Sie in einem befreundeten Land unterbringen.«

»In Amerika?«

»Beispielsweise. Oder in einem befreundeten NATO-Land, wenn Sie wollen ... wenn sie einen jüdischen Hintergrund haben ... auch in Israel.«

»Vergessen Sie's. Ihre Dienststelle ist viel zu unbedeutend, um eine solche Entscheidung zu treffen, geschweige denn, erfolgreich durchzuführen.«

Der Beamte kam mit dem Kaffee. Larsson bedankte sich, und der Mann postierte sich wieder an der Tür.

Larsson schaltete automatisch das Aufzeichnungsgerät wieder ein. »Seit Sie den Laden in Zürich übernommen haben, hat sich da etwas geändert?«

»Sie meinen in der Geschäftsführung?«

»Ja.«

»Im Prinzip nicht, obgleich ich sehr wohl die bereits fertig ausgehandelten Lieferverträge für Erdöl in Drittstaaten repräsentierte. Das war alles. Ich konnte weltweit reisen und hatte immer ein Alibi – den Welthandel.«

»Die russischen Profikiller stammen praktisch alle aus den verschiedenen russischen Geheimdiensten«, sagte Larsson.

»Wenn Sie das sagen.«

»Viele aber auch aus der Fallschirmjäger-Schule in Rjasan. Das dort beheimatete 137. Fallschirmjäger-Regiment wird auch international bei friedenserhaltenden Einsätzen eingesetzt.«

Kerner widersprach nicht.

»Waren Sie bei Ihren Russlandaufenthalten mal in Rjasan?«

»Russland ist groß ... Rjasan ... ist Hauptstadt der Oblast Rjasan. Sie liegt unweit südöstlich von Moskau am Fluss Oka. Es ist eine alte, wunderschöne Stadt, Kommissar Larsson, die erstmals im 11. Jahrhundert erwähnt wurde«, schwärmte Kerner. »Die Stadt verfügt über ein bedeutendes Opernhaus, eine Philharmonie und zahlreiche weitere Kirchen, Klöster und andere architektonische Attraktionen. Wirklich eine Augenweide.«

»Und über die Fallschirmjäger-Schule und das 137. Fallschirmjäger-Regiment«, warf Larsson ein.

»Ja, auch das«, bestätigte Kerner. »Ich habe den ›Onegin‹ dort gesehen, gar nicht provinziell.«

»Aus diesem Potenzial kommen die erfolgreichsten Scharfschützen für Mordaufträge, die im Namen der russischen Regierung ausgeführt werden«, sagte Larsson, ohne auf den letzten Satz Kerners einzugehen.

»Ich will Ihnen nicht widersprechen, Kommissar Larsson. Diese Nachricht ist sogar bis zu mir vorgedrungen.«

»Waren Sie auf der Fallschirmjägerschule in Rjasan?«

»Ich habe dort das Springen aus einem Flugzeug gelernt. Ja, ich war zu diesem Zweck dort.«

»Ein Auftragsmord, von Profis ausgeführt, bringt richtig Geld, bis zu einer Million Dollar.«

»Sicher – in Russland wird das heutzutage so sein.«

»Für Aufträge im Ausland nicht?«

»Das weiß ich nicht, woher auch«, konterte Kerner.

Larsson klopfte mit dem Kugelschreiber auf die Tischplatte. »Wir beide wissen, dass der Job in Zürich eine Tarnung war.« Er setzte einen Augenblick aus, um der nächsten Frage mehr Gewicht zu geben. »Waren Sie zuständig für die *nassen Sachen* im Ausland?«

Jetzt lachte Kerner herzhaft auf. »Selbst wenn ich Ihnen das sagen wollte ...«

»Also ja. Haben Sie Anastasija Saizew umgebracht?«

»Kalt.«

»Sie waren doch in Ihrer Nähe.«

»Heiß.« Kerner lächelte Larsson frech an und schüttelte langsam den Kopf. »Sehr heiß.«

»Haben Sie die Frau entsorgt?«

»Bevor ich Ihnen diese Frage beantworte, erzähle ich Ihnen ein weiteres Stück aus meinem Leben.«

Es klopfte. Der leitende Beamte der Sonntagsbereitschaft kam herein und legte Larsson einen Zettel auf den Tis*ch: Die Leiche von Magnus Halmer ist in Bansin gefunden worden.*

Larsson stand auf. »Ich komme gleich zurück, dann höre ich mir Ihre Geschichte an.«

17. Kapitel

Frühjahr 2004

Der Airbus der Iberia Airlines hob pünktlich um 12.20 Uhr vom Arturo-Merino-Benitez Flughafen in Santiago de Chile ab und landete nach 13 Stunden in Madrid-Barajas.

Der gutaussehende Endvierziger verließ den Airport mit einem kleinen Koffer, der zuvor vom Zoll sorgfältig, aber vergeblich durchsucht worden war, und bestieg ein Taxi, das kurze Zeit später im Gewühl des Madrider Verkehrs untertauchte.

Als er am kommenden Morgen wieder zum Flughafen zurückkam, hätte man wetten können, diesen Mann noch nie im Leben gesehen zu haben. Dieser Mann war grauhaarig, hatte die Sechzig sicher schon eine ganze Weile hinter sich gelassen, einen Oberlippenbart, der an Maxim Gorki erinnerte, und legte einen russischen Pass auf den Namen Anatolij Semjonowitsch Solowjow vor, der einen Einreisestempel Spaniens trug, der einen 17-tägigen Aufenthalt im Lande bestätigte. In seiner rechten Hand schwang er bei jedem Schritt höchst vorsichtig einen schwarzen Spazierstock mit silbernem Knauf. Der kleine Koffer vom Vortag war verschwunden. Stattdessen hatte er einen relativ großen, modernen Schalenkoffer, der auf vier Rollen lief. Dieser wurde von einem livrierten Chauffeur geschoben und erst kurz vor der Passkontrolle an Solowjow übergeben. Ein Beamter in Zivil der gleichermaßen dem Verteidigungs- und Innenministerium unterstehenden und militärisch organisierten Guardia Civil schaute belustigt auf das ungleiche Paar. Er schmunzelte amüsiert, als er sah, wie der alte Mann dem Chauffeur ein Trinkgeld zusteckte. Letzterer nahm eine besondere Habachtstellung ein, als er die Höhe der Belohnung realisiert hatte. Die Durchsuchung des großen Koffers am Zoll gestaltete sich wesentlich einfacher als am Tag zuvor die des Köfferchens bei der Einreise des flotten Endvierzigers.

Um 10.30 Uhr hob sich abermals eine Iberia-Maschine, um nahezu pünktlich fünf Stunden später in Moskau-Domodedowo zu landen.

Die ockerfarbene Wolgalimousine hatte schon bessere Tage gesehen. Das war beabsichtigt. Obwohl das Fahrzeug zum Fuhrpark des FSB gehörte, war es als offizielles Taxi ausgewiesen, diente jedoch ausschließlich der Beförderung von Personen, die zu konspirativen Treffen kamen. Dieses Taxi hielt nicht, wenn irgendjemand am Straßenrand den Daumen zeigte, und wechselte in unterschiedlichen Abständen die Nummernschilder. Dieses Taxi beförderte bei seiner Abfahrt vom Zentrum der Staatslimousinen außer dem Fahrer stets einen oder zwei Mitfahrer, um irgendeine wichtige Verbindungsperson von einem der zig Moskauer Bahnhöfe, die zwischen 1864 und der Jetztzeit gebaut wurden, einem der drei Zivilflughäfen oder den beiden Flughäfen, die für militärische Operationen dienten, und auf denen erst seit einiger Zeit auch Inlandsflüge abfertigt wurden, abzuholen.

Als der Wolga am Flughafen angekommen war, stellte der Fahrer den Wagen auf einer für Taxis ausgewiesenen Fläche ab. Die beiden Begleiter gingen in die Ankunftshalle. Sie passierten den durch Polizei abgesicherten Teil, indem sie lässig ihren Spezial-Ausweis zückten. Die Eile, mit der dem Wunsch nach ungehindertem Durchlass nachgegeben wurde, zeugte von der Wichtigkeit, welche die Inhaber eines solchen Papiers ausstrahlten.

Die beiden Zivilisten postierten sich an unterschiedlichen Stellen und musterten die ankommenden Passagiere, die sich um das laufende Förderband gruppierten und auf ihr Gepäck warteten. Langsam, den Stock bewusst einsetzend, schob sich der Alte zwischen der Menge hindurch. Als der große Schalenkoffer auf ihn zufuhr, deutete er mit dem Stock auf das Gepäckstück, das von einem der beiden Wolgainsassen vom Band genommen wurde. Wortlos und offensichtlich müde, hinkte der Alte, ohne von Zollformalitäten aufgehalten worden zu sein, hinter den beiden Männern her. Kurz darauf strebte die Wolgalimousine der Innenstadt zu.

»Willkommen in der Heimat. Wir hoffen, Sie hatten einen guten Flug, Arkadi Danilowitsch«, sagte der ältere der beiden FSB-Beamten.

»Aushaltbar, Herr Oberst. Ich hasse lange Flüge.«

»Es ließ sich nicht umgehen. Freilich hätte ich eine Kontaktperson schicken können. Es wäre nicht dasselbe, als wenn wir uns vor Ort ansehen, worum es geht.«

»Sie wissen, dass ich Aufträge ohne Rückfragen ausführe.«

»Diesmal ist es kein normaler Auftrag.«

»Das heißt was?«

Oberst Novikov lachte. »Wir sind gleich im Büro. Da werde ich Ihnen den Auftrag erläutern. Haben Sie schon den Rückflug gebucht?«

»Sie hatten doch nur ein One Way-Ticket geschickt.«

»Nicht ohne Grund.«

»Genau das dachte ich mir.«

Der Wagen fuhr in die unterirdische Garage des großen Hauses mitten in Moskau – in unmittelbarer Nähe des Kaufhauses GUM –, das früher den KGB und nun das FSB beherbergte.

»Übrigens, Major Semjonow wird Sie in den nächsten Tagen begleiten«, sagte Novikov.

Als sie das Büro des Oberst Novikov erreicht hatten, sagte der Ankömmling: »Ich würde mich gern ein wenig frisch machen. Nach einer so langen Reise ist man einfach verschwitzt und würde sich gern restaurieren.«

»Wenn Sie es noch ein wenig aushalten, Arkadi Danilowitsch, wir haben Ihnen die einzig vorhandene Suite im ›Hotel Assambleya Nikitskaya‹ reserviert, direkt hier im Zentrum.«

Arkadi Danilowitsch Jefimows rote Warnlampen blinkten auf.

Ein FSB-Laden mit kompletter Überwachungsmöglichkeit.

Er ging zur Toilette, um noch einmal seine Gedanken sammeln zu können. Es war immer ein zweischneidiges Schwert, sich in die Höhle des Löwen zu begeben. Hier hatten schon ganz andere Männer eingesessen, die dem jeweiligen Regime alle sehr zugetan waren. Und je nachdem, wie man mit dem jeweiligen Mitarbeiter zufrieden war, würde man mit ihm umgehen.

Russland verfügt mit seinem Auslandsnachrichtendienst Sluzhba Wnesnej Rasvedki – SWR – über ein umfassendes und qualifiziertes Potenzial in der Informationsbeschaffung und Nachrichtengewinnung. Eigentlich wäre dieser Nachrichtendienst für ihn zuständig gewesen. Dass man bei ihm die Personalführung dem FSB überließ, hatte zwei Gründe. Erstens – das Federalnaja sluschba besopasnosti Rossijskoj Federaz, das die gesamte Infrastruktur des ehemaligen KGB – Komitee für Staatssicherheit – übernommen hatte, war nunmehr auch Nutznießer seiner sehr frühen Rekrutierung durch diesen Laden. Zweites – die durchzuführende Aktion richtete sich gegen Bürger Russlands und ehemalige Bürger, die sich konspirativ gegen die Interessen des Landes bewegten. Er fragte sich, ob er irgendetwas gemacht hatte, was seine Führungsoffiziere verärgert haben könnte.

Warum reden die hier in der Lubjanka mit mir, und nicht in der Hotelsuite wie sonst?

Eine Reihe von verdienten Männern, die hier während der Sowjetzeit eingesessen hatten, fiel ihm spontan ein und ließ seinen Puls schneller schlagen. Leopold Trepper, der polnische Chef der Roten Kapelle, war trotz seiner Verdienste gegen die Nazis 1945 hier eingesperrt und verhört worden. Itzik Feffer, der jiddische Dichter, und David Bergelson ein ebensolcher, David Hofstein, russischer Schriftsteller, Leib Kwitko, ebenfalls jiddischer Schriftsteller – alle vier waren Juden, die der Säuberung 1952 zum Opfer fielen. Aber auch Salomon Losowski, der stellvertretende Außenminister der Sowjetunion und Benjamin Suskin, Direktor des Jüdischen Theaters Moskau, wurden bei dieser Säuberungswelle gekillt. Die Kommunisten waren damals in einen wahren Tötungsrausch verfallen.

Er zog den grauen Gorki-Bart ab, verwandelte in Sekunden sein Aussehen zu einem respektablen Partner bei den Gesprächen mit Oberst Novikov und ging zurück zu den wartenden, hungrigen Löwen.

»Ui, schau mal«, sagte Oberst Novikov zweideutig lächelnd, als Jefimow ins Büro zurückkam. »Arkadi Danilowitsch ist ein wenig eitel.«

Die drei Männer lachten sich zu.

»Die Stute traf sich mit dem Wolf, kam aber nicht nach Hause«, sagte der Oberst. »Jedenfalls kann ich mir das bei Ihnen sehr gut vorstellen, wenn ich Sie jetzt so sehe, Arkadi Danilowitsch. Wie Sie so aussehen, haben Sie Ähnlichkeit mit einem Wolf.«

»Sie haben eine wundervolle Vorstellungskraft, Herr Oberst. Leider lässt mir mein Leben keine Zeit für solche Experimente.«

Oberst Novikov wischte den Einwand mit einer Handbewegung weg. »Sie haben ja auch eine ganz bezaubernde Frau, gutaussehend, intelligent, zukunftsbewusst.« Er schwieg einige Sekunden, denn sagte er: »Um eine solche Stute, die von uns zu einem Wolf geschickt wurde, geht es uns. Deshalb haben wir Sie hergebeten.«

Er schlug einen Ordner auf, der sorgfältig auf seinem Schreibtisch drapiert war, und entnahm ihm einige Bilder. »Das ist die Stute, die wir einem Wolf zur Seite gestellt haben.« Er zeigte das Bild Anastasija Saizews. »Und da ist der Wolf im Ausland, genauer gesagt in Deutschland. Sein Name ist Fedor Artjomowitsch Smirnov. Wir haben ihn dort installiert. Er ist Teilhaber eines Escort-Services geworden und handelt übers Internet mit Gemälden. Dieser Handel wird zum Teil von uns geduldet, zum Teil in die richtigen Bahnen geleitet. Wir schöpfen so eine kleine Portion der Kaufkraft von den neuen Oligarchen ab und behalten im Auge, was unserer Regierung gefährlich werden könnte.«

Oberst Novikov drückte den Knopf des Telefons, das ihn mit seiner Sekretärin verband. »Bringen Sie uns Tee und eine kleine Zwischenmahlzeit«, sagte er. Ohne eine Antwort abzuwarten, legte er den Hörer wieder auf.

»Für die Überwachung des Prozederes haben wir einen Vertrauten der Eremitage eingeschaltet ...« Er schaute Major Semjonow an.

»Wir haben das Gefühl«, sagte Semjonow, »dass dort nicht alles ganz rund läuft. Und wir wollen wissen, was.«

Es klopfte kurz. Die Sekretärin kam mit einem großen Tablett mit Räucheraal, Lachs und Kaviar, Blinis. Geschickt stellte sie alles auf den Tisch. Sie ging hinaus und kam mit einer Kanne Tee wieder, wie sie der Oberst bestellt hatte.

»Gläser«, beschied der Oberst kurz.

Die Frau kam zurück, stellte Wassergläser auf den Tisch und zog sich dann zurück.

Der Oberst griff in seinen Schreibtisch und holte eine Flasche Wodka hervor. »Setzen wir uns und trinken ein Glas auf die gesunde Ankunft unseres Freundes«, sagte er.

Imaginäre rote Lichter warnten Jefimow wieder.

Die drei Männer tranken sich zu.

Oberst Novikov zeigte auf die kleinen Köstlichkeiten. »Bedienen Sie sich.«

Als sie mit dem Essen fertig waren, tranken Oberst Novikov und Arkadi Danilowitsch Jefimow noch Tee. Major Semjonow hielt sich unauffällig zurück.

»Zeig ihm die Bilder aus Sankt Petersburg«, sagte Oberst Novikov.

Der Major stand auf und holte die Mappe mit den Bildern. Er fischte eines der Fotos hervor. Es zeigte einen Mann um die sechzig, etwas übergewichtig, mit hoher Stirn. »Boris Iwanowitsch Wolkow, Leiter der Abteilung Mittel- und westeuropäische Kunst mit Schwerpunkt Französische Malerei. Wolkow ist unser Verbindungsmann zur Überwachung des Führungspersonals der Malerei und ...«

»Доверяй, но проверяй – Dowerjai, no prowerjai – Vertrauen ist gut«, fiel Oberst Novikov seinem Untergebenen ins Wort. »Kontrolle ist besser ... sagte Lenin schon. Und der musste es wissen.«

»Wir haben sein Umfeld geprüft, was wir periodisch machen – aus Sicherheitsgründen. Sie werden es gleich verstehen«, sagte Major Semjonow. »Er lebt zwar noch mit seiner Frau zusammen, unterhält aber eine teure Geliebte.«

»Wir haben gedacht, prüfen wir ihn mal, und dann haben wir die Frau auf ihn angesetzt«, ließ sich Oberst Novikov vernehmen.

Der Major zeigte ihm das Foto einer Schönheit, die er auf Mitte zwanzig taxierte.

»Eine weitere Honigfalle«, sagte Arkadi Danilowitsch Jefimow.

»Immer sehr effektiv«, fuhr der Oberst dazwischen. »Im vorigen Monat erfuhren wir von einem Informanten, dass der Mann beim Kürschner Krylow einen sehr teuren Mantel erstanden hat.«

»Was Oberst Novikov zum Ausdruck bringen will ... Wolkow verfügt nicht über ein Einkommen, das ihm einen solchen Einkauf gestattet.«

Und schon haben sie dich am Arsch.

»Verstehe.«

»Ich nehme nicht an, dass Sie mich kommen ließen, um mich um diesen Wolkow zu kümmern«, sagte Jefimow.

Jetzt lachte Oberst Novikov herzhaft auf. »Habe ich es nicht gesagt, Major, dass Arkadi Danilowitsch ein kluger Kopf ist?« Er wurde wieder ernst. »Wer den Sumpf austrocknen will, muss das Wasser komplett ablassen. Wir brauchen die Hintermänner, die unseren Staat ausplündern und betrügen.«

»Das verstehe ich«, räumte Jefimow bereitwillig ein.

»Professor Boris Iwanowitsch Wolkow hat bisher alle Expressionisten, die aus Deutschland zum Verkauf kamen, mit Expertisen versehen. Wer traut denn einem Fachmann der Eremitage zu, Fälschungen nicht zu erkennen und gar solche als echt einzustufen? Er war mein Wahl, und er hat mich enttäuscht.«

Als er schwieg, setzte Major Semjonow seine Gedanken fort: »Es ist ein Schmuck Fabergés verschwunden. Wolkow weiß das, hat es aber nicht gemeldet. Wir haben es von einem anderen Mitarbeiter des Museums.«

»Доверяй, но проверяй – Dowerjai, no prowerjai«, wiederholte Oberst Novikov die Lenische Maxime.

»Vom 16. bis 21 Juni findet in der Schweiz die Art Basel statt. Dort wird ein Bild ausgestellt, vor dem wir organisiert haben, dass sich unsere – sagen wir – Mitarbeiter treffen. Wir wollen, dass Sie, Arkadi Danilowitsch, zufällig dort dazustoßen und sich mit den Leuten, sagen wir mal vereinfacht, bekannt machen.«

»Verstehe.«

»Davon wird abhängen, wie wir zukünftig entscheiden müssen«, sagte Oberst Novikov und rief wieder die Mitarbeiterin, um den Tisch abzuräumen.

Als sie wieder aus dem Raum gegangen war, fragte Jefimow wie nebenbei: »Wolkow macht die Expertisen für Fälschungen aus Deutschland?«

Der Oberst lächelte. »Der Umsatz mit geklauter, erschlichener oder gefälschter Kunst in Europa geht weit über Ihre Vorstellung hinaus. Wir schneiden uns von diesem Kuchen ein Stück ab. Glauben Sie wirklich, wir fänden nicht sofort einen Nachfolger für diese Expertisen? Und einen Professorentitel? Was ist das schon? Es kostet uns ein ...« Er unterstrich seine Worte mit einem Fingerschnippen. »... um eine Professur zu vergeben.«

»Aber die Ware kommt schon mit einer Expertise eines anerkannten Gutachters aus Deutschland, so dass Professor Wolkow diese nur praktisch noch bestätigend untermauern muss«, sagte Major Semjonow. »Kommen Sie, Arkadi Danilowitsch, ich fahre Sie jetzt ins Hotel und hole Sie um zehn wieder ab.«

»So spät?« protestierte Jefimow.

»Sie haben genug Zeit, um sich auszuruhen«, sagte Oberst Novikov. »Major Semjonow wird Ihnen ein wenig das Nachtleben Moskaus nahebringen.« Er zwinkerte Jefimow zu. »Wer für uns arbeitet, sollte auch einen angemessenen Ausgleich während der Freizeit erfahren.«

Major Semjonow kam pünktlich, um Jefimow abzuholen. Auf den ersten Blick stellte Jefimow fest, dass es der gleiche ockerfarbene Wagen war, der am Flughafen auf ihn gewartet hatte. Nur der Fahrer war ein anderer.

»Wir gehen erst einmal schön essen«, sagte Semjonow und gab dem Fahrer Anweisung, zur »Kalina-Bar« zu fahren. Offensichtlich kannte der Fahrer die Strecke sehr genau. Jefimow registrierte, dass er mehrmals von den Hauptstraßen abbog, um Abkürzungen zu nehmen. Sie werden ihre jeweiligen Gäste in dieser Betreuung zu Orten fahren, die sie immer benutzen und die der Dienst relativ leicht kontrollieren kann, dachte er. Er fühlte sich von dem Chauffeur beobachtet, der immer wieder in den Rückspiegel schaute, um ihn ungeniert zu mustern.

Der Wagen hielt mit einem leichten Ruck vor dem großen Haus, das auch ein Kaufhaus beherbergte. Der Eingang zum Lift war schon ziemlich mit Menschen gefüllt, die alle nach oben strebten.

Sobald Sie den Aufzug betraten, drückte Major Semjonow den Knopf, auf dem »Lotte Plaza« stand. Der Fahrstuhl beschleunigt so, dass sich unvorbereitete Menschen nahezu schwindelig fühlen. In atemberaubender Fahrt ging es hoch in die 21. Etage. Zu ihren Füßen, immer kleiner werdend, verschwanden der Garden Ring, das gleichnamige Hotel und Novy Arbat und all die überlasteten Magistralen und Straßen jenseits der Hochhäuser im gleißenden Licht der schnellfahrenden Autos. Was für ein Gefühl. Moskau war nicht die russische Provinz, in der man mancherorts vor Dreck und Armut erstarrte. Moskau im Ambiente dieser Bauten und der vom FSB ausgesuchten teuren, aber wirklich selbst für Moskauer Verhältnisse besonderen »Kalina-Bar«. In einer solchen Umgebung ließ sich das Leben genießen.

Oben angekommen, wurden sie bereits von einem livrierten Diener empfangen und an einen Vierertisch gebracht, der für sie reserviert war. Kaum saßen sie, brachte einer der dienstbaren Geister die Speisekarte.

Jefimow, der in der westlichen Welt agierte und lebte, stellte einmal mehr fest, dass dieses Ambiente absolut international war. Die Bar brillierte mit einer wahrhaft riesigen Karte; mit Cocktails und Karaoke in einem eigens dafür geöffneten Refugium. Aber zur gleichen Zeit treffen sich im Club und dem Restaurant Menschen, um zu kommunizieren und sich kennenzulernen.

Sie legen dir eine imposante Welt zu Füßen und registrieren den kleinsten deiner Fehler.

Arkadi Danilowitsch Jefimow musterte seine Umgebung. Er war sich sicher, dass er beobachtet wurde, von Major Semjonow in jedem Fall. Wer so bemüht ist, dich von seiner Freundlichkeit zu überzeugen, erweckt Misstrauen.

Ein Hund, der mit dem Schwanz wedelt, bezieht keine Prügel.

Er schaute jeden Einzelnen einer Gesellschaft an, die Männer und die Frauen gleichermaßen. Suchte Menschen zu finden, die ihn speziell oder Semjonow musterten. Wenn es einen gab, der auf sie angesetzt war, er konnte ihn nicht entdecken.

»Haben Sie sich schon etwas Leckeres ausgesucht, Arkadi Danilowitsch?« fragte Major Semjonow und riss Jefimow aus seiner Suche.

»Ich habe zuvor im Hotel schon eine Kleinigkeit gegessen«, antwortete Jefimow.

»Wie wär's mit Sushi am Anfang? Das öffnet den Magen für größere Dinge.«

»Da haben Sie recht, Herr Major.«

Sie suchten frisch gerichtetes Sushi verschiedener Ausführung zu schwindelnden Preisen aus. Aber Jefimow scherte das wenig. Das FSB verfügte über genügend Mittel und verdiente sich noch immer reichlich Geld mit den diversen Nebengeschäften dazu.

Major Semjonow bestellte dazu eine Flasche Krimsekt. Dabei zwinkerte er dem Kellner zu.

»Ich muss ein wenig mit dem Alkohol bremsen«, sagte Jefimow diplomatisch. »Nach derart langen Flügen habe ich immer etwas Probleme mit der Verdauung.«

»Wir haben hier zwei Plätze übrig. Wollen wir im Karaokeraum sehen, ob es junge Mädchen für uns gibt?«

Ein Kellner brachte die Flasche mit dem vermeintlichen Krimsekt, der sich beim zweiten Hinsehen als Produkt eines französischen Herstellers entpuppte.

Fünf Kilometer um die Champagner-Stadt Epernay befinden sich die Weinberge des privaten Champagnerhauses J.M. Gobillard. Um 1681 entstanden dort unter der Führung des berühmten Mönchs Dom Pérignon die ersten Champagnerperlen. Ihm zu Ehren tragen die edlen Champagner des Hauses im Etikett ein Bild des legendären Mönchs. Zwei Jahre gereift, hat sich dieser Gobillard-Champagner Tradition Brut zu einer Vollkommenheit par excellence entwickelt!

»Ich weiß nicht, Major Semjonow. Eigentlich wollte ich nicht zu spät ins Bett kommen, und Mädchen sind nicht das, was ich brauche. Ich habe eine Frau, dic zu mir passt.«

Wie auf Kommando kamen zwei junge Frauen ohne Begleitung und schauten sich suchend um. Typ blond – Julie Christie – und brünett – Olivia Wilde.

»Schauen Sie, da kommt unser Nachtisch! Und passend dazu feinste Confiserie-Trüffel, verfeinert mit einer weiteren Flasche Gobillard-Champagner.« Major Semjonow lächelte den Frauen zu, so dass sie zielstrebig auf den Tisch zukamen.

»Es ist sehr voll«, sagte der Christie-Verschnitt. »Wäre es möglich, an Ihrem Tisch einen Platz zu finden?«

Semjonow machte eine einladende Bewegung.

Der Kellner kam auf sie zugesteuert und sagte vorwurfsvoll: »Aber meine Damen, das geht gar nicht.«

»Lassen Sie es gut sein, und bringen Sie uns zwei weitere Gläser.« Er wandte sich den Frauen zu. »Wir dürfen Sie doch dazu einladen?«

Noch während der Kellner in Richtung Bartresen davoneilte, kam der Oberkellner mit den Gläsern. Er schenkte ein. »Wohl bekomm's.« Diskret zog er sich zurück.

»Darf man fragen, was Sie vorhaben, meine Damen?« fragte Major Semjonow.

»Wir wollten ein wenig Karaoke singen. Vielleicht haben Sie ja Lust, mit uns gemeinsam aufzutreten?«

Jefimow lachte herzhaft auf.

Semjonow deutete das als Zustimmung. »Vielleicht, wenn mein Freund Arkadi Danilowitsch mitzieht.«

»Bedaure, Herr Semjonow, ich fühle mich nicht so gut, das heute zu überstehen.« Jefimow hatte es vermieden, Semjonow mit seinem Dienstgrad anzusprechen. Er kannte die Gepflogenheiten bei den Diensten genau. Es wäre ein unverzeihlicher Fehler auf der Prüfungsleiter gewesen.

Der Kellner kam mit dem Sushi.

»Vielleicht stimmt Sie das ja um, mein Freund.«

Jefimow konstatierte, dass Major Semjonow über sein Verhalten sauer war.

Imaginäres Licht hinter Spiegeln und spotbeleuchtete Ölgemälde standen im Wechsel mit sich frei bewegenden Illusionen von Perpetuum Mobile. Diese Stimmung erzeugt eine besondere Atmosphäre, jenen Impuls, welcher der »Kalina-Bar« einen unersetzlichen Anstrich gibt. Das ist jenseits vom kommunistischroten Mief, von bürgerlich-konservativ oder Sky Lounge, dachte Jefimow.

»Ist die Umgebung nicht wundervoll für eine Einstimmung in den Abend?« fragte Major Semjonow

»Oh ja«, sagte die Brünette. »Es ist wundervoll hier.«

Manchmal ist es ein Glück, dass Frauen in der Regel zu zweit auf die Toilette gehen, denn kurze Zeit später verschwanden die beiden Grazien genau in diese Richtung.

»Ist das Ihr Ernst«, fragte Semjonow, »dass Sie Spielverderber sein wollen?«

»Das sind Bordsteinschwalben, die gute Honigfallen abgeben würden«, sagte Jefimow vorsichtig.

»So haben doch die meisten Frauen angefangen. Jedenfalls die, die hier hereinkommen«, konterte Semjonow.

»Jelena nicht.«

Semjonow lachte auf. »Woher wollen Sie das wissen?«

»Ich kenne sie, seit wir zusammen in Rjasan fliegen gelernt haben.«

»Na schön, die beiden Frauen gefallen Ihnen nicht, Arkadi Danilowitsch.« Er winkte dem Kellner und bestellte die Rechnung.

Als die Frauen zurückkamen, eröffnete er ihnen, dass man in der Zwischenzeit einen Anruf hatte, der sie zu einer wichtigen Aufgabe rufe.

»Gut«, sagte Major Semjonow, als sie im Aufzug nach unten fuhren, »die Mädchen haben Ihnen nicht gefallen. Ich werde Sie nach Hause bringen. Doch vorher möchte ich Ihnen noch etwas zeigen, was im Gegensatz zur »Kalina-Bar« steht und vom Novinsky Boulevard nur sechs Kilometer entfernt ist. Wir schlagen nur einen kleinen Haken.«

Jefimow lachte. »Sie können nicht aufgeben, Major.«

»Sie haben so etwas noch nicht gesehen. Es ist eine Bar, die keine Revolution kennt.«

»Sie machen mich neugierig.«

»Die ›Strelka-Bar‹ befindet sich in einer bei der Bevölkerung sehr beliebten Gegend namens Krasny Oktyabr.«

Roter Oktober.

»Unweit davon befindet sich eine Universität für Medien, Design und Architektur, so finden sich hier viele Studenten und hippe Personen ein. Hier mögen es die Menschen eher gemütlich und unterhalten sich – auch in sehr gutem Englisch – bei akustischer Musik. Es gibt immer Studentinnen, die sehr, sehr aufgeschlossen sind.«

»Die gibt es überall«, sagte Jefimow.

»Der Besitzer, Roman Mazurenko, wollte ein Lokal eröffnen, das aussieht, als hätte in Russland niemals eine Revolution stattgefunden. Deswegen sieht auch das Mobiliar etwas altbacken aus, aber dennoch versprüht es sehr viel Charme.«

Sie fanden das Wolga-Taxi dort, wo sie es verlassen hatten. Der Fahrer war gerade durch ein Funkgespräch mit der Einsatzzentrale verbunden und meldete dort das Kommen Major Semjonows mit seinem Gast Arkadi Danilowitsch Jefimow.

»9, Bolotnaya Naberezhnaya«, beschied Semjonow kurz, als sie eingestiegen waren. Der Wagen setzte sich unmittelbar in Bewegung. Nur Minuten später stiegen sie vor dem Flachbau der »Strelka-Bar« aus, der unmittelbar an der Moskva lag.

Ein Gewirr von Stimmen drang zur Tür, und aus ihr hinaus ins Freie, wenn sie geöffnet wurde. Der Raum war voller Gäste. Jefimow schaute zur Decke. Sie bestand aus nicht verblendeten Eisenträgern; die Zwischenträger, die sowohl als wohlgefällige Abstandhalter als auch für die Befestigung diverser Beleuchtungskörper, Entlüftungsmechanismen und Lautsprecher herhielten, bestanden aus Kanthölzern. Kreuz und quer verliefen gelochte U-Profile, in denen die Kabel aller elektrischen Verbindungen sichtbar verlegt waren.

Der Tresen der Bar bestand aus Wurzelholz in der Rundung. Die Längsseite, an der acht hölzerne, teilgedrechselte Barhocker mit Lehne standen, war bis zur Platte, die ebenfalls aus einem dunkleren Wurzelholz bestand, mit beleuchtetem Riffelglas verblendet. Die Wand hinter der Bar bestand aus einem Regal, das voller Schnapsflaschen, Erzeugnisse aus aller Herren Länder, stand. Drei modernere kronleuchterartige Lampen, die zwischen Tresen und Wandregal angebracht waren und teilweise den Blick auf die Flaschen verdeckten, kamen von den hölzernen Zwischenbalken der Decke. Schwere beige Ledercouches standen vor den Holztischen. Semjonow hatte recht – es war ein totales Kontrastprogramm zu »Kalina-Bar«.

»Im Sommer kann man auf der Dachterrasse den wunderschönen Blick auf die Moskva genießen«, sagte Major Semjonow.

Sie fanden einen Tisch, an dem einige junge Leute miteinander über die Entwicklungen moderner Architektur in Verbindung mit der Ökologie diskutierten.

Eines der bedienenden Mädchen kam und fragte nach ihren Wünschen. Semjonow bestellte eine Flasche Dalwhinnie, einen 25 Jahre alten Malt Whisky.

Als die Flasche Dalwhinnie zusammen mit einem Krug Wasser gebracht wurde, sagte Semjonow: »Diese limitierte Auflage mit Fassstärke ist so körperreich und prall wie ein Pin-up-Girl aus den 50er Jahren.« Er lachte wie ein Verschwörer, und Jefimow dachte, dass nun nur noch das Zittern seiner Hände fehlte, um ihn als alkoholabhängig auszuweisen. Doch Semjonow fuhr ungerührt fort: »Der Whisky stammt aus dem Jahr 1987 und bringt die besten Seiten von Dalwhinnie zum Vorschein. Es mag an der Höhenlage oder auch an der Expertise des Destillateurs liegen, dass diese Ausgabe eine Komplexität und Würzigkeit an den Tag legt, mit der sie ihrer Zeit weit voraus ist.«

Semjonow schaute gierig zu, wie das Mädchen zwei Fingerbreit in jedes der beiden Gläser eingoss. Dann roch er daran und machte ein bedeutendes Gesicht. Er stellte das Glas wieder ab und goss einen Schluck Wasser dazu. Dann hob er das Glas. »Auf den Erfolg Ihres Besuches«, sagte er. »На здоровье ... Prosit.«

Längst hatten sich die Studentinnen, die anfangs zu Konversationen bereit waren, wieder ihren Begleitern zugewandt, als Jefimow nach dem vierten Glas, das sich Major Semjonow genehmigt hatte, fragte: »Sind das auch solche Mädchen, von denen Sie in der ›Kalina-Bar‹ sprachen?« Dabei zwinkerte er ihm wie ein Verschwörer zu, um sein Misstrauen nicht zu schärfen.

»Alle.«

»Und die Mädchen in Rjasan?«

»Auch die.«

»Auch?«

»Ja.« Semjonow hatte plötzlich Schluckauf, das ihm für Sekunden mitleidige Blicke der am Tisch sitzenden Fremden einbrachte.

»Jelena?«

Semjonow lachte auf. »In den Unterlagen steht, dass die Sowjetmacht seinerzeit beschlossen hatte, sie solle dich heiraten.«

»Tatsächlich?«

Sie lachten sich zu, und Jefimow beschloss, Semjonow total abzufüllen.

»Und was die Sowjetmacht wollte, hat sie auch erreicht. Oder etwa nicht?«

Als sie aus der »Strelka-Bar« hinaus torkelten, wusste Jefimow, dass er mit einer Frau verheiratet war, die er mit der Zeit lieben gelernt hatte.

Die Frage stellte sich ihm, was Jelena für ihn empfand.

18. Kapitel

Singen am Hohentwiel, Frühjahr 2005

Der Intercity lief in den Bahnhof von Singen ein. Der Zug kam aus Stuttgart und würde zum Hochrhein nach Schaffhausen in der Schweiz weiterfahren.

Smirnov reiste mit sehr kleinem Gepäck – einer Aktentasche aus amerikanischem Büffelleder, die er sorgsam an einem Riemen gesichert über der Schulter trug. Er schaute sich suchend um. Es stiegen nur wenige Menschen aus. Im Nu war der Bahnsteig leer. Er hätte mich wenigstens abholen können, dachte er. Vor dem Bahnhof standen zwei Taxen. Bei einem der Wagen lief der Motor. Es war noch immer sehr frisch in Deutschland. Er bestieg den Wagen und nannte die Adresse, Ringstraße 2. Unweit des Bahnhofs machte eine übergroße Werbeschrift auf dem Dach eines Fabrikgebäudes auf die Maggi AG aufmerksam.

Dann bog der Fahrer rechts ab.

»Es ist mitten in der Stadt«, sagte er.

»Haben Sie keine Angst, Sie werden mit der Fuhre schon zurechtkommen«, antwortete Smirnov.

»Sie hätten laufen können«, setzte der Fahrer nach.

Smirnov nickte nur, antwortete aber nicht mehr. Er dachte an den Mann, zu dem er jetzt fahren würde, und zu dessen umfangreichem Oeuvre die Bilder von Heckel, Kirchner, Müller und vor allem Dix gehören, dazu eine Vielzahl anderer, auch internationaler Expressionisten.

Er hatte einige Bilder von ihm über einen zweifelhaften Händler von einem »Kunstkontor von Berg« aus Langenargen erworben, ohne den Schöpfer der Werke je kennengelernt zu haben. Diesen Zwischenhändler wollte er nun ausschalten. Die Bilder konnte man sicher billiger direkt erwerben, und man hatte darüber hinaus noch den Vorteil, aus einer Vielzahl von Werken aussuchen zu können. Freilich waren das keine Originale, dafür versprachen sie eine hohe Verdienstspanne; da er teilen musste, schien ihm das der richtige Weg zu sein. Dass sie als echt erachtet wurden, war eine wichtige Sache. Deshalb achtete sein Auftraggeber sehr genau darauf, dass nicht wieder passieren würde, was sich bei einer Hausdurchsuchung in der Privatvilla eines mittelständischen Unternehmers im schwäbischen Leonberg zugetragen hatte. Dort fand die Polizei 700 Dalì Blätter. Jahre zuvor, 1983, hatte der Eigentümer in Südfrankreich gleich 2600 Lithographien des Spaniers erstanden. Ein Züricher Galerist, um sein Urteil als Fachmann gebeten, warnte: Keinesfalls seien das Original-Lithographien. Also Finger weg.

Diesem Gutachten zum Trotz tauchten die Billig-Drucke kurz darauf auf dem deutschen Markt auf, vertrieben von der Kunsthandelsgesellschaft des Unternehmers. 1991 wurde der Mann wegen seiner Verdienste um die Förderung der Bildenden Kunst mit dem Verdienstkreuz am Bande ausgezeichnet. Bei diesem Gedanken konnte sich Smirnov ein Lächeln nicht verkneifen.

Der Plan war genial. Die Oligarchen in ihrer Gier nach Anerkennung ließen sich willig schröpfen.

Der Wagen hielt vor dem einzigen kleinen Bürgerhaus, welches noch in der Straße stand und nun auch bald einem Neubau weichen würde. Im Parterre wohnte der Gerichtsvollzieher Fecher, oben der Maler.

Kurios.

Smirnov klingelte. Der Mann, der ihm öffnete, mochte um die vierzig sein. Er wirkte bescheiden, eher schüchtern.

»Wir haben eine Verabredung.« Smirnov lächelte jovial.

Das Taxi wendete und fuhr wieder zum Bahnhof zurück.

»Kommen Sie herein.« Der Mann nannte seinen Namen und gab Smirnov die Hand. »Gehen wir gleich ins Atelier. Ich habe dort etwas vorbereitet.«

Auf zwei Staffeleien standen Bilder von Franz Marc. »Blaues Pferd I«, datiert 1911, signiert.

Städtische Galerie im Lenbachhaus, München.

»Öl auf Leinwand«, sagte der Maler. »Kaum zu unterscheiden vom Original.« Er nahm das Bild von der Staffelei.

»Daran bin ich nicht interessiert«, sagte Smirnov. »Ich habe Kundenwünsche, die ich beachten muss.«

»Und das andere? »Zwei Frauen am Berg« von 1906. Es zeigt Maric Schnür links und Maria Franck. Das Original hängt im Franz-Marc-Museum in Kochel.«

»Eben«, konstatierte Smirnov. »Meine Interessenten sind sehr bewandert, und ich brauche eher Bilder, von denen bekannt ist, dass der jeweilige Maler sich an diesem Sujet mehrfach ausgelassen hat.«

»Haben Sie etwas Bestimmtes im Auge?«

»Otto Müller ... ›Zwei badende Mädchen im Dünentümpel‹.«

»Zigeuner-Müller – nackte Mädchen am Wasser ist ein immer wiederkehrendes Thema im Leben des Meisters. ›Landschaft mit Badenden‹ von 1915, ›Zwei Mädchen im Grünen‹ um 1925 oder ›Zwei Mädchen im Schilf‹, um 1926 entstanden. Ich habe sie alle schon gemalt.«

»Zigeuner-Müller?« fragte Smirnov.

»Zwischen 1926 und 1928 entstanden: ›Stehende Zigeunerkinder‹, ›Zigeuner mit Sonnenblumen‹, ›Zigeunerpferd‹ und ›Am schwarzen Wasser sitzende Zigeunerin‹. Kommen Sie, ich zeige Ihnen gerne, wie die Bilder aussehen.«

Er ging zu einem Regal und griff nach einem Bildband. »Lothar-Günther Buchheim: Otto Mueller. Leben und Werk«.

Smirnov war begeistert. »Welches davon können Sie baldmöglichst liefern?«

»Jedes«, sagte der Maler.

»Wir könnten damit anfangen«, sagte Smirnov und zeigte auf »Zwei badende Mädchen im Dünentümpel«.

»Wenn Sie wollen. Sonst noch Wünsche?«

»Das ist eine Preisfrage«, sagte Smirnov, den Kopf hin und her wiegend. »Die Bilder sind wundervoll.« Er zeigte auf zwei Hochglanzfotos im Bildband.

»Sie werden sie nicht von den hier gezeigten unterscheiden können«, pries der Mann seine Arbeiten an. »Warten Sie, ich zeige Ihnen noch etwas.« Er ging am Ende des Raumes durch eine Tür, die zum Boden führte. Smirnov ging hinter ihm her. An der Wand aufgereiht standen einige Bilder.

Der Maler sah den Blick Smirnovs. »Sie stehen hier zum Trocknen. Alle bekommen eine besondere Behandlung, um sie in die zwanziger Jahre zurück zu katapultieren.«

»Es sind sehr schöne Arbeiten«, sagte Smirnov anerkennend.

»Doch all diese Arbeiten sind bestellt. Für Sie müsste ich Bilder neu anfertigen. Aber seien Sie gewiss, es bleibt eine Kopie, solange nicht mein Name darunter steht mit dem Hinweis – nach Otto Dix.«

»Über Kunstfälschungen wird immer wieder gestritten, seitdem es Kunst überhaupt als Gattung gibt«, warf Smirnov ein.

»Ich rede nicht von Fälschungen«, sagte der Maler. »Ich empfinde mich als Kopist, der ernsthaft versucht, die Empfindungen wiederzugeben, die den jeweiligen Künstler zur Zeit der Schöpfung des Bildes beherrscht haben. Ich habe Otto Dix genau studiert, jeden Pinselstrich. Meine Leidenschaft für die Malerei begann schon als Schüler des Hegau-Gymnasiums«, erklärte der Maler, fast schüchtern lächelnd. »Nach meiner Schulzeit nahm ich Malunterricht und schloss ein Kunststudium an der Fernakademie Darmstadt ab. Danach machte ich mich als Autodidakt mit Techniken vertraut, indem ich Bilder kopierte. Dabei kann man am meisten lernen.«

Smirnov deutete auf ein Bild. »Ein sehr schönes Bild. Ein Dix?«

»Meine eigenen Arbeiten waren im Stil von den deutschen Expressionisten beeinflusst. Als Künstler sehe ich mich in der Tradition süddeutscher Landschaftsmaler.«

»Warum nun gerade Otto Dix?«

»Es gibt persönliche Ähnlichkeiten zwischen Dix und mir. Er malte eigene Motive und letztlich immer mehr Variationen davon. Ich machte das Gleiche, nur nahm ich Dix-Themen. Es war einfach eine innere Zwangshandlung gewesen.«

»Sie machen das sehr gut«, ließ sich Smirnov lobend vernehmen. »Würden Sie auch beispielsweise einen Monet kopieren können?«

»Claude Monet?«

Smirnov nickte. »Ich habe da eine Anfrage.«

»Wenn Sie zum Arzt gehen und können nicht richtig pinkeln, gehen Sie zu einem Urologen. Wenn Sie es an der Wirbelsäule haben, suchen Sie wahrscheinlich einen Orthopäden auf. Was ich sagen will, ich bin kein Spezialist für Impressionisten. Jeder soll das tun, was er am besten kann.«

Eine Frau erschien auf der Treppe. »Kann ich einen Wunsch erfüllen? Einen Kaffee vielleicht oder Tee?«

Smirnov schüttelte den Kopf. »Vielen Dank, ich bin sehr zufrieden.«

Mit einem Schulterzucken ging die Frau ins Obergeschoss. zurück.

Smirnov bestellte bei dem Maler vier Bilder von Otto Dix, zwei von Kirchner und das Bild »Seiltänzer« von August Macke. Er zahlte die geforderten 25 Prozent an, was einer Summe von 14.000 Euro entsprach. Das sauber gebündelte Geld entnahm er der Aktentasche, die er bei seinem Kommen von der Schulter genommen, aber niemals aus den Augen gelassen hatte.

»Es ist nicht ganz legal«, sagte der Meister und spielte damit auf die Quittung an, die er nicht auszustellen gedachte, schrieb aber etwas auf einen kleinen Zettel.

»Ich habe damit kein Problem, aber meine Auftraggeber würden Sie besuchen ... Ich könnte keinem dazu raten, es darauf ankommen zu lassen.« Er zwinkerte dem Meister zu. »Ich vertraue auf Ihr Wort.«

Sie gaben sich zum Abschied die Hand. Der Meister steckte Smirnov den kleinen Zettel zu und sagte: »Versuchen Sie es einfach wegen des Monets hier einmal. Sie können sich auf mich beziehen.«

19. Kapitel

Sonntagabend, 13.08.2006

Larsson war zurückgekommen. Er stellte fest, dass Wachwechsel gewesen war. Der Beamte an der Tür hatte gewechselt. Er hatte Andresen mitgebracht. Karl Simons war nach Bansin gefahren, wo man endlich das ertrunkene Kind gefunden hatte. Andresen schaltete das Aufzeichnungsgerät ein.

»Man gab Ihnen also den Auftrag, an einem bestimmten Tag zur Art Basel zu fahren und dort Kontakt zu anderen Mitarbeitern der Firma aufzunehmen, die sagen wir einmal, ins Fadenkreuz des FSB gelangt sind. Ist das richtig?« fragte Larsson.

»Ja.«

»Wie sah der detaillierte Auftrag aus?«

»Er beinhaltete die Ausspähung, wie sie ihre Aufgaben wahrnehmen, und wie sie ihr Kontakte für, sagen wir vereinfacht, private Aktivitäten nutzten.«

»Meinen Sie mit ›vereinfacht‹, wie sie am Auftraggeber vorbei Geschäfte für sich machten?« fragte Larsson.

»Ja.«

»Ich erinnere mich, Sie im Januar befragt zu haben, wie Sie an Hellmann geraten sind.«

»Ich weiß«, antwortete Kerner.

»Und?«

»Ich traf Hellmann tatsächlich an einem Stand für Bilder der Moderne, und wir machten uns über ein Gemälde, ›Wölfe jagen Troika‹, bekannt.«

»War das Ihr Auftrag durch das FSB?«

»Korrekt.«

»Man nannte Ihnen exakt Tag und Stunde?«

»Ja, das heißt ...«

»Dass außer Ihnen mindestens noch einer der Teilnehmer des Treffens manipuliert wurde«, sagte Larsson.

»Beide«, stellte Kerner ruhig fest.

»Beide?«

»Nun Smirnov, der ja nicht die ganze Zeit an dem Gemeinschaftsstand zugegen war, musste auf die Minute genau dort sein.«

»Es war ein Gemeinschaftsstand?«, fragte Larsson.

»Ja. Offiziell war er nur dort, wenn er sich mit abgesprochenen Kunden verabredet hatte.«

»Und sonst?«

Kerner zuckte mit den Schultern.

»Er musste sich also auch mit Hellmann verabredet haben, sonst wären sie möglicherweise aneinander vorbeigelaufen«, stellte Larsson fest.

Kerner zog die Augen zusammen, während er nachdachte. »Ich frage mich, wie er manipuliert wurde.«

»Durch Anastasija Saizew?« fragte Larsson.

»Eher nicht. Jedenfalls ist mir nichts bekannt davon.«

»Zurück zur Art Basel 2004.«

»Hellmann lud mich auf einen Drink ein. Wir gingen in das Messe-Bistro, in dem meine Frau saß, die ich ihm vorstellte. Über das Thema Jagd bekamen wir schnell die Einladung zur Winterjagd nach Ahlbeck und nahmen erfreut an.«

»Sie machten sich also mit Hellmann bekannt.«

»Das ist so nicht ganz richtig.«

»Wieso?« fragte Larsson.

»Wir freundeten uns an. Dazu trug meine Frau sehr bei. Hellmann ist ja sehr anfällig für die Blicke einer schönen Frau. Das war Oberst Novikov bekannt.«

»Woher wissen Sie das?«

»Er erwähnte es, als ich in Moskau war«, sagte Kerner. »Er nannte sie zukunftsbewusst.«

»Aus dem ›Zukunftsbewusst‹ konstatieren Sie, dass Sie zu einem solchen Treffen eingesetzt werden können?«

»Ja. Oberst Novikov ist ein ausgewiesener Freund von Honigfallen.«

Larsson dachte einen Augenblick nach und schaute zur Uhr. Es war kurz nach sieben. »Haben Sie keinen Hunger?«

Kerner zuckte mit den Schultern. »Ihr Wachhund war so freundlich und hat mir ein Wasser gebracht.«

Larsson schaute Andresen an, und der stand auf, um das zu organisieren.

»Bring für uns bitte auch etwas mit, Rolf. Ich denke, wir werden hier noch eine Weile zu tun haben.« Er drehte sich wieder Kerner zu. »Hellmann ... Er musste zur gleichen Zeit an diesem Stand auftauchen wie Sie.«

»Ja.«

»Glauben Sie, dass er seine Weisung aus Moskau bekam?«

»Freilich kann ich das annehmen. Ich kann auch daran denken, dass Smirnov es war, der ihn manipulierte ...«

»Hellmann behauptet, er habe Smirnov zufällig an diesem Stand kennengelernt.«

»Was zwangsläufig nicht stimmen muss«, sagte Kerner.

Larsson dachte kurz nach. »Nein, muss es nicht.«

Es machte sich augenblicklich ein Schweigen zwischen den beiden Männern breit.

Mit einem Male sagte Kerner: »Ein kleiner grüner Frosch mit einem gelben Badehöschen sitzt auf einem Seerosenblatt. Kommt ein weiblicher Schwan vorbei und mault: ›Was für eine Schande – dieses kleine grüne Ungeheuer.‹« Kerner lächelte doppeldeutig, bevor er fortfuhr: »Der Frosch überlegt nicht lange. Er pfeift laut durch die Finger, woraufhin sich der große Vogel umdreht. Dann zieht der Frosch mit einem Ruck sein kleines gelbes Badehöschen runter – und die Schwänin sagt ehrfurchtsvoll: ›Mein lieber Schwan ...‹«

»Soll das heißen, dass der Mörder Anastasija Saizews weiblich ist?« fragte Larsson.

Kerner zuckte mit den Schultern. »Es ist eine Frage der Auslegung.«

»Dann wäre der kleine grüne Frosch ja Oberst Novikov«, stellte Larsson fragend fest.

Kerner nickte, sagte aber nichts.

»Wenn ich das Puzzle zusammensetze, das Sie mir aufgegeben haben, so wäre Ihre Frau die Mörderin Anastasija Saizews.«

Kerner sagte nichts, nickte aber wieder.

»Ist sie zuständig für die nassen Sachen, die Sie zu bewältigen hatten?«

»Ja.«

Andresen kam zurück. Auf einem Tablett hatte er einen flachen Teller mit belegten Broten und drei kleinere Teller sowie eine kleine Schüssel mit sauren Gurken stehen. Er stellte die Teller hin und machte eine einladende Geste. »Bitte, bedienen Sie sich.«

Als Kerner zugelangt hatte, nahm auch Larsson eine Scheibe Brot mit harter Wurst. Zwischen zwei Bissen fragte er: »Und Sie? Wofür sind Sie zuständig?«

»Ich bin zuständig für eine reibungslose Organisation.«

Larsson stieß die Luft hörbar aus.

»Sie wissen, was Sie gesagt haben? Sie haben Ihre Frau ans Messer geliefert. Warum?«

»Major Semjonow hat mir in der ›Strelka-Bar‹ im Suff erzählt, dass Jelena dem Oberst Novikov allzu gern zu Diensten war.«

»Nehmen Sie an, dass man Jelena auf Sie angesetzt hatte?«

»Vielleicht gehört es zu meinem Überlebensmuster, Gefahren mental zu erfühlen und rechtzeitig zu reagieren, denn wenn das stimmt, und daran zweifle ich keinen Augenblick, ist es für mich höchst gefährlich.«

»Weil Sie Ihre Frau genau kennen?«

Zum Zeitpunkt, als ich sie kennenlernte, wünschte ich mir nichts sehnlicher, als diese Frau zu erobern, um mit ihr zu reden und mit ihr in meine Träume abzutauchen. Aber ich wusste, dass ich sie eines Tages hassen würde. Jetzt war der Zeitpunkt gekommen. Auch Liebe ist nicht unendlich. Sie endet spätestens dort, wo Verrat begangen wird.

Aus Hélène Kerner war seit einiger Zeit schon wieder Jelena Popjenkin geworden.

»Bei mir zählen nur Fakten«, sagte Kerner so ruhig, als plaudere er über das Wetter.

»Sie wissen es also genau.«

»Ja.«

»Sie sind also derjenige, der die Operationen des Dienstes im Ausland koordiniert.«

»Dafür bin ich ausgebildet und schließlich in der Schweiz installiert worden«, sagte Kerner.

»Kadavergehorsam«, stellte Andresen fest.

»Wenn Sie es so nennen wollen«, sagte Kerner gleichgültig.

»Hellmann ... Hat das FSB ihn direkt kontaktiert?« fragte Larsson.

»Hellmann ist ein Feigling.«

»Das ist keine Antwort auf meine Frage«, beschied Larsson kurz.

»Die Anweisungen für Operationen um Smirnov sind nach dem Treffen in Basel alle über mich gelaufen.«

Larsson zog die Augen zu Schlitzen zusammen. »Jetzt möchte ich wissen, wie der Mord an Anastasija Saizew vonstattengegangen ist.«

»Anfang Dezember hatte ich ein Treffen mit Major Koslow, das in einer kleinen Weinstube in Öhningen am Bodensee stattfand«, begann Kerner seine Schilderung.

»Das ist der russische Militärattaché?«

Kerner nickte. »Es hatte irgendwelche ominöse Nachrichten von Smirnovs Freundin gegeben, die das FSB abgefangen hatte und die Oberst Novikov beunruhigten.

Larsson dachte an die Mail, die Simons ihm während der Vernehmung Smirnovs aufs Handy geschickt hatte, nachdem er das Passwort von Anastasija Saizews Laptop geknackt hatte. *Der Mann bringt mich noch um. Und wenn nicht er, dann die anderen.*

»Da beabsichtigt war, unsere Gruppe auf die Insel zu verlegen, damit ich über die Kontakte bei der Jagd mehr über die Aktivitäten Smirnovs erfahren würde, hatte ich dort die Anweisung erhalten, uns bereits zwei Wochen vor Weihnachten im ›Oasis‹ in Heringsdorf einzumieten«, fuhr Kerner fort. »Dort sollten wir auf eventuelle Einsätze warten. Am 6. Januar erhielten wir den Befehl, uns bereitzuhalten. Es gebe in den Folgetagen möglicherweise etwas zu erledigen.«

»Am 7. Januar also.«

Kerner nickte. »Am Tag des russischen Weihnachtsfestes. Oder am darauffolgenden Tag.«

»Und dann gab es am 7. Januar etwas zu erledigen«, stellte Larsson kurz fest.

»Ja.«

»Am Wockninsee?«

»Ja.«

»Dort ist das Haus Smirnovs. War das Ihr Ziel?«

»Ja.«

»Hatten Sie nicht fürchten müssen, auf Smirnov zu treffen? Schließlich war, wie Sie sagten, das russische Weihnachtsfest. Und Smirnov war bestimmt kein Mann, der ein solches Fest allein verbringen würde.«

»Nein.«

»Wieso nicht? Das lag doch nahe«, sagte Larsson.

»Die SMS war eindeutig.«

»Haben Sie die Nachricht noch?«

Kerner lachte. »Natürlich nicht, Kommissar Larsson. Erstens war sie verschlüsselt, und zweitens werden grundsätzlich alle Nachrichten sofort mit einem speziellen Programm gelöscht.«

»Geben Sie den Inhalt der Nachricht wieder ... sofern Sie sich noch erinnern können.«

Kerner schaute Larsson lächelnd an. »Sie wollen mein Gedächtnis herausfordern. Na gut, dann nicht sinngemäß, sondern genau. Haben Sie einen Zettel und einen Stift?«

Andresen schob ihm einen Block über den Tisch, und Larsson nickte ihm aufmunternd zu. Während er Б # ч с д schrieb, sagte Kerner: »Die Nachricht bestand aus fünf Zeichen.« Er schob ihnen den Block zu.

»Und was heißt das?« fragte Andresen.

»Б steht für бывший, was so viel wie Ex heißt, die Raute für weiblich, das ч für человек. Человек heißt übersetzt Person. Und д steht für десять – zehn für die Zeit, an der die Sache stattfinden soll. Das ist das ganze Geheimnis.«

»So wussten Sie, dass Sie nicht auf Smirnov stoßen würden«, sagte Larsson.

»Exakt.«

»Wer ist zum Wockninsee gefahren? Sie?«

»Ja.«

»Allein?« fragte Larsson, als Kerner ruhig blieb.

»Nein.«

»Sie zusammen mit Ihrer Frau.«

»Ja.«

»Wer noch?«

Kerner schüttelte den Kopf.

»Nur Sie und Ihre Frau?«

»Ja.«

»Als ich Sie im ›Oasis‹ aufsuchte, waren Sie mit einem Bentley da. Mit diesem Wagen konnten Sie unmöglich den Weg zum Wockninsee zurückgelegt haben. Nicht bei diesem Schneewetter.«

Kerner nickte. »Das wäre nicht gutgegangen.«

»Also? Womit sind Sie gefahren?«

»Mit einem Geländewagen.«

Hellmann, schoss es Larsson durch den Kopf. »Lassen Sie mich raten. Es war nicht zufällig ein großer Isuzu-Bighorn?«

Ein Lächeln überflog Kerners Gesicht.

»Liege ich falsch?« bohrte Larsson nach.

»Es war ein Isuzu-Bighorn.«

»Der Wagen Hellmanns«, stellte Andresen fest.

Larsson schaute zur Uhr, als der Beamte an der Tür abgelöst wurde und ein wenig Unruhe brachte.

»Zehn Uhr«, sagte er, als wieder Ruhe eingekehrt war. »Wollen wir Schluss machen oder noch ein wenig plaudern?«

»Das überlasse ich Ihnen, Kommissar Larsson. Ich bin noch nicht müde.«

Larsson fasste es als Aufforderung auf, weiterzumachen. Sicher wollte Kerner noch etwas loswerden, bevor das Schicksal andere, nicht fassbare Dinge mit ihm vorhatte.

»Sie fuhren direkt zum Wockninsee?« fragte Larsson.

»Das Haus liegt genau vor dem Naturschutzgebiet. Kurz bevor wir von der Bäderstraße vor Ückeritz in die Wockninstraße einbiegen wollten, sahen wir den Wagen Smirnovs in unsere Richtung kommen. Ich fluchte, schrie Hélène an, und sie rutschte in den Sitz, so dass sie von einem vorbeifahrenden Wagen nicht gesehen werden konnte.«

»Beinahe wäre es schiefgegangen«, stellte Andresen fest.

»Beinahe ... ist es aber nicht.«

»Smirnov hätte Sie sehen können«, sagte Larsson. »Zumindest den Wagen, den er sicher kannte.«

»Ja.«

»Und?«

»Ich denke, er war mit irgendetwas so stark beschäftigt, dass er wohl das Auto nicht identifiziert hat. Jedenfalls hat er seine Bremse nicht betätigt, wie es spontan bei solchen Begegnungen üblich gewesen wäre.«

»Können Sie mir sagen, was Smirnov Ihrer Meinung nach so stark beschäftigt hat?«

»Wahrscheinlich, was ihn aus seinem Haus gerufen hat.«

»Sie meinen – wer?« fragte Larsson.

Kerner schüttelte den Kopf. »Das wusste Smirnov. Ihn beschäftigte sicher – warum.«

»Und?«

»Er wurde nach Moskau geschickt, um ihm ein wasserdichtes Alibi zu verschaffen.«

Das ist die Bestätigung, Smirnovs Alibi war richtig gewesen.

»Vorsichtshalber bog ich dennoch nicht ab, sondern fuhr weiter in Richtung Wolgast«, fuhr Kerner in seinem Gedankengang fort, als Larsson einen Augenblick nichts sagte. »Kurz hinter Ückeritz wendete ich, weil uns kein Wagen folgte.«

»Das war nicht sehr weit«, sagte Larsson.

»Aber wir mussten die vorgegebene Zeit einhalten«, sagte Kerner. »Planung ist bei derartigen Operationen das halbe Leben.«

Der Wagen bog vorsichtig in die Wockninstraße ein. Kerner achtete sehr genau darauf, den Motor so langsam wie möglich drehen zu lassen, um keine unnötigen Geräusche zu machen. Rechts war ein Haus, das im Dunklen lag. Irgendwo kläffte ein großer Hund. Diese tiefe Stimme, dachte Kerner, kommt von einem mächtigen Kerl. Kurz vor dem Straßenende stand das letzte Haus vor dem Forsten. Rechts davon ging es zum See, der in eine Sumpflandschaft eingebettet war. Ein schmaler Pfad führte zu dem kleinen Haus, das Smirnov sich als Rückzugsrefugium gekauft hatte. Kerner fuhr einige Meter hinein, schaltete das Licht aus und stellte den Motor ab. Eine Weile standen sie da und horchten in die Nacht. Hélène war in den Sitz gerutscht und versuchte, die Dunkelheit zu durchdringen. Sie konnte nichts sehen. Es blieb still. Zufrieden stiegen sie aus.

In dem kleinen Häuschen brannte Licht. Die seitlichen Fenster waren durch Fensterläden gesichert. Vorsichtig spähten sie in das Wohnzimmer. Die junge Frau war gerade dabei, irgendetwas vom Tisch auf ein Tablett zu stellen, und verschwand damit in der angrenzenden Küche.

Sie umgingen das Fenster und schlossen leise die Haustür mit dem automatischen Dietrich auf, den Major Koslow ihm beim letzten Treffen am Bodensee gegeben hatte. Die Frau ging gerade wieder zum Eingang der Küche, als sie das Geräusch der schließenden Tür gehört haben musste und sich erschrocken umdrehte.

»Was ist los? Wie kommen Sie hier herein?« Ihre Stimme klang nicht hysterisch, eher ängstlich, dennoch ruhig mit einem leichten Zittern.

»Ziehen Sie sich an«, sagte Kerner ruhig. »Und haben Sie keine Angst. Wir machen nur eine kleine Spazierfahrt.«

Es ist zwecklos zu schreien ... Niemand könnte mich hören. Nur ich könnte hören, wie ich meine Würde verliere.

Sie zog sich an, und wenig später erreichten sie den abgestellten Wagen. Die beiden Frauen setzten sich in den Fond des Wagens. Langsam ließ Kerner den Wagen rückwärts anziehen, bis er die wenigen Meter zu der kleinen Straße zurückgelegt hatte, an der die Häuser lagen. Die Fenster im letzten Haus der Straße waren bis auf eines auch dunkel. Kurz vor der B111 schaltete Kerner das Licht wieder ein.

»Wo wollen Sie mit mir hin?« fragte die junge Frau verstört. Kurz vor Heringsdorf beugte sie sich ein wenig nach vorne, um genauer zu sehen, wo sie vor einiger Zeit mit Smirnov an den Strand gegangen war. Ihr nicht geschlossener Mantel klappte ein wenig auf.

Hélène, die neben ihr saß, beugte sich ebenfalls nach vorn. In ihrer linken Hand hielt sie eine sehr kleine Pistole. Als der Wagen nach einem Halt an der Ampel in Höhe des Setheweges wieder anzog, war ein leises »Plopp« zu hören. Während die junge Frau mit einem Stöhnen zusammensackte, drückte ihr Hélène den Mantel auf die sehr kleine Wunde.

»Anastasija Saizew«, stellte Larsson nüchtern fest.

Kerner nickte.

»Nun hatten Sie die Sauerei im Auto.«

»Keine Sauerei. Das Einschussloch hat so gut wie nicht geblutet«, sagte Kerner.

»Und? Wie ging es weiter?«

»Ich setzte meine Frau vor dem ›Oasis‹ ab und fuhr weiter zu Hellmann.«

»Sie hatten die Leiche noch im Wagen.«

»Ja.«

»Hellmann gab Ihnen den Wagen. Jetzt brauchten Sie seine Hilfe für die Entsorgung«, stellte Larsson fest. »Und? Hat er geholfen?«

Kerner lachte auf. »Der Mann ist die personifizierte Feigheit. Als ich den Wagen von ihm forderte, wurde er kreidebleich. Erst mit Nachdruck kam er schließlich mit.«

Für einen Augenblick herrschte Schweigen.

»Wie sah der Nachdruck aus? Wollten Sie seine Frau über die Affäre mit der Saizew informieren? Ich fürchte, eine betrogene Ehefrau in ihrer Lage würde sich eher arrangieren als ihre Privilegien zu verlieren.«

Kerner entgegnete nichts mehr. Nur sein überzogen breites Lächeln verriet Larsson, dass das nicht alles war.

»Sie wollten ihn bloßstellen. Ich meine, nicht vor seiner Frau allein ...«

»Er dachte ans Internet«, mischte Andresen sich ein.

»Wollten Sie tatsächlich seine kompromittierenden Bilder ins Netz stellen?« fragte Larsson.

»Sagen wir mal so«, antwortete Kerner. »Ich habe ihm damit gedroht.«

Larsson legte nach. »Nun brachten Sie den Wagen zurück, aber er war nicht sauber.«

»Ich sagte nur, dass wir das Problem gemeinsam lösen müssten. Er hatte einen solchen Schiss in der Hose, dass es schon stank.«

»Er kam mit.«

»Ja.«

»Kein Aufbäumen?« Larsson hob die Schultern.

»Nein.«

»Weshalb nicht?«

»Weil seine Frau im Zimmer erschien und er jede Diskussion unterbinden wollte. Er sagte, er habe noch Futter für die Schweine, das er ausbringen wollte.«

»Das nahm sie ihm ab?« fragte Andresen.

»Sie nahm es schulterzuckend hin.«

»Es zahlt sich nie aus, sich für einen Dienst einspannen zu lassen«, sagte Larsson.

»Und schon gar nicht wegen einer Frau«, führte Kerner das Gespräch weiter. »Wohl dem, der seine Triebe im Griff hat.«

Wer hat sie schon immer im Griff?

»Nun hatten Sie die Leiche im Wagen Hellmanns und fuhren damit ...«

»... in sein Jagdrevier«, vollendete Kerner den Satz. »Wir hielten exakt dort, wo Hellmann in den letzten Tagen seinen Wagen abgestellt und die Feuerstelle eingerichtet hatte, an der Sie uns ja gesehen haben, als sie die Leiche der Saizew abholten.«

»Ein abgekartetes Spiel«, stellte Larsson fest und ärgerte sich darüber, wie ruhig Kerner das alles nahm.

Kerner hob die Schultern und seufzte hörbar. »So ist das Leben.«

»Und dann trugen Sie die Leiche an die Stelle, an der sie dann rein zufällig gefunden wurde.«

»Hellmann trug. Ich bin nach einigen Metern in ein Loch getreten und gestolpert. Dabei habe ich mich verhoben und einen Nerv eingeklemmt.«

»Verdammt schmerzhaft«, frotzelte Andresen.

Wie kommt die Leiche in den Wald? Wer hat die Frau umgebracht und mit was für einer Waffe? Wie kommt die Frau in diesen abgelegenen Teil des Landesforstes auf Usedom?

Mit einem Mal schien alles so einfach zu sein.

Larsson schrieb auf einen Zettel des Blocks – *Lass durch ein MEK Hellmann abholen und ins Gewahrsam nach Anklam brin-*

gen. Er schob Andresen den Block zu. Der riss den obersten Zettel ab, steckte ihn ein und stand auf.

»Warte, nimm die Kassette gleich mit zum Schreiben. Wir machen für heute Schluss.«

Andresen nahm die Kassette heraus und legte eine neue ein. Dann nickte er Larsson noch einmal zu und ging hinaus.

»Jetzt lassen Sie Hellmann abholen«, stellte Kerner fest.

Larsson nickte.

»Kollateralschaden.«

Mehr hat Kerner nicht zu sagen. Kollateralschaden. Einer, der auf eine schöne Frau reingefallen war, sich erpressen ließ und nun dafür büßen muss.

20. Kapitel

Montag, 14. August 2006

Als er von zu Hause wegfuhr, wurde er das Gefühl nicht los, dass Monika sich täglich veränderte. Jeden Tag aufs Neue. Heißhunger auf saure Gurken oder Marzipan. Übelkeit in der Nacht, Brechreize am Morgen, die ihre Laune bis zur Nichttolerierbarkeit verschlechterten. Ihm fiel dazu eine Zeile von Heinrich Heine ein, die ihn noch knurriger machte: »Ich will gar nicht sagen, die Weiber hätten gar keinen Charakter. Beileibe nicht! Sie haben vielmehr jeden Tag einen anderen.«

Kinderkriegen ist etwas für die anderen!

Obwohl er vorhatte, die Verhöre weiterzuführen, um auch Licht in den Tod Smirnovs zu bringen, war er zuerst zu seinem Arbeitsplatz in der Heringsdorfer Seestraße gefahren.

Wie lange würde es noch dauern, bis man ihre Gruppe nach Ahlbeck umziehen ließ? Angedeutet hatte man es ja schon, der Rest der Kripo saß ja seit Jahren dort. Der Gedanke, künftig in der Swinemünder Chaussee 17 zu sitzen, missfiel ihm immer mehr.

Als es klopfte, schaute er zur Uhr.

Karl Simons steckte seinen Kopf herein. »Hast du einen Augenblick für mich?«

»Wir ersaufen in Arbeit, und du kommst erst halb neun hier angetrudelt?« maulte Larsson. »Also, Karl?«

»Du kannst dich an Luan Halmer erinnern?«

Larsson erinnerte sich.

»Du erinnerst dich, wie ich dich bedrängt hatte wegen dieses arroganten Armleuchters.«

»Der Fall war doch abgeschlossen, Karl. Die Anweisung kam von ganz oben. Und daran können wir nichts, aber auch gar nichts ändern. Und was, in Gottes Namen, hat das mit dem Tod Smirnovs zu tun, den wir jetzt bearbeiten?«

Simons tat geheimnisvoll, wie immer, wenn er etwas entdeckt zu haben schien. »Luan Halmer. Ich habe mir den Burschen noch einmal genauer angesehen und tiefer recherchiert, wofür er bei der Versicherung verantwortlich war.«

Larsson kämpfte mit dem Stress der letzen Tage in der Dienststelle und dem, den ihm Monika zu Hause bereitete. Jetzt kam Karl Simons wieder mit einem fadenscheinigen Etwas. Er musste sich zusammennehmen, um nicht auszurasten.

»Aha. Und?«

»Er war zuständig für die Regulierung von Schäden oder Totalverlust von Kunstgegenständen.«

»Wie bist du darauf gekommen?«

»Ich habe mich gefragt, wieso der Leichnam des Kindes und der Smirnovs an nahezu der gleichen Stelle gefunden wurden.«

Larsson dachte einige Sekunden nach. Er sah die Bilder der gefundenen Leiche des Kindes vor sich, die erhebliche Schleifspuren an der Stirn, den Handrücken und den Fußrücken aufwies. Es waren die typischen Treibverletzungen, hervorgerufen durch Strömung und Wellen, die den Körper auf dem Grund hin und her geschoben hatten.

»Aha. Und?«

»Wie ich schon sagte – er war zuständig für die Regulierung von Schäden oder Totalverlust von Kunstgegenständen.«

»Aber ich fragte, wie du darauf gekommen bist.« Larsson klang ungeduldig.

»Ich habe mir gedacht, wenn der Leichnam des Kindes und der Smirnovs an nahezu der gleichen Stelle gefunden wurden, muss doch etwas faul im Staate Dänemark sein.«

»Und?«

»Du erinnerst dich, wie ich dich wegen dieses arroganten Armleuchters bedrängt hatte.«

»Ich sage es noch einmal, Karl, der Fall war abgeschlossen. Die Anweisung kam von ganz oben. Da war einfach nichts zu machen gewesen ... Der Leichenfund des Kindes war doch gerade erst. Wieso denkst du jetzt daran?«

»Ich habe einfach mit der Versicherung telefoniert und mich erkundigt, wofür Halmer dort zuständig ist.«

»Verdammt noch mal, Karl. Ich erwarte, dass du vorher mit mir sprichst, wenn du derartige Recherchen in Gang setzt.« Larsson ärgerte sich über die Eigenmächtigkeit Simons'.

Simons lag eine patzige Antwort auf den Lippen, aber er schluckte sie schlauerweise herunter. »Es war doch erst nur eine Vermutung. Ich wollte dich nicht mit irgendetwas belasten, wenn es keinen triftigen Grund dafür gibt.«

Nun ärgerte sich Larsson über sich selbst. Karl hatte eine richtige Überlegung gehabt, die möglicherweise zu einer neuen Bewertung des Todes des Kindes führen würde. Er rief die Rechtsmedizin in Greifswald an. Wie immer meldete sich die Sekretärin der Rechtsmedizinerin. Er versuchte, Frau Dr. Beckert zu erreichen, erfuhr aber, dass sie am Wochenende zu einem Kongress in Breslau unterwegs gewesen sei und man sie erst am Mittag zurückerwartete. Dann wurde er mit dem Oberarzt verbunden, der ihm mitteilte, der Junge sei ertrunken. Spuren, die auf Gewalt hindeuten würden, gäbe es nicht.

»Sieht nicht gut für deine Theorie aus, Karl«, sagte Larsson. »Es gibt keine Spuren, die auf das gewaltsame Unterwasserdrücken des Kindes hindeuten. Und die KTU? Haben die Jungs etwas von einer Spur an der Badehose des Kindes geschrieben? Etwa eine verschobene oder zerrissene Hose?« Larsson hielt einen Augenblick inne.

Simons schüttelte den Kopf.

»Wir sollten eine Anfrage an die Versicherung machen, ob eine Schadensmeldung unter dem Namen Smirnov oder für ein expressionistisches Bild in den Jahren 2002 bis jetzt angemeldet wurde – und wenn ja, wie man entschieden hat. Darüber hinaus, ob, wenn es eine Ablehnung gab, Halmer an der Entscheidung mitgewirkt hat.«

Simons strahlte. »Genau das, Lasse, habe ich gemacht.«

»Gute Arbeit, Karl. Aber das nächste Mal sprichst du so etwas vorher mit mir ab. Bleib dran, und sag mir sofort Bescheid, wenn du etwas herausgefunden hast.«

Larsson stand auf, und sie gingen beide hinüber ins Büro der Kommissare.

»Wir fahren jetzt in die Swinemünde Straße, Rolf«, sagte er zu Andresen. »Hat es schon irgendeine Nachricht aus Anklam gegeben?«

Es hatte keine gegeben. Larsson war erleichtert, fragte sich aber, wieso man ihn so lange in Ruhe ließ. Es war gegen die Gewohnheit des neuen Leiters der Kriminalpolizeiinspektion Anklam, Polizeioberrat Gundolf Mälzer. Eigentlich meldete der Mann sich jeden Morgen und fragte nach Ergebnissen einer laufenden Ermittlung. Irgendetwas in Larssons Unterbewusstsein warnte ihn. Er verdrängte das.

Als sie in Ahlbeck ankamen, war es kurz nach neun. Kerner wartete bereits im Vernehmungsraum. Karl Simons hatte es telefonisch so geordert. Larsson musste lächeln. Simons hatte wieder eigenmächtig gehandelt. Er würde mit ihm reden müssen. Aber dann beschloss er, das nicht zu tun, wenn Simons ihn nicht darauf ansprechen würde.

Nach dem täglichen Eingangsprozedere fragte Larsson: »Wie weit sind Sie eigentlich mit Smirnovs Geschäften vertraut?«

»Unterschiedlich.« Kerner schien es zu genießen, dass Larsson etwas von ihm zu erfahren hoffte. Und dass er das jetzt wollte, war offensichtlich.

»Das heißt was?«

»Fragen Sie doch einfach, was Sie interessiert, und ich antworte Ihnen, wenn ich das kann«, sagte Kerner.

»Ist Ihnen etwas von einem Versicherungsfall wegen der Beschädigung oder des Totalverlustes eines der von Smirnov in Deutschland angekauften expressionistischen Bilder bekannt?«

Kerner dachte einen Augenblick nach. »In welchem Zusammenhang?« fragte er.

»Sie wissen also nichts darüber«, konstatierte Larsson lapidar.

»Ich fürchte, da kann ich Ihnen in dieser Angelegenheit wirklich nicht helfen«, sagte Kerner. »Das fiel einfach nicht in meine Zuständigkeit.«

»Aber der Tod Smirnovs, der fiel in Ihre Zuständigkeit«, stellte Larsson fest.

»Die Organisation, ja.«

»Die Organisation.«

Larsson stellte fest, dass er Orientierungsschwierigkeiten hatte. Wenn diese Ermittlungen ein Ende haben, brauche ich ein paar Tage der Ruhe, dachte er.

»Wo ist Smirnov gestorben? In seiner Wohnung?«

»Nein«, sagte Kerner.

Maier wird sich freuen, wenn er wieder an den Wockninsee fahren darf.

»Wo dann?«

»Wir waren unlängst mit ihm zum Essen in Greifswald verabredet. Im Zuge des sich näher Kennenlernens war es eine Aufgabe, die wir zu erfüllen hatten, die wir natürlich annahmen.«

»Wann haben Sie sich in Greifswald getroffen?«

»Vor einer Woche, bei unserer Anreise. Wir schliefen eine Nacht im ›Hotel Kronprinz‹. Es ist ein altes Haus, liegt aber inmitten der Stadt, direkt am Boulevard. In der Nähe ist der Dom St. Nikolai. Ich schaue mir immer gerne alte Kirchen an, wenn ich Zeit dazu habe. Meine Frau ging derzeit lieber durch die Geschäfte auf der Suche nach ein paar Kleinigkeiten. Am Abend trafen wir Smirnov bei einem mediterranen Essen ganz in der Nähe des Doms.«

»Im ›Olive‹?« fragte Larsson.

»So hieß der Laden wohl.«

»Gut. Was geschah weiter?«

»Als ich einmal raus musste, um in Ruhe zu telefonieren, gab Smirnov meiner Frau zu verstehen, dass, sollte sie einmal Lust haben, sich mit ihm zu treffen, er ihr gern sein kleines Refugium am Wockninsee zeigen würde.«

Andresen lachte. »Das traf sich gut.«

»Männer sind Wölfe«, stellte Kerner nüchtern fest, »immer auf der Suche, ein Opferlamm zu reißen. Deshalb sind sie auch berechenbar, die meisten jedenfalls.«

»Ja, ja, die Männer«, warf Andresen ein.

Kerner schaute Andresen missbilligend an.

»Hélène rief ihn also an und sagte, wenn er denn wolle, könne er ihr gerne sein Reich zeigen. Ich wäre für einen Tag unterwegs, und sie hätte Langeweile. Nur eine Bedingung habe sie.«

»Welche?«

»Er müsse sie mit Champagner begrüßen.«

»Ist das etwas Ungewöhnliches in Ihren Kreisen?« fragte Larsson.

»Natürlich nicht.«

»Aber?«

»Der Champagner beschleunigte das Betäubungsmittel, das Hélène ihm in einem unbeobachteten Augenblick in sein Glas gab. Er sackte schneller weg, als wir es erwartetet hatten.«

Draußen setzte sich ein großer Vogel auf das Fensterbrett. Man konnte durch die getönte Scheibe nur seine Konturen sehen, nicht den ganzen Vogel. Es dauerte auch nicht lange, da flog er weiter. Beide Männer hatten das registriert. Und beide wussten, dass es der andere bemerkt hatte.

Das Wegfliegen wird dir in Zukunft nicht mehr gelingen.

»Ich weiß, was Sie jetzt denken«, sagte Kerner.

»Als Smirnov weggesackt war, kamen Sie ins Spiel«, sagte Larsson, ohne auf Kerners Feststellung einzugehen.

»Natürlich. Ich war die ganze Zeit in der Nähe. Sie ließ mein Handy zweimal klingeln. Das war das Zeichen.«

»Sie hätte das Handy eingeschaltet lassen können, dann hätten sie alles mitgehört«, warf Andresen ein.

»Ja, die Dienste auch. Deshalb verzichteten wir darauf.«

»Wie transportierten Sie ihn ab?« fragte Larsson. Er spekulierte, sie hatten verschiedene Modelle durchgespielt, sicher auch das des Transports am Wockninsee entlang bis an die Ostsee heran. Das ließ sich aber aus mehreren Gründen nicht durchführen. Da war die Nähe zum Natur-Campingplatz Ückeritz, zum anderen die Gefahr, durch Jäger oder andere Personen entdeckt zu werden.

»Wie haben Sie es gelöst?« fragte Larsson.

»Es war Tag, also war es nicht auffällig, wenn ein Auto zu einem der abgelegenen Häuser fuhr.«

»Mit einem Auto? Wenn sich auch nur einer die Nummer des Fahrzeuges merkt ...«, warf Andresen ein.

»Es war ein Mietwagen, den ich in Berlin unter falschem Namen geordert hatte.« Kerner beschrieb einen mausgrauen Renault Espace, der natürlich sehr zum unauffälligen Abtransport einer Leiche geeignet war.

»Sie wussten also in Berlin schon, dass Sie ein solches Fahrzeug brauchen würden«, sagte Andresen.

»Sagen wir, ich rechne immer mit allen Möglichkeiten.«

»In seiner Branche muss man eben immer mit allem rechnen«, sagte Larsson und schaute bedeutungsvoll zu Andresen.

»Ja. So ist das wohl mit dem bestellten Tod«, erwiderte dieser.

Eine Frage beschäftigte Larsson ganz besonders. Was hatten sie mit Smirnov gemacht, als der wieder munter wurde? Das hing davon ab, wann sie ihn letztlich getötet hatten.

»Wie viel Zeit verging zwischen der Abholung Smirnovs aus seinem Haus bis zu seiner Tötung?«

»Einige Stunden«, erwiderte Kerner.

»Sie wollen nicht sagen, dass Smirnov so lange still blieb?« fragte Larsson.

Kerner lächelte überlegen. »Nein, aber Hélène stellte ihn von Zeit zu Zeit mit Allgemeinanästhetika ruhig, wie sie auch in Deutschland in den Krankenhäusern verwendet werden.«

»Er hätte ihnen wegklappen können«, warf Andresen ein.

In seinem Unterbewusstsein nahm Smirnov das Arbeiten eines Verbrennungsmotors wahr. Gleichzeitig musste der Wagen durch ein Loch in der Straße gefahren sein, denn es schüttelte ihn durch. Er hörte, wie ein Mann fluchte und erkannte die Stimme. Es war Kerner.

Ich habe mit seiner Frau geflirtet, dachte Smirnov, aber ist das ein Grund, mich so zu behandeln? Vorsichtig öffnete er die Augen. Graugesichtig, das schwarz-weiß melierte, kurz gehaltene Haar war mit einem Mal vom Schweiß feucht. Angstschweiß, dachte er und konnte mit jeder Sekunde klarer denken. Es ist kein Angstschweiß. Eine Mischung aus dem Champagner, den Medikamenten, die ich zu mir genommen haben muss, als ich mit Hélène anstieß, und der Angst, die mich jetzt umfängt wie die schwarzbraune Hülle eines Seidenkokons. Aber waren die Kokons nicht weiß? Weiß ... oder gelblich ... oder hellbraun wie Thai-Seide Kokons. In seinem Kopf drehte sich alles. Was weiß ich über Kerner und diese Hélène?

Langsam kehren die Geister zu mir zurück. Ich will, dass ich mich konzentriere, dachte er. Verflucht noch einmal, wie bin ich auf diese Leute gestoßen wo? Und vor allem ... wann? Dann fiel ihm die Art Basel wieder ein, die vor zwei Jahren stattgefunden hatte, und wo er auf die Kerners und Hellmann getroffen war. Er dachte an das Telefonat am russischen Weihnachtstag, das ihn in seinem Haus erreichte; es war Professor Boris Iwanowitsch Wolkow gewesen, der ihn telefonisch zur Fahrt zur Tankstelle nach Usedom-Stadt aufgefordert hatte. Dort würde er auf einen Kontaktmann von ihm treffen. Er kannte den Mann nicht, aber der erkannte ihn und sprach ihn an. Die Order, die ihn dort erwartete, war einfach – sofortiger Flug nach Moskau. Der Fremde hatte ihm gleich das Flugticket in die Hand gedrückt.

»Er kommt zu sich, die Sau«, sagte eine Stimme, die Smirnov fremd vorkam.

Und doch war genau diese Stimme ihm wie ein Liebreiz erschienen, als er ihr zuprostete und sie sagte: »Auf uns, lieber Fedor. Ich kann es kaum erwarten.«

»Denn leggen wieder flach«, sagte Kerner.

Smirnov spürte einen schmerzhaften Stich in seiner rechten Armbeuge – im selben Augenblick erschien ihm ein großes schwarzes Schiff, das auf ihn zukam. Ganz am Bug, die Gesichter in den Fahrtwind, standen Hélène Kerner und er selbst. Sie schauten auf die treibenden Eisberge des Nordatlantiks, mit denen das Schiff im Augenblick des Einstiches der Injektionsnadel in seine Vene kollidiert war.

Musik ertönte. Es war Film-Musik von James Horner. Aber das Thema der Musik, als Kate Winslet und Leonardo DiCaprio am Bug des Schiffes standen, verschwamm in einigen Takten mit Hector Berlioz' »Italienischer Sinfonie«. Dann sah er noch schemenhaft, wie sich das Heck des mächtigen Schiffes in die Höhe hob. Er stand nicht mehr am Bug. Wie er so schnell dahin gekommen war, wusste er nicht. Es war auch nicht mehr Hélène, die dort neben ihm stand, sondern Anastasija, deren Hand er hielt. Dann nahm das Schiff Fahrt auf ... die letzte Fahrt zum Grund des Ozeans.

Kurz bevor ihn das Schiff mit in die Tiefe riss, bemerkte er, dass er nicht mehr die Hand Anastasijas, sondern die knöcherne Hand des Todes hielt – der Tod war Oberst Novikov.

Als Smirnov das nächste Mal erwachte, saß er auf einem Holzstuhl. Seine Arme waren durch Klebeband an die Lehnen fixiert. Sein Schädel dröhnte, ihm war speiübel. Es roch nach Schweiß, Lysol und Pisse. Er merkte, dass er sich nassgemacht hatte. Die Hose klebte an seinen Beinen. Der Einstich an seinem Arm war blutunterlaufen. Eine Venenverweilkanüle, mit Pflaster fixiert, schaute aus dem Arm. Sie werden dir eine Todesspritze geben, dachte er. Nichts anderes bedeutet dieser Venenzugang.

»Kennst du den Schmuck?« fragte eine männliche Stimme gefährlich ruhig.

Smirnov versuchte, sich zu konzentrieren. Schemenhaft gewahrte er Major Semjonow. Oberst Novikovs Adjutant ist in Deutschland, durchfuhr es ihn. Das ist wahrlich kein gutes Zeichen.

Neben Major Semjonow stand ein stiernackiger Mittdreißiger, der ihm ein vergrößertes Foto unter die Nase hielt.

»Na, kennst du den Ring, Fedor Artjomowitsch?«

Smirnov starrte auf das Bild. Wie konnte ich das nur vergessen, als ich die Fotos machte, dachte er. Als er nicht antwortete, nickte Major Semjonow dem Stiernackigen zu. Smirnov erhielt einen Schlag mit der flachen Hand ins Gesicht.

»Du willst doch nicht, dass wir dir wehtun«, sagte Semjonow.

Der zweite Schlag, der ihn traf, war mit der Handkante gegen seine Nase ausgeführt worden. Sofort spritzte das Blut.

Semjonow hatte sich mit einem schnellen Ausfallschritt vor dem Blut in Sicherheit gebracht. »Fällt es dir wieder ein?«

»Ein Ring«, lallte Smirnov benommen. »Ich ... ich bin schlecht ... und verdammt noch mal nichts wert.«

»Richtig. Du bist eine Hure des Kapitalismus geworden«, sagte Major Semjonow. »Du hast vergessen, dass dich unser großer, siegreicher Staat mit einem Auftrag ins Ausland geschickt hat.«

»Ich habe das nicht vergessen. Ich habe auch viel geleistet«, widersprach Smirnov.

»Geleistet? Was hast du denn geleistet? Ich höre.«

»Ich habe wundervolle expressionistische Bilder bekannter Maler beschafft, die bei uns in Russland eine Menge Geld gebracht haben.«

Major Semjonow baute sich wieder vor Smirnov auf, dessen Gesicht fast zugeschwollen war. Er beugte sich zu ihm hinunter. Das Blut klebte in Smirnovs ganzem Gesicht und auf seiner Kleidung. Angeekelt von dem Geruch des Blutes, nahm Semjonow sich zurück.

»Jegor Antonowitsch, lassen Sie mich erklären.«

»Ich warte ja schon eine ganze Weile darauf.«

»Jegor Antonowitsch ...«

»Nenne mich nie wieder bei meinen Vornamen, du räudiger Hund. Sonst lasse ich dir deine Zunge herausschneiden.« Major Semjonow schäumte.

»Der Ring ...«

»Ist Eigentum unseres Landes. Wo hast du ihn her?«

Smirnov antwortete nicht.

Major Semjonow drehte sich zu dem Stiernackigen. »Mach ihn los.«

Als Smirnov aufgestanden war, sagte Semjonow ruhig: »Setz dich auf den Boden ... im Schneidersitz.«

Dass Semjonow nichts besonders Gutes mit ihm vorhaben würde, war Smirnov klar. Aber was nun kam, ging weit über seine Vorstellungen hinaus.

»Du kannst ihn jetzt verschnüren«, sagte Major Semjonow zu dem Stiernackigen, während er das Zimmer verließ.

Der Elitesoldat einer bekannten Marineeinheit aus Sewastopol, der einige Zeit zum Schutz des U-Boot-Bunkers in Balaklawa auf der Krim, einem atombombensicherer U-Boot-Stützpunkt für Boote der Klassen Whiskey, Romeo und Quebec inklusive Arsenal und Werft abgestellt war, begann sein Werk. Mit einem dünnen Seil schnürte er Smirnov die Beine zusammen. Dann führte er das Seil über beide Schultern auf den Rücken. Er band die Hände hinter dem Rücken eng übereinander gelegt in diesem Zustand fest an den Körper Smirnovs. Nach kurzer Zeit schon merkte Smirnov, was für eine grausame Foltermethode das war. Mehrmals wehrte sich sein gebeutelter Körper, indem er versuchte, seinen Magen zu entleeren. Immer wieder wurde er von Brechreizen malträtiert. Die Beine wurden ihm taub, und Blasen begannen sich an ihnen zu bilden.

Als Major Semjonow nach einer knappen Stunde wieder ins Zimmer kam, kämpfte Smirnov gerade mit einer drohenden Ohnmacht.

»Und?«

Der Stiernackige hob die Schultern. »Bisher nichts«, sagte er.

»Du solltest meine Geduld nicht überstrapazieren«, sagte Major Semjonow. »Ich möchte, dass du mir sagst, wie du an diesen Ring gekommen bist, und wo du den Rest deiner Beute versteckt hast.«

Smirnov wackelte mit dem Kopf, und Semjonow deutete das als Antwort der Ablehnung.

»Gut, wie du willst. Es gibt unendlich viele Arten, dich zum Sprechen zu bringen. Du hast bisher nur einen kleinen Teil davon zu spüren bekommen. Womit machen wir weiter? Verdrehen und Überdehnen der Oberarme ... Stehen auf einem Stuhl, bis du herunterfällst ... im 90-Grad-Winkel stehen ... auf zwei Beinen hocken, deinen Kopf mit den Händen halten und die Ellenbogen auf die Oberschenkel stützen. Dies lässt die Beine wieder taub werden und verursacht Schmerzen im ganzen Körper. Dagegen war das von eben nur ein kleiner Vorgeschmack.«

Semjonow nickte dem Stiernackigen zu, und dieser holte zu einem neuen Schlag aus.

»Wolkow ... Prof. Boris ... Iwanowitsch Wolkow«, hauchte Smirnov.

»Warum nicht gleich so.«

Wir werden jetzt ein Protokoll machen, das du unterschreiben wirst.«

Smirnov nickte. Aber dann fiel er in sich zusammen.

»Also«, wiederholte Larsson Andresens Feststellung, »er hätte Ihnen wegklappen können«,

Kerner lächelte.

»Hélène hat eine Ausbildung dafür genossen. Und glauben Sie mir, sie ist eine gute Krankenschwester. Ich kann das beurteilen.«

»Wieso können Sie das?« fragte Andresen.

»Weil sie mich immer wieder auf die Beine gestellt hat, wenn mir etwas fehlte.«

Larsson verzichtete darauf, sich von Kerner erläutern zu lassen, wie und bei welchen Wehwehchen Hélène Kerner ihn gesundpflegte. Er kannte die filmreifen Szenen, die Männer einer Frau vorspielen konnten und die einem sterbenden Schwan alle Ehre gemacht hätten.

»Sie haben gesagt, dass Ihre Frau für die nassen Sachen zuständig war«, sagte Larsson. »Hat sie Smirnov umgebracht?«

»Nein, zu der Zeit hatte ihn Major Semjonow bereits übernommen, und wir waren außen vor. Semjonow hat ihn irgendwie zum Reden gebracht. Und dann war er plötzlich tot.«

»Haben Sie einen Überblick, was zu dem Todesurteil an Smirnov geführt hat? Es kann kaum der Ankauf gefälschter Bilder expressionistischer deutscher Maler gewesen sein.«

»Im Frühjahr sagte Major Koslow in Zürich zu mir, es sei ein besonderer Schmuck aus der Eremitage entwendet worden. Man vermutete, dass Smirnov dahintersteckte, denn er hatte Geld an den Leiter der Abteilung mittel- und westeuropäische Kunst gezahlt. Der hätte bereits gestanden.«

Der Ring ... den wir bei der Leiche Anastasija Saizews nicht gefunden hatten.

»Und? Stand Smirnov dahinter?« fragte Larsson.

Kerner lachte laut. »Zumindest konnten wir einen Teil davon sicherstellen.«

»Wie das?«

»Die Saizew trug einen Ring. Ich konnte herausfinden, dass er von Fabergé gefertigt war. Ich nahm ihr den Schmuck ab und gab ihn natürlich weiter, so dass er auch zur Eremitage zurückkehren würde.«

»Aha«, sagte Larsson und sah sein Gegenüber fragend an.

»Die NSA hatte wohl eine Mail abgefangen, die Smirnov am russischen Weihnachtstag verschickt hatte, und diese im Austausch postwendend gegen eine andere Offenbarung an das FSB weitergegeben. In dieser Mail war ein Foto der Saizew in aufreizender Pose zu sehen und ...«

»Lassen Sie mich raten«, wurde Kerner von Larsson unterbrochen. »Anastasija Saizew trug den Fabergé-Ring.«

»Das ist also nicht neu für Sie?« stellte Kerner nüchtern fest.

»Nein.«

»Aber die Verbindung zur NSA.« Kerner lächelte diabolisch.

Larsson nickte. »Sicher ist mir nicht unbekannt, dass die Dienste gewisse Dinge untereinander austauschen. Nur in diesem Fall war es mir tatsächlich neu, wenngleich nicht überraschend.«

»Genau das dachte ich mir ... Was nur auffällig ist, ist die Tatsache, dass alles, einschließlich des Austausches zwischen NSA und FSB, nur wenige Minuten gedauert haben musste«, stellte Kerner fest.

Larsson dachte einen Augenblick nach. »In meinen Augen zeugt das davon, dass man bei beiden Diensten Smirnov unter dem Wind hatte, und dass man zusammenarbeitete.«

Kerner nickte. »Und die NSA hat gern mit dem FSB in dieser Frage zusammengearbeitet. Aber das war nicht alles.«

»Sondern?« schaltete sich Andresen ein, nachdem Kerner still blieb.

»Die NASA bekam dafür eine Information, die einschlug wie eine Bombe.«

»Lassen Sie sich nicht jedes Wort einzeln aus der Nase ziehen, Herr Kerner. Ich verstehe ja, dass Sie ein wenig Spannung inszenieren wollen, aber uns läuft die Zeit davon.«

»Alhast und Tutah Maschadow.«

Andresen schaute Larsson fragend an, und der hob die Schultern und machte ein fragendes Gesicht.

»Schon heute leben nach Erkenntnissen Ihres Inlandsgeheimdienstes in Deutschland rund zweihundert Anhänger des tschetschenischen Terroristen-Chefs Umarov. Unter ihnen sind auch gewaltbereite Extremisten, die unter ständiger Beobachtung stehen. Die führenden Köpfe des Kaukasischen Emirats in Deutschland sind beinahe allesamt vor nicht allzu langer Zeit als Asylbewerber ins Land gekommen", sagte Kerner. »Sie sammeln hier teilweise Spenden für den Kampf im Kaukasus oder werben Kämpfer an. Insgesamt agieren sie recht abgeschottet."

»Aha«, sagte Larsson nur. Deshalb war das BKA im Boot.

»Was haben diese Al ... Tutah Maschdow ...«

»Maschadow, mit a«, sagte Kerner. »Alhast und Tutah sind zwei junge Männer, die Asyl in den USA erschlichen haben. Die Brüder haben dort Verwandte, die für sie bürgten, aber ...«

»Aber?« unterbrach Andresen, dem es nicht schnell genug gehen konnte.

»Das FSB warnte die CIA, dass man über Informationen verfüge, dass die beiden Jungen in die USA eingereist seien, um einen terroristischen Anschlag als Vergeltung für die Gräueltaten, die amerikanische GIs in Afghanistan an muslimischen Brüdern begangen haben, auszuführen.«

Schlagartig wurde Larsson das Ausmaß bewusst, das ihm nun den ganzen Einsatz von Lorenzo Wältin und die Anreise per Hubschrauber in Heringsdorf erklärte. »Aber was hat das BKA damit zu tun?« fragte er.

»Im Ausbildungslager der Al Kaida in der Nähe des pakistanischen Ortes Quetta haben die Russen einen Undercover-Agenten eingeschleust. Der berichtete, dass einige junge Deutsche, die sich in dem Lager befinden, beschlossen haben, Anschläge in Deutschland auszuführen.«

»Kommen wir zurück auf die Mail, die Smirnov am 7. Januar abgeschickt hatte«, sagte Larsson. »Davon sind wir abgekommen.«

»Genau genommen waren es zwei Mails. Eine gegen 21 Uhr. Diese E-Mail ging zu einem Maler in Freiburg im Breisgau. Das war ein Mann, der über Jahre hinweg Bilder im Stile bekannter Maler wie Nicolae Grigorescu, Frédéric Bazille, Camille Pissarro, Édouard Manet, Sisley und Guillaume Vogels gemalt und sie zusammen mit seiner Frau Abelina Chimetti und weiteren Komplizen als Werke jener Künstler in den internationalen Kunstmarkt schleuste und bis zu einstellige Millionenbeträge pro Bild kassierte. Irgendwie war schon das LKA Baden-Württemberg mit einem Anfangsverdacht gegen den Maler beschäftigt. Die NSA hatte davon Wind bekommen und beobachtete nun ihrerseits den Internet- und Handyverkehr des Mannes genau. Die zweite Mail ging an einen besonderen Kunstsammler in Tokyo.«

Kerner erklärte facettenreich, wie Smirnov den Maler Chimetti mit den aufreizenden Fotos köderte, die er von Anastasija Saizew gemacht hatte.

»Die zweite Mail, die Smirnov an diesem Tag abschickte, ging, wie gesagt, nach Tokyo. Dort hatte die CIA den Triaden-Tycoon Shinji Tatsumi unter Beobachtung, der die Triaden-Niederlassungen an der Ostküste der USA von New York bis Miami führte. An den Mann war bisher nicht heranzukommen gewesen, denn er residierte stark abgeschirmt in der japanischen Hauptstadt im Dachgeschoss eines Wolkenkratzers in Tokyo Midtown, einem Gebäudekomplex im Tokyoter Bezirk Minato, der erst im März 2007 endgültig fertig gestellt sein wird. Zu ihm gehört mit 248 Metern Höhe und 54 Etagen einer der höchsten Wolkenkratzer in Tokyo. Insgesamt besteht der Komplex Tokyo Midtown aus sechs Gebäuden, die auf einem nur 7 Hektar großen Grundstück errichtet wurden. Für die Amerikaner war es unmöglich, Shinji Tatsumi aus der dicht bewohnten Stadtmitte Tokyos herauszubomben.

Aber man konnte ihn an seiner empfindlichsten Stelle treffen; Shinji Tatsumi sammelte Kunst, vor allem interessierten ihn Impressionisten von Edgar Degas über Claude Monets Bilder ›Frau im Garten‹ von 1866, ›Teich im Park von Montgeron‹, 1876, und ›Garten von Montgeron‹, 1876 – bis Camille Pissarros ›Boulevard Montmartre‹. Monets Bilder interessierten den japanischen Gangsterboss am meisten. Beim Versuch Claude Monets ›Seerosen‹ von 1906 aus dem Art Institute of Chicago stehlen zu lassen, ging der Beauftrage Shinji Tatsumis einem Agenten ins Netz, der als Lockvogel des Inlandgeheimdienstes FBI fungierte.

Seitdem stand Tatsumi, der niemals persönlich zu sehen war, und hauptsächlich über den Telefon- und Mailverkehr überwacht werden konnte, auf der Todesliste amerikanischer Geheimdienste.

Ob Monets ›Abendstimmung in Venedig‹ von 1908, das im Bridgestone Museum of Art in Tokyo hängt, echt ist, wissen möglicherweise nur die Ahnengötter Banshin. Einer der Führungskräfte des Museums war mit durchschnittener Kehle gefunden worden. Die Keishi-chō 警視庁 – englisch Metropolitan Police Department, die Polizeibehörde im Sinne eines Polizeipräsidiums der japanischen Präfektur Tokyo – war nicht in der Lage gewesen, Shinji Tatsumi für den Mord festzunageln.

Nur die Amerikaner glaubten aus sicherer Quelle zu wissen, dass das Original des Bildes von dem Triaden-Boss an einem geheimen Ort in den Bergen irgendwo auf Honshū, in einer von mehreren asiatischen Schwarzbären bewachten Einfriedung, zusammen mit einer Reihe anderer Bilder eingelagert wurde. Festzustellen, wo exakt Shinji Tatsumi seine privaten Schätze einzulagern pflegte, galt in den zuständigen amerikanischen Dienststellen als erste Priorität. Doch der Japaner war schlau. Er wechselte seine Identität wie ein Chamäleon und seine Aufenthaltsorte wie Arafat zu seinen besten Zeiten. Trotz aller Mühe war es nicht gelungen, den Fuchs in seinem Zweitbau aufzustöbern.

Dennoch war es genau diese Mail, welche die NSA aufgefangen hatte und mit einem entsprechenden Kommentar an die Abteilung des Oberst Novikov vom FSB weiterleitete, die den Anfang des Endes Smirnovs einläutete. In Verbindung mit den gesammelten Nachrichten um den Leiter der Abteilung mittel- und westeuropäische Kunst der Eremitage, Prof. Boris Iwanowitsch

Wolkow, nahm das Schicksal für alle Beteiligten an diesem Fall eine fatale Wendung.«

Als der Mittagswachwechsel des Wachpersonals erfolgte, beschloss Larsson, Kerner ebenfalls zum Essen zu schicken. Als Kerner unterwegs war, rief Larsson Simons an. Dieser informierte ihn, dass Smirnov tatsächlich ein beschädigtes Bild gemeldet hatte. Es war das Werk Otto Müllers mit dem Titel »Zwei badende Mädchen im Dünentümpel«. Er hatte es letztlich gut versteckt auf der ominösen Internetadresse Iwan Karamazows gefunden.

Halmer hatte daraufhin eine Expertise in Auftrag geben wollen, weil er das Bild in einem Katalog der Sammlung Lothar-Günther Buchheims gefunden hatte und die Echtheit des Bildes zu Recht infrage stellte. Der Russe hatte daraufhin sein Vorhaben aufgegeben und die Meldung zurückgezogen.

Eine Rücksprache Simons mit Luan Halmer hatte ergeben, dass der seit einiger Zeit Drohungen erhalten hatte. Das wurde bisher von der Versicherung aus Imagegründen geheim gehalten.

21. Kapitel

Larsson hatte Kerner zurück in die Zelle und statt seiner dessen Frau zum Verhör bringen lassen. Das übliche Eingangszeremoniell legte die namentlichen Diskrepanzen auf, deshalb fragte Larsson:

»Wie soll ich Sie ansprechen? Madame Grimaud aus Neuchâtel?« Er taxierte die Frau. Sie war nicht mehr ganz jung, noch immer aber schlank und fest im Fleisch, keine amorphe Masse. Sie ist in der Tat – trotz ihrer 42 Lenze – ein rassiges Weib, dachte er. »Eine Genevieve Grimaud mit der von Ihnen genannten Adresse gab es zwar in Neuchâtel. Aber die Schweizer Kollegen haben mitgeteilt, die Frau sei vor sechs Jahren im 82. Lebensjahr verstorben.«

Hélène Kerner machte ein unbeteiligtes Gesicht. Sie schaute durch die beiden Kommissare hindurch.

»Hélène Kerner ... So lautet schließlich Ihre Heiratsurkunde, die in Chile ausgestellt wurde«, sagte Andresen. »Doch Ihre Geburtsurkunde war gefälscht.

»Siri-Solene Coloane«, sagte Larsson. »Klingt gut, wirklich."

»Sie scheinen Ihre Hausaufgaben gemacht zu haben", sagte die Frau eisig. »Ich stamme aus einer ehrbaren chilenischen Familie.«

Die beiden Kommissare konnten sich ein kurzes Auflachen nicht verkneifen.

»Das glaube ich Ihnen schon«, sagte Larsson, wieder ernst geworden.

»Aber?«

»Ich frage mich, ob dieser Name Siri ... Siri ...«

»Siri-Solene."

»Ob er echt ist. Ich könnte sie auch Jelena Popjenkin nennen, denn das ist doch Ihr Geburtsname.« Larsson faltete die Hände, stützte sein Kinn darauf und rutschte etwas auf die Frau zu, als wolle er mit verstärkter Präsenz ein Geheimnis aus ihr herausholen.

»Ein Kind kann sich nicht aussuchen, wo es geboren wird. Ich hatte das Glück, im Land des großen Lenins geboren worden zu sein.«

»Glück?« warf Andresen zweifelnd ein.

»Ja, Glück«, sagte Hélène Kerner mit leiser, aber schneidender Stimme. »Als ich sieben Jahre alt war, wurde mein Vater nach Chile an die sowjetische Botschaft versetzt. Er hat seine Familie mitgenommen.«

Larsson ging wieder in seine Ausgangssitzposition zurück. »Und?«

»Bei einem Autounfall sind meine Eltern ums Leben gekommen.«

»Wieso hat die Botschaft der Sowjetunion das Kind Jelena Popjenkin nicht in die Heimat zurückgeführt?«

»Woher sollte ich das wissen?« fragte die Frau. »Ich war ein siebenjähriges Kind. Als ich allein stand, war ich froh, dass sich die Haushälterin meiner Familie um mich kümmerte. Wenig später erhielt die Familie Besuch von der Botschaft, und man leitete eine Adoption ein.«

»Als Kind konnten Sie das freilich nicht wissen. Haben Sie sich später keine Fragen gestellt, warum Sie nicht in die Sowjetunion zurückgebracht wurden?«

»Ich hatte keine Verwandten mehr in dem Land, aus dem ich kam. Deshalb war ich anfangs auch gar nicht so betrübt darüber, bei den Coloanes untergebracht zu sein. Zumal Zofia und Jorge Coloane für mich wundervoll sorgende Ersatzeltern waren.« In ihrer Stimme schwang zu ersten Mal ein wenig Gefühl mit. Aber das würde sich gleich wieder ändern.

»Und später?«

»Später hat sich das ganz von selbst gelöst. Die Coloanes führten die Erziehung meiner Eltern fort. Von der Oktoberrevolution hatte mein Vater mir schon erzählt. Es war nicht neu, aber vertraut. Ich lernte von der Armut, von der Gier und der Gewalt ... Alles hielten sie von mir fern, ohne mich unwissend zu lassen.

»Und wo blieb die Toleranz?« fragte Larsson. »Haben die Coloanes auch davon berichtet?«

»Dann kamen die Reisen in die Sowjetunion«, sagte die Frau, ohne auf die Frage Larssons einzugehen.

»Seit wann kennen Sie Ihren Mann?« fragte Andresen.

»Ich habe ihn auf einer Reise in der Sowjetunion kennengelernt.«

»Bei Ihren Russlandaufenthalten in Rjasan?« fragte Larsson.

»Ja.«

»In der Fallschirmjäger-Schule?«

»Ja.«

»Das 137. Fallschirmjäger-Regiment ...« Larsson wusste, dass der Frau nun klarwurde, woher er dieses Wissen hatte.

»Dort habe ich mich verliebt. Beim Fallschirmspringen.«

»In Rino?« fragte Larsson.

»Ich weiß, worauf Sie hinauswollen. Aber keine Angst. Wir sind stolze Bürger eines großen Landes«, sagte die Frau.

»Ich dachte immer, die Schweiz sei ein kleines Land.« Es war eine Feststellung, die Andresen als Frage verpackt hatte.

»Sie wissen sehr genau, dass die Schweiz nur ein Zwischenort für uns ist.« Die Frau schwieg eine Weile. Larsson bemerkte, wie sie schwer zu atmen begann.

»Rino hieß damals noch ...« Larsson schaute in seine Aufzeichnungen, die er vor sich liegen hatte. »Arkadi Danilowitsch Jefimow.«

»Ja.«

»Waren Sie auf ihn angesetzt?« ließ Andresen sich vernehmen.

»Wie ... Angesetzt?«

»Sie wissen genau, was mein Kollege meint«, sagte Larsson.

»Er war damals schon ein beachtlicher Mann.«

»Das war nicht seine Frage. Aber ich kann sie gern noch einmal wiederholen. Hat man Sie auf Jefimow aufmerksam gemacht?«

»Man hat mir gesagt, dass Arkadi Danilowitsch interessiert nach mir schaue.«

»Wer hat Sie darauf aufmerksam gemacht?«

Die Frau schien nachzudenken. Larsson war klar, dass sie Zeit schinden wollte.

»Semjonow?«

»Nein. Es war damals ein noch junger Mann mit einer erstaunlichen Laufbahn. Er hatte viel zu sagen, denn er war Politoffizier.«

»Sein Name?« fragte Andresen.

»Novikov«, sagte die Frau. »Damals war er Leutnant, ein charmanter Mann.«

»Der später Oberst des Sicherheitsdienstes wurde, was er jetzt noch ist«, stellte Larsson fest. »Der Liebhaber von Honigfallen.«

Hélène Kerner nickte.

»Wann erfuhren Sie, dass in der Eremitage Schmuck entwendet wurde?« ließ Andresen sich vernehmen.

»Irgendwann im Frühjahr. Rino sprach davon, als er von einem Treffen mit einem Bekannten zurückkam.«

»Major Koslow?«

»Ja,«

»Halmer oder Luan Halmer«, sagte Larsson, »sagen Ihnen die Namen etwas?«

»Nein.«

Es gab eine kleine Pause.

Andresen überlegte, wie er die Frau, die sicher über eine überdurchschnittliche Intelligenz verfügte, aus der Reserve locken könnte.

Hélène Kerner wiederum war sich im Klaren darüber, niemals den Namen Halmer gehört zu haben. Und selbst wenn sie das hätte, würde sie es niemals zugeben.

Larsson fragte sich, ob die Frau wirklich nichts mit dem Ertrinken des Kindes zu tun hatte. Sie war ja der personifizierte Tod.

Der Tod hat viele Gesichter. Der Todesengel aber ist immer weiblich.

Einen Augenblick dachte er an das Bild von Arnold Böcklin, »Die Pest« von 1898, das er im Kunstmuseum in Basel gesehen und bewundert hatte, und an das Gedicht von Percy B. Shelley *Die Medusa von Leonardo da Vinci.*

Göttlich ist sie in Schönheit und in Schrecken: /
Holdselige Reize scheinen ihr so Mund /
Wie Augenlid einem Schatten gleich zu
Decken, / Darunter kämpfen – bleiche, feurige
Strahlen – / Angstvollen Grauens und des
Todes Qualen. [...] Dem Haupte, wie aus einem
Leib, ersprießen / Wie Gras an feuchten
Felsenlehnen, / Haare, die Schlangen, welche
niederfließen, / Sich wirr verschlingen, ausein-
anderdehnen / Und von dem bunten Schup-
penkleid ausgießen / Ein funkelnd Licht, als
wollten sie verhöhnen / Die Qualen und den
Tod inwendig und / Die Luft durchsägen mit
manch scharfem Mund.

Aber dann glaubte er ihr, dass sie tatsächlich nichts mit dem Tod des Kindes zu tun hatte. Nicht alle Operationen wurden an die Ausführenden einer Gesamtkonzeption weitergegeben. Sie war auf Usedom scheinbar ausschließlich für die Exekution Anastasija Saizews und vielleicht auch Fedor Artjomowitsch Smirnovs zuständig gewesen. Letzteres war noch nicht bestätigt.

Mörder benehmen sich nicht, wie sich das die meisten Menschen vorstellen; Larsson jedoch hatte eine gewisse Erfahrung beim MAD gesammelt. Auch wenn seine Zeit dort nur sehr kurz war, besaß er genug Vorstellungskraft, wie das hier ablief.

»Sie wissen schon, dass die Fakten Ihnen eine Mordanklage in zwei Fällen einbringen werden«, sagte Andresen in die augenblickliche Stille und riss Larsson damit aus seinen Gedanken. »Das gibt bei uns bis zu lebenslänglich.«

»Was ist mit dem Namen Halmer?« fragte die Frau.

»Ein kleiner Junge ist ertrunken. Es war exakt die Stelle, an der Smirnov gefunden wurde.« Larsson bemühte sich um einen ruhigen Tonfall. »Da gibt es sicher einen Zusammenhang.«

Langsam entsann sich Hélène Kerner an die Überschrift einer Zeitung in der Eingangshalle ihres Hotels. Sie hatte es nur im Unterbewusstsein registriert. Es hatte sie auch nicht wirklich interessiert.

»Ich habe damit nichts zu tun.«

»Das glaube ich Ihnen fast«, sagte Larsson. »Vorsichtshalber werde ich aber der Staatsanwaltschaft vorschlagen, den Jungen noch einmal obduzieren zu lassen. Vielleicht hat man ja bei der Erstobduktion etwas übersehen.«

»Tun Sie, was Sie nicht lassen können.« Die Frau hatte wieder zu ihrem unpersönlich kalten Ton zurückgefunden.

22. Kapitel

»Ich habe mir den Laptop Smirnovs noch einmal gründlich vorgenommen«, sagte Simons am 15. August, einem Dienstagmorgen, als Larsson das Büro der Kommissare betrat.

»Gleich, warte damit, bis wir sitzen.« Larsson setzte sich an den ovalen Tisch, an dem die Gruppe ihre morgendliche Einsatzbesprechung hatte. Simons setzte sich auf den Platz, an dem er immer zu sitzen pflegte, und Andresen, der ein frühes Telefonat beendet hatte, kam ebenfalls mit seiner Tasse in der Hand zur Besprechung. Einzig Monika war noch dabei, den frisch zubereiteten Kaffee zu holen.

»Können wir jetzt endlich anfangen?« fragte Larsson. Als die Kommissare saßen, fuhr er fort: »Ich habe mit Inge telefoniert. Sie wird mit dir die Erstvernehmung Jochen Hellmanns übernehmen. Sie erwartet dich in Anklam um neun.« Er schaute Andresen an und erwartete einen Widerspruch. Aber der kam nicht.

»Ich frage mich allen Ernstes, wieso die uns mit dieser kleinen Besetzung herumwurschteln lassen«, begann Larsson. »Was mich so misstrauisch macht, ist die Tatsache, dass sich sonst der Chef jeden Tag nach dem Fortgang der Ermittlungen erkundigt. Doch nun – still ruht der See.«

»Ist da etwas faul im Staate Dänemark?« fragte Andresen.

Larsson hob die Schultern und machte sein bedenkliches Gesicht. »Eher bei der KPI-Leitung in Anklam. Ich habe so ein ungutes Gefühl. Wir tun einfach unsere Pflicht. Karl hat eine Verbindung gefunden zwischen Smirnov und Halmer.« Er schaute Simons an. »Karl?«

»Es hat einen Mailverkehr zwischen Smirnov und Luan Halmer gegeben, der auf einen versuchten Versicherungsbetrug hinweist.«

»Wieso erfahre ich das erst jetzt?« sagte Larsson. »Du bist doch schon eine ganze Weile an dem Computer Smirnovs dran.«

»Weil ich das überhaupt nicht gefunden hätte, wenn ich die Mails nicht mit einem Wiederherstellungsprogramm sichtbar gemacht hätte, die gelöscht waren.« Simons spielte mit einem Kugelschreiber, mit dem er auf den Tisch klopfte.

Larsson sah ihn genervt an.

Andresen schaute irritiert und fragte schleppend: »Du kannst gelöschte Mails sichtbar machen?«

Simons nickte.

»Wie das? Gibt es tatsächlich solche Programme im Netz?« fragte Andresen.

»Du willst ja nur sehen, ob dein Drachen nicht Mails löscht, die dich nichts angehen«, antwortete Simons.

Larsson räusperte sich.

»Ich habe es nicht aus dem Netz. Ein Kollege aus Anklam hat mit gezeigt, wie das geht. Ich hab es gebraucht, um herauszubekommen, ob Smirnov das Otto Müller-Bild ›Zwei badende Mädchen im Dünentümpel‹ verkauft hat.«

»Das hast du doch nur mit Tor in Verbindung mit Mozilla gefunden«, widersprach Andresen.

Simons lächelte siegessicher. »Anfangs war das so. Aber ich kam zu schwer heran, und so habe ich mich schlau gemacht.«

Larsson stellte seine Tasse ab. »Nun komm mal zur Sache, Karl. Rolf muss bald losfahren, wenn er die Zeit einhalten soll, die abgesprochen ist.«

»Ich fand nicht nur, dass Smirnov das besagte Bild angeboten hat. Er hat es auch in einem anderen Ordner als Buchheim 12 mit fünf Sternen, einem Haken und dem Wort проданный dahinter, was ›verkauft‹ heißt, abgelegt.«

»Da gab es doch diesen Aliasnamen?« fragte Andresen.

»Karamazow«, sagte Simons.

»Richtig. Smirnov ist der Mann, der sich mit Dostojewski schmückte«, warf Larsson ein. »Und nun zur Sache, Karl.«

»Ich fand diesen Schriftverkehr.« Simons gab Larsson zwei Blätter Papier, auf denen Mails ausgedruckt waren.

Larsson las die Schlussmail Halmers.

Sehr geehrter Herr Smirnov,

vor dem Abschluss der Versicherung bei unserem Konzern hatte ich von Ihnen ein Echtheitszertifikat von einem unabhängigen, von uns autorisierten Gutachter gefordert. Dazu hatte ich Ihnen drei Professoren benannt.

Dieses notariell bestätigte Echtheitszertifikat ist von Ihnen bei uns nicht eingereicht worden, so dass wir die Regulierung des Schadens ablehnen müssen.

»Und?« fragte Simons interessiert.

»Was mich wirklich noch beschäftigt«, sagte Larsson, ohne auf Simons Frage zu antworten, »ist die Tatsache, dass unsere Presseabteilung scheinbar gar nichts über die Ermittlungen im Fall der Leiche Smirnovs herausgegeben hat. Es wird einfach totgeschwiegen.«

»Das heißt deiner Meinung nach was?« fragte Andresen.

»Dass erst einmal alles, aber wirklich alles, was hier besprochen wird, bei uns bleibt. Haben wir uns verstanden?«

»Wie immer«, stellte Simons fest.

23. Kapitel

Der Frieden des Nachtschlafs war seit Stunden über die beiden Larssons hereingebrochen, als das Telefon schrillte.

Mit einem wütenden Brummen, das an den Unmut eines Braunbären erinnerte, der in einem bulgarischen Zirkus an einem Nasenring vorgeführt wurde, schälte sich Larsson aus dem Bett und ging zum Telefon. Er schaute auf das Display. Es wurde keine Nummer angezeigt. Der KDD konnte es also nicht sein. Wütend zog er die Verbindungsschnur aus der Wand und ging zurück in sein Bett.

»Wer war es?« fragte Monika leise.

»Keine Ahnung. Ich habe die Schnur aus der Dose gezogen«, sagte er. »Denk daran, sie wieder einzustecken, wenn wir aufstehen.« Er legte sich ins Bett zurück. Kurz darauf machte sich sein Handy auf dem Nachttisch bemerkbar. Er nahm es auf.

»Ja.«

»Begrüßt man so alte Freunde?«

Es war unverkennbar die Stimme Lorenzos.

Larsson schaute zur Uhr. »Weißt du, wie spät es ist ...«

»Stopp«, sagte Lorenzo scharf. »Ich stehe vor deiner Tür, lässt du mich rein?«

»Natürlich. Gib mir fünf Minuten.«

Monika war noch nicht wieder eingeschlafen. »Was ist los?«

»Lorenzo steht vor der Tür und will mit mir sprechen.«

»Mitten in der Nacht? Wie spät ist es eigentlich?«

»Kurz nach drei.«

»Der muss verrückt sein.«

»Nein. Ich denke, er wird mir beibringen wollen, dass der Spaß um Smirnov und Kerner ein Ende hat. Wollen wir wetten?«

»Soll ich aufstehen und euch einen Kaffee machen?«

»Bestimmt nicht. Die Kaffeemaschine kann ich selbst bedienen.«

Larsson zog sich leger an. Zum Schluss warf er sich noch einen leichten Cashmerepullover über die Schultern. Dann ging er durch den Flur zur Küche. Auf dem kurzen Weg dorthin kam er an einem kleinen Fenster vorbei, von dem er auf den Parkplatz vor seinem Haus sehen konnte. Neben dem Mercedes seiner Frau stand sein Dienstwagen. Quer davor einer der schwarzen Geländewagen, die er schon vom Erstbesuch Lorenzo Wältins kannte. Erst jetzt machte er Licht und auch die Außenbeleuchtung an. Er öffnete die Tür.

Lorenzo Wältin lächelte ihn an. »Guten Morgen, Lasse. Ich weiß, es ist mitten in der Nacht.«

»Macht nichts«, log Larsson. »Wir haben uns ja lange nicht gesehen.« Dabei zwinkerte er. »Komm herein.«

Lorenzo bewegte sich nicht vom Fleck. »Es geht um die Affäre Saizew-Smirnov-Kerner.«

»Genau das, Lorenzo, habe ich mir gedacht.«

»Und genau deshalb würde ich dich bitten, Hauptkommissar Schenker vom BKA zu dem Kaffee, zu dem du mich sicher einladen wirst, hinzuzubitten.«

Larsson schaute zu dem Geländewagen. Schemenhaft konnte er ein Gesicht erkennen, das zu ihnen herüberschaute. Er hob die Schultern. »Wenn es denn sein muss.«

Wältin winkte zum Wagen, und Larsson beobachtete, wie der Mann aus dem Fahrzeug ausstieg und auf das Haus zukam.

Die Männer gaben sich die Hand.

»Kriminalhauptkommissar Schenker«, stellte Wältin den Mann vor. »Lasse Larsson.«

Larsson brachte die Männer ins Wohnzimmer. Er ging in die Küche und stellte die Kaffeemaschine an.

»Wir haben in der Frage, in der du mich in Zürich kontaktiert hast, in mehrfacher Hinsicht ermittelt«, begann Wältin. »Und zwar das BKA in Deutschland und der DAP für die Schweiz. Kerner und seine Frau sind Bürger unseres Landes, und als die Anfrage über die CIA an uns herangetragen wurde, die Leute besser unter die Lupe zu nehmen, und der Kontakt zum BKA hergestellt war, haben wir Puzzle für Puzzle zusammengetragen, um ein vollständiges Bild herstellen zu können.«

»Hast du nicht einen Teil vergessen?« fragte Larsson.

»Wieso?«

»Die Russen«, sagte Larsson lapidar.

Wältin nickte seinem Kollegen vom BKA zu. »Es wäre ein Leichtes gewesen, Ihnen den Fall sofort zu entziehen, und wir hätten in aller Ruhe eine neue Ermittlungslinie eröffnen können.«

Wer sagt, dass ihr das nicht habt?

»So aber haben wir den täglichen Bericht von Ihnen analysiert. Er deckte sich mit unseren Erkenntnissen, erweiterte sie sogar. Also ließen wir Sie gewähren.«

Larsson stand auf, um den Kaffee zu holen.

Als er mit einem Tablett aus der Küche zurückkam, verstummte das Gespräch, das zwischen den beiden Männern ausgebrochen war.

»Es hat ursprünglich eine Diskrepanz zwischen uns gegeben, ob wir dich einweihen sollen, Lasse«, sagte Wältin. »Letztlich habe ich den Kollegen von BKA klarmachen können, dass sie nur gewinnen können, wenn sie dich einbinden.«

»Du erwartest aber nicht, dass ich dir für irgendeine Empfehlung danke?« fragte Larsson säuerlich, als er die Tassen absetzte.

»Als im letzten Jahr eine anonyme Strafanzeige in Berlin gestellt wurde, weil man abermals auf einen gefälschten Dix gestoßen war, begannen Beamte des Berliner Landeskriminalamts, Kommissariat 454 für Kunstdelikte, mit der Ermittlungsarbeit. Parallel dazu nahmen wir die Ermittlungen auf, weil der Angestellte einer Versicherung erpresst wurde«, sagte Schenker.

Larsson grinste, als er sagte: »Luan Halmer. Wenn Sie keine anderen Erkenntnisse haben, so weit sind wir auch schon.«

Wenn Schenker jetzt überrascht war, hatte er sich gut im Griff. Wahrscheinlicher aber war, dass er das auch schon wusste.

»Sie glauben, Sie könnten etwas verheimlichen, Kriminalhauptkommissar. Da muss ich Sie enttäuschen. Zuerst ließen Sie eine Anfrage beim BKA bezüglich der Causa Kerner machen.

Das rief uns auf den Plan. Dann hat einer Ihrer Kollegen über Mozilla-Tor herumgestochert. Also ließen wir ihn eine Datei finden. ›Zwei badende Mädchen im Dünentümpel‹ – kommt Ihnen das bekannt vor?«

Larsson zwang sich ein Lächeln ab. »Eins zu null für das BKA.«

»Wir haben sehr schnell davon gehört, dass Sie sich über einen Anklamer Kollegen ein Programm besorgen wollten, um verlorene Dateien sichtbar zu machen.«

Wo ist das Leck? Inge Mohaupt? Simons? Andresen?

»Auch das haben wir unterstützt«, fuhr Schenker fort. »Wir waren gespannt auf Ihre Schlussfolgerungen.«

»Und? Waren Sie zufrieden?« Larsson dachte an sein Gefühl. Er fragte sich immer wieder, wer in seiner kleinen Gruppe der Schwätzer war, der alles nach außen brachte, während er immer bemüht war, ausnahmslos die Dinge unter Verschluss zu halten.

»Nicht so voreilig. Wir hätten Sie schon vor dem Freitag stoppen können. Jetzt ist Mittwoch, und wir kommen zu Ihnen, um Ihnen zu sagen, warum wir jetzt die Notbremse ziehen.«

»Wieso?« fragte Larsson.

»Weil wir Ihre Arbeit überaus schätzen und Sie gerne beim BKA in Berlin sehen würden.«

Schenker sah, wie Larsson einen Augenblick unsicher wurde.

»Sagen Sie nichts. Hören Sie erst einmal zu.«

Lorenzo nickte Larsson aufmunternd zu.

»Sahne? Zucker?« fragte Larsson und zeigte auf den Tisch.

»Morgen schicken wir Hellmann wieder nach Hause«, sagte Schenker ruhig. »Er hat für uns gearbeitet. Oder glauben Sie wirklich, dass wir einfach zusehen, wie hier die Post abgeht?«

Das war für Larsson allerdings eine Überraschung. »Hellmann Doppelagent? Seit wann hat er für das BKA gearbeitet?«

»Seit wir Kerners Aktivitäten in Deutschland überwacht haben.«

Einen Augenblick dachte Larsson nach.

»Im Januar schon, als man Anastasija Saizew umbrachte?«

»Das war der Zeitpunkt, an dem wir Kontakt zu Hellmann bekamen und ihn requirierten«, sagte Schenker.

Larsson dachte an die Befragung Hellmanns, die er nach dem Leichenfund Anastasija Saizews durchgeführt hatte. Hellmann hatte nicht den Eindruck eines gewieften Mannes gemacht. Dann fiel ihm die Befragung in dessen Haus ein, bei der er ihm sagte, dass Smirnov tot sei. Obwohl Hellmann gar nicht wissen konnte, wie der Russe zu Tode gekommen war, hatte er die Gesichtsfarbe gewechselt. Er hatte zugeben müssen, dass Smirnov gar nicht zur Jagd anwesend war. Warum war Hellmann so erschrocken gewesen, wenn er für das BKA arbeitete und von dort Rückendeckung zu erwarten hatte?

Larsson rief sich noch einmal die Befragung Hellmanns in Erinnerung. Was hatte Hellmann über seinen Besuch in Moskau und die Begegnung mir Smirnov von sich gegeben? Es lag erst vier Tage zurück. Er sagte, er habe im Mai bei dem Besuch Moskaus bei der Ausstellung ... verdammt noch einmal ... in der Alla Bulyanskaya Gallery Smirnov mit einem Mann sprechen sehen, der wie ein Künstler aussah. Kurze Zeit später, er kam gerade mit seiner Frau aus einem der nächsten Räume zurück, flirtete Smirnov mit einer wunderschönen Frau. Das war der Zeitpunkt, als Oberst Novikov die Saizew als Honigfalle für Hellmann auslegte. Wie Schuppen fiel es ihm von den Augen. *Hatte ich nicht bereits tief in meinem Innern einen solchen Verdacht. Warum habe ich nicht auf meine inneren Warnlampen gehört und diesen Verdacht besser verfolgt? Wenn das FSB Hellmann im Frühjahr 2004 für sich gewinnen konnte, war der gut zwei Jahre länger für die Russen tätig als für das BKA.* Er hatte sich gefragt, ob Hellmann Opfer oder Täter gewesen sei. Jetzt hatte er die Antwort – Hellmann war beides.

Larsson hatte das dem schwammigen Mann nicht zugetraut. Und das war ein großer Fehler.

»Hast du gehört, Lasse?« fragte Lorenzo Wältin.

»Was?«

Schenker hatte ein Papier aus der Tasche gezogen, das vor ihm lag, und sagte: »Wir haben hier eine vom Generalbundesanwalt als geheim eingestufte Erklärung vorbereitet, dass Sie über alles, was wir miteinander besprechen, Stillschweigen bewahren müssen.«

Larsson lachte auf.

»So lächerlich ist das nicht«, sagte Wältin. »Es geht hier um staatsrelevante Sicherheitsinteressen – auch der Bundesrepublik Deutschland.«

Larsson ließ sich das Papier reichen und las die knappe Erklärung, die über ganze sechs Zeilen ging und ihn zu absolutem Stillschweigen verpflichtete. Er wusste, wenn er das unterzeichnete und es zu einer Offenlegung über die Presse käme, würde das nicht nur das Ende seiner Laufbahn bei der Kriminalpolizei bedeuten, man könnte ihn wegsperren in ein Gefängnis – oder schlimmer, in eine Irrenanstalt. Es gab genügend solcher Fälle. Er nahm den Kugelschreiber, den ihm Lorenzo hinhielt, und unterzeichnete das Schriftstück.

»Morgen, spätestens übermorgen werden Sie zwei Angebote erhalten für eine neue Arbeitsstelle. Ich gebe Ihnen einen guten Rat«, sagte Schenker. »Nehmen Sie eine davon an, und Sie werden die Treppe nach oben fallen.«

Als sich die beiden Männer verabschiedeten, war es kurz nach sechs am Morgen. Larsson dachte nicht, sie so bald wiederzusehen, aber das war ein Irrtum. Als er am Vormittag nach Anklam gerufen wurde, saßen Schenker und Lorenzo Wältin beim Chef der Kriminalpolizei und begrüßten ihn freundlich.

Sodann eröffnete ihm Polizeioberrat Mälzer, dass die Ermittlungen in den beiden Todesfällen Anastasija Saizew und Fedor Artjomowitsch Smirnov an das BKA abgegeben wurden und somit nicht mehr in der Zuständigkeit der Behörden in Mecklenburg-Vorpommern lägen. Gleiches gelte für die in diesem Zusammenhang festgenommenen Rino Kerner und dessen Frau Hélène, die dem BKA in Berlin überstellt würden.

Blieb Jochen Hellmann. Den habe man, in Übereinstimmung mit der Generalstaatsanwaltschaft, vor etwa einer Stunde auf freien Fuß gesetzt.

Die ganze Arbeit seiner Gruppe, die im Januar um die tote Anastasija Saizew, auch die jetzige um die Hintergründe des Todes des Russen Smirnov und die Verwicklung des Agentenehepaars Kerner in diesen Fall, war umsonst gewesen. Unwillig machte Larsson seiner Begeisterung Luft.

Das hatte Folgen.

24. Kapitel

In der Nacht zum Donnerstag, dem 17. August, hatte es seit langer Zeit endlich einmal geregnet. Larsson hatte es bemerkt, als er stundenlang wach lag und sich mit Zukunftsgedanken plagte. Der Regen war nicht allzu heftig und dauerte seiner Schätzung nach knappe zwei Stunden. Monika hatte während dieser Zeit fest geschlafen. Heute neidete er ihr diesen festen Schlaf.

Er hatte eine Weile gebraucht, um zu verstehen, dass er sich in einer Art Zwangsurlaub befand. Als Monika aufgestanden war, wollte er eigentlich liegen bleiben, weil sie morgens nicht so ansprechbar war. Er bezeichnete sie als Morgenmuffel; erst nach dem Frühstück und den ersten Kilometern im Auto zur Dienststelle taute sie gewöhnlich auf.

An diesem Morgen war es anders gewesen. Sie hatte wohl gefühlt, dass er sie jetzt brauchte, hatte ihn gebeten, mit ihr zusammen zu frühstücken.

»Du hast lange wach gelegen«, sagte Monika, als sie ihm Kaffee einschenkte.

»Das kannst du doch gar nicht wissen.«

»Das glaubst aber nur du.«

»Na ja ... da kannst du mir ja auch sagen, was heute Nacht alles passiert ist.«

»Heute Nacht? Nichts. Du bist eingeschlafen, da war es etwas nach zwei.«

Larsson lachte auf. »Blödsinn.«

»Wieso? Du fingst an, sehr gleichmäßig zu atmen. Das kann man nur, wenn die Automatik eingeschaltet ist.«

»Dann habe ich wohl auch geträumt, dass es geregnet hat?«

»Heute Nacht?«

»Ja.«

»Lasse, du spinnst. Wir bräuchten dringend jeden Tropfen Wasser. Aber du hattest vielleicht einen nassen Traum. Das ist alles.«

»Gut ... Dann hast du ja auch nichts dagegen, mit mir zu wetten.«

Sie dachte an seine legendären Wetten im Kommissariat, die er immer zu gewinnen pflegte. Das warnte sie. Dennoch war sie überzeugt, dass der nächtliche Regen eine Mär war.

Monika goss ihm Kaffee nach und fragte: »Wetten? Mit dir?«

Larsson drehte sich zum Radio auf der Fensterbank um und betätigte den Einschaltknopf.

Es war wieder der polnische Sender, den Monika zuweilen hörte und der, wenn sie nicht rechtzeitig zum NDR-Klassik zurückgeschaltet hatte, morgens furchtbar losplärrte.

»Du hast es darauf angelegt, mich noch mehr ins Moll zu ziehen. Du weißt genau, ich hasse Beat mitten in der Nacht.«

Sie lachte. »Es war sicher nicht mit Absicht. Aber wenn ich es recht bedenke ... Wer mich schon morgens vor sechs zu einer Wette anstiften will, hat unlautere Absichten, und dafür ist die Musik ja wohl die allerkleinste Strafe. Ich halte den Regen für eine Mär.«

Inzwischen hatte Larsson mit einem einzigen Knopfdruck seinen Haussender wieder eingestellt. »Regen oder nicht?« fragte er ungerührt.

»Du willst nicht behaupten, nicht geschlafen zu haben?« fragte sie misstrauisch.

»Das habe ich nicht gesagt.«

»Sondern?«

»Dass es geregnet hat, und zwar über mehrere Stunden. Und zwar etwa zwei Stunden.«

Geräuschvoll stieß sie die Luft aus.

»Wie lautet dein Wettvorschlag?«

»Ein Monatsgehalt von dir gegen eins von mir.« Er grinste sie herausfordernd an.

»Du bist auf Krawall gebürstet, Lasse. Das gefällt mir nicht. Jeder hat in seinem Leben mal ein Auf oder Nieder. Bisher hattest du bei deiner Arbeit hauptsächlich Höhepunkte. Wer hat das schon? Dieses Mal hat es dich halt erwischt.«

»Erwischt nennst du das? Man hat mich kaltgestellt. Man nimmt mir einen Fall ab, den ich bereits gelöst habe. BKA und DAP suhlen sich in meinem Erfolg.«

»Schön, das können wir jetzt nicht ausdiskutieren. Ich muss gleich los, sonst komme ich zu spät. Sei versichert, gerade jetzt wird man besonders darauf achten.«

Larsson gab ihr recht. Wegen dieser Sonderstellung, die man ihr und ihm dann zugebilligt hatte, wenn seine Gruppe beispiellos unterbesetzt war, würde man besonders auf sie achten.

»Sie werden dich wieder zur Bundespolizei zurückholen«, stellte Larsson fest.

»Damit rechne ich«, sagte sie. »Vielleicht erfahre ich das heute schon.«

»Sag den Jungs und auch Inge Bescheid, dass ich sie am Freitag zu der versprochenen Soiree im ›Waterblick‹ in Loddin erwarte. Rolf soll bitte einen Kleinbus anmieten, der Inge in Anklam abholt, über Ahlbeck und Heringsdorf fährt, wo die Jungs zusteigen können und der sie nachts wieder nach Hause bringt.«

»Freitag?«

»Ja.«

»Das ist doch schon morgen. Wäre nicht Sonnabend besser? Und der Anfang schon am Spätnachmittag?«

»Das ist mir gleich. Frag einfach, wie es ihnen besser passt.«

Monika stand auf und brachte ihr Geschirr zur Spüle.

»Stell es nur hin«, sagte Larsson, »ich räume es dann in den Geschirrspüler ein.«

»Dein Monatsgehalt gegen meines, Lasse?«

Obwohl er sie kannte und ihr nicht zutraute, darauf einzugehen, sagte sie: »Ich nehme an.«

»Oh ...«, er tat überrascht, strahlte aber. »Dann werde ich schon einmal überlegen, was ich damit anstellen kann.«

Sie spürte, dass sie ihn damit aufgeheitert hatte.

»Mach es gut, Lieber. Bis zum Nachmittag.« Sie beugte sich zu ihm und küsste ihn auf die Stirn.

Wenig später hörte er, wie sie den Benz startete, und er schaute ihr nach, wie der Wagen aus der Einfahrt glitt und seinen Blicken entschwand.

Als die meisten Menschen an diesem Morgen zur Arbeit fuhren, waren nur noch die schmutzigen Ränder der bereits ausgetrockneten Pfützen zu sehen. Dennoch fühlte sich die Luft frischer an als in den letzten Wochen. Sie hatte es gleich gemerkt, als sie aus dem Haus trat. Ein Monatsgehalt, dachte sie und lächelte. Wenn es ihn glücklich macht. Es geht ja ohnehin alles in einen Topf.

Larsson war allein zu Hause.

Er tat, was er immer zu tun pflegte, wenn er sich innerlich aufbauen wollte – er bereitete sich aufs Kochen vor. Es würde auch an diesem Tag wieder warm werden, also dachte er an ein schnell zu machendes, aber absolut lecker schmeckendes Gericht – Seeteufelmedaillons auf Lorbeerzweig in Weißweinsauce. So hatte er es im Urlaub in Italien gegessen.

Allein bei dem Gedanken wallte Freude in ihm auf, denn Seeteufel besitzt nicht nur einen furchteinflößenden Kopf, er schmeckt auch teuflisch gut. Sein festes, weißes grätenfreies Fleisch hat ihn berühmt, und zu einem der begehrtesten Speisefische überhaupt gemacht. Ihm fiel ihm ein, dass er den Seeteufel das letzte Mal von einem Fischgeschäft in Stralsund mitgebracht hatte. Seeteufel wird in der nördlichen Biskaya gefischt. Also würde es kaum Zweck haben, im »Waterblick« anzurufen und seinen neuen Freund Peter Noack, den Mann mit dem nördlichsten Weinberg Deutschlands hinterm Haus und dem bedeutenden Fischrestaurant am Achterwasser, nach dem Rohmaterial zu fragen.

Larsson tat das, was er tun musste, wenn er sich etwas vornahm, was auf den ersten Blick nicht erfolgreich zu sein schien. Er telefonierte, um an den selten auf Usedom geführten Grundstoff für das angepeilte Essen namens Seeteufel zu kommen. Zuerst rief er drei Fischgeschäfte in Wolgast und im Nebenort Kröslin an. Er erhielt drei freundliche Absagen.

Dann hatte er einen Einfall. Möglicherweise hatte das »Zur Alten Fischräucherei« am Hafen in Rankwitz gehörende Restaurant, in dem er hin und wieder zu essen pflegte, Seeteufel im Angebot. Er suchte die Telefonnummer heraus und rief an. Obwohl sie für den Verkauf im Fischladen Seeteufel nicht anbieten würden, beschied ihm der Betreiber der Usedom Feinfisch GmbH, Bernd Reschke, freundlich, dass er aus alter Freundschaft bereit wäre, einen kleinen Teil aus dem Restaurantangebot bereitzustellen.

Larsson dankte, bestieg seinen Dienstwagen, den er im Laufe des Vormittags in Anklam abgeben musste, und fuhr nach Rankwitz auf dem Lieper Winkel. Er hatte eine Kühltasche mitgebracht, in die er seinen »Fang« sorgfältig verstaute. Danach fuhr er nach Anklam, um den Wagen abzugeben.

Es war kurz vor zwölf, als Larsson auf den Hof der Anklamer Polizeidirektion in der Friedländer Str. 13 fuhr und wenig später im Büro des Leiters Zentrale Dienste/Fahrzeugeinsatz vorsprach, um den Wagen abzugeben.

Die Kollegen waren zu zweit in dem Raum. Die Unterhaltung wurde sofort unterbrochen, als Larsson das Büro betrat.

»Augenblick.«

Einer der Männer griff den Hörer seines Telefons. Larsson sah aus dem Augenwinkel, dass er im Haus telefonierte. Es war eine vierstellige Nummer.

»Er ist jetzt da«, sagte der Mann am Telefon, legte den Hörer sofort wieder auf und sagte: »Sie möchten sich gleich beim Chef melden.«

Larsson schob die Wagenschlüssel, die Fahrzeugpapiere und das Fahrtenbuch über den Tresen. »Ich komme noch einmal zurück«, sagte er.

»Ist an dem Fahrzeug alles in Ordnung?«

»Natürlich. Andernfalls hätte ich einen Bericht geschrieben.«

»Gehen Sie jetzt hoch. Wir schauen uns den Wagen an. Wenn wir uns nicht bei der Sekretärin melden, brauchen Sie nicht noch einmal vorbeizukommen.«

Larsson unterschrieb eine Abgabebestätigung, die der Kollege gegenzeichnete.

Larsson bedankte sich.

Als er am Sekretariat klopfte, schaute er noch einmal zur Uhr.

»Der Chef erwartet Sie schon, Herr Kriminalhauptkommissar Larsson.«

Die Frau stand auf und geleitete ihn zur Tür, die ins Chefzimmer führte. Dort klopfte sie und öffnete, ohne auf Antwort zu warten.

Larsson ging hinein. Die Tür schloss sich hinter ihm.

»Ah, Kriminalhauptkommissar. Ich habe Sie schon erwartet.« Polizeioberrat Mälzer stand auf und gab ihm die Hand. Er deutete auf eine Sitzgruppe am Fenster. »Es ging gestern ein wenig zu heftig zu. Finden Sie nicht?«

»Ich war nicht gerade begeistert«, sagte Larsson.

»Muss ich Ihnen wirklich sagen, dass wir gar keinen Spielraum haben, anders zu entscheiden? Wenn das BKA kommt und sich außerdem noch mit der Generalstaatsanwaltschaft einig ist, dann ist uns der gesamte Fall aus der Hand genommen. Und dass es sorgfältig vorbereitet war, zeigt, dass ich nicht eingeschritten bin, als Sie ohne Reisegenehmigung nach Zürich geflogen sind.«

»Sie wussten also davon«, stellte Larsson fest.

»Noch bevor Sie zum Flughafen Berlin unterwegs waren.«

»Unglaublich.« Larsson lächelte, obwohl ihm das sichtlich schwer fiel.

»Es hätte sonst ernste Konsequenzen für Sie gehabt, Herr Larsson. So aber werden wir einen Weg finden, mit dem alle Seiten leben können, ohne ihr Gesicht zu verlieren.«

Larsson ahnte, dass jetzt das kommen würde, was dieser Schenker vom BKA im Beisein seines Freundes Lorenzo Wältin angedeutet hatte.

»Wir brauchen die Räume im Gebäude der Seestraße ganz für die Aufgaben der Schutzpolizei. Die in diesem Haus vorübergehend angesiedelten Kriminalisten werden nun endgültig in die Swinemünder Chaussee 17 nach Ahlbeck umziehen.«

»Wenn es nicht zu umgehen ist«, warf Larsson ein. Das Lächeln war aus seinem Gesicht gewichen.

»Für Sie schon«, sagte Polizeioberrat Mälzer.

Einen Augenblick lang überlegte Larsson, bevor er antwortete. »Sie wollen mich von meinen Leuten trennen? Es ist eine gut funktionierende Gruppe. Es wäre schade, sie auseinanderzureißen.«

»Es gibt eine Entscheidung, die gefallen ist, weil Sie eigenmächtig ins Ausland gereist sind. Auch wenn das in diesem Fall geduldet wurde. Wenn sich das herumspricht, wird der eine oder andere Beamte meinen, es auch so machen zu können.«

»Es war ein Sonderfall«, widersprach Larsson.

»Ob es das war, lag nicht in Ihrer Entscheidung.«

Larsson musste seinem Vorgesetzten absolut Recht geben. Er hatte gewusst, dass das gegen alle Wertigkeiten der Polizei war. Trotz allem hatte er entschieden, die Ermittlungen nach seinen Vorstellungen durchzuziehen. Aber aus seinen Ermittlungen war schließlich eine Operation geworden, eine Operation der Geheimdienste. Wieso hatte er Lorenzo getraut? Enigma plus fünf. Es war die Erinnerung, die ihn alle Vorsicht vergessen ließ. Selbst seine inneren Warnlampen, die hin und wieder aufgeleuchtet waren, hatte er ignoriert. Warum? Und dann fiel ihm eine Redensart ein, die er hin und wieder zu gebrauchen pflegte.

Im Land der Wahrheit ist selbst dein Schatten eine Lüge.

Das Land der Geheimdienste aber ist kein Land der Wahrheit; es ist ein Land des Misstrauens, des Betruges, des Mordes.

Die Stimme des Polizeioberrats holte ihn aus seinen Gedanken. »Deshalb haben höhere Instanzen entschieden, Sie erst einmal zu einem Lehrgang zum BKA zu schicken. Dann werden Sie selbst entscheiden, ob Sie nach Berlin gehen wollen.«

»Die Antwort wird negativ sein«, sagte Larsson. »Vor einiger Zeit bin ich nach Mecklenburg-Vorpommern versetzt worden, weil ich Berlin aus Sicherheitsgründen verlassen sollte.«

»Das ist mir durchaus nicht unbekannt«, warf der Polizeioberrat ein. »Am 11. September beginnt in Berlin der Lehrgang beim

BKA. Daran werden Sie teilnehmen, denn das ist die Grundbedingung für eine Führungsposition. Wo Sie nach dem Lehrgang eingesetzt werden, lassen wir einmal offen. Sie gehen jetzt in den Urlaub, so wie ich es Ihnen gestern gesagt habe.«

Der Ton, den der Polizeioberrat anschlug, ließ keinen Widerspruch zu. Deshalb sagte Larsson sehr ruhig: »Ich habe ein Haus in Loddin, eine Frau, und bald sind wir eine Familie.«

»Als Ausweichangebot würde das LKA in Schwerin stehen.«

Larsson schüttelte den Kopf.

»Ich hoffe, Sie werden nicht den Weg in die Privatwirtschaft wählen, und erst einmal zu einer dreimonatigen Fortbildung zum BKA nach Berlin gehen. Danach sehen wir weiter.«

Der Polizeioberrat stand auf. Das war das untrügliche Zeichen, dass die Unterredung beendet war. Er gab Larsson zum Abschied die Hand, als das Telefon klingelte.

Mälzer ging die wenigen Schritte zum Schreibtisch und nahm den Hörer auf, während Larsson der Ausgangstür zustrebte.

Larsson ergriff die Türklinke. Da holte ihn die Stimme des Polizeioberrates ein. »Warten Sie bitte noch einen Augenblick.«

Als das Gespräch beendet war, sagte der Polizeioberrat versöhnlich: »Es gibt sicher noch eine andere Möglichkeit, welche die Aufrechterhaltung des Hausstandes auf der Insel zulässt. Der Einsatzleiter der Fahrzeuge braucht noch eine Unterschrift von Ihnen. Gehen Sie bitte vorbei.«

Larsson drehte sich um und ging hinunter ins Parterre.

»In der Zwischenzeit haben wir den Wagen noch einmal durchgesehen. Es ist alles in Ordnung.«

»Wo muss ich noch etwas unterschreiben?«

Der Beamte schüttelte den Kopf. »Hat der Chef Ihnen das gesagt?«

Larsson nickte.

»Das ist ein Irrtum, sicher. Schauen Sie zum Fenster hinaus. Sehen Sie den Einsatzwagen?«

»Ja.«

»Der Wagen wartet auf Sie. Er muss nach Zinnowitz und wird Sie in Loddin absetzen.« Er sah in das überraschte Gesicht Larssons. »Anweisung des Polizeioberrats.« Jetzt lächelte der Kollege. »Der Mann ist immer für eine Überraschung gut.«

»Ja, das ist er wohl.«

Am Nachmittag hatte Larsson alles für die Ankunft seiner Frau vorbereitet. Der Seeteufel war gewaschen, trocken getupft und in drei Zentimeter große Stücke geschnitten. In einer Schale hatte er eine kleine Zwiebel und eine große Knoblauchzehe – fein gehackt – deponiert. Er nahm die bereits abgespülten und wieder getrockneten Lorbeerzweige, die er von der Inselgärtnerei Kühn aus Alt-Salentin geholt hatte, und spitzte die Stiele etwas an. Abwechselnd spießte er nun die Fischstücke mit den Lorbeerblättern auf. Für jeden zwei. Ein kleines Festessen. Er würzte mit Salz und grobem Pfeffer aus der Mühle. In seiner keramikbeschichteten Pfanne briet er bei mittlerer Hitze mit etwas Olivenöl die Spieße rundum an. Er war sehr bedacht darauf, dass er nicht über die 70 Grad kam, damit das Eiweiß nicht zerstört würde. Sehr zufrieden mit seinem Werk nahm er einen feuerfesten Glasteller aus der auf 45 Grad vorgeheizten Röhre. Er bettete die Spieße auf den Teller, schob ihn in die Röhre und schaute zur Uhr. Monika müsste jeden Augenblick kommen. Er gab etwas Olivenöl, die gchackte Zwiebel und den Knoblauch in die Pfanne. Als das Gemüse glasig wurde, goss er mit Weißwein an. Schließlich holte er die Spieße aus dem Ofen, legte sie in die Pfanne und deckte sie ab. Bei ganz kleiner Hitze ließ er die Spieße im Sud ziehen.

Als er hörte, dass Monika in die Einfahrt fuhr, schaltete er den Ofen ab. Er ging ihr entgegen.

»Bist ja richtig zeitig weggekommen.« Er umarmte Monika. »Bei dem schönen Wetter essen wir draußen«, sagte er. »Ich habe eine Kleinigkeit vorbereitet.«

Während sich seine Frau auf den Feierabend vorbereitete, ging er in die Küche. Er nahm zwei Teller aus dem Ofenrohr, die er in der Restwärme angewärmt hatte, und legte jeweils zwei der Spieße auf einen der Teller. Dann übergoss er die Spieße mit der Weißweinsauce.

»Das riecht ja unerträglich gut«, rief Monika aus dem Bad. Du willst mich wieder einmal betören.«

»Wenn mir das noch gelingt«, rief Larsson zurück, »will ich das gern für dich vorbereitet haben.«

Sie begegneten sich an der Terrassentür.

»Gott dieser wundervolle Geruch ... Was ist das für ein Fisch?«

»Seeteufel.«

»Geheiratet hätte ich dich auch, wenn du Koch gewesen wärst.«

»Ich weiß.«

»Oder gerade deshalb ... oder wegen deiner Ausstrahlung ... oder wegen deiner Willensstärke ... oder wegen des unheimlich guten Karmas.«

»Was willst du von mir?« fragte Larsson.

»Nur das, was jede Frau möchte. Auf Augenhöhe mit ihrem Mann leben, gemeinsam alt werden und bis zum Ende des Lebens, dieses einmaligen Lebens Zuneigung und Liebe erfahren.«

Sie setzten sich.

Larsson hatte ein Baguette in die Mitte gestellt und legte vor. »Das klingt fast, als wolltest du daran zweifeln.«

»Muss ich das nicht? Wenn ich sehe, wie du dich in deine Arbeit vergräbst. Du verbeißt dich ja richtig, wenn du am Jagen bist. Wie ein Terrier vor einem Dachsbau. Dann schaust du zu Hause aus, als wäre ich dir gleichgültig. Ich denke, das anzusprechen ist keinesfalls Eifersucht.«

»Sondern?«

Monika hatte den ersten Bissen des Seeteufels in den Mund geschoben. »Hmmm ... Ich werde schwach. Es ist eine Frage des Lebensstils.« Sie brach ein Stück von dem Baguette ab und versuchte damit die Sauce aufzunehmen.

Larsson hatte einen Chablis zu diesem Essen ausgesucht. Er hob das Glas und schaute ihr in die Augen.

»Das ist meine Arbeit, Liebes. Du kanntest diese Arbeit von deinem Vater, bist also nicht in eine unbekannte Falle gelaufen.«

Sie trank einige kleine Schlucke. »Du hast den Wagen abgegeben?«

Larsson nickte.

»Spann mich nicht so auf die Folter. Sag mir, wie's gelaufen ist.« Sie zeigte auf ihren leichten Bauansatz. »Wir haben schließlich ein Recht darauf, zu erfahren, wie es weitergeht.«

»Man möchte, dass ich zum BKA nach Berlin komme.«

»Nein.« Es klang wie ein Aufschrei.

»Wahlweise zum LKA nach Schwerin.«

»Das wäre das Ende unserer Ehe«, sagte sie leise.

»Deshalb werde ich das auch nicht machen. Beides nicht. Ich habe es dem Polizeioberrat auch gesagt. Wogegen ich mich nicht wehren kann, ist eine Fortbildung, die in Berlin stattfinden wird.«

»Wann?«

»Ab 11. September für drei Monate. Aber es bleibt dabei, ich gehe nirgendwohin, wo du nicht sein kannst.«

25. Kapitel

Der 19. August hatte wundervoll angefangen. Es war ein Bilderbuchtag, ein Sonnabend, der seinem Namen alle Ehre machte. Monika machte das, was sie an den freien Tagen immer gern zu tun pflegte, sie schlief ein wenig länger.

Larsson war leise aufgestanden und machte sich in der Küche zu schaffen. Seine Gedanken schweiften ab zu seinem Vater. Die Erinnerungen an ihn waren vage und verblassten mit der Zeit immer mehr.

As er erfuhr, dass sein Vater einem Mordkomplott des Geheimdienstes der DDR zum Opfer gefallen war, hatte er begonnen zu recherchieren. Ein Freund vom MAD war ihm behilflich gewesen. Es war nicht bis ins Letzte zu klären gewesen, wer den Mordauftrag gegeben hatte; die Verantwortlichen hinter dem Schreibtisch aber waren bekannt. Die Auftraggeber im Hintergrund: Generalleutnant Karl Kleinjung, der gelernte Friseur, einst Spanienkämpfer und im Zweiten Weltkrieg Partisan auf Seiten der Roten Armee, war offenbar der hauptverantwortliche Drahtzieher für den Mordplan gegen seinen Vater, Lars Larsson. Das Ministerium für Staatssicherheit MfS heckte minutiös die Ermordung angeblich gefährlicher Staatsfeinde aus. Die Akte Larsson belegt eindeutig die Existenz von Ostberliner Killerkommandos. Er hatte sich gefragt, wieso es sein konnte, dass derartige Vorkommnisse nicht an die Öffentlichkeit kamen. Es hatte immer die gleiche Antwort gegeben: Es passte nicht ins politische Gesamtkonzept der Bundesrepublik Deutschland gegenüber der DDR. Zu viel im Kampf für Erleichterungen für die Bevölkerung der geteilten Stadt Berlin hatte auf dem Spiel gestanden. Aber das war nur eine Seite der Medaille. Zu viele Interessen pekuniärer Art Einzelner und zu viel Naivität in den Kreisen der bundesdeutschen Abwehr gegenüber den Fähigkeiten der Spionagechefs der DDR ergänzten die erfolgreichen Mordoperationen auch auf bundesdeutschem Gebiet.

Sein Gedankengang wurde von einem Geräusch unterbrochen, das aus dem geöffneten Wohnzimmer kam.

Als Monika aufstand und fast schlaftrunken im Morgenmantel auf die Terrasse kann, blinzelte sie ins gleißende Sonnenlicht.

»Gutes Timing. Ich bin gerade fertig geworden.«

Monika schaute auf den gedeckten Tisch. »Oh, das ist lieb von dir.« Mit einem »Ich putze mir nur schnell die Zähne« verschwand sie wieder im Haus.

Larsson versuchte, die Gedanken an die alte, mordlüsterne Stasiführungstruppe um den Mörder Mielke und dessen Mitarbeiter abzuschütteln. Stasi-General Karl Kleinjung hatte die Gründung der geheimen Killertruppe in den 60er Jahren angeordnet. Er war als Chef der Stasi-Hauptabteilung 1 für die Überwachung der militärischen Einheiten zuständig. Damals häuften sich die Fälle von Grenzsoldaten, die in den Westen flohen. Das sollten die Spezialisten der Einsatzkompanie verhindern. Sie wurden nach ihrer Ausbildung in die DDR-Grenztruppen eingeschleust, um ihre eigenen Kameraden zu bespitzeln und Fahnenflucht in den Westen zu vereiteln. Zwei Mitglieder der Einsatzkompanie und ihr Chef Karl Kleinjung standen nach der Wende 1989 wegen der Todesschüsse auf Gartenschläger vor Gericht. Kleinjung starb noch im Laufe des Prozesses; die anderen wurden freigesprochen. Ihnen kann nicht nachgewiesen werden, dass sie von vornherein planten, Gartenschläger zu liquidieren. Doch inzwischen ist bewiesen: Vier Tage vor dem Anschlag auf Gartenschläger plante die MfS-Einsatzkompanie den Hinterhalt. Eigendorf, Welsch, Thurow, Hirsch und Gartenschläger fielen ihm ein, und 205 vollstreckte Todesurteile innerhalb der DDR-Justiz, die aktenkundig geworden sind. Welsch, Thurow und Hirsch waren Fluchthelfer wie sein Vater. Vor drei Jahren, dachte Larsson, kurz vor Vollendung seines 91. Lebensjahres, ist Generalleutnant a. D. Karl Kleinjung, MfS-interner Spitzname Kognak, langjähriger Leiter der Hauptabteilung I – Militärabwehr – des Ministeriums für Staatssicherheit der Deutschen Demokratischen Republik, verstorben.

»Das Kämpferherz eines aufrechten Antifaschisten, Interbrigadisten, Partisanen und Tschekisten hat aufgehört zu schlagen«, hieß es in einer Trauerrede zum Ableben Kleinjungs, gehalten von Generalleutnant a.D. Manfred Dietze – der 1971 zum stellvertretenden Leiter nach Karl Kleinjung, 1981 zum alleinigen Leiter der Hauptabteilung I des MfS ernannt wurde. Was für Krähen und die Augenaushackerei gilt, ist für Tschekisten erst recht gültig.

Larsson hatte versucht zu empfinden, was sein Mitarbeiter Rolf Andresen, der aus der mittleren Ebene der Kriminalpolizei der DDR kam und sicher mindestens als IM für das MFS gearbeitet hatte, für eine Mitschuld an einer solchen staatlichen Fehlentwicklung hatte. So gesehen hatten alle Mitläufer aller Regime eine Schuld an einer kriminellen Entwicklung des Staates, die zur Nazizeit ebenso wie die der sogenannten DDR.

Er fragte sich, ob man alle Menschen über einen Kamm scheren könne, oder ob man die Lebensumstände bedenken müsse. Letzteres bejahte er. Andresen. Ich werde erst einmal gar nichts für ihn tun können, wenn ich erst einmal weg bin. Zugegeben, ich war ihm mit großem Vorbehalt begegnet. Die Zeit, sagt man, heilt alle Wunden. Bei Andresen, den ich mit der Zeit schätzen gelernt habe, war es nicht die Zeit, sondern die geleistete Arbeit und das Harmonieren in der Ermittlungsgruppe. Nicht immer bequem. Oft mit nachdenklichen Widersprüchen, aber mit einer tolerablen Art.

Larsson war zurückgegangen in die Küche, um den Räucherlachs zu holen, den Monika so gern zum Frühstück aß. Als er damit wieder durchs Wohnzimmer musste, kam Monika aus dem Schlafzimmer zurück. Sie hatte ein leichtes, weiß-rot geblümtes Sommerkleid an, in dem sie wundervoll aussah. Er wurde sich bewusst, dass er, würde er sich dieses Leben erhalten wollen, Zugeständnisse an die Gegebenheiten seines Lebens machen musste.

Larsson hatte den Tisch so zurecht geschoben, dass er nicht unmittelbar in der Sonne sitzen musste und auch Butter und Lachs im Schatten standen.

»Du bist sehr umsichtig, Lasse«, sagte sie. »Es wäre meine Aufgabe gewesen, für ein angemessenes Frühstück zu sorgen.«

Ohne darauf einzugehen, fragte Larsson: »Du hast mehrfach mit uns zusammengearbeitet. Jetzt frage ich dich – wie schätzt du die Gruppe ein?«

Sie schien einen Augenblick nachzudenken. »Wie meinst du das? Arbeitstechnisch?«

Larsson nickte.

»Es ist eine homogene Ermittlergruppe. Jeder macht seine Arbeit. Auch Karl. Du hast ihm sehr zugesetzt mit deiner Kritik seiner Eigenmächtigkeit im Fall Luan Halmer. Aber es war ungerecht.«

»Wieso?«

Larsson nahm sich ein Brötchen, bestrich es halbseitig mit Butter, gab einen Löffel herrlicher Himbeerkonfitüre auf den Rand und biss genüsslich ab. Während er kaute, leerte er den nächsten Löffel auf das Brötchen.

»Karl hat sich mehr als bemüht, Eigeninitiative zu zeigen«, sagt Monika. »Du hast ihm das zu hart vorgeworfen.«

Larsson schaute von seinem Brötchen hoch. »Ich habe nicht seine Eigeninitiative bemängelt.«

»Sondern?«

»Seine Eigeninitiative ist schon in Ordnung.«

»Lobenswert«, verbesserte Monika.

»Meinetwegen auch lobenswert. Aber es geht in einer so prekären Mordermittlung nicht, dass der leitende Ermittler nicht weiß, was seine Mitarbeiter machen.« Genüsslich schob er den Rest des Brötchens mit einem besonders großen Klecks Himbeerkonfitüre in den Mund.

Monika sagte nichts.

»Und Inge?« fragte Larsson.

»Ist eine kompetente Kriminalhauptkommissarin.«

»Ja, das ist sie«, bestätigte Larsson.

»Aber?«

»Sie ist immer nur ausgeliehen, wie du auch.«

»Du hättest sie wohl am liebsten ganz um dich herum.«

Larsson lachte auf. »Höre ich da Eifersucht heraus?«

»Alles im Leben ist nur ausgeliehen«, sagte Monika. »Auch das Zusammenleben zweier Menschen.«

»Ja«, sagte Larsson nachdenklich.

»Entweder scheidet der Tod, der immer an letzter Stelle im Leben eines Menschen steht ... oder meist vorher schon die Betroffenen selbst«, gab Monika zu bedenken.

»Leider, aber das ist das Leben. Inge war nie eine Gefahr für den Fortbestand unseres Zusammenseins ... Andresen ... Was hältst du von Rolf?«

»Ein loyaler Charakter.«

»Immer?«

»Ich denke schon. Warum fragst du mich das alles?«

Larsson wartete. Er sagte nichts. Aber nach einer Weile lächelte er sie an. Es war kein normales, sondern ein aufgesetztes, ironisches Lächeln. Sie spürte das.

»Du fragst da nicht etwa, weil du annimmst, jemand aus deiner Gruppe hätte Dinge nach außen getragen?«

»Wer weiß das schon?«

Monika goss Kaffee nach. »Ich.«

Larsson lachte auf. »Du?«

»Ja, ich.«

Er sah seine Frau an, die ihn entsetzt anstarrte.

»Es sind Dinge nach außen gebracht worden, die nur wir fünf wussten. Ich habe absichtlich niemanden weiter einbezogen.«

»Dinge?«

»Alles, was wir besprochen haben.«

»Alles? Was zum Beispiel?«

»Dass ich gesagt habe, dass wir nicht weiter gegen Smirnov ermitteln sollen und wahrscheinlich von dem Fall abgezogen werden.«

»Dass an dem Fall Geheimdienste dran sind, auch?«

Larsson nickte. »Ich habe mich auf der Fahrt vom Flughafen zu uns nach Hause gewundert, wieso Lorenzo Wältin auf den Kilometer genau Bescheid wusste, wie weit es vom Flughafen bis zu uns ist. Auf den Meter genau."

»Und da verdächtigst du deine engsten Mitarbeiter?«

»Ich ziehe immer alle Möglichkeiten in Betracht«, sagte Larsson. »Auch Verrat.«

Er stand auf, ging in den Flur des Hauses und holte ein kleines Etwas aus der Tasche seines Sakkos. Dann ging er zurück auf die Terrasse.

»Möchtest du noch Kaffee?«

Larsson zeigte mit der Hand auf die Kanne und nickte. »Ich habe mich natürlich gefragt«, sagte er, »ob es möglich ist, dass einer meiner Leute herum plappert.«

Er schaute zu, wie Monika den letzten Tropfen aus der Kanne herausholte.

»Soll ich noch einmal Kaffee durchlaufen lassen?«

»Für mich nicht, danke.«

Am Gartenzaun war ein älterer Mann mit einem Fahrrad stehen geblieben und betätigte die Fahrradklingel.

»Kennst du den Mann?« fragte Monika.

Larsson drehte sich um und winkte dem Mann zu.

»Es ist einer der Fischer. Sie wollen mich zu ihrer nächste Woche am Dienstag stattfindenden Stammtischrunde ins ›Waterblick‹ einladen.«

»Dich?«

»Werden Sie am Dienstag kommen, wie versprochen?« rief der Mann vom Zaun.

Larsson stand auf und ging zum Zaun.

Monika sah, wie Lasse mit dem Mann sprach. Nach einer Weile kam er zurück, und der Fischer setzte seinen Weg mit dem Rad fort.

»Und?« fragte Monika.

»Sie wollen, dass ich einen kleinen Vortrag halte über den Werteverfall in der Gesellschaft.«

»Aha«, sagte sie. »Wirst du das machen? Werteverfall der Gesellschaft?«

»Aus kriminologischer Sicht«, sagte Larsson.

»Aus ...?«

»Ja, sie meinen, es sei Schuld der großen politischen Parteien, dass die Nazis auf der Insel mitreden können.«

»Haben sie da recht?«

»Bis zu einem gewissen Maße, ja.«

»Und sonst?« fragte sie.

»Lass uns heute nicht mehr politisieren«, sagte er. »Sonst versauen wir uns noch den ganzen Tag.«

»Weshalb warst du vorhin im Haus? Wir wurden unterbrochen.«

»Ach ja«, sagte Larsson. »Wir sprachen darüber, wer das Plappermaul sein könnte.«

»Und? Einer deiner Mitarbeiter, vermutest du.«

»Zuerst hatte ich das wirklich gedacht.« Er zog etwas Winziges aus der Tasche und legte es auf den Tisch.

»Was ist das?« fragte Monika und nahm es in die Hand.

»Ein kleines Mikrofon.«

»Eine Wanze?«

Larsson nickte.

»Du glaubst, man hat uns überwacht? Wo hast du das her?«

»Aus dem Telefon meines Büros.«

»Seit wann weißt du es?«

»Gesichert seit Montag, beziehungsweise Dienstagmorgen.«

»Wie hast du es gemerkt?« bohrte sie nach, als er einen Augenblick schwieg.

»Am Montagabend, nach der Vernehmung Hélène Kerners, bin ich noch einmal in der Seestraße vorbeigefahren, um mein Piktogramm zu erweitern, das ich über den Fall angefertigt habe, und einige Notizen zuzufügen. Als ich aus Ahlbeck kommend in die Sethestraße einbog, brannte in meinem Büro Licht. Ich fragte mich, wer wohl in meinem Büro etwas zu suchen hatte. Also stellte ich den Wagen nicht auf dem Hof des Polizeireviers ab. Ich lief zurück und postierte mich in der Einfahrt eines Nachbargrundstückes. Es dauerte gar nicht lange, da ging das Licht wieder aus. Kurze Zeit später verließen zwei mir nicht bekannte Männer das Haus und bestiegen einen Wagen mit Berliner Kennzeichen.«

»Die kommen doch nicht ungesehen in dein Büro.«

Larsson lachte auf. »Natürlich nicht.«

»Hast du niemanden gefragt, wer das war?«

»Nein.«

»Warum nimmst du das so hin?«

»Weil ich die Pferde nicht scheu machen will. Am Dienstagmorgen habe ich dann das Ding in meinem Telefon gefunden.«

»Die haben dich abgehört?«

»Damit wäre man sicher nicht zufrieden gewesen.«

»Du vermutest nun, dass auch das gemeinsame Büro der Kommissare abgehört wurde?«

»Da bin ich mir sicher. Und wenn das so ist, sind meine Mitarbeiter raus«, sagte Larsson.

»Wenn sich das bestätigt, dann wäre das ungeheuerlich.«

»Ich möchte, dass du niemandem davon erzählst. Auch heute Abend nicht. Es würde mich den Job kosten und wahrscheinlich auch noch die Pension.«

»Du kannst dich immer auf mich verlassen. Es gibt Dinge, da muss man zusammenhalten.«

Während Monika den Frühstückstisch abräumte, begann Larsson mit der längst anstehenden Gartenarbeit.

Am Nachmittag machten sie sich beide fertig, um sich mit den engsten Mitarbeitern Larssons im ›Waterblick‹ zu treffen. Bis zum Restaurant waren es nur wenige hundert Meter. Sie würden die Einzigen der Truppe sein, die am späten Abend nach dem Genuss von Alkohol nach Hause laufen konnten. Das war ein

Vorteil, wenngleich Larsson dafür gesorgt hatte, dass die Kollegen mit einem Taxi ebenso sicher nach Hause kommen würden.

Larsson wusste, dass das ein langer Abend werden würde. Sobald sie von der Außenanlage, der Terrasse auf Stelzen – auf der sich Larsson zum Kaffeetrinken einen der sechs Tische reservieren lassen hatte, um das Zusammensein langsam anzugehen – in das Restaurant zum Abendessen wechselten, würde der Alkohol fließen. So etwas legt Emotionen frei. Er könnte die einzelnen Mitarbeiter studieren. Er tat das jedes Mal, wenn er mit Leuten unterwegs war, die zur lustvollen Unterhaltung Alkohol brauchten.

Als sie kurz vor dem Ziel waren, hupte ein Auto hinter ihnen. Das Großraumtaxi blieb kurz vor ihnen stehen. Die Seitentür ging auf.

»Wollt ihr mitfahren?« fragte Inge Mohaupt.

»Wir laufen die paar Meter. Ihr könnt schon auf die Terrasse gehen. Dort ist ein Tisch für uns reserviert.«

Das Taxi fuhr weiter.

Wenig später waren auch die beiden Larssons am »Waterblick«. Karl Simons winkte zu ihnen hinunter.

»Sie werden mir fehlen«, stellte Larsson fest.

»Nicht nur dir.«

Larsson dachte daran, dass Monika nun wieder am normalen Streifendienst teilnehmen müsste. Vielleicht sollte sie einen längeren Mutterschaftsurlaub nehmen, wenn sie denn so weit wäre.

Oben angekommen, gab es eine besonders freudige Begrüßung. Larsson achtete genau darauf, ob ihm einer seiner Mitarbeiter nicht ins Gesicht sehen konnte. Aber alle erwiderten standhaft seinen Blick. Das Leben ist eine ständige Veränderung, dachte er. Und es treibt uns Menschen oftmals dahin, wo wir gar nicht sein wollen. Er wurde sich schmerzlich klar, dass ein Zusammentreffen in dieser Formation niemals wieder stattfinden würde. Die Bedienung kam, sie bestellten Kuchen, Karl Simons einen großen Eisbecher mit Eierlikör, alle aber Kaffee.

Im Hintergrund sprach der Eigentümer des Restaurants, Peter Noack, mit einem der Gäste. Als er Larsson entdeckte, nickte er ihm zu.

»Wisst ihr eigentlich, dass Noack einen Weinberg betreibt?«

»Ich habe in der Zeitung davon gelesen«, sagte Andresen.

»Hier? Geht denn das überhaupt?« fragte Simons.

Als Larsson sah, dass Andresen als Einziger in der Runde davon Kenntnis hatte, nahm er die Gelegenheit beim Schopf und winkte Peter Noack, der noch einmal zu ihm blickte, zu. Dabei machte er eine unmissverständlich einladende Geste. Er stand auf und bat ihn, einige Worte zu seinem Weinberg zu sagen.

»Guten Tag. Ich freue mich, Sie heute in meinem Haus begrüßen zu können, und gebe natürlich gern Auskunft zur Entstehung unseres Weinbergs«, sagte Noack.

»Wächst denn Wein überhaupt hier im Norden?« fragte Simons.

»Damals, das war 1999«, begann Noack seine Erzählung, »kam mir die Idee, auf dem Südhang hinter dem Restaurant einen Wein zu kultivieren. Die ersten Anfänge waren etwas schwierig, da wir das ja das erste Mal versuchten. So mancher Schlauberger lachte mich sogar aus. Aber im Jahr 2002 konnten wir die ersten Trauben unserer 99 Rebstöcke, überwiegend Cabernet Sauvignon und Chardonnay, ernten. Der mit Muschelresten durchsetzte Sandboden und die Südhanglage des Weinberges bieten wirklich ideale Bedingungen für das Wachstum unseres Weines. Auch klimatisch ist die Lage geradezu perfekt, denn die durchschnittlich fast 2000 Sonnenstunden im Jahr und eine steife Brise gegen Staunässe sorgen für gute Erträge. Unser Chardonnay hat nur einen Fehler, es gibt zu wenig.«

Wenig später wurde Noack wieder anderweitig benötigt und verließ die Runde mit den Worten: »Ich hoffe, Sie werden am Dienstag mit unseren Fischern zusammentreffen. Sie sind herzlich eingeladen, und man freut sich schon sehr darauf, mit Ihnen über die Auswirkungen des Rechtsrucks und den damit verbundenen Werteverfall der Gesellschaft zu diskutieren. Ich bin ehrlich neugierig, wie Sie sich da schlagen werden.« Er lächelte noch einmal in die Runde und folgte der Bedienung ins Innere des Restaurants.

Am frühen Abend, als der leichte Wind sich gelegt hatte und die Mücken sie heimsuchten, wechselten sie ins Innere des Restaurants, wo ein Fenstertisch für Larsson reserviert war. Wenig später kam einer der Kellner mit einem Tablett, auf dem ein riesiger Zander lag.

»Na, wer von euch schafft cin solches Exemplar?« fragte Larsson. Er bestellte drei dieser Zander mit Bratkartoffeln und Gurkensalat für die Männer. Monika hatte sich mit Inge Mohaupt auf Scholle geeinigt. Dazu einen Chardonnay aus der hauseigenen Herstellung.

»Ich habe ein Gespräch zwischen zwei Polizisten auf unserer Dienststelle gehört«, sagte Simons.

Augenblicklich war alles am Tisch still. Nur das Gemurmel der ringsum sitzenden Gäste war zu hören, und klapperndes Geschirr.

»Müssen wir das wissen?« fragte Andresen.

Simons machte ein vielsagend fragendes Gesicht und hob die Schultern.

»Raus damit«, sagte Larsson. »Aber leise.«

»Sie wollen unsere Gruppe komplett aus dem Revier Heringsdorf auslagern und dem Chef der Kriminalaußenstelle in Ahlbeck unterstellen.«

Andresen schaute Larsson entsetzt an. »Stimmt das, Lasse?«

Larsson stieß die Luft hörbar aus, wie er es immer zu tun pflegte, wenn es ihm zuwider war, auf eine Frage wahrheitsgemäß zu antworten. Es war eine dumme Angewohnheit von ihm, und er würde das dringend ändern müssen, wollte er nicht, dass die Gegenseite über seinen Gemütszustand informiert war.

»Ich fürchte, Karl sagt die Wahrheit.«

»Du weißt das also? Seit wann?« fragte Andresen.

»Der Chef hat es mir gesagt, als ich den Wagen nach Anklam zurückbrachte.«

»Und da hast du es uns nicht gesagt?« fragte Simons leise.

»Vielleicht ist euch aufgefallen, dass ich am Donnerstag nicht mehr zur Dienststelle kam, sondern in den Urlaub gegangen bin.«

»Einfach so?« fragte Andresen.

»Nein, nicht einfach so. Man hat mich kurzfristig zu einer Fortbildung verdonnert, die ich nicht ablehnen kann. Also hat man mir nahegelegt, einen Teil meines Resturlaubs zu nehmen und die Überstunden abzubummeln.«

Die Tür zum Küchentrakt ging auf. Zwei Frauen brachten das Essen. Zuerst die Schollen für die Frauen und im zweiten Gang die Zander.

»Guten Appetit«, sagte eine der Frauen. Dann gingen sie.

Irgendwie war allen der Appetit vergangen. Die Nachricht machte ihnen deutlich, dass sich alles für sie in ihrem Berufsleben ändern würde, wenn Larsson nicht mehr da war.

Andresen dachte, dass es anfangs schwer für ihn gewesen war, als man nicht ihn, sondern Larsson als Leiter der Gruppe installiert hatte. Diesen Sonderstatus in Heringsdorf, losgelöst von der Kriminalaußenstelle in Ahlbeck und der ständigen Unterstützung der offiziellen Mordkommission Anklam, hatte man wahrscheinlich für den Fachmann Larsson eingerichtet, der von der siebten Berliner Mordkommission nach Anklam gekommen war. Später hatten ihn die Entscheidungen Larssons bei so mancher Ermittlung überrascht. Er war nicht immer einverstanden gewesen, hatte auch nie mit seiner Meinung hinter dem Berg gehalten. Doch irgendwie waren sie Freunde geworden. Jedenfalls fast.

Inge Mohaupt dachte an die Anfangstage des Kriminalhauptkommissars Lasse Larsson in Anklam. Als alleinerziehende Mutter hatte sie sich in Larsson verliebt. Das stieß leider nicht auf fruchtbaren Boden. Zuerst konnte sie das nicht verstehen. Dennoch hatte sie es nach einer Zeit akzeptiert und war nun mit ihm eine freundschaftliche Arbeitsverbindung eingegangen; Inge war für ihn Ohr und Auge innerhalb der KPI Anklam, unverzichtbar und darüber hinaus noch eine erfolgreiche Kriminalhauptkommissarin, die ihn bei den wichtigsten Mordermittlungen unterstützt hatte.

Monika Larsson hingegen, die aus einer litauischen Politikerfamilie nach Deutschland gekommen war und als Monika Landris bei der Polizei in den Kaiserbädern Dienst tat, war der Anziehungspunkt aller Männer gewesen, bevor sie schließlich Larsson heiratete. Ihre Ähnlichkeit mit der lettischen Operndiva Elīna Garanča war sprichwörtlich. Als Tochter eines Kriminalkommissars hatte sie sich immer gewünscht, in die Fußstapfen ihre Vaters treten zu können. Aber das, so konstatierte sie in diesem Augenblick, hatte sich zerschlagen. Spätestens mit der Heirat und dem Kind, das sie erwartete, würde dieser Traum zu Ende sein.

Der smarte Junge Karl Simons, der immer modisch gekleidet war und den Mädchen die Köpfe verdrehte, wurde sentimental. Larsson war ein Vorbild für ihn, das ihn, wenn er auch manchmal regulierend eingriff, immer gefördert hatte. Eine solche Situation würde er wohl kaum wieder vorfinden.

»Guten Appetit«, sagte Larsson und begann, fachmännisch seinen Zander zu zerlegen. »Ich möchte jetzt nicht sehen, dass einer von euch Trübsal bläst.«

Epilog

Freitag, 18. August 2006

Zu der Zeit, als sich die Larsson-Truppe in Loddin zum Essen traf, diktierte der Leiter der Rechtsmedizin in Berlin, Prof. Schneider, der die Leiche des Magnus Halmer auf Anweisung der Staatsanwaltschaft zum zweiten Mal obduziert hatte, seinen Bericht. Es war spät geworden. Er aber war sich ganz sicher. Ein Fremdverschulden am Tod des Kindes Magnus Halmer, das sich aus etwaigen Verletzungen oder Hämatomen herleiten ließe, war ausgeschlossen. Damit würde für die Ermittler feststehen, dass der Ablageort der Leiche Smirnovs eine Art Warnung für Luan Halmer war, welche die anonymen Drohungen, die dieser am Telefon erhielt, untermauern sollte. Doch wer hatte diese Drohungen veranlasst?

Zur gleichen Zeit saßen Luan und Maria Halmer in der Küche ihres Hauses in Berlin. Lange hatten sie über den Tod ihres Sohnes Magnus gesprochen. Luan Halmer hatte seine Frau Maria mit Vorwürfen überschüttet, hatte sie angeschrien, war auf sie losgegangen. Schließlich war er aber zusammengebrochen. Heulend saß er am Tisch. Seine Frau stand hinter ihm, strich ihm beruhigend übers Haar und weinte mit ihm.

Eben zur gleichen Zeit saßen Cäcilia Silja und ihre neue Liebe Gunvald Frederiksson im Göteborger Restaurant des Hotels Grand Hotel Opera der Nils Ericsonsgatan 23 und sagten sich verliebte Dinge.

Frederiksson, ein Mittvierziger, Unternehmer, war auf der Rückfahrt von Kiel über die Ostsee an der Bar der *Stena Germanica* auf die junge Frau gestoßen; Cäcilia hockte scheinbar zurückgezogen und in sich gekehrt in einer Ecke, in der eine Gruppe junger Menschen irgendein kleines Fest feierte. Sie fiel ihm auf, weil sie nicht mitzufeiern schien. Fast verloren wirkte sie zwischen den fröhlichen Menschen.

In Wirklichkeit vermied es die junge Frau sorgsam, irgendwo allein in einem Gang oder gar im Freien zu sein, wo man sie leicht hätte liquidieren können. Frederiksson hatte sie schließlich angesprochen. Er hatte ihr seine Karte gegeben, und als sie sah, wie der Chefsteward an der Bar mit Frederiksson kurz gesprochen hatte, fasste sie sich ein Herz und fragte, ob der den Mann kenne. Sie zeigte ihm die Visitenkarte. Der Steward hatte nur kurz darauf geschaut und gelacht. »Er hat Beteiligungsgesellschaften«, sagte er. »Aber Vorsicht, Gunvald ist kein Mann zum Heiraten!« Dabei zwinkerte er und legte seinen Zeigefinger der rechten Hand auf seine Lippen.

Nach der Schiffsreise hatte sie sich mehrfach mit Gunvald Frederiksson in Göteborg verabredet. Sie achtete aber sehr genau darauf, nicht zu schnell mit ihm intim zu werden. Vielmehr weckte sie seine Begehrlichkeiten auf eine zurückhaltende, fast vornehme Art.

Sie waren spät mit dem Essen fertig.

Gunvald Frederiksson wollte etwas mit Cäcilia Silja besprechen, das sie so nicht erwartet hatte. Deshalb fasste er nach ihrer Hand. »Willst du mich heiraten, Cilly?«

Vorsichtig, bedacht, ihn nicht zu verletzen, zog sie ihre Hand zurück. »Du bist voreilig, Gunvald. Du kennst mich nicht, weißt gar nichts von mir. Außerdem bist du noch verheiratet.«

Gunvald Frederiksson lachte auf. »Die Scheidung läuft bereits, und ich denke, dass die Ehe mit Freja ab September Geschichte sein wird.«

»Du weißt nichts von mir«, widersprach sie.

»Ich habe dich beobachtet. Wir haben uns viermal getroffen.«

»Fünfmal«, widersprach sie.

»Du hast es gezählt? Du bist eine vornehme, gut erzogene Frau. Du bist klug, schön, eine ungemein begehrenswerte Frau und ganz und gar nach meinem Geschmack.«

»Ich bin ganz anders. Vielleicht stehst du gleich auf und lässt mich hier allein sitzen, um mich nie wiedersehen zu wollen.«

»Warum sollte ich das?«

»Kennst du den Roman ›La dame aux camélias‹ von Dumas?«

»›Die Kameliendame‹? Der Roman ist das Grundsujet, das Piave für das Libretto von ›La Traviata‹ verwendet hat.«

»Eben.«

»Verdi stellte eine von der Gesellschaft geächtete und abgelehnte Person ins Zentrum des Geschehens.« Er lächelte sie an. »Eine Oper über eine Kurtisane, die noch dazu sehr realistisch an der Lungentuberkulose zugrunde geht, das war für die damalige Zeit eine unerhörte Neuerung.«

»Begreifst du nicht? Heute nennt man das nicht mehr Kurtisane. Heute sagt man Edelprostituierte dazu.«

Ihr Gesicht zuckte. Die erste Träne rann ihr über die Wangen.

Gunvald Frederiksson begriff, was sie ihm eben mitgeteilt hatte. Für einen Augenblick blieb er stumm, schaute sie durchdringend an.

»Jeder hat ein einziges Leben«, sagte er schließlich. »Auf jedem Lebensweg gibt es Klippen, die es zu umschiffen gilt. Einer schafft es, ein anderes Schiff strandet.« Er nahm eine Serviette und wischte ihr die Tränen weg.

»Geh jetzt«, sagte Cäcilia Silja. »Ich heule sonst laut los.«

»Ich hatte nicht den Eindruck, dass du gestrandet bist, Cilly. Du hast sicher Klippen umfahren müssen. Du hast sie umfahren.«

»Aber ich ...«

»Sag einfach nichts mehr, außer Ja. Willst du mich heiraten?«

Cäcilia Silja konnte ihr Glück kaum fassen, als sie das »Ja« hauchte.

Für beide Menschen würde in dem Augenblick ein neues Leben beginnen.

Exakt zu dieser Zeit saß Charlotte Hellmann am Schreibtisch ihres Mannes. Sie versuchte für ihren Rechtsanwalt, Dr. Frank-

Wilhelm Mertens, Fakten für eine Scheidung zusammenzustellen. Jochen Hellmann, der überraschend am Vortag nach Hause gekommen war, hatte sich ins Wohnzimmer gesetzt und dem Cognac zugesprochen. Er war nunmehr betrunken. Mehrfach hatte sie schon angefangen, hatte immer wieder das Papier zerknüllt und auf den Boden geworfen. Immer, wenn sie einen Satz formulierte, kamen ihr ihre erwachsenen Kinder in den Sinn. Sie würde Mühe haben, ihnen zu erklären, wieso sich ihr Vater und sie so weit auseinandergelebt hatten, dass diese Situation entstehen konnte. Letzten Endes schob sie das Papier beiseite. Sie stand auf und goss sich ein großes Glas Châteauneuf-du-Pape ein. Noch einmal würde sie überdenken, wie sie von diesem Mann loskäme, der sie so schamlos betrogen und sich damit zum Spielball fremder Interessen gemacht hatte. Es käme eine schwere Zeit auf sie zu, wenn er ins Gefängnis kommen würde. Sie würde das Heringsdorfer Anwesen verkaufen müssen, um zu überleben. Aber was, fragte sie sich, wenn er nicht ins Gefängnis käme? Dieser Frage blieb sie in dieser Nacht die Antwort schuldig.

Einige Stunden später, als sich die Larsson-Truppe vom »Waterblick« in Loddin im angemieteten Bus auf die Heimreise machte, bestiegen Hélène Kerner, ihr Mann Rino und eine Gruppe von Geheimdienstlern einen Lear-Jet in Zürich. Das Flugzeug war eine der Maschinen ohne äußerlich sichtbare Kennzeichnung der legendären Air America, einer Beteiligungsgesellschaft der CIA.

Ursprünglich hatten die Russen darauf bestanden, ihre Agentin Hélène Kerner – alias Jelena Popjenkin – und deren Mann Rino – alias Arkadi Danilowitsch Jefimow – mit einer Linienmaschine der Russian Airlines Aeroflot zurück ins »Russische Reich« zu holen. Doch da hatten die beteiligten Dienste nicht mitgespielt. So hatte man sich auf diesen Flug geeinigt, und die westlichen Dienste hatten ihrerseits eine Sitzordnung festgelegt.

So müsste Hélène Kerner als die Gefährlichere von beiden zwischen Lorenzo Wältin vom DAP und dem Militärattaché der russischen Botschaft in Bern, Major Koslow, sitzen, während

Rino Kerner zwischen Kriminalhauptkommissar Ronald Schenker vom BKA Berlin und William Thomas von der CIA sitzen würde.

Doch während des Einstieges gab es noch einen Eklat. Hélène Kerner, die relativ dicht an ihrem Mann vorbei zur Gangway gehen musste, drehte sich auf der zweiten Stufe der Treppe noch einmal um und sagte kalt: »Ich hett dich rächtzitig sölle liquidiere, Arkadi Danilowitsch. Es wär dir sicher einiges vo dem erspart bliebe was jetz chun.«

Dann drehte sie sich um und verwand im Innern des Jets.

Blieben die beiden Larssons.

Eine Weile hatten sie noch auf der überdachten Terrasse gesessen und einen Absacker genommen.

»Willst du wirklich nach Berlin zum BKA gehen?« fragte Monika, als sie im fahlen Licht der beginnenden Morgendämmerung wieder zu Hause waren. »Wenn du das möchtest, werde ich dir nicht im Wege stehen.«

Lasse Larsson lächelte seine Frau an. »Negativ.«

»Nicht nach Berlin?«

»Nein. Nur zu der Fortbildung. Aber das dürfte ja kein Problem sein.«

»Bleibt das Angebot zum LKA nach Schwerin. Schwerin ist auch so weit entfernt von deinem Kind und mir, dass du abends nicht nach Hause kommen könntest.«

»Ich werde auch nicht nach Schwerin gehen, Liebes«, sagt er und umarmte sie.

»Aber sie wollen dich bestimmt hier weg haben«, widersprach sie.

»Ja, das wollen sie. Zumindest für eine Weile, bis Gras über die Sache gewachsen ist. Vielleicht ein oder zwei Jahre.«

»Die sitzen doch am längeren Hebel.«

»Das fürchte ich auch.«

»Wie willst du das lösen?«

»Ich werde natürlich nicht aufhören, bei der Kripo zu arbeiten. Aber man hat mir einen dritten Weg in Aussicht gestellt, bei dem ich mit meiner Familie hier wohnen bleiben könnte. Stralsund.«

»Stralsund?«

»Ja. Und da könnte ich jeden Abend nach Hause kommen.«

»Stralsund«, sagte sie und dachte: Aber auch das ist relativ weit, Lasse. Ich werde dich vermissen, auch wenn du abends nach Hause kommst.

»Lass uns endlich ins Bett gehen«, sagte Larsson. »Es ist spät, und ein wenig Alkohol hatten wir auch.«

»Du, ich nicht«, kicherte sie.

Als sie im Bett lagen, schaltete Larsson das Radio noch einmal an. Es gab eine Sendung über große Komponisten, diesmal war Johannes Brahms dran.

Der Sprecher des NDR-Kultursenders war gerade dabei, ein Stück anzusagen: » ... und Anja Harteros singt: ›Liebestreu‹ natürlich von Johannes Brahms. Es heißt dort ›Liebe ist nur ein Wort‹, und ich erinnere mich, dass eines der Bücher von Johannes Mario Simmel exakt diesen Namen trug – natürlich nach dem Lied des großen Meisters. Und nun – Liebe ist nur ein Wort von Johannes Brahms ...«

Anja Harteros begann zu singen:

»O versenk', o versenk' dein Leid,
mein Kind, in die See, in die tiefe See!
Ein Stein wohl bleibt auf des Meeres Grund,
mein Leid kommt stets in die Höh'.

Und die Lieb', die du im Herzen trägst,
brich sie ab, brich sie ab, mein Kind!
Ob die Blum' auch stirbt, wenn man sie bricht,
treue Lieb' nicht so geschwind.

Und die Treu', und die Treu',

‘s war nur ein Wort, in den Wind damit hinaus.
O Mutter und splittert der Fels auch im Sturm,
Meine Treue, die hält ihn aus.«

»Traurig«, sagte Monika nach einer Weile, als das Stück zu Ende war. »Ich liebe dich, Lasse. Und jede Klippe, die am Horizont erscheint, werden wir umschiffen.«

»Liebe ist nur ein Wort – Brahms – und Simmel hat nicht umsonst einen seiner Romane so benannt. Du hast es gehört. Ist unser Leben ein Roman?«

»Träume sind wunderschöne stille Gedanken, die wie Sonnenstrahlen das Herz erwärmen und Glück verbreiten«, sagte Monika und küsste ihn.

»Komm«, sagte Larsson leise. »Lass uns dem Kind die Haare pflanzen. Jedes einzelne, Stück für Stück.«

Im langen Schatten des Otto Dix

Auch wenn es einigen Leuten nicht passen wird: Er ist der Großneffe des Dirigenten Wilhelm Furtwängler und einer der bekanntesten deutschen Bilderfälscher – Rüdiger Faller, der Otto Dix-Fälscher vom Bodensee.

George Tenner im Interview mit Rüdiger Faller – spannender als jeder Kriminalroman!

Foto: Gerhard Herr, (Bodensee-Actuell), Singen

George Tenner beim Interview mit Rüdiger Faller in dessen kleiner Galerie in Öhningen am Bodensee. Faller erklärt ihm das Bild des kahlgeschorenen Soldaten Otto Dix, das dieser 1918 und Faller aus heutiger Sicht gemalt hat.

Tenner: Der Anfang einer künstlerischen Laufbahn beginnt in der Regel mit einem ersten Kontakt zu diesem angestrebten Medium. Erinnern Sie sich noch, wie das bei Ihnen war?

Faller: Im Jahr 1958 nahm mein Vater mich mit in die »Singener Kunstausstellung«, die jedes Jahr in der Zeit der

Sommerferien in der Ekkehardschule stattfand. Dort begegnete ich erstmals Namen wie Otto Dix, C.G. Becker, Adolf Dietrich, Richard Dilger, Erich Heckel, Otto Marquard und Hans Breinlinger. Diese Namen haben mich bis zum heutigen Tage nicht mehr losgelassen.

Tenner: Meist gibt es einen Malstil, der besonderen Eindruck hinterlässt. Gab es einen der Maler, der Ihnen besonders aufgefallen war?

Faller: Als ich in das Zimmer kam, in dem die neuesten Arbeiten von Otto Dix hingen, blieb ich wie gebannt vor einem querformatigen Ölgemälde stehen. Was ich sah, faszinierte mich. Links im Bild stand ein dicker, fleischiger Mann in kurzen Hosen und mit einer Arbeitskappe auf dem Kopf. Im Hintergrund lauerten stehend – eher skizzenhaft – zwei Gaffer vor zwei schiefen, hohen, schmucklosen Häusern. Im Mittelpunkt war eine weiße Gestalt zu sehen, die an einem diagonal wirkenden Kreuz hängt. Die Augen dieser gequälten Kreatur wirken starr, nahezu leblos. Eine weitere Gestalt stand gegen das Kreuz gedrückt, mit bösem Blick, eine schiffchenförmige Soldatenkappe auf dem Kopf. Verlängert wurde die Komposition durch eine Leiter, die an den Stamm wohl eines weiteren Kreuzes gelehnt ist. Das Bild hat einen blaugrauen, fast monochromen Farbklang, der nur durch kräftige Krapplacktöne belebt wurde, die sich in der Kontur der linken Gestalt, den blutigen Händen des Gekreuzigten und den Konturen eines scharlachroten Mantels der den Vordergrund des Gemäldes bildet, widerspiegeln.

Tenner: Sie waren damals 16 Jahre alt. Was war das für ein Gefühl für einen Halbwüchsigen?

Faller: Ein umwerfendes ... Wie gelähmt blieb ich vor dem Bild stehen. Es war, als hätte mich ein Bannstrahl getroffen. Ich konnte es erst viele Jahre später analysieren. Es muss der

Künstler selbst gewesen sein, der mich durch sein Werk aufforderte, es genau zu betrachten, es in mich aufzunehmen. Genau so musste ich auch einmal malen, dachte ich und folgte meinem Vater wie in Trance durch den Rest der Ausstellung.

Tenner: Der junge Faller war von einem Bild begeistert, aber eine Schwalbe macht bekanntlich keinen Sommer.

Faller: Ich brauchte Literatur über Dix. Danach brannte ich. Zu dieser Zeit gab es nicht viel über diesen Künstler. Ein Jahr später erschien von einem Otto Konzelmann ein Buch mit dem Titel »Otto Dix«. Einige der Bilder waren sogar in Farbe. Meine Eltern schenkten es mir zu Weihnachten. Sogleich begann ich, die abgebildeten Werke nachzuzeichnen oder mit Farbe nachzumalen. Doch sehr schnell hatte ich meine Grenzen erkannt. Mir fehlte es nicht an Fantasie, sondern am Handwerklichen. So begann ich ein Fernstudium, das ich wegen Unterforderung aber schnell wieder abbrach.

Tenner: Sie haben mir Vergleichsfotos von sich und James Dean gezeigt. Welchen Einfluss hatte James Dean auf Sie?

Faller: Eine Erkenntnis – entweder James Dean oder Otto Dix. 1956 brach unter den Jugendlichen in Singen am Hohentwiel eine wahre James Dean-Hysterie aus. Jeder, der »in« sein wollte, kaufte nun Jeans und James Dean-Shirts, und der Amerikanismus begann in der Stadt Einzug zu halten. Die jungen Leute wurden aggressiver, und auch ich begann, mich an den täglichen Schlägereien vor dem Schulhaus zu beteiligen. Ich merkte, wie meine körperliche Kraft wuchs, aber auch, wie mein Temperament leider immer mehr ins Cholerische umschlug.

Tenner: Ich entsinne mich auch sehr genau an diese Zeit. Allerdings war ich da leidenschaftsloser. Was war für Sie das Besondere an James Dean?

Faller: Der Schauspieler James Dean hatte ja in seinem eigenen kurzen Leben die Jugend zum Kampf gegen eine autoritäre und dekadente Gesellschaft aufgerufen. Wir Jungen machten uns das zu Eigen. Dass ich in dieser Zeit auch noch vom Gesicht her eine fatale Ähnlichkeit mit diesem Filmrebellen hatte, brachte mir bei meinen Freunden bald den Spitznamen »Jimmy« ein.

James Dean

Rüdiger Faller

Tenner: Es gab noch eine andere Verbindung zu James Dean. Können Sie etwas dazu sagen?

Faller: Das Interesse an Sportflitzern. Als die italienische Auto-Designerfirma Bertone einen europäischen Jugendwettbewerb für begabte junge Designertalente ausschrieb, bewarb ich mich. Ich entwarf einen eigenen mittelmotorgetriebenen Sportwagentyp und erreichte einen beachtlichen 5. Platz in der Endausscheidung. Dass Bertone diese zahlreichen Entwürfe europäischer Jugendlicher natürlich auch dazu benutzte, eigene neue Autoformen zu entwickeln, wurde mir erst einige Jahre später bewusst, als ich in einer Autozeitschrift einen Bertone-Sportwagen sah, der mit meinem eigenen damaligen Entwurf eine fatale Ähnlichkeit aufwies.

Tenner: Ich sehe ein altes Foto mit Ihnen und einem Mädchen vor einem weißen Porsche. Wie konnte sich ein junger Mann mit abgebrochener Lehre ein solches Auto leisten?

Faller: Ich hatte einige nichtbefriedigende Schulnoten durch eifrige Mitarbeit ändern können. Die guten Prüfungsnoten gaben mir und besonders meinen schwer geprüften Eltern wieder neuen Lebensmut und Auftrieb. Ich durfte mir zur Belohnung meiner ausgezeichneten Leistungen von meinen Eltern etwas wünschen, und spontan wünschte ich mir das, was sich auch die heutigen jungen Männer noch am liebsten wünschen, ein eigenes Auto! Da ich aber immer noch James Dean zum Vorbild hatte, kam nur ein Auto für mich Frage: ein Porsche!

Tenner: Es gab verschiedene Brüche in Ihrem Leben. So waren Sie, obwohl ich Sie als bodenständig einschätze, eine Zeit in Berlin. Warum?

Faller: Um der Musterung zum Militär, um dem Dienst an der Waffe zu entgehen. Ich kann so etwas nicht.

Tenner: Berlin – ein verlockendes Pflaster für junge, neugierige und unternehmungslustige Leute ...

Faller: Oh ja. Ich hatte einen Freund namens Bernd, dessen Cousine die Schlagersängerin Manuela war. Bernd hatte eine Stimme wie Elvis und eine absolute Vorliebe für amerikanische Country-Songs. Bald reifte in uns der Plan, »deutsche« Country-Lieder zu komponieren und zu texten. Gesagt, getan. Da ich ja bekannter Maßen völlig »unmusikalisch« war, entwickelte Bernd für mich eine völlig neue Notenschrift, und so entstand bald unsere erster deutscher Country-Song: »Die Schlacht von Gettysburg«, einer Geschichte, die die Entscheidungsschlacht zwischen den Nord- und Südstaaten zum Thema hatte. Manuela sollte helfen und beim größten Berliner Schlagerproduzenten Peter Meisel ein gutes Wort einlegen und Bernd die Chance ermöglichen, bei ihm vorzusingen. Aber die Zeit verging, und nichts geschah.

Doch dann wurden wir – begeisterungslos – zu einem Termin in Meisels Berliner »Hansa-Studio« eingeladen. Als wir ins Studio kamen, lief uns gerade ein junger Mann mit wehenden Haaren und flatterndem Mantel entgegen. Es war Michael Holm. »Bestellt diesem Peter Meisel, er kann mich mal am Arsch lecken! Ich komme, wann ich will, und nicht, wenn er es befiehlt!« rief er im Vorübereilen, und weg war er.

Tenner: Das war nicht eben ein gutes Vorzeichen, oder?

Faller: Wir saßen mit mulmigem Gefühl eine endlos lange halbe Stunde bei der Sekretärin im Vorzimmer, dann ging die Tür zum Allerheiligsten auf. Der Produzent trat heraus und sagte jovial: »Kommt mal herein, und zeigt, was ihr könnt.« Letztlich hat er uns hinauskomplimentiert. Wir waren uns einig darüber, dass Michael Holm recht hatte. Und er konnte uns nun auch am Pfüdli lecken!

Tenner: Also haben Sie aufgegeben?

Faller: Nicht wirklich, ich schrieb nahezu 20 Lieder, die teilweise auch mein Seelenleben widerspiegelten. Einer meiner Texte hieß:

Regentag.

Grau die Wolken über mir,
Kalt der Regen mich umhüllt,
Gedanken wandern jetzt zu dir,
Nebelhaft seh ich dein Bild.
Schattenkalt ist mein Gemüt,
Regen tropft auf dunklen Stein,
Der Lilienstrauß ist längst verblüht,
Auf schwarzem Grund steh ich allein,
Ein Blatt schwebt welk dem Boden zu,
Zerfällt äonenschwer,
Erstarrt in schlafgewordne Ruh –
Erkennt die Zeit nicht mehr.

Tenner: Hoffnung ist oft ein vergiftetes Geschenk, kennen Sie das?

Faller: Und ob. Eines Tages kam Bernd ganz aufgeregt zu mir und erzählte, dass er bei einer Künstlerfete den bekannten Berliner Filmproduzenten Artur Brauner kennengelernt hätte. Sie hätten lange über Klaus Kinski gesprochen, der damals gerade in Berlin mit seinen François Villon-Rezitationen von sich reden machte. Dabei sei Artur Brauner die Idee gekommen, das Leben des französischen Balladendichters zu verfilmen, und der suchte nun einen jungen Autor, der den Mut hätte, darüber ein Drehbuch zu schreiben. Mein Freund hatte ihm daraufhin mich empfohlen, und nun bat er mich inständig, dieses einmalige Angebot doch anzunehmen. Da Brauner ihm bereits eine Anzahlung gegeben hatte, konnte ich schlecht nein sagen.

Tenner: Eine Mammutaufgabe selbst für gestandene Drehbuchautoren. Für Neulinge nahezu eine Unmöglichkeit.

Faller: Das weiß Gott, aber nicht wir hoffnungsvollen Neulinge. Bernd hatte zugesagt, also kaufte er die wenigen Bücher, die damals über Villon im Handel waren, einschließlich der Sprechplatte von Klaus Kinski, die uns sehr beeindruckte. Paul Zech, der die Balladen von Villon zuerst ins Deutsche umgelegt hatte, erschien mir nicht überzeugend genug, und so verfasste ich für mein Drehbuch neue Balladen, die mein Freund Bernd mit eigenen Melodien versah.

Tenner: Eine interessante Aufgabe. Aber wie haben Sie diese bewältigt?

Faller: Ein Vierteljahr arbeitete ich an diesem Projekt, als meine in Berlin geheiratete, hochschwangere Frau drängte, wieder an den Bodensee zurückzugehen, um unser Kind in der Heimat

zur Welt zu bringen. Kaum in Singen angekommen, arbeitete ich sofort an meinem Drehbuch weiter.
Doch dann erhielt ich Nachricht von meinem Freund Bernd, dass Artur Brauner das Projekt »Villon« aufgegeben habe, da er die zu erwartenden Produktionskosten von 10 Millionen Mark nicht realisieren konnte und auch sein italienischer Co-Produzent ablehnend reagiert habe, da auch ihm das finanzielle Risiko zu hoch erschien. Aber so ist das Leben.

Tenner: Wie wird ein Mann wie Sie mit einer solchen Enttäuschung fertig?

Faller: Ich habe das Drehbuch anderweitig angeboten, dem Filmregisseur Alfred Vohrer, dem auch in München-Geiselgasteig die Firma »Ultra-Film« gehörte. Er bekundete ein wohl ernsthaftes Interesse. Aber schon bald kam seine Absage, wie auch vom »Sender Freies Berlin«, von dem ich am 10. April 1968 die Absage erhielt. Es war enttäuschend, ja, aber es hatte auch einen Vorteil – denn nun wandte ich mich in meiner freien Zeit wieder stärker meiner Zeichen- und Malkunst zu. Um mehr Geld zu verdienen, gab ich den erlernten Beruf als Dekorateur auf und nahm einen Job als Verkaufsfahrer bei einem Singener Lebensmittelgroßhandel an. Mit einem alten Lastwagen belieferte ich die kleineren Lebensmittelläden bis an den Hochrhein und die Schweizer Grenze. Ich musste schwere Pakete schleppen, beim jeweiligen Ladeninhaber kassieren und kam völlig übermüdet spät nachts wieder nach Hause. Meine junge Ehe litt darunter, es gab häufig Streit. Am meisten litt meine kleine Tochter Heike darunter.

1971 reichte ich das erste Mal fünf meiner neuesten Werke bei der 24. Singener Kunstausstellung ein. Kurze Zeit später kam das Paket mit dem knappen Vermerk »ausjuriert« zurück. Ich hatte die Bilder nach einem ganz eigenen Verfahren liebevoll eingepackt und verschnürt. Mir fiel sofort auf, dass sie noch nicht einmal geöffnet worden waren. Verärgert forschte ich nach und bekam bald heraus, dass die Singener »Fach-Jury« aus sage und schreibe einem Juror bestand, und der hieß Curth Georg Becker. Ich merkte schnell, was da im Rathaus gespielt wurde. Der Kunstmaler und Lokalmatador C. G. Becker hatte die absolute Macht im Singener Kunsttempel, und er wachte streng darüber, dass keine Neulinge den Sprung in die Singener Kunstausstellungen schaffen konnten. Ich sprach mit anderen Singener Künstlern, denen es ähnlich ergangen war, über diese unglaubliche Art persönlicher Machtausübung, und mein Unmut gegen die offiziellen Kunstmacher in dieser Kleinstadt wuchs ständig. 1973 unternahm ich den zweiten Versuch, öffentlich auszustellen, war erstaunlicherweise diesmal ohne irgendwelche Widerstände auch sofort gelang. In der Markelfinger Kunst- und Gewerbe-Ausstellung wurden einige meiner neuesten Arbeiten gezeigt, und die dortige Regional-Zeitung »Südkurier« bemerkte in ihrem Artikel über diese Ausstellung: *Starke Akzente setzt Rüdiger Faller mit seinen großen Landschaftsaquarellen – Hegau ins Monumentale vereinfacht und gesteigert, auch Porträts, darunter dasjenige des Malers Karl Möritz.*

Blick auf Altea – ein Temperabild mit den Maßen 45 x 65 cm.

Tenner: Ich kann durchaus nachvollziehen, was das nach allen Schlappen für Sie bedeutete. Aber war es wirklich der Erfolg, der den gewünschten Aufstieg in den Olymp des Singener Kunstbetriebes brachte?

Faller: Es gab einige Stationen und Begegnungen, die mich bei meinen weiteren Arbeiten prägten und förderten. Überraschenderweise bekam die Singener monopolistische Kunstszene im Jahr 1973 eine gleich zweifache unerwünschte Konkurrenz. Zum einen hatte sich im benachbarten Hilzingen ein neuer Kunstkreis gebildet. Hilzingen hatte einen guten Ruf bei der Bevölkerung des Hegaus, kamen doch die bekanntesten Künstler der Vergangenheit, nämlich Hans Lochmann, Karl Möritz, Maximilian Gönner und auch Karl Oßwald aus dieser Gegend. Und so fand auch diese 2. Hilzinger Kunstausstellung im selben Jahr eine starke Resonanz bei der Bevölkerung. Dieses Mal bekam auch ich eine Einladung zum Ausstellen, und meine neuesten Werke hingen nun neben durchaus bekannten Künstlern wie C. G. Becker, Diether Domes, Erich Hauser, Emil Wächter und dem Ramsener Expressionisten Josef Gnädinger.

Sogar ein bekannter Kunsthändler kaufte ein Bild von mir mit dem Titel »Blick auf den Hohenkrähen«, und es erfüllte mich mit Stolz, dass es endlich aufwärts zu gehen schien.
Die zweite unerwünschte Konkurrenz, die dem offiziellen städtischen Kunstbetrieb von Anfang an schwer zu schaffen machte, war die private Galerie »Kunsthäusle«, direkt vis-a-vis dem neu erbauten Rathaus.

Tenner: Kommen wir zurück zu Otto Dix. Warum hat gerade er Rüdiger Faller so fasziniert?

Faller: Was es genau war, weiß ich heute noch nicht. Zuerst malte ich eigene Motive, dann immer mehr Variationen nach Themen von Otto Dix, es war eine innere Zwangshandlung. Meine eigenen Arbeiten waren fortan im Stil der deutschen Expressionisten beeinflusst, als Künstler sah ich mich in der Tradition süddeutscher Landschaftsmaler. Dass mich gerade Otto Dix bis zur Besessenheit fesselte, liegt in persönlichen Ähnlichkeiten zwischen mir und Otto Dix. Aber so ging es ja wohl den meisten Künstlern, die irgendwann einmal berühmt wurden. Hatten sie erst einmal einen Namen in der internationalen Kunstwelt, ließ ihre Malqualität deutlich nach, und sie produzierten nur noch, um die gestiegene Nachfrage nach ihren Werken zu befriedigen. Und vielen kam dabei natürlich ihre akademische Ausbildung zugute. Hatten sie einen guten Lehrmeister, so hinterließ dessen Handschrift auch immer deutliche Spuren am Stil seiner mehr oder minder begabten Schüler. Einer stahl sozusagen vom anderen ab. Und so ist es bis heute geblieben

Tenner: Irgendwann war Rüdiger Faller so weit, dass er in die Hände gieriger Geschäftemacher gelangte. Wie erklärt sich das?

Faller: Am liebsten zeichnete ich eigentlich Köpfe, das menschliche Antlitz hatte es mir besonders angetan. Irgendwie hatten alle diese Arbeiten etwas »Dix'isches«, und so beschloss ich einfach, sie auch mit »Dix« zu signieren. Dass ich mich damit im Grunde schon einer strafbaren Handlung schuldig gemacht hatte, kam mir damals nicht in den Sinn, lebte ich doch in einer ganz eigenen irrealen Welt, fernab von jedem Gesetz und jeder Ordnung.

Tenner: Auch fernab von geregeltem Einkommen?

Faller: Als ich eines Abends am gemütlichen Bartresen in der Galerie »Kunsthäusle« saß, überlegte ich wieder einmal, wie ich meine ständigen Geldprobleme endlich in den Griff bekommen könnte.
Nach einiger Zeit betrat ein schlanker, gutaussehender, elegant gekleideter Mann die Bar. Er setzte sich neben mich, und bald kamen wir ins Gespräch. Er stellte sich als Galerist aus Langenargen vor und erklärte, dass er dort das »Art Kontor von Berg« vertrete. Sein schlank geschnittenes Gesicht war von einem gepflegten schwarzen Vollbart umrahmt, und sein glänzendes, pechschwarzes Haar war fast schulterlang, aber wirkte sehr gepflegt. Mir fiel als Erstes das fast mephistohafte Lächeln auf, das der Fremde, der mir etwa gleichaltrig erschien, ständig beim Sprechen aufgelegt hatte. Als der elegante Fremde mich fragte, ob ich nicht Lust hätte, im Schloss Montfort eine Ausstellung auszurichten, sagte ich spontan zu. Aber das war der Anfang der Katastrophe.

Tenner: Das Landeskriminalamt Baden-Württemberg wurde durch Käufer, die ein vermeintliches Dix-Bild gekauft hatten, alarmiert?

Faller: Diesen Galeristen schien der Himmel geschickt zu haben, und auf einmal schienen alle Geldprobleme gelöst zu sein. Eine einmalige Chance für einen jungen Künstler, endlich aus der Provinzstadt Singen herauszukommen. Da das Schloss

Montfort außerdem eine der größten Manieristensammlungen Deutschlands beherbergte, die jährlich von vielen Reisenden am Bodensee besucht wurde, erschien der Ort wie geschaffen, auch moderne Bodenseebilder an diese Menschen zu verkaufen.

Tenner: Lassen Sie mich raten, der Mann hatte Sie getäuscht?

Faller: Da ich damals immer glaubte, dass es nur gute Menschen gibt, war ich zu allen freundlich und lernte aber auch Menschen kennen, die gar nicht gut waren. Ich hatte Kontakt zu allerlei kleinen Ganoven, die mit allem handelten, was ein paar Mark einbrachte. Und diese Leute sollten es auch sein, die mir später den Dix-Skandal einbrachten, wo ich zum Schluss als alleiniger Sündenbock dastand und meine Gutgläubigkeit und Naivität mit Ächtung und Gefängnis bezahlen musste.

Tenner: War das die Zeit, die die Grundlage zu der Gefängnisstrafe legte?

Faller: Ich malte in dieser Zeit viele Aquarell- und Pastellstudien nach Motiven Dix'scher Werke und zeichnete sie mit einem Dix-ähnlichen Monogramm oder gleich mit der Signatur von Otto Dix. Eigentlich war mir alles gleichgültig geworden, was um mich herum passierte. Mein täglicher Promillepegel pendelte immer zwischen 1,5 und 2,5. Meinem Schutzengel hatte ich es wohl zu verdanken, dass ich bei meinen nächtlichen Autofahrten immer heil nach Hause kam. Ich ging nicht schlafen, sondern schuf im Rausch einer wahren Malwut, die sich bis zur Raserei steigerte, ein Bild nach dem anderen. Ich tobte mich an meiner Staffelei aus, reagierte all meine Lebenswut an und in meinen Bildern ab.
Anfang Juni 1978 fand die lange erwartete Vernissage im Schloss Montfort statt. Der Bürgermeister, seine Gemeinderäte und alles, was in Langenargen Rang und Namen hatte, hatten sich im großen Schlosssaal versammelt. Diverse Pressevertreter

machten Fotos und stellten mir mehr oder weniger dumme Fragen. Der bekannte Museumsleiter und van Gogh-Autor Eduard Hindelang hielt die Laudatio, die Welt schien nun für Rüdiger Faller wieder in Ordnung zu sein. Der tags darauf erschienene Pressebericht lobte den jungen Künstler auf faire Weise: *Die Mehrzahl von Fallers Bildern zeigt, dass er seinen Stil gefunden hat, eine pastose Farbgebung mit intensiven Farbkombinationen, aber auch ein Ausbrechen in die Sprache des Pointillismus zeigt Stil. Man wird an Segantini erinnert. Gelungene Hegau-Landschaften. Warum sollte dieses Nebeneinander der Technik nicht möglich sein, auch van Gogh ging gelegentlich diese beiden Wege.*

Tenner: Aber dann baute sich der Schatten des großen Otto Dix immer bedrohlicher vor Ihnen auf?

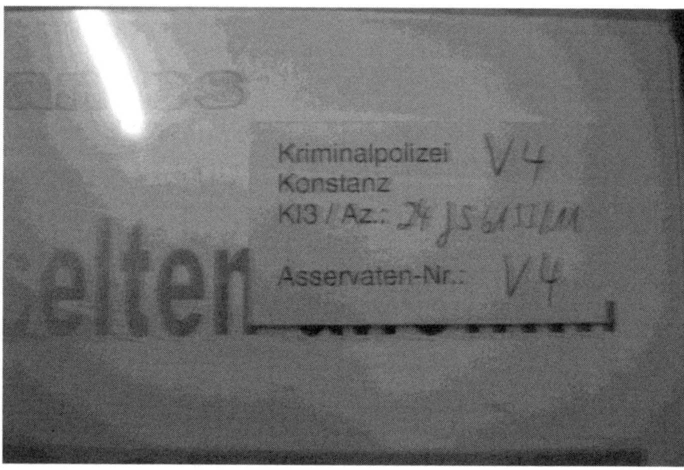

Faller: Eines Tages klopfte es an meiner Wohnungstür, und zwei Beamte des LKA Stuttgart begehrten Einlass. Sie erklärten mir, dass ich im Verdacht stünde, Bilder von Otto Dix zu fälschen. Sie nahmen einige Bilder mit, um sie zu prüfen. 14 Tage später klingelte es wieder an meiner Wohnungstür, und diesmal stand nur ein LKA-Ermittler an der Tür. Er hatte die beschlagnahmten Bilder dabei und erklärte dem verblüfften Künstler, dass dies keine Fälschungen seien, denn so etwas hätte Otto Dix nie gemalt. Der Beamte entschuldigte sich für diesen Irrtum, er wirkte fast verlegen, man sah ihm an, dass ihm diese Sache fast peinlich war. Damit war für mich diese ganze Angelegenheit erledigt, und ich malte ruhig die nächsten Aufträge, die mir das »Art Kontor von Berg« inzwischen schon wieder in Auftrag gegeben hatte. Inzwischen hatte diese Firma über 20.000 Mark Schulden bei mir. Ich wurde langsam sauer auf diesen eigenartigen Langenargener Kunsthändler.

Tenner: Und der Aufschlag ließ sicher nicht allzu lange auf sich warten?

Faller: Inzwischen hatte sich in dem kleinen Dorf Bohlingen eine neue Galerie etabliert, die ihr Ausstellungsprogramm von Anfang an auf »Heimatkunst« eingerichtet hatte. Die zwei jungen Galeristen fragten nun bei mir an, ob ich nicht Lust hätte, dort meine neuesten Werke zu zeigen. Ich zeigte mich begeistert, und es gelang mir, auch Sigurd Möritz für diese Ausstellung zu gewinnen. Sie fand im Spätherbst 1985 statt. Schon bei der gut besuchten Vernissage konnte ich an einige meiner neuen Bilder einen roten Punkt ankleben. Meine Pastellarbeiten überzeugten. Ich war überaus glücklich darüber. Doch mit dem Erfolg kamen weitere Hyänen, deren Versuchung nach Geld für die Erhaltung meiner Familie ich erlag. Es hatte sich in der Kleinstadt natürlich herumgesprochen, dass man mit mir handeln konnte, und viele nutzten diese finanzielle Notsituation, in der ich mich ständig befand, schamlos aus. Manchmal war ich so knapp bei Kasse, dass ich gerade noch meinem treuen Begleiter, dem Schäferhund »Trixi«, sein Futter kaufen konnte. Für mich hat es dann nicht mehr gereicht. Ich musste dann hungern, aber das Wohl meines Hundes lag mir mehr am Herzen als mein eigenes.

Tenner: Kommen wir zurück auf Wolfgang David, den Langenargener Galeristen.

Faller: Der Mann schuldete mir viel Geld. Er behauptete nun auf einmal, dass ich die Bilder wieder zurücknehmen müsste, es sei denn, dass er Expertisen bekommen könnte, die bestätigen würden, dass diese Bilder echt seien. Nun fiel es mir wie Schuppen von den Augen. Ich erkannte, dass mich dieser Mann aus Langenargen jahrelang angelogen hatte und mit meinen Dix -Variationen wohl ein gutes Geschäft machte.
Eigentlich war jetzt der Zeitpunkt gekommen, zur Polizei zu gehen, und den ganzen Schwindel aufzudecken. Aber wie käme ich dann zu meinem Geld, das mir laut Vertrag rechtlich zustand? Würde mir die Polizei diese Geschichte überhaupt glauben? Und nochmals war es meine Gutmütigkeit, die letztendlich über mein Gewissen siegte. Noch einmal wollte ich helfen, indem ich dem Kunsthändler ein glaubwürdiges Alibi verschaffte; dann würde ich endlich mein restliches Geld bekommen, das ich so dringend brauchte. Und so entstand die Legende über die Herkunft der Dix-Pastelle. Ich überredete meinen Freund Sigurd Möritz, eine Erklärung zu unterschreiben, dass die Bilder aus dem Nachlass seines Vaters stammten, der ja bekanntlich mit Otto Dix befreundet war. Nach langem Zögern stimmte er schließlich zu. Jetzt war ich selbst in größter Gewissensnot, hatte ich mich doch zum Komplizen eines raffinierten Betrügers gemacht.

Tenner: Eine schlimme Erkenntnis. War das der Zeitpunkt, an dem Sie begriffen, dass das Ende naht?*Faller:* Eines Tages fiel mir ein Dix-Katalog in die Hände, der von einer bekannten deutschen Galerie zum 90. Geburtstag des Künstlers herausgegeben wurde. Ich glaubte meinen Augen nicht zu trauen. Sieben meiner Dix-Variationen, die ich dem Langenargener Galeristen verkauft hatte, waren da wunderschön in Farbe als Dix-Originale abgebildet.

Zu dem Bild »Hahn 1952« hatte ein Fachmann aus dem Museum Folkwang in Essen folgenden »sachkundigen« Text geschrieben:
Der langjährige, zu Beginn erzwungene, Aufenthalt in der Landschaft bei Hemmenhofen, Bodensee, brachte Dix, dem typischen Stadtmenschen, die Welt der landschaftlichen Haustiere nahe. Tierdarstellungen sind im Oeuvre von Dix eigentlich sehr selten. Der Hahn kehrt jedoch in mehreren graphischen Arbeiten (Petrus und Hahn, Die Verleugnung des Petrus, etc. wieder. Offensichtlich handelt es sich dabei um ein Thema, dem Dix verschiedene Bedeutungen beimaß. Anders als in den biblischen Szenen, dennoch aber dem Petrus-Hahn verwandt, stellt das Tier in unserem Pastell die Urkraft der Natur dar. Der Künstler fühlte sich von der farbigen Pracht des Gefieders angezogen und schuf in diesem Werk eine herrliche und lebensfrohe Darstellung des ländlichen Lebens.

19 Hahn 1952

»Der Hahn 1952«.
Seite 19 »Sitzendes Mädchen 1964«, Seite 20 »Herbst am See 1961«, Seite 21 »Spielendes Kind 1955« und »Seemann mit Frau 1954«, Seite 22 »Hemmenhofen 1954«, Seite 23 »Der Fischer und das Kind 1961« und Seite 25 »Der Hahn 1952«.

Tenner: Hat Sie der »sachkundige« Text stolz gemacht?

Faller: Zum Teil stolz, zum anderen Teil zu mutig. Jetzt nahm das Unheil mit Riesenschritten seinen Lauf, als ich hörte, dass ein bekannter Züricher Galerist eine Arbeit von Otto Dix suchte. Bis dahin wurde ich ständig um den Lohn meiner Arbeit betrogen. Mir war jetzt alles egal, denn ich war nur von Betrügern umgeben. Diesmal wollte ich Gleiches mit Gleichem vergelten. Bis jetzt hatten andere das große Geschäft mit meinen Bildern gemacht, jetzt wollte ich sie mit den eigenen Waffen schlagen. Ein anderer junger Höri-Maler, der, wie ich später in meinen Akten las, über einen Mittelsmann diesem Galeristen bereits selber ein von ihm gefälschtes Dix-Gemälde »Drei Pappeln am See« für 30.000 Schweizer Franken verkauft hatte, vermittelte nun eiskalt diesmal ein Pastell von mir an diesen Galeristen.

Er bot ihm also das Bild »Stilleben mit Maiskolben« an, und noch am selben Tag erschien der Galerist bei mir, um das Bild zu begutachten. Als ich ihm erklärte, dass ich allerdings keine Expertise dafür habe, winkte der Galerist nur ab. Er sei Dix-Experte und sähe, dass dieses Bild echt sei. Er klappte seinen Geldkoffer auf und zählte dem staunenden mir 20.000 Franken auf den Tisch. Ich konnte es kaum fassen, wie leicht es war, meine Fälschung an den Mann zu bringen. Aber da mich doch mein Gewissen plagte, machte ich mit dem Galeristen ein Vertrag, in dem stand, dass ich, Rüdiger Faller, das Bild wieder zurücknehmen würde, falls der Galerist keine Expertise dafür bekommen würde. Dass dieser Galerist aber schon längst einen anderen Käufer für dieses Bild hatte, wusste ich natürlich nicht. Es wäre mir auch völlig egal gewesen. Wichtig war mir, dass ich endlich einen Teil meiner Schulden abtragen konnte. Mutig geworden, setzte ich am nächsten Tag eine Annonce in die FAZ, in der ich neue Arbeiten von Otto Dix anbot. Dass ich nun selbst zum Betrüger geworden war, nahm ich in dieser chaotischen Situation kaum bewusst wahr.

Otto Dix
Kind mit Lupinen
Pastell, 74,7 x 55,2 (74,7 x 55,2)

Diese Arbeit ist die Wiederholung des Originals in einer anderen Technik. Die Komposition fällt auseinander, sie zerfließt. Motivische Details sind falsch interpretiert bzw. wiedergegeben.

Als ich nach vier Tagen intensiver Gespräche, den Maler, vor allem den Menschen Rüdiger Faller verlasse, begleitet er mich zu meinem Fahrzeug. Als er mir die Hand reicht, sagte er:
»Ich träume nicht mein Leben jetzt, sondern ich lebe meine Träume.»
Und ich beschließe spontan, zusammen mit Rüdiger Faller eine Biographie über dieses Leben zu schreiben, die spannender sein wird als jeder Kriminalroman.

Interessenten an Bodenseebildern und Bilden nach Motiven Dix'scher Werke können Rüdiger Faller schreiben oder ihn anrufen.

Rüdiger Faller, Klosterplatz 6, 78337 Öhningen
Telefon: 0176-98131717